Roland Krause
Fuchsteufelswild

PIPER

Zu diesem Buch

Ein erholsames Wochenende erwartet sich der Münchner Hauptkommissar Josef Sandner im Kurort Bad Kohlgrub. Doch als in der Landeshauptstadt dem Meditationslehrer Toni Brandl das Genick gebrochen wird, ist Sandners Wellnessurlaub dahin. Die Eltern des Toten wohnen in Bad Kohlgrub, weshalb er sich breitschlagen lässt, ihnen die traurige Nachricht zu übermitteln. Dabei stößt er auf die Geschichte der jungen Anni, für deren tragischen Freitod man im Ort den Brandl-Toni verantwortlich macht. Während Annis Vater für die Münchner Kollegen schon bald als einer der Hauptverdächtigen gilt, versucht der Sandner dem Kurort mit gewohnt unkonventionellen Methoden ein schauerliches Geheimnis abzuringen.

Roland Krause wurde 1964 in Lindau geboren. Nach einigen Jahren in Nürnberg lebt und arbeitet er heute in München. Die Stadt mit all ihren heiteren und abgründigen Facetten menschlichen Daseins bildet den Hintergrund seiner Erzählungen. Nach »Der Sandner und die Ringgeister« ist »Fuchsteufelswild« der zweite Fall für den Münchner Ermittler Josef Sandner.

Roland Krause

Fuchsteufelswild

Ein Fall für Josef Sandner

Piper München Zürich

Mehr über unsere Autoren und Bücher:
www.piper.de

Von Roland Krause liegen bei Piper vor:
Der Sandner und die Ringgeister
Fuchsteufelswild

MIX
Papier aus verantwortungsvollen Quellen
FSC® C014496
FSC
www.fsc.org

Originalausgabe
Dezember 2012

Umschlaggestaltung und -motiv: Hauptmann und Kompanie Werbeagentur, Zürich
Satz: Kösel, Krugzell
Gesetzt aus der Quadraat
Papier: Munken Print von Arctic Paper Munkedals AB, Schweden
Druck und Bindung: GGP Media GmbH, Pößneck
Printed in Germany ISBN 978-3-492-30108-4

»Wenn ihr's nicht fühlt, ihr werdet's nicht erjagen.«

Goethe: Faust

Vorspiel

Sie hat auf einmal die Augen weit aufgerissen. Die Iriden so blau, als wär vom Himmelsanstrich noch Farbe übrig gewesen.

Aufwachen will sie, aber es ist zu spät. Nicht begreifen kann sie, was um sie geschieht. Der Schmerz verbrennt ihre Gedanken, hinterlässt nur schwelende Trümmer. Ihre Beine zappeln. Nur kurz – mehr ein Stoßen ist es, wie beim Brustschwimmen. In die Höhe will sie vielleicht. Sich freistrampeln. Aber sie kommt nirgendwo hin. Aus dem Fleisch wird der Wille herausgepresst. Endgültig.

Pochen will das Herz. Kann nicht mehr. Zu schwer. Nur ein finaler Schlag. Die zu enge Brust möchte es aufsprengen.

Das Seil hat sich ihr tief in den Hals gebissen. Es lässt nicht locker. Gnadenlos. Kein Auskommen.

Als würde der Baum schaudern, zittert sein Arm unter der gurgelnden Last.

Dann ist es beinahe still.

Ganz leicht pendelt ihr Leib hin und her, als wär's ein bizarres Windspiel. Zu hören ist nichts außer dem leichten, rhythmischen Knarren des Seiles.

Hin und her. Hin und her.

Eine Krähe wirft endlich ihr Krächzen in den Himmel. Kein Klageruf.

Der Boandlkramer legt die Sense beiseite und nimmt das Madl sanft in den Arm. Mit Gerechtigkeit brauchst du ihm nicht zu kommen, ihn verlangt es nicht nach dem Bösen. Er ist kein Mensch.

Jagd

Der Mann ist nackt.

Was jetzt per se nicht erwähnenswert wäre – das ist unter der Dusche gängige Praxis. Allerdings ist dieser Zustand für ihn zur Gewohnheit geworden, seit er dieses Wochenende vorwiegend in Whirlpools, Dampfbädern und beim Saunieren samt balsamierenden Kräuterölen verbracht hat. Umgeben von anderen schwitzenden Leibern in allen Volumina und Schattierungen. Die Gattung Mensch ist eine variable Lebensform.

Mit diesem archaischen Event hat den Münchner Hauptkommissar Sandner sein Freund, der Doktor Aschenbrenner, beglückt. Seines Zeichens Gerichtsmediziner, hat er dem Sandner zum Vierundvierzigsten ein Wellnesswochenende in Bad Kohlgrub geschenkt. Ein skeptisches Stirnrunzeln nebst geseufztem »Dankschön« hat es ihm eingebracht. Nicht gerade Hawaiihemd – als Präsent spielt der Hotelgutschein aber für den Sandner in der gleichen Liga.

Vielleicht hat sich der Doktor gedacht, dem Kriminaler fehle ein Auffrischungskurs in menschlicher Anatomie.

Jedenfalls hat der Sandner so viel bestens durchblutetes Fleisch vor Augen gehabt, dass er gar nicht zum Nachdenken gekommen ist, in welch phantasievollen Kompositionen es ihm sonst als Mordermittler kredenzt wird. Auch ein Entspannungseffekt, neben den Massagen mit den wunderlichen Attributen, bei denen dir suggeriert wird, du gewinnst durch jeden Hauch einer Berührung ein Lebensjahr hinzu. Vom derben hawaiianischen Durchwalken ganz zu schweigen.

Weich kommt sich der Sandner vor, wie ein fettiger Reiberdatschi, durchtränkt von Vitalessenzen, bis hinauf ins Hirnstüberl.

Der Münchner Wahnsinn ist weggeputzt, blank gewienert, die Gedanken frisch gepeelt. Nach ausgiebigem Frühstück würde er sich hüllenlos durch den Tag treiben lassen.

Von Bad Kohlgrub hat er noch nicht viel entdecken können. Gerade einmal den Ortskern in der Senke, wo lüftlbemalte Ziegeldachhäuser den Kirchplatz umzingeln wie drängelnde Schrazen um die beste Sicht beim Seehundbecken in Hellabrunn. Ein Kaleidoskop bukolischer Lebensentwürfe und Behausungen. Die Kurärzte für die Runderneuerung geiern in erhabenen Horten über steinernen Zeugen althergebrachtem Bauerntums mit Gästehäusern und kleinen Lädchen gepaart.

Die Arbeit geht dir hier nicht aus. Freilich kommt die Dorfkulisse geschniegelt daher, aber selbstverständlich und einnehmend schaut es aus. Du musst dich ja selbst noch daheim fühlen, wenn du geschäftig Hand anlegen sollst bei der nach Erbauung lechzenden Fremdenlegion. Die wird durch ein Kurhaus nebst Park und üppigen Wegbeschilderungen gefüttert.

Die Leut hier wissen, was sie haben. Eine Bergkulisse, die dir den Atem raubt, weil das Felsmassiv dich mit erhobenen steinernen Fingern an deine Rolle als kurzlebiger Winzling erinnert. Gemeinsam mit dem Fichtenwaldmeer und dem Moor bildet es ein lebendiges Triumvirat, welches dem Leben hier seinen Stempel aufdrückt.

Das Moor mit seinen Tümpeln und federnden Wiesen umgibt den schlummernden Ort als braungrün gesprenkelter Bettvorleger. Blau lackierte Bagger scharren wie gierige Hühner und kratzen Male in den schwarzen Grund. Beinernen Moorgeistern gleich begegnen sie dir am Wegesrand, winken dir zu mit ihren krallenbewehrten Schaufelarmen. Als der Torf in früheren Zeiten mühsam gestochen wurde, ist es hartes Brot gewesen, ans Eingemachte zu kommen. Dennoch gibt die Natur hier die freigiebige Schatztruhe – ein wenig zu besitzergreifend, wenn sie zur Abwechslung einmal wen umschließen darf mit ihrer schwarzen

Brühe. Nach so einer Heilschlammpackung bist du ein ganz neuer Mensch – wenn man den Gedanken der Wiedergeburt aufgreift.

Achtzig Kilometer raus aus München, ein motorisierter Katzensprung, aber es ist, als hätte sich der Sandner auf einen anderen Planeten gebeamt. Einen grünen, frischen, der noch nicht keucht unter dem gebenedeiten Gigantismus, der wahlweise Lärmschutzwälle, Plastikburger und Spinnenphobien gebärt.

Von Henry David Thoreau ist der Satz überliefert: »Ich liebe die Natur, weil sie nicht Mensch ist, sondern Zuflucht davor.« Der ist im Sommer nie in München an den Isarauen gewesen, sonst hätte er das Sprücherl flugs hinuntergewürgt. Leib an Leib an Leib, wie die Laibe beim Hofpfister im Regal. In Bad Kohlgrub kannst du dir von den Leuten zuerst einen optischen Eindruck verschaffen, bevor du sie riechen und fühlen musst. Zumindest kommt nicht auf jeden Baum einer, der grad sein Bier wild ausbieselt oder die Grillwürscht ans überforderte Getier abgeben muss – sonst wär es eine Millionenmetropole.

Wie er mit dem Leihwagen die Hauptstraße entlanggezuckelt ist, hat den Polizisten die Grübelei überkommen. Die Kasse im Hirn hat das übliche Ergebnis ausgespuckt: Man müsste halt öfter an den Zitzen von Mutter Natur zuzeln, zum Volltanken. Wer diesen Standardsatz nicht im Repertoire hat – der haust entweder schon in der Ammertaler Wildnis oder steht auf Fläschchennahrung aus gerammelt vollen Parkanlagen.

Beim Ankommen im Wellnessressort hatten den Polizisten das Gekreisch einer Motorsäge und Musikfetzen einer Quetschn begrüßt. Besser als das ewige Hintergrundrauschen der Blechlawinen, das in der bayrischen Hauptstadt den akustischen Maßstab setzt. Eine Reminiszenz an seine Kindertage, die Quetschenmusi kennt er vom Vater her. Aufgespielt hatte der besonders entfesselt, wenn er aus dem Münchner Schlosseralltag herausgeschlüpft war, zur Verwandtschaft ins bäuerliche Hinterland. Der Sandnerbub immer dabei – freiwillig schreibt sich anders.

Gerade hat der Hauptkommissar das Wasser abgedreht, da dudelt ihm sein Handy die »Rawhide«-Melodie von den Blues Brothers vor. Kalter Guss zur Morgenstund.

»Ja, leck mi!«

Das wird der Kommissar Hartinger definitiv nicht vorgehabt haben. Ein zögerlich gewispertes »Guten Morgen, Herr Sandner« vernimmt der Kriminaler, wie er das Mobilteil unter seinen unnützen Hosen hervorgekramt hat.

»Hartinger, zefix!« Mehr bringt der Sandner nicht heraus. Er kann dem jungen Burschen bloß den Namen in die Hörmuschel speiben. Vor Augen hat er ihn, den zappeligen, bleichen Rotschopf aus Altusried, dessen Wangen wahrscheinlich wie Kohlestückchen vor sich hin glühen.

»Entschuldigung, Herr Sandner, aber ...«

»Denkts euch einfach, ich wär am Hindukusch, oder mich hättens erschossen – oder beides!«

»Wir haben einen Mord und ...«

»Und was willst von mir? Ist dir die Wiesner Sandra ned gut genug? Ihr könnt auch den Bischoff Kare löchern. Nur weil der feine Herr Hauptkommissar jetzt im eigenen Sauhaufen grunzt, ist der nicht aus der Welt. Und warum rufts ned selber an, die Madame?«

»Wir ham geknobelt, äh ... schnick, schnack, schnuck.«

»Und du hast gegen die Sandra verloren? Ausgeschmiert wird sie dich haben.«

»Da kann man nicht schummeln!«

»Ah geh, ich hätt es auch gemacht.«

»Herr Sandner, wir ham einen Toten, und es hat mit Bad Kohlgrub zu tun. Tut mir leid.«

»Es tut dir leid? Davon kann ich mir nix kaufen.«

Die Botschaft war herausgeschlüpft wie eine Natter, und der Sandner hat gewusst, dass er sie nicht zurück ins Loch stopfen könnte. Es wär auch umsonst – das greisliche Mistviech hatte zugebissen.

Die Neugier hat den Leuten viele Errungenschaften der Zivilisation beschert, die Menschheit vorangebracht durch Weltumsegelungen etwa, parfümiertes Scheißhauspapier oder grandiose Klingeltöne.

Ohne die Neugier würde allerdings das Leben vom Hauptkommissar Sandner in den nächsten Tagen bedeutend undramatischer verlaufen, aber er hat halt keine Kristallkugel im Tascherl – alles ehrliches Handwerk.

Headquarter, 9 AM:

»Die Madame« schaut in der Münchner Dienststelle Hansastraße aus dem Bürofenster, so wie es sonst ihr Chef gern praktiziert. Sandra Wiesner, Oberkommissarin, leitende Ermittelnde – klingt gut – zumindest, bis der Sandner sich genug in der Heilschlammsuhle gewälzt hat, um wieder mittun zu können.

Einsortieren ins Regal, abheften im Kopf, was der Morgen ihnen dahergeschleppt hat, wie eine listige Katz die zerfledderte Amsel. Gerade zurückgekommen aus Haidhausen, ist sie nicht recht bei der Sache. Dicht beim Tatort hat sie einst einen Lebensbeglücker genossen, der ihr ausgiebig von seinem handgenähten Schuhwerk mit atmender Sohle vorgeschwärmt hat – und mittendrin wollte er allerweil wissen, ob sie die Pille pünktlich eingeworfen hätte, falls der Gummi poröse Gemeinheiten ausheckte. Beischlaf mit Sicherheitsgurt, Helm und Airbag. Da kommst du auf schräge Gedanken, nur um einmal eine verdutzte Visage betrachten zu können. Atmende Schuhe, Jessasgott!

Und der Zufall ist ein durchdrahter Kasperl – weil direkt in einer Wohnung im Nachbarhaus ihres Ex ist heute Morgen einer dagelegen, an dem hat nix mehr geschnauft. Barfuß ist der gewesen.

Beim Parken vor dem Haus hatte ihr Magen gegrummelt. Die inneren Organe haben ein Elefantengedächtnis.

»Yves« hat er geheißen – nicht der Tote, sondern der Sohlenfetischist –, wahrscheinlich längst Familienvater mit Eigenheim im Grünen, weil eine nicht widerstehen konnte bezüglich belämmerten Gesichtsausdrucks. Mutmaßlich schwerer Samenraub – aber definitiv verminderte Schuldfähigkeit.

Sie zwingt ihre Gedanken zum Toten. Der ist dagelegen mitten im Flur auf dem Parkettboden. Die Arme nach vorne ausgestreckt, auf dem Bauch. Prellungen und Schrammen haben den Körper gezeichnet. Eine weiße Jeans, sonst nichts. Toni Brandl, jung, blond, grazile Gestalt – wieder einer aus dem Leben gerissen, vom Tod am Kragen gepackt und mitgezerrt. Reingeplatzt ist der, mitten in das Alltägliche und Banale, samt Zähneputzen und Fingernagelschneiden und Badputz am Samstag. Die Zukunftsträume und ausgekartelten Pläne hat er zerrupft wie der Wind die vorwitzigen Wolken.

Der Kopf vom Brandl ist unnatürlich überstreckt gewesen, zur Seite gedreht, als wäre der Hals aus Gummi. So haben einst ihre Barbiepuppen ausgeschaut, wenn einer ihrer Brüder seine Experimentiergelüste umgesetzt hatte. Unbequeme Lage, aber die Todesursache ist nicht recht deutlich geworden.

Manchmal hast du die klar vor unwilligen Augen, wenn beispielsweise ein Messergriff aus blutigem Wanst ragt oder ein geschundener Leib an essenziellen Stellen unvollständig daherkommt. In Brandls Fall hat es gewirkt, als ob er sich gleich aufrichten würde und das Ganze zum makabren Scherz erklären. Überflüssig und unnötig ist der Tod erschienen, wie wenn der Mann nur versehentlich den falschen Weg genommen hätte. Sackgasse. Er sollte einfach umkehren, und nix Tragisches wäre passiert.

Die Wiesner hat auf den Augenblick gewartet, bis die Endgültigkeit der Tat den Anker geworfen hat. Tief Luft holen und die Einzelheiten der Leiche studieren. Zuerst Brandls aufgerissene, starre Augen. Sie haben gewirkt, als hätte er noch etwas interessiert studieren wollen, und das Sterben ist ihm einfach dazwischengekommen. Da war nichts im erloschenen Blick vom viel zitierten Erstaunen, eher ein Funken aus Schmerz und Erkenntnis.

Optogramme kommen ihr in den Sinn. Eine obskure Wissenschaft, die mittels ausgefuchster Apparaturen beweisen wollte, dass im starren Auge das letzte Bild zu generieren wäre. Das allerletzte Bild. Wen hat er gesehen, der Toni? Ist es eine Überraschung gewesen, oder hat er das erwarten müssen? Hat er sich verzweifelt gewehrt bis zuletzt?

Eine Mischung aus Weihrauch und Sandelholz hat die Polizistin erschnuppern können. Ungewöhnlich. Findest du sonst eher in weiblicher Umgebung. Geschmackvoll eingerichtet, nichts Billiges. Erdfarbene Wände, mannshohe exotische Pflanzen. Der Gang durch die Wohnung hat ihr gezeigt, dass er ein ordentlicher Mensch gewesen sein musste, im Leben. Nirgendwo herumflackende Socken, keine benützten Gläser auf dem Tisch, keine Zeitungen. Als hätte er die Welt aufgeräumt verlassen wollen. Aber von »wollen« kann keine Rede sein, wenn du abgekragelt wirst wie ein überreifer Gockel.

Alles hat seinen routinierten Gang genommen. Die Spurensicherung hat gewerkelt, der Doktor Aschenbrenner sich mit der Leichenschau abgefrickelt. Die Rädchen haben ineinandergegriffen. Ruhig ist es zugegangen.

Und die Wiesner? Hat mitgespielt, die passenden Fragen gestellt, die Leut instruiert.

Plötzlich hat sich ein seltsames Gefühl in ihr Raum geschaffen. Als würde sie aus dem Körper schlüpfen wie aus einem Gewand und sich von außen zuschauen. Die sachlich-kühle Beamtin hat ihren Leichenjob gemacht, während daneben eine Frau gestanden ist, die, angewidert von all der Gewalt, den Blick vom Ermordeten abwenden musste. Gewundert hat die sich, wer diese große, dünne Blonde ist, die sich da geschäftsmäßig, ohne jede Regung, nach der Todesursache erkundigen und im Leben des Ermordeten wühlen kann wie in ihrem Handtascherl. Kurz und knapp sind ihre Anweisungen gewesen, umsichtig ihr geschulter Blick.

Die Leiche ist vom hergeschundenen Opfer zum spannenden Objekt mutiert. Die Entpersonalisierung hat erste derbe Sprüche unter den Anwesenden herausgekitzelt.

Einem Uniformierten ist prompt ein saudummer Kinofilm eingefallen, ein anderer hat beste Erfahrungen mit einer nahe gelegenen Metzgerei weitergegeben. Getuschelter Geheimtipp – besonders der warme Leberkas würde auf der Zunge zergehen. Als wär das Kalb von Engeln gesandt. Pure Fleischeslust hat das Antlitz des mondgesichtigen Beamten erleuchtet. Kälbernes Manna.

Nur einen Moment hat sie gedauert, ihre kleine Astralwanderung, dann hat die Wiesner die Emotionen wieder verstaut gehabt und weggeschlossen, an einem sicheren Ort.

In seinem Bad Kohlgruber Zimmer versucht sich der Sandner, das Handy am Ohr, in sein weißes Bademäntelchen einzuhüllen. Die Freikörperkultur verliert angesichts der dienstlichen Situation gegen anerzogen-katholisches Schamgefühl.

Es mag Telefonate geben, da stellst du dir den Gesprächspartner gern einmal ohne verbergendes Gewand vor. Sei es, weil der dich ordentlich runterputzt und du einen relativierenden Input brauchst, sei es, weil die angenehme Stimme deine Phantasie schürt, bis dir der Hut brennt. Hier ist das für keinen der Beteiligten eine bedenkenswerte Option. Während der Hauptkommissar einhändig mit dem Gürtel kämpft, lässt er sich vom Hartinger die Ereignisse schildern. Dass die Eltern vom Ermordeten im Kurort zu Hause wären und sie sich gedacht hätten, wo er schon einmal da ist …

»Natürlich hätten das auch die Murnauer Kollegen übernehmen können, aber wenn Sie am Montag eh …«

»Ich versteh scho, was ihr euch gedacht habts«, unterbricht ihn der Sandner gähnend, »bin ja ned deppert. Falls es was gibt, eine Gschicht im Ort, weiß der Kuckuck, ist es schon schlauer, wenn ich ein wenig nachhör. Hab ja sonst nix vorgehabt heut.

Und jetzt erzählst mir, wie ihr ihn gefunden habt und was ihr schon wisst.«

Er hat sich gleich ordnungsgemäß angezogen. Jeans und schwarzes Sweatshirt. Unspektakulär. Der Sandner kommt eh unspektakulär daher. Nicht zu verwechseln mit unscheinbar. Die verstrubbelten braunen Haare, der leichte Bauchansatz und die Falten in den Augenwinkeln geben ihm einen Ausdruck von kreativem, genussfreudigem Lebenshunger.

Er hat den Hang, bemerkt zu werden. Nicht, dass er die selbstverliebte Diva gibt, aber Aufmerksamkeit holt er sich gewöhnlich nicht im Probierpackerl. Das fällt im Wellnesshotel nicht schwer, da wirst du mit ihr genudelt, bis du glauben magst, du bist Ludwig II.

Der Sandner hat seine Siebensachen zusammengepackt und ist samt Rollkoffer ins Erdgeschoss. An der Theke kommt ihm ein Lächeln aus, weil sich selbst die herbstliche Morgensonne abhakeln müsste, um zu strahlen wie sein Gegenüber, eine kleine, stämmige Schwarzhaarige im Dirndl.

Bei manchen Menschen bräuchtest du genormte Sonnengläser.

Ihr akzentuiertes »Guten Morgen!« springt ihm kreuzfidel ins Gesicht. Für auswärtige Ohren haben die Leut im Ort alle ein serviles, entschärftes Bayrisch im Programm. Ob du aus München daherkommst oder Wanne-Eickel, scheint linguistisch denselben Modus Operandi herbeizuführen.

Aber es hilft nix, den Morgen zu beschwören – von dem ist der Sandner bereits gebratzt worden wie das Viech vom Tellereisen. Er nickt dem Madl zu und setzt ihr dann auseinander, dass er jetzt abreisen wird.

Ihre Enttäuschung schaut annähernd echt aus. Dass er doch heut noch alle Wellnessangebote nutzen könnte, erfährt er im Gegenzug. Und sein Zimmer müsste ja erst mittags geräumt sein. Was er dazu meint? Ihr Eifer färbt ihm die Wangen. Die junge

Frau könnte sofort bei ihm auf der Dienststelle anfangen, so gschwind, wie sie ein schlechtes Gewissen herauskitzeln kann, in offenherziger Unschuld. Er erscheint als Undankbarkeit auf zwei Beinen.

Weil er ihren Enthusiasmus nicht keulen will, erzählt er ihr die Mär von der Besteigung des Hörnles, die er heut noch vorhätte – natürlich ohne Sessellift. Flirt mit urwüchsiger Natur nebst Gipfelkreuz tätscheln – das versöhnt sie offensichtlich mit seiner Entscheidung. Ihr »Viel Spaß, Herr Sandner« kommt dennoch ein bisserl gebremst.

Die Gaudi hat er für heute abgehakt.

Kurz blitzt es in ihm auf, wie er sich im Dampfbad räkeln würde und hinterher durchkneten ließe – nachdem er den Eltern des Toten die traurige Nachricht überbracht hat. Aus, rum ums Eck, da hätte er gefühlsmäßig den Holzklotz geben müssen.

Das Frühstücksbüfett kann er abschenken. Es gibt Geschichten, die willst du hinter dir haben, ohne lang herumzutändeln. Da kann der Magen gern den Revoluzzer geben – beim Sandner ist aktuell Diktatur des asketischen Geistes angesagt. Ein Haferl Kaffee hat der ihm wenigstens vergönnt.

Kurz drauf ist er auf dem Weg durch den Ort. Die gute Laune ist ein treuloses Luder. Die hat ihm knapp zugewunken – und ab über alle Ammertaler Berge. Gebrauchen kann er sie eh nicht. Du trällerst dir kein lustiges Liedchen in Vorbereitung auf einen abgründigen Moment. Duster und kalt wird es in dir.

Er hat sich vorgestellt, zu Fuß bliebe ihm ein bisschen Zeit, sich auf die Situation einzulassen. Jetzt fuchst ihn seine Entscheidung. Mit dem Auto zwei Minuten – da hätte er die hundsverreckte Geschichte schon durch. Könnte auch sein, jemand hat die Eltern schon informiert, aber das ist kein Wettlauf. Da musst du nicht zwingend der Erste auf dem Treppchen sein. In alter Zeit wär dem Überbringer solcher Botschaften umstandslos der Schädel abgeschlagen worden – stellvertretend.

Die Sonne will sich partout keine Blöße geben, und die Vögel tschilpen daher, als wär's tatsächlich ein pfundiger Tag.

Der Sandner ruft den Aschenbrenner an. Beim zweiten Läuten ist der Gerichtsmediziner am Handy.

»Ja Josef, was schnaufst denn so? Nimmst du das Handy mit ins Dampfbad, oder wanderst grad aufs Hörnle? Hast Spaß, ja?«

»Woran ist er gestorben, Asche?«

Schweigen in der Leitung. Dann ein geplärrtes: »Des gibt's doch ned!«

»Oiso?«

»Perlen vor die Säu!«

»Dank dir schön. Ein andermal führen wir ein gepflegtes Gespräch über Schizzo-Massagen, aber jetzt interessiert mich das Körperliche vom Toten.«

»Shiso! Perilla frutescens! Depp, ignoranter! Den Toten hams ziemlich zamfallen lassen, Prellungen, diverse Blutergüsse – und gestorben? Wart, ich such gschwind meine Notizen. Oiso, wenn du es wirklich genau wissen musst?«

»Genau.«

»Also es schaut so aus, das ist jetzt bloß mein Erfahrungswissen, als ob ihm der Zahnfortsatz des zweiten Halswirbels gebrochen wurde. Und höchstwahrscheinlich nicht durch Sturz oder Schlag.«

»Aha. Und wenn so ein Fortsatz durch ist, passiert was?«

»Das führt zu einer Quetschung des oberen Rückenmarks – da schnaufst du nimmer und bewegst dich nimmer – sofortiger Exodus. Aus die Maus. Für dich als Laien: Den Hals umgedreht hams ihm, Genick gebrochen.«

»Ja leck mi am Arsch – wer schafft so was? Grobian der Barbar?«

»Entweder rohe Gewalt oder a passable Technik. Schadet ja nie, wenn du was Gscheites gelernt hast. Vielleicht ein Todesgriff – exzessiver Genickdrehhebel. Wie du es halt aus sinnfreien Prügel-Streifen kennst. Ein Griff und – kracks, verendet das böse

Muskelpaket. Ob das real wie geschmiert funktioniert, fragst vielleicht einen von den Pullacher Agentenkasperln. So viel zum ersten Eindruck. Du weißt doch das Sprücherl: Genaueres nach der Obduktion.«

»Wir suchen also einen Bären, einen Catcher oder die Todeskralle der Shaolin. Sauber.«

»Hätt ich ned präziser ausdrücken können – so manche Frau könnt's bestimmt genauso, ein Kind schließ ich erst mal aus. Was hast jetzt du heut damit zu tun, sag?«

»Des frag ich mi scho seit einer halben Stund und krieg keine Antwort zam, die mich beruhigt.«

Der Sandner beendet das Gespräch und stapft weiter tapfer bergan. Kurz vor zehn ist es mittlerweile. Oberes Kurgebiet. Dass er sich gleich mit einer Wanderung abfretten muss, hätte er sich nicht gedacht.

»Home is made for coming from«, hat der Lee Marvin einst gesungen. Ob der Sandner unter einem »Wand'rin' Star« geboren ist, wagt er zu bezweifeln. Gerade gibt er den »städtischen Jammerlappen«, der jeden lächerlichen Fußmarsch mindestens zum Jakobsweg deklariert. Nur, dass am Ende keine Absolution seiner wartet.

Erste Schweißperlen künden von mangelnder Trekkingform. Herrschaftszeiten! Vielleicht sollte er mehr Rad fahren – generell. Besser noch, sich keine depperten Vorsätze aufzuschaufeln – generell. Das hört sich bei Weitem gesünder an. Pfeif aufs schlechte Gewissen, Sandner. Dazu fehlt ihm aktuell die Puste.

Vor einem kleinen Häuserl aus den Sechzigern darf er schließlich stehen bleiben und verschnaufen. Der Zaun könnte einen frischen Anstrich vertragen, das Unkraut im Gärtchen muss keinen Anschlag befürchten. Naturprediger würden das struppige Ensemble zum Biotop adeln.

Vor der Haustür steht ein Paar, zum Kirchgang gerüstet. Sonntagsgwand – sogenannter Landhausstyle im Münchner Shopping-Slang. Rot-weiße Karos unter gedecktem Garn, züchtige Krägen, sparsam präsentierte Haut. Der Morgen ist, trotz Sonnenbestrahlung, herbstlich zapfig. Auf behütete Bronchien solltest du nicht verzichten – die Messe ist ja keine Ü-30-Party im paarungszeitigen Großstadtdschungel.

Die drei mustern sich sekundenlang, schätzen einander ab.

»Was wollens?«, herrscht der Mann ihn schließlich an, Ungeduld in der Stimme.

Der Sandner kramt nach Wörtern im passenden Kleid.

»Polizist bin ich aus München, Josef Sandner«, sagt er, »könnt ich kurz hereinkommen?«

»Passt grad schlecht, vielleicht nach der Mess«, verkündet ihm sein Gegenüber und verschränkt die Arme.

»Kommens«, widerspricht die Frau und macht ihm die kleine Holzpforte auf. Einen finsteren Blick bekommt sie von ihrem Begleiter dafür geschenkt.

»Um Ihren Sohn geht's, könnten wir uns drin hinsetzen?« Der Sandner mag weder drumrum reden noch am Gartenzaun stehen bleiben.

»Was is?«, fragt der Mann, ohne auf die Aufforderungen zu reagieren.

Einen sturen Hund hat er da vor sich. Hilflos schüttelt der Münchner den Kopf.

»Ihr Sohn ist heut Morgen in seiner Wohnung aufgefunden worden.«

»Aufgefunden?«, fragt die Brandl, »was is mit ihm passiert?«

»Ich muss Ihnen sagen, dass er tot ist. Es tut mir leid.«

»Tot«, brummt der Mann und nickt, wie zur Bestätigung.

Die Frau dreht sich abrupt um, sperrt die Tür auf und verschwindet im Haus. Nachdem der finstere Kerl wie ein Baum verwurzelt, geht der Sandner der Frau nach. Einen dunklen Flur, dominiert vom massigen eichenen Garderobenschrank, tappt er zögernd entlang. Aus einem Raum, ganz am Ende, offenbar der Wohnküche, hört er sie kurz aufschluchzen.

Wie er hereinkommt, hantiert sie mit einem Spülhadern. Auf

dem Tisch mit dem geklöppelten Deckerl stehen noch zwei halb volle Kaffeehaferln, eines davon mit »Morgenstund hat Gold im Mund«-Aufschrift. Goldene Lettern auf hellblauem Porzellan. Über der roh gezimmerten Eckbank wird der geschnitzte Jesus gekreuzigt. Eine einsame Strohblume hat ihm wer unter den rechten Arm geschoben – vielleicht zum Trost. An der Wand ein gelbstichiges Bild aus alter Zeit. Eine Ansammlung ernst dreinschauender Leut im Festtagsgwand vor einem rustikalen Bauernhaus. Im Zentrum das mächtige Ochsengespann nebst vollbärtigem Familienoberhaupt. Das wiederkäuende Hab und Gut, wohlgenährt mit glänzend-gestriegeltem Fell. Was du dein Eigen nennst, dafür brauchst du dich nicht schämen.

Unter dem gelblichen Licht der Lampe tummeln sich zwei Stubenfliegen. Es riecht nach kaltem Zigarrenrauch und Kiefernharz.

Der Sandner sagt nichts. Hinter sich hört er schwere Schritte.

»Des hat ja so kommen müssen«, murmelt der Mann.

Seine Gemahlin zuckt zusammen, ihre Schultern heben sich, als würde der Satz ihr ins Genick dreschen.

Der Sandner wendet sich um und schaut dem Brandl in die Augen. Die Miene wirkt schroff und abweisend wie ein steiler Felsgrad. Nix zum Festhalten. Nur der Kehlkopf hüpft auf und ab. Seine Hände ballen sich zu Fäusten.

»Wie meinens des, hat er Feinde gehabt, Ihr Sohn?«

Der Vater des Toten fährt sich mit der Hand über das kurz rasierte Haupt. Sein starrer Blick ist auf den Sandner gerichtet oder durch ihn hindurch zum Jesus an der Wand. Antwort gibt der aktuell keine.

»Wir wissen von gar nix, wir haben keinen Kontakt gehabt.« Und zu seiner Frau gewandt: »Irene, komm, wir müssen los.«

Die Aufforderung ruft bei Tonis Mutter ein fügsames, stilles Nicken hervor. Sie reißt sich von der Spüle los. Ehe sichs der Sandner versieht, befindet er sich wieder draußen vor der Tür. Etwas anderes hat er erwartet. Nichts, was er vorausahnen hätte können. Vielleicht einen Orkan, vielleicht die verschlingende Leere, gegen die er sich gewappnet hat. Da gibt es kein Gesetz, keine Regel. Das Unfassbare ist ein brutales Viech. Wenn es dich anfällt, hältst du nicht stand. Es reißt dir die Brust auf, drückt dir die Gurgel ab und stößt dir gewaltige Bratzen in den Magen. Nicht sein darf, was nicht sein kann. Das »Nimmermehr« kommt als Felsbrocken daher, der dir das Hirn zerhaut. Wehrlos wirst du umhergeschleudert und bist ausgeliefert.

Aber diese Eltern? Was treibt die um? Noch nicht einmal Wut. Kein: »Was ist passiert?« Stoisch scheint der Brandl den Tod seines Sohnes hinzunehmen. Passt gerade schlecht vor der Messe. Als hätte sich ein lang prophezeites Schicksal endlich erfüllt, und die quälende Ungewissheit wäre vorbei. Nur der Zeitpunkt hat nicht harmoniert. Wenn hier die Wahrheit rausspitzt, hat der Sandner gerade im Ort um Arbeit gebettelt. Kruzifix! Er könnte dem Hartinger die Löffel lang ziehen, wie einem Schulbub. »Stell dich ins Eck und mucks dich nimmer.«

Die Brandls geben dem Sandner nicht eine Sekunde, seine wirren Gedankenbänder zu entknoten. Sie setzen sich gleich in Bewegung.

Warum man den Staatsanwalt Wenzel nie hört, wenn er ins Büro kommt? Die Wiesner beschäftigt sich in letzter Zeit zu viel mit der Beschaffenheit von Schuhsohlen. Vielleicht verbirgt sich aber einfach ein Federkleid unter dem dezenten braunen Anzug, das würde zu seiner knöchernen Physiognomie passen. Er zieht seine Kreise und stößt lautlos herunter, um sich kleine Nager zu krallen.

»Frau Oberkommissarin Wiesner, was haben wir an Fakten?«

Ein Mäuschen ist die Wiesner nicht, da würde er sich gscheit verschlucken an dem Bissen.

Der Staatsanwalt kommt dicht an den Schreibtisch und reckt ihr auffordernd seinen Schädel entgegen. Gleich eine Watschn oder später? Dass der Wenzel diesen Sonntag Bereitschaft haben muss, wäre für Schicksalsgläubige Grund, Klagegesänge anzustimmen oder sich in die Tonne zurückzuziehen.

Die Wiesner nimmt ihn hin wie einen Platzregen ohne Schirm. Über roulierende Dienstplangestaltung ist der Mörder halt nicht informiert gewesen. Für den Wenzel ist es auch kein Feiertag.

Aktuell ist er in der Warteschleife, der »Ober« soll ja anstehen. Oberwenzel. Das macht ihn augenscheinlich nervös. Um alle Fettnäpfchen ist er grazil herumgetänzelt, nur der Sandner hat ihn ab und an aussehen lassen, als trüge er Holzpantinen zum Schwanentanz. Und dass der ihn letztes Jahr um ein Haar von einer Autobahnbrücke geschmissen hätte, ist keine vertrauensfördernde Maßnahme gewesen. Auch wenn sich der Polizeiapparat drauf geeinigt hatte, dass der Sandner in einem emotionalen Ausnahmezustand gewesen wär, Schock – halt gerade nicht alle Schrauben parat im Kasterl. Kommt vor. Für den Wenzel unverständlich, weil für ihn der Hauptkommissar sowieso eingeliefert gehört. Lieber heute als morgen. Der offensichtliche Mordversuch war für ihn eine Bestätigung gewesen, quot erat demonstrandum. Dass der Staatsanwalt zu allem Überfluss mit der ehemaligen Frau Sandner verbandelt ist, könnte man demgegenüber als Randnotiz abhandeln.

»Schön«, leitet die Wiesner ihre Rede ein. Sie weiß, dass sie und ihr Team in Sippenhaftung genommen sind, und da kann der Hahn krähen, sooft er lustig ist, anbieten wird sie dem Wenzel nichts, um den Sandner auszuschmieren. Obwohl es sich in seinem Stuhl recht bequem anfühlt.

»Also, eine anonyme Anruferin hat uns heut Morgen eine Leich in einer Wohnung in der Sedanstraße gemeldet. Stimme klang jung, sie hat vom Telefon des Toten angerufen. War also in der Wohnung, wahrscheinlich nach dem Tod, weil der Aschenbrenner sagt, der Brandl Toni wär Samstagabend so um acht gestorben respektive umgebracht worden.«

»Wieso schließen Sie die Frau gleich als Täterin aus?«

»Mein Menschenverstand sagt mir, dass du nicht in der Nacht

jemanden umbringst, neben der Leich zwölf Stunden hockst und dann anonym die Polizei rufst, aber schau mer mal.«

»Vielleicht Reue? Sie hätte doch zurückkommen können. Beziehungstaten widersprechen allzu oft der gesunden Logik, Frau Oberkommissarin.«

»Dankschön für den Hinweis. Wir sind erst am Anfang, aber des läuft alles so weit. Die Nachbarn und das Umfeld werden grad befragt, Kontoauszüge und Telefon schau ich mir grad an. Für die Spurensicherung ist es wie Weihnachten. Da kriegen wir sicherlich Präsente. In der Wohnung hat es offenbar einen Kampf gegeben. Der Tote hat diverse Verletzungen.«

»Und das Opfer, was ist das für einer?«

»Eine schillernde Gestalt. Erst seit einem Jahr in München. Zuvor in Asien herumgekommen. Irgendwas mit Meditation und Esoterik hat er betrieben, ned weit weg von hier. Calm & Peace heißt sein Laden am Winthirplatz. Der Hartinger und der Winter sind gerade auf dem Weg zu seinem Kompagnon, einem Herrn Stangassinger.«

»Ah so? Sie schicken die beiden unerfahrenen Beamten zur Befragung?« Der Wenzel runzelt die Stirn ... und du selber sitzt dir hier den Oasch breit, glaubt die Wiesner die Satzergänzung aus den Falten herauslesen zu können.

»Na na«, sagt sie lässig mit dazugehöriger Handbewegung, »die bringen ihn natürlich daher, und ich red mit ihm.«

Das gefällt. Das Hierarchische ist dem Wenzel näher als die gestutzten Augenbrauen. Die Stirn entknittert sich.

»Ich wart auf die Berichte, da muss eine Geschwindigkeit rein. Sagen Sie mir Bescheid wegen der Lagebesprechung, und lassens die Presseabteilung bloß nicht wieder verhungern«, ermahnt er, »ich darf es dann immer gradebiegen. Diesmal nicht!«

Was er sonst gerne dürfte, behält die Wiesner für sich. Vielleicht hätte er sogar seine Freude dran.

»Morgen ist der Hauptkommissar Sandner wieder ...«

Die Tür fällt hinter dem Wenzel ins Schloss.

Doch nicht befragen, nur herbringen, tippt die Wiesner in ihr Handy und schickt die Message an den Hartinger.

Geben ihn am Lieferanteneingang ab. Trinkgeld?, kommt es prompt zurück. Manchmal überrascht sie der Hartinger mit einem spaßigen Zufallstreffer.

Ob nun der Winter und der Hartinger unerfahren sind, steht auf einem anderen Blatt. Der Winter ist ein Frischling bei der K11. Nachdem Sandners Freund, der Bischoff Kare, sein eigenes Team bekommen hatte und zum Hauptkommissar befördert worden war, hat sich die Wiesner für den Winter Johannes stark gemacht. Nicht, weil er ein blondmähniger, muskelstrotzender Kleiderschrank mit Knackarsch ist – obwohl es kein Fehler sein muss, bei der Arbeit ein optisches Schmankerl als Dreingabe zu erhalten. Er hat bei einem Fall ihren Bodyguard geben dürfen – ihren persönlichen Tarzan. Was sie von ihm dabei wahrgenommen hat – ausgenommen diverse depperte Sprüche –, hat ihr ein gutes Gefühl vermittelt. Das sollte – nach der nötigen Feinjustierung bezüglich Machoallüren – eigentlich passen. Der Sandner hat auf ihr Gefühl gebaut. Er spricht ihn die meiste Zeit mit »Jonny« an. Das wär ja auch eine Form von Johannes und noch dazu eine Ehre. Der Jonny Winter wäre nämlich ein Bluesgott gewesen, bevor ihn die Drogen fertiggemacht hätten. Heute leider nur noch eine lebende Andeutung. Der Bursch hat seinen Namensvetter nicht gekannt, aber versprochen, bei YouTube reinzuspechten. Der »Jonny« ist an ihm hängen geblieben.

Gleich am dritten Tag hat er so viel gelernt wie andere in drei Jahren. Wie er der Wiesner sein nächtliches Erlebnis mit dem Sandner geschildert hat, ist er noch ziemlich verwirrt gewesen. Kein Wunder – polizeiliche Intervention der besonderen Art.

Er durfte nämlich den Hauptkommissar nach Hause fahren, Untergiesing, Lohstraße, wo der Auer Mühlbach fröhlich plätschert und sich neuerdings der Eisvogel tummelt. Nicht zu verwechseln mit Obergiesing – der Giesinger Berg, einst gefürchtet bei den Kutschern, trennt die Stadtteile. Oben plätschert nix. Da versucht sich höchstens der Verkehr vergeblich im Fließen, gebremst durch Staustufen aller Art. Für Obergiesing lohnt ein zweiter Blick. Dann sieht man, wie kommod es sich dort leben lässt in den schönen alten Wohnungen, und man trifft auf Kneipen, die sich einen Teufel scheren um weltstädtische Ambiance-Konzepte. Kein Tand, kein Klimbim. Erholung für die angeschlagenen Sinne.

Dort oben auf dem Berg an der Verkehrsschlagader Silberhornstraße, just bei der U-Bahn-Station, hat sich eine Gestalt mit Bierflasche in der Hand über einen Liegenden gebeugt, der sehr hergeschunden ausgesehen hat. Der Jonny ist reaktionsschnell auf die Bremse und aus dem Wagen.

»Polizei«, hat er gebrüllt, »was machens da? Flasche weg!«

Der Sandner hat noch »sei stad!« gemahnt, aber zu spät.

Der Angerufene ist sofort losgewieselt, und die beiden Beamten durften hinterherhecheln. Sie haben ihn in ein Haus rennen sehen, und kurz drauf ist in einem Zimmer im dritten Stock das Licht angedreht worden. Endlich vor der Wohnungstür, haben sie erst durchschnaufen müssen, sturmgeläutet, und weil nix drauf passiert ist, hat der Jonny die lumpige Tür auframmeln dürfen. Er hat sich sofort eingebremst – der Sandner dito –, quasi mitten in der Bewegung sind sie erstarrt.

Vor ihnen im Flur hat sich der Bursch aufgebaut, hin und her schwankend, betrunken oder alternativ umnachtet. Ein Grischberl mit strähnigen Haaren, Tarnhosen und dünnem Windjackerl. Er hat in der Hand eine Leine gehalten. An deren anderen Ende hat sich ein enormer schwarzer Bullterrier aufgehalten, mutmaßlich für die Bärenhatz hergezüchtet.

Der Sandner hat seinem Kollegen einen finsteren Blick zugeworfen, den der nicht zu deuten wusste.

»Hauts ab, ihr Wichser, sonst könnts was erleben«, hat der Hiasl vor ihnen gejohlt, und der Hund hat die Botschaft knurrend untermalt. Nachdem der Sandner nur stocksteif dagestanden ist, hat der Jonny Initiative ergreifen wollen.

»Spielt der Krambambuli da sonst dei Fünferl-Fanny? Mach bloß kan dummen Fehler«, hat er deeskalierend das Grischberl gewarnt.

Den Hauptkommissar hat es amüsiert.

Vom Angesprochenen ist nur ein Zähnefletschen gekommen, frei nach der Theorie, dass Herrchen und Hund sich im Laufe der Zeit mimisch und körperlich angleichen. Da hätte der Milchbubi im Studio allerdings gscheit auftrainieren müssen, inklusive Anabolikakur.

Sie sind im Gang saublöd herumgestanden, alle vier. Belauert haben sie sich, wie beim Sergio Leone. Den Hund fixiert. Minutenlang. Bis der Sandner auf die Uhr geschaut hat. Rien ne va plus.

»Wenn der das Viech jetzt ned anbindet, schießt du dem Deppen ins Knie«, hat er den Jonny angewiesen. Ganz ruhig.

»Was?«, haben beide Männer verblüfft nachgefragt.

»Schieß ihm ins Knie. Sagst halt, du hast auf den Hund gezielt. Ich zähl bis drei.«

Das Grischberl ist schlagartig nüchtern geworden.

»Seids ihr komplett deppert, ihr zwei!«

»Eins.«

Der Jonny hat die Waffe herausgerissen und entspannte Schusshaltung eingenommen, inklusive vorgerecktem Kinn.

»Zwei.«

Das Zielobjekt hat hektisch von einem Polizisten zum anderen geschaut. Komplett überfordert, Achterbahn im Kopf.

»Des dürft ihr fei ned, des …«

»Und …«

Er ist mit dem Hund rückwärts zur offenen Küche getorkelt, hat an der Leine gezerrt und sie hektisch um ein Tischbein geschlungen. Kurzes, heiseres Aufbellen vom Tier. Das war's.

»Peng«, hat der Sandner dazu bemerkt.

Kein Mucks mehr vom Hund. Schlau war er. Intellektuell und

bezüglich Sozialkompetenz seinem Herrchen weit überlegen. Dagegen ist der auf Geißeltierchen-Niveau dahergeschwommen. Wahrscheinlich hat der Zerberus noch an der Börse spekuliert. Vor dem Tisch hat er anstandslos gekauert, die Beamten im Blick.

Ohne Widerstand hat sich der verstörte Hundehalter verhaften lassen. In die Hosen hatte er sich gebieselt, schwache Blase offensichtlich.

Wie sie grad mit ihm rauswollten, ist ein Bub an ihnen vorbeigestürzt, in die Wohnung rein und hat das Tier umhalst. Seine Mutter hat derweil die Nachbarwohnung aufgesperrt.

»Des is der Django«, hat der Kleine den Schwarzen vorgestellt, während er ihm das Fell zerzaust hat.

Seine Mutter hat ums Eck gelugt, was da los wär.

»Können Sie sich um den lieben Django kümmern, bis das Herrchen wieder da ist, dauert ein wenig.« Der Hauptkommissar hat mit dem Polizeiausweis gewedelt.

»Ja, freilich«, hat die Frau verdattert retourniert, »aber was ...«

Mehr hat der Jonny nicht mehr gehört, sie sind schon mit ihrer Beute auf dem Weg nach draußen gewesen. Der Sandner musste die traurige Gestalt noch ein wenig rupfen.

»Du feiges Würschterl, hätt ma den Django derschießen sollen, oder was?«

Einen dicken Fisch haben sie sich nicht geangelt. Sein besoffener Trinkkumpan hat den Asphalt küssen müssen, Resultat Platzwunde, und das Freunderl sich verzupfen wollen, wegen einem Brieferl Kokain im Tascherl.

»Aber des nächste Mal, Jonny, brüllst ned wie ein Jochgeier. Bequem hinhatschen hätten wir können! Musst ned so prahlen mit deinen strammen Wadln«, hat der Hauptkommissar ihn abschließend ermahnt.

Doch ein Initiationsritual, hat die Wiesner dem Jonny beigestimmt, Marke Sandner'scher Humor. Was er denn bei »drei« hätte tun sollen, hat der Frischling von ihr wissen wollen. Die Wiesner hat mit den Schultern gezuckt.

In Bad Kohlgrub ist der Sandner mit den Eltern des Toten den Berg wieder hinuntergezuckelt – das heißt, er ist gezuckelt, die beiden haben einen strammen Marschrhythmus aufgenommen. Die Frau hatte sich bei ihrem Gatten untergehakt – oder er hat ihren Arm eingeklemmt gehabt. Ausgesehen hat es, als würde er sie den Weg entlangzerren.

Bald ist es der Sandner leid gewesen, Schritt zu halten. Es ist sowieso schweigsam dahingegangen. Er ist zurückgeblieben. »Das hat ja so kommen müssen.« Damit kann er sich nicht zufriedengeben. Da hat ihm der Brandl einen Bissen zugeworfen, und jetzt triefen ihm die Lefzen. So kann er nicht ruhig zurückfahren, Herrgottsakrament!

Runter geht's bis zur Kirche. Er lässt das Paar endgültig ziehen und schaut sich um im Karree. Ins Gotteshaus will er nicht, obwohl er Kirchen schon etwas abgewinnen kann, rein baulich und atmosphärisch. In einer Burg hausen will auch keiner mehr. Im Winter den Arsch von der Mauer hängen zu lassen, weil das Klo erst hundert Jahre später erfunden wird, ist keine Alternative. Einzig im Betrachten liegt der Zauber. Wo eine Kirch gebaut ist, kann der Gasthof nicht weit sein. Das Elementare, Seite an Seite. Geglaubt haben die Leut allerweil etwas und gefressen auch. In alter Zeit sicherlich ein leerer Ort, wenn die Glockenschläge eisern gemahnt haben, als würde dem sündigen Menschen der Messdiener persönlich mit dem Klöppel den Buckel bläuen. Einen schrägen, misstrauischen Blick hättest du bekommen statt einem Frühschoppen, unchristlicher Heide.

Heutzutage muss man natürlich fußläufig entweder einen Banktempel oder ein Einkaufszentrum hochziehen, damit die Leut eine Wahl haben in ihrer Religionsausübung. Das haben sie zum Beispiel in der Münchner Messestadt hervorragend gelöst. Nur der Kirchturm muss allerweil am höchsten sein, a bisserl Anspruch gehört dazu.

Der Franz Grillparzer hat geschrieben, Religion wäre die Poesie der unpoetischen Menschen.

Wie der Hartinger dem Hauptkommissar mitgeteilt hatte, wäre der Tote lange in Indien gewesen, bezüglich spiritueller Unterweisung, und hätte zuletzt die wissensdurstigen Münchner mit Weisheiten hinduistischer Meister versorgt. Bei der universellen Sinnfindung hat er mitgekartelt.

Wie man in Indien einen besonderen Sinn finden kann, den es in den Garmischer Bergen nicht gibt, hat sich dem Sandner bisher nicht erschlossen.

Seine Tochter, die Sanne, versucht ab und an, ihm die buddhistische Lebenssicht näherzubringen, quasi Crashkurs an den spärlichen Wochenenden, an denen sie sich in München blicken lässt. Seit sie in Wien mit dem Flötenhansl von den Philharmonikern haust, sind die Gelegenheiten dazu dürftig genug. Bezüglich Weisheit scheint er eh eine hoffnungslos imprägnierte Haut zu besitzen. Die hat ihn nicht bewässern können. Vieles ist ihm jedoch charmant dahergekommen, unter anderem, dass ein Buddhist nie danach trachtet, unbelehrbare Mitbürger aufs Blut zu triezen oder gar Reisighaufen für sie aufzuschichten. Friedfertigkeit findest du bei den anderen Weltreligionen höchstens in ihren Propagandaschriften. Von daher lässt sich der Sandner von seiner Tochter gern in Gespräche über das Dasein verstricken. Er teilt auch ihren Grant auf die »gschissenen Chinesen«. Denen ginge das Herschinden eines Mönchs im geräuberten Land so selbstverständlich von der Hand wie humanen Leuten das Zähneputzen.

Aber Indien ist eine andere Nummer. Mit den Hinduweisheiten hat der Sandner bis dato nix am Hut. Das Kamasutra solltest du nur büffeln, wenn du mindestens das Sportabzeichen in Silber dein Eigen nennst. Von transzendentaler Meditation und Ashrams hat er zum ersten Mal im Zusammenhang mit den Beatles gehört. Ob man darüber hinaus die Levitation mittels yogischem Fliegen, alternativ Quantenphysik, geisteskräftig überlisten kann, ist dem Sandner schnurzwurscht, solang noch Schuhe verkauft werden. Wenn dir wer für exklusive Erkenntnis das Geld aus der

Tasche leiern will, wartest du besser, bis es Volkswahrheit beim Discounter gibt. Manche Lehre leert vor allem das Geldsackerl und als Dreingabe das Hirnstüberl – ein gspaßiger Kreislauf. Weisheit einkaufen zu wollen zeugt von wenig Talent dazu.

Als junges Madl ist die Corina, seine Exfrau, mit einer Freundin in Rajasthan umhergezogen. Backpacking. Exzerpierende Mitteilung: Wer nicht selbst dort gewesen wär, hauste im Tal der Ahnungslosen. Bei jedem Ortsnamen solltest du kundig-wissend aufschnauben. Ein exklusiver Verein, die Indientraveller. Als hätte sie alle ein Nahtoderlebnis beglückt, inklusive passender Lightshow.

Den Nahtod haben aber prozentual gerechnet eher die Einheimischen vor Augen, außer man reist gern mit einem der busähnlichen Vehikel, oder du probierst es mit eigenhändigem Autofahren. Selbst die Komplexität der Verdauung wird in salbungsvolle Sätze gehüllt, weil die sinnlichen Erfahrungen so exorbitant seien. Nein – das ist nicht einfach nur gedankenarmes, glubschäugiges Daherscheißen, wie du es im Rest der Welt praktizieren magst.

Dem Sandner ist klar, dass mit Exportweisheit die Menschen zu faszinieren sind. Vielleicht ist die einheimische Weisheit vom akuten Aussterben bedroht, und du findest sie nur noch in entlegenen Fleckerln, bei der ein oder anderen Hex respektive dem bergkundigen Eigenbrötler. Kontemplation inbegriffen.

Die Gastwirtschaft brummt. Unter der Kanzel wird auch nicht mehr Leben sein. Einheimische und Gäste fraternisieren bei der ersten Halbe des Morgens.

»Zum Vogelwirt«. Nicht zuletzt der schräge Vogel verweist darauf, dass du die Leut auch ornithologisch charakterisieren könntest. »Die Menschen werden alle zu Adlern, wenn man ihnen die Wege zum Glück bahnt«, hat der Kaiser Friedrich einst behauptet. Ohne die rechte Anbahnung können sie gschwind zu Aasgeiern mutieren, weiß der Münchner aus dem kriminalistischen

Alltag. Da besteht ein naher Verwandtschaftsgrad. Alternativ böten sich auch goldnarrische Elstern an.

Der Sandner setzt sich zu einem älteren Pärchen an den Eichentisch, Tendenz zu Rotkehlchen, Erithacus rubecula, Familie der Fliegenschnäpper. Fleecepullis im Partnerlook, die rosige Gesichtshaut cremeglänzend.

»An guadn Morgen, is recht?«, fragt der Polizist und greift nach der Karte.

Die beiden lächeln und nicken synchron. Vielleicht geht er als Hiesiger durch, und die Tischgefährten frohlocken über den assimilatorischen Charakter der Begegnung. Wie das Bedienungsmadl sich vor ihm aufbaut, in ganzer fescher Blüte, bestellt er sich ein Kännchen Kaffee und eine Butterbrezn. Ein besserer Magentratzer zum Anfang. Dabei fällt ihm auf, dass ihm hier an einem Tag mehr Leut freundliche Grußworte in die Ohren träufeln als in München in einem Monat – falls das Wetter harmoniert.

In alter Zeit hätte er einfach ins Rathaus marschieren können und sich alle Geschichten brühwarm abgeholt. Ratlos schaut er sich um, bis sein Blick durchs Fenster auf vorbeihastende Kirchgänger fällt. Alle im Sonntagsstaat.

Beim Seelenhirten wird er anklopfen, sobald der seine reuigen Schäflein wieder aus dem Pferch gelassen hat. Ein unbestimmtes Gefühl hat er im Bauch, dass es eine sündige Geschichte sein könnte bei dem Burschen, vielleicht mit ein bisserl Fleischeslust garniert.

Die Wiesner und der Hartinger sitzen in der Dienststelle im Westend dem plaudernden Herrn Stangassinger gegenüber. Zu Wort gekommen sind sie bis dato bei Brandls Geschäftspartner nur sporadisch. Was an sich kein Fehler sein muss. Hat sich schon bei der Inquisition ausgezahlt, allerdings nebst mechanischem Firlefanz.

Der Hartinger gähnt ausgiebig, reibt sich die Augen und glotzt beständig auf die Uhr, während er die Finger auf der Tischplatte steppen lässt. Körpersprache: übermüdeter Zappelphilipp mit subtilem Hang zur Aggression.

Seine Kollegin hat die Beine übereinandergeschlagen, den Kopf leicht schräg gelegt und hört dem Mann aufmerksam zu.

Ein Fescher ist der Herr Stangassinger. Weißes Hemd zur Jeans, schmales Gesicht, das blonde Haar fällt ihm immer wieder über die Augen. Etwas Spitzbübisches hat er an sich, als wär's der erwachsene Tom Sawyer. Die feingliedrigen Hände hat er samt Unterarmen ruhig auf die Tischplatte gelegt. Überhaupt strahlt er trotz Redebedarfs eine geballte Ladung an Konzentration aus. Als wär die Luft um ihn verdichtet. Ein melancholischer Ausdruck verziert seine Mundwinkel.

Der Tod vom Brandl hat ihn gepackt – er ist ein passabler Schauspieler –, oder die Wiesner hat eine Wahrnehmungsstörung. Drei Möglichkeiten. Nicht unangenehm, ihm gegenüberzusitzen. Ganz im Gegenteil. Der Oberkommissarin schießen neben dem Gegenübersitzen zahlreiche Varianten ein – durch den Kopf allerdings nicht. Ausblenden hilft nur partiell – mit dem Herrn Stangassinger könnte sie in adäquater Umgebung die Unterhaltung jederzeit nonverbal gestalten. Solche tief gehenden Gedanken machen die Befragung eines potenziell Tatverdächtigen nicht geschmeidiger. Da hilft nur, die Situation kurz und schmerzlos hinter sich zu bringen.

Schauens, die Menschen in einer Großstadt sind alle ein bisserl schizophren«, verkündet der Mann den Ermittlern. »Einerseits wollens alles leistungsoptimiert, den Geist, den Körper und das Glück. Alles messbar – da findest du dann Power-Yoga, Yoga zum Abspecken, Balance-Yoga, weiß der Kuckuck. Wissens, dass es sogar Hunde-Yoga gibt? Doga nennen das die Amis. Demnächst schleppens ihr Federviech daher, und du sollst Byrda machen. Na ja. Da probierst mit einer Zehnerkarte, ob es zielorientiert vorangeht, und schindest dich ab. Für mich wär des nix. Da gibt's ja noch die andere Seite – dass die Leut spüren, Mensch, verdammt, da fehlt doch was. Vielleicht spüren sie das körperlich und werden krank, oder sie machen den Gedanken weg mit After-Work-Partys und Shopping und weiß der Geier. Ganz profan, ich kann noch so schnell laufen im Hamsterrad und komm doch nirgendwo an – weil ohne Erkenntnis und die Erfahrung, Teil des großen Ganzen zu sein, ist der Mensch nichts mehr als ein kleines, gefühlloses Viech im Käfig.«

Der Hartinger schnauft laut. Mindestens ein großes Viech. Kategorie: Büffel. Gleich wird er hyperventilieren. Da dockt was an in seinem Hafen – das Schifferl würde er am liebsten auf den Grund schicken. Die Reiseroute kennt er in- und auswendig.

»Und das ist ein Drahtseilakt«, fährt Brandls Kompagnon unbeirrt fort, »den Menschen ein Angebot zu machen, indem man sie einlädt, universelle Erfahrungen zu machen. Einfach gesagt ist jede Yogapraxis ein Teil des Ganzen, eine Methode, spirituelle Energie zu erwecken. Jeder kann das erfahren. Das hat mit sportlicher Leistung nix zu tun. Du wirst deine Beziehung zum Göttlichen und den Sinn des eigenen Lebens befragen. Es bringt dich dir selbst näher, vielleicht lässt es dich auch deinen Lebensweg, dein Leid betrachten, es ist ein Geschenk …«

Jetzt langt's. Der Hartinger springt auf. Das Gesicht spiegelt körperliche Schmerzen wider. Vielleicht hat er einen Krampf – unter psychosomatischen Aspekten wär es naheliegend. Die nächste Stufe wär, dass er sich mit Schaum vorm Mund auf dem Boden wälzen müsste. Vielleicht wär Meditation nicht verkehrt für den jungen Kommissar. Aber da würde er sich wohl eher eine Holzkeule aufs Hirn dreschen, um die innere Einkehr anklopfen zu lassen.

»Okay, die Oberflächlichkeit der Gesellschaft und das spirituelle Brimborium mal beiseitegelassen«, herrscht er den Stangassinger an, »welche Rollenaufteilung gab's da zwischen Ihnen beiden? Wie sind Sie zueinander gekommen?«

Leicht irritiert blickt der Yogalehrer hoch zum zuckenden

Kommissar. Der Wiesner ergeht es ähnlich. Synchron ziehen sie die Augenbrauen nach oben.

»Ich hab den Toni in Vietnam kennengelernt, vor eineinhalb Jahren. Da ging es ihm nicht gut, ziemlich abgestürzt. Aber wie wir ins Gespräch gekommen sind – ehrlich gesagt wollt er sich ein paar Dollar von mir schnorren –, hab ich gleich gemerkt, da ist was an dem. Der besitzt ein Feuer, strahlt eine Weisheit und Überzeugungskraft aus. Sie könnten das Charisma nennen, aber das greift zu kurz. Er war kein erleuchteter, fanatischer Heilsbringer, falls Sie das denken, eher überzeugend durch seine Bescheidenheit und seine Kenntnis. Wir sind ja keine Sekten-Fuzzis. Wir haben uns beide auf den Weg des Kundalini-Yoga begeben. Es war eine Seelenverwandtschaft. Der Toni hatte mit einigen Weisen gelebt. Er hat sein Wissen, sein Erleben um meditative Übungen weitergegeben. Gemeinschaftliche Erlebnisse geschaffen. Jedes Haus braucht ein Fundament. Er hat es gegossen. Den Geist zu verdichten bis in tiefe Versenkung, ist eine Erfahrung, die …«

Auch die Wiesner ist jetzt spirituell abgefüttert. Mit einer Handbewegung stoppt sie den Stangassinger. Besser, die Befragung bleibt auf der Erde. Sie will keine Anmeldung bei Calm & Peace unterschreiben.

»War er überzeugend? Haben Sie ihm ein paar Dollar gegeben?«

»Was? Ich weiß nicht mehr – ich glaube schon. Wieso fragen Sie?«

»Wie passt denn seine überzeugende Bescheidenheit zu der schicken Wohnung in Haidhausen? Reden wir da von berechnender Bescheidenheit und taktischem Charisma? Wo kam das her? Ham Sie geldige Sponsoren aufgetan?«, will die Wiesner wissen.

Ein Gewitter zieht auf in den Gesichtszügen des Mannes. Da hat er zu beißen, und offenbar ist das ein schwelendes Thema gewesen. Um die passenden Worte muss er anscheinend kämpfen.

»Oh, das … wie er das gemacht hat, weiß ich nicht. Keine

Ahnung – war ja Tonis Sache. Zumindest musst er bei mir nicht mehr schnorren.« Sein Versuch aufzulachen kommt blechern daher.

»Das glaub ich Ihnen nicht. Sie haben doch gemeinsame Ausgaben gehabt und so weiter. Sie wollten ja auch nicht schnorren«, poltert der Hartinger los.

»Hören Sie, ich hab eine Hypothek aufs geerbte Haus meiner Großmutter eingesetzt, und ich gebe Seminare jedes Wochenende, überall, hab eine Sieben-Tage-Woche. Ehrlich gesagt, es ist nicht so, dass man mit Yoga schlecht verdient. Bestimmt kein Grund zu jammern. Im Gegenteil – auch wenn es viele gibt, die auf den Zug aufspringen –, Yoga boomt, das wissen Sie vielleicht selber. Aber wie ich schon gesagt hab, bei uns geht es nicht darum, mal kurz den Body auf Höchstleistung zu trimmen, Geld einziehen – und Servus. Und die Räume in der Lage, das ganze Drumrum, unsere Idee zu verwirklichen, den Menschen das nicht isoliert hinzuprellen – da musst du in München ordentlich Geld hinblättern. Klar ist es ein Risiko – mein Risiko. Aber wir konnten das machen, was wir am liebsten tun – Sie auch?«

Dem Hartinger verschlägt es für einen Moment die Sprache.

»Manchmal ja, manchmal nein«, bekennt die Wiesner.

Vom Kollegen bekommt sie einen irritierten Blick dafür.

»Eine Hypothek ist ein hoher Einsatz, wenn was schiefgeht. Das Hamsterrad gilt wohl auch für Sie. Das böse Geld ist doch ned zu verachten«, schmeißt der Hartinger selbstgefällig in die Runde.

»Ja logisch – wenn es Sie befriedigt, alles zu zerpflücken und anzuzweifeln, bittschön. Zynismus als Überlebensprinzip, oder? Hab ich gesagt, dass ich ein Heiliger sein kann? Ich lebe nun mal in dieser Welt, muss auch meine Krankenversicherung bezahlen und hab keinen Bock auf trockenen Zwieback – zufrieden? War's das?«

»Was werden Sie jetzt machen – in näherer Zukunft?«, will die Wiesner wissen.

»Fragens mich in zwei Wochen noch mal.« Er zuckt die Schultern. »Erst mal gemeinsam Zeit verbringen, mit den Menschen im Calm & Peace. Der Toni ist schließlich gerade gestorben.«

»Ermordet worden«, merkt der Hartinger an, ganz Wadlbeißer.

»Ändert nix«, meint der Stangassinger kryptisch.

»Wir brauchen die Namen und Adressen aller, die mit Ihnen in Verbindung standen. Können Sie die zusammensuchen?«

»Kein Problem. Ist eine Datei. Die bekommen ja unseren Newsletter. Aber Sie gehen sensibel damit um?«

»Das ist mein zweiter Vorname«, betont der Hartinger.

Da müsste der Kommissar die Geburtsurkunde fälschen, ist sich die Wiesner sicher.

Den Stangassinger lassen sie mit gemischten Gefühlen von dannen ziehen. Am Samstagabend wär er allein zu Hause gewesen, und zum letzten Mal gesehen hätte er den Toni am Samstagmorgen in den Räumen von Calm & Peace. Nicht Fisch, nicht Fleisch. Für den Hartinger ist er aufgrund seiner Tätigkeit und Erscheinung Public Enemy Number One.

Die Wiesner vergibt für Zweiteres die Höchstpunktzahl.

Auf ein Wort, Herr Pfarrer.«

Vor einem alten Gebäude mit ausladendem Walmdach findet der Sandner den Bad Kohlgruber Priester. Kaum ist er um das sich leerende Kircherl geschnürt, hat er ihn ausgemacht. Unverkennbar. Kein Zufallstreffer, eher ermittlungserfahrene Vorhersehung vor dörflicher Kulisse.

Einnehmende Erscheinung, Mittdreißiger mit roter Brille und vollen Backen. Einer, der Leib und Seele mit Gusto und selbst gebackenen Kuchengaben zusammenhält. Auf wen viel Arbeit wartet, der soll erst gescheit essen, rät der Volksmund. Gerade war Hochwürden ins Gespräch vertieft mit einem älteren Mann, der offensichtlich zur Feier des Tages seinen Firmanzug hervorgekramt hatte. Die fleckigen Hosenbeine zu kurz, die abgeschabte Joppe spannt über dem Wanst. Jetzt wenden sich beide Männer dem Sandner zu.

»Helfens mir, ham wir uns schon mal gesehen?«, erkundigt sich der Priester, die Stimme tief und tragend. Die penetriert auch die Hinterbänkler problemlos.

Dem Sandner steigt das Blut in den Kopf. Katholischer Schlüsselreiz. Das ärgert ihn. Unschuldig dümpelt die Frage an der Oberfläche, aber wie beim Eisberg lauert der größere Brocken ungesehen. Als würdest du vor der Himmelspforte lungern, und der Herrgott fragt dich: »Ham wir uns schon mal gesehen?« Da siehst du alt aus, Sandner. Mea maxima culpa.

»Ich bin aus München, Polizeibeamter«, brummt er.

»Aus München? Polizist?« Mit unbeweglicher Miene schaut ihm der Pfarrer ins Gesicht. Klassisch prüfender Blick.

Der Alte neben ihm wechselt von einem Fuß auf den anderen, kratzt sich ausgiebig am stoppeligen Kinn.

Die paar Schritte den Weg entlang, als Zeichen, den Priester vertraulich beiseitenehmen zu wollen, erweisen sich für den Hauptkommissar als nutzloses Bewegungselement.

Sein Begleiter weicht dem Gottesdiener nicht von der Seite, Schatten seines Herrn.

»Sie kennen vielleicht die Familie Brandl?«

»Die Familie Brandl?«

Wenn der Ermittler sich in ein Selbstgespräch verwickeln würde, wär das ergiebiger.

»Ja, ich hätt da ein paar Fragen wegen ihrem Sohn.«

»Dem Sohn von den Brandls? Ich wusst nicht einmal, dass die einen haben. Ich bin erst seit einem Dreivierteljahr da, und verstehens mich schon, ein Auskunftsbüro bin ich auch nicht. Hätten Sie gern einen Seelsorger, der als Ratschkathl daherkommt, Herr ...? Fragens die Brandls doch selber. Tschuldigung, ich muss jetzt wieder ... drei Gemeinden, verstehens.«

Der Sandner versteht. Recht hat er, der Pfarrer, auch wenn er sich nicht um seine Seele zu sorgen braucht.

»Ja der Toni, ein verrückter Hund war des«, schaltet sich des Pfarrers Begleitung plötzlich ein.

»Ah ja?«, fragt der Sandner nach.

»Ich könnt jetzt a Halbe vertragen.« Listiges Grinsen begleitet den frommen Wunsch.

»Das ist der Ferdl, ich mein der Herr Gassinger, der schaut hier nach dem Rechten, dem Garten und so«, stellt ihn der Pfarrer vor, dann enteilt er zur nächsten höheren Pflicht.

Der Sandner findet sich wieder beim »Vogelwirt« ein. Des Pfarrers Faktotum wird das ersehnte Bier kredenzt, der Kriminaler bleibt beim vertrauten Kaffeekännchen.

»A verruckter Hundling war des«, wiederholt sein Gegenüber wie zu sich selbst, »aber scho lang nimmer da.«

»Wieso is er weg?«

Der Alte zuckt die Schultern, nimmt einen kräftigen Schluck. »Wennd mich fragst, hat se der ned alle beisammenghabt – allerweil scho, dem seine Eltern hams ned leicht ghabt. Verzupft hat er sich – in Indien drunt, hams gsagt, wär er. Und die Anni hat er mitgenommen. Die is aber wieder zruckgekommen und hat sich aufghängt. Eine Blitzsauberne war des, ein hübsches Madl, grad schad drum. Die Leut ham gsagt, wegen ihm hat sie sich den Strick genommen. Die Mutter hat sie damit ins Grab neibracht, die is weggstorben aus Gram, verstehst? Und ihr Vater hat noch in der Kirch abgehaust, dem Grattler hau ich's Kreuz ab, wie der oide Pfarrer geschwätzt hat von Schuld und du derfst dich nicht selber töten.«

Der Sandner kommt nicht mehr hinterher.

»Wart amal, Ferdl, ned so schnell. Die Anni is mit dem Brandl Toni nach Indien und …?«

»Ja, etwa nach einem halben Jahr is sie wieder zruckkommen, aber sie wollt nimmer bei ihren Eltern – logieren. Und der Gram hat ihr zu den Augen nausgschaut. Wer woaß, was da mit ihr gmacht ham, in Indien drunt. Da hörst scho Gschichten, da schnackelst bloß so mit den Ohrwaschln. Geht no a Halbe?«

»Freilich – wie lang is des ois her?«

»Woaß i nimmer genau, des Hirnstüberl, verstehst – bloß ein Bermudadreieck. Kennst des? Da verschwind alles – rein alles. So is des und ned anders, sogda.«

»So ungefähr wirst du es scho no wissen.«

»Sieben, acht Jahr vielleicht.« Der Alte nimmt die zweite Halbe in Angriff. Wenn du kein Bier hast, hast du nichts zu trinken, hat schon der Martin Luther gewusst.

»Wo sind die Eltern von der Anni, wie heißen die?«

»Die Mutter lebt ja nimmer, aber der Vater, Grainer hoaßt der, hat einen Hof, hinten beim ...«

Der Sandner zieht einen Zettel aus der Tasche und notiert sich die Wegbeschreibung.

»Hast an Hunger auch?«, fragt er den Ferdl.

»Na passt ois«, winkt der ab und leert sein Glas. »Was i fressen tat, kann i au saufen. Des derfst glauben, sogda.« Rau lacht er auf, hustet dann kurz und trocken über die Tischplatte. »Wie hoaßt nachher du eigentlich?«

»Josef.«

»Und du bist also Polizist. Dein Freund und Helfer. Sauber. Warum musst du des ois wissen?«

»Weil ein Polizist ein neugieriger Mensch ist, Ferdl.«

»Du mogst mas ned sagen? Au recht, was ich ned woaß, macht mi ned hoaß, verstehst du? Und drauf reimt sich der Schoaß. So schaut's aus, sogda.« Er ruckt hoch, die Miene beleidigt. »Gehaben Sie sich wohl, Herr Josef und Maria voll der Gnade.«

Schweigend stapft er Richtung Ausgang.

»Dankschön für die Gesellschaft«, ruft ihm der Sandner hinterher. Und ›gern gschehn‹ fürs Bier, denkt er sich dazu. Der Ferdl und der Pfarrer sind nach seinem Geschmack. Weils recht haben, ned rumtändeln und gradaus sind. In München hätte so ein »Ferdl« vielleicht bloß ein Platzerl im Männerwohnheim. Da wirst du schnell zum Ramschartikel, wenn du nichts Gescheites würfelst beim Prahlhans-Monopoly oder wenigstens schummeln kannst. So langsam wird er auch ohne Lomi-Lomi-Nui-Massagen warm mit Bad Kohlgrub.

Sein Handy holt der Sandner aus der Tasche. Jetzt hat er ihn hervorgewühlt, den vergrabenen Knochen. Bist ein braver Hund, Sandner. Nun muss er noch den Dreck wegputzen, bevor er zubeißen kann.

Bei einer Maus oder einem Vogerl geht des ganz einfach«, meint die Wiesner Richtung Hartinger.

Der sitzt am Steuer des Dienstwagens und chauffiert sie nach Neuhausen.

»Was?«, fragt er.

»Das Abkrageln.«

»Hast du da Erfahrung drin?«

»Ja logisch – warst du so a braves Kind? Mich tät interessieren, wie des is, wie viel Gewalt du brauchst, bei einem Menschen, dass du ihm das Gnack brechen kannst.«

Der Hartinger nimmt den Blick gefährlich lange von der Straße und glotzt seine Beifahrerin an.

»Da suchst du dir aber für die Rekonstruktion wen anders aus. Sei mir ned bös.«

»Auch schad. Hast du wen Bestimmtes im Kopf?«

»A jeder hätt da wen im Kopf. Aber vielleicht hat der Aschenbrenner eine ausrangierte Leich für dich zum Üben.«

»Meinst wirklich? Des wär a Idee. Aber des wär was anderes, wegen dem Muskeltonus und der Starre und weiß der Geier.«

»Des meinst du ned wirklich ernst?«

Die Wiesner schweigt.

Sie sind unterwegs zu den Meditationsräumen vom Brandl. Umschauen wollen sie sich da. Die Atmosphäre wirken lassen. Der Hartinger war not amused gewesen. Als Bub hat ihn seine Mutter oft zu magischen Orten der Kraft mitgenommen. Gerade das Allgäu scheint davon nur so zu strotzen. Das konnten ein paar aufgehäufte Steine im Wald sein, eine verfallene Kapelle oder nur ein unscheinbares Wiesenfleckerl. Da hat er sich dann umgeben von weisen, weißen Wiccas einen Wolf gesessen, mit der Langeweile als bestem Spezl.

Und erzähl das einmal vor deiner Klasse – na, wie war dein Wochenende, Hartinger? Da kommst du mit einer Walpurgisnacht auf dem Blocksberg als potenzielles Mobbingopfer daher. Nicht einmal firmen hat er sich lassen dürfen. Seitdem lauert ein intoleranter Beelzebub in ihm, der ihm die dreckigste Häme unterjubelt, bei jeder Art Glaubensvermittlung, die nicht in der christlich-abendländischen Wiege gesäugt wurde. Da hat er, mit seiner Aversion, den Rebellen gegen das Elternhaus gegeben.

Die Wiesner hat sich kurz überlegt, ob sie ihn nicht zur Abhärtung undercover bei Calm & Peace einschleusen hätte sollen. Leben ist Lernen.

»Du derfst doch ned alles in einen Topf werfen«, hat sie, noch im Büro, zu ihm gemeint, »da gibt's Scharlatane, aber auch beeindruckende, weise Leut, da sperrst du das Maul auf und machst es nimmer zu, wenn du die erlebst.«

»Kein Bedarf an Weisheit, des schenkt sich alles nix, ghupft wie gsprungen«, war der abschließende Kommentar vom jungen Beamten gewesen. Beste Voraussetzungen für vorurteilsloses Ermitteln in unbekannten Gewässern.

Eigentlich sind es nur ein paar Minuten von der Dienststelle in der Hansastraße nach Neuhausen. Das Fleckerl Münchner Erde zeigt dir, wie viel Charme und Faszination im Martialischen liegen können. Trotz Nymphenburger Schloss kommt es nicht so verspielt daher, so lustvoll verschnörkelt wie Schwabing. Beinahe preußisch. Das mag an der militärischen Historie liegen. Nirgendwo sonst in der Stadt hat es von exerzierenden Soldaten so gewimmelt, anno dazumal. Da musst du natürlich großzügig sein mit den Plätzen und Gemäuern, sonst stoßen sie überall an mit ihren Pickelhauben. Der Vorteil ist, dass du gut durchatmen kannst. Heutzutage.

Zwischen den gewaltigen Fassaden stechen die Bausünden noch mehr ins Auge. Als hätte man mit dem Messer ein Stück aus der verzierten Torte geschnitten, so haben sich die Discounter-Pfannkuchen dazwischengedrängt. Da hätte man die historische Artillerie einmal gut gebrauchen können, um architektonische Akzente zu setzen. Wie beim Pilzbefall ist allüberall ein billiger Jakob samt windiger Doppelgarage aus dem Boden gewachsen. Brauchst du wie einen Kropf. Grad hier. Das Kaufen und Hetzen und Erjagen kommt nicht so dramatisch bedeutsam daher. Mit Trophäen kannst du dich anderswo in der Stadt besser in Szene setzen. Kaum einer hatscht mit fünfzehn prallen Tüten durch die Gegend und schnappt nach Restluft wie ein verendender Karpfen. Als wenn sich die Leut auf eine angenehme Geschwindigkeit geeinigt hätten, die der Hektik das Vogerl zeigt und jeden mitnimmt, der Zeit haben will. Zum Zurücklehnen, zum Träumen oder Siesta halten gibt es dafür viele stade, gemütliche Plätze.

Wenn du lange genug in München lebst, bist du wahrscheinlich in jedem Stadtteil einmal zwecks Wohnungsbesichtigung umhergepilgert. Die Wiesner hatte sich vor Jahren in Neuhausen umgeschaut. Zwei Zimmer, Kasernenstil. Die Straße sei nach Siegfrieds Schwert benannt, hatte der Makler den Kulturbeflissenen gegeben. Sie hat die Wohnung nicht bekommen. Inzwischen hat sie sich bis in den Schwabinger Westen in die Keuslinstraße vorgearbeitet. Nachmieterin ihres studienabbrechenden Cousins. Eineinhalb Zimmer, Hinterhof. Seit einem halben Jahr wohnt sie dort, nachdem sie zuvor nomadenhaft und ruhelos durch München gezogen war. Bleiben wird sie da. Neben dem Sandner ist sie eine der wenigen im Präsidium, die es nicht ins Umland verschlagen hat.

Ihrem Chef hat ihr neuester Umzug nicht recht geschmeckt. Zum einen liegt seine Untergiesinger Lohstraße nicht mehr auf ihrem Arbeitsweg, und zum anderen hat sie zusätzlich das Fahrradfahren für sich entdeckt. Chauffeursdienste entfallen. So kommt der Sandner vollends in den Genuss der öffentlichen Verkehrsbetriebe, weil ein eigenes Wagerl für ihn zum überflüssigen Gelump zählt. Mehr Zeitverschwendung denn Entertainment. Die Frage bleibt offen, bei welcher Art Fortbewegung du dich in München mehr echauffieren musst des Morgens. Pest oder Cholera?

Ein funktionstüchtiges Radl würde dem Hauptkommissar nicht schaden. Für den Helm könnten sie im Präsidium zusammenlegen.

Es geht zum Winthirplatz. Sie sieht das Schild sofort:

Calm & Peace. Ruhe und Frieden. Im Falle des Toten hätte sich »Requiescat in pace« angeboten, denkt sie zynisch – und Deckel drauf. So wie es dem Namensspender und Regionalseligen Winthir ergangen ist. Da segelst du vom fernen Engeland daher, bekehrst Neuhausen, dass sie dir sogar eine Säule errichten und eine Kirche aufs Grab stellen, und dreizehn Jahrhunderte später: alles für die Katz. Die Leut laufen inzwischen aktuelleren Heilsbringern hinterher – da kannst du Wunder vollbracht, die Bauern vor Raub, Krieg, Brand und Fußpilz bewahrt haben – heutzutage gibst du nur noch eine antiquarische Randfigur, ein geschnitztes Mauernischen-Relikt. Mittels Evolution der Sinnsucher weggebissen.

Pragmatischer ist es, du hältst dich an einen Lebendigen, der dir zeigt, wie dein Körper zu elastischem Stoizismus findet.

Neben dem Eingang befindet sich eine kleine Theke, an der sie der Stangassinger erwartet. Das heißt, erwartet hat er sicherlich Freunde des Hauses – das bist du als ermittelnder Polizist im seltensten Fall. Meistens heißt du Störenfried, bestenfalls Attraktion, gleich der Dame ohne Unterleib alternativ mit Ganzkörperbehaarung.

Aber sie hatten sich angekündigt. Der Yogalehrer hat ihnen kundgetan, dass er sich gleich nach der Vernehmung in den Geschäftsräumen aufhalten würde, und die Wiesner wollte die Gelegenheit beim Schopf packen. Dem Gemälde noch eine Farbe hinzufügen.

Das Ambiente ist reinweiß und schmucklos. An der Wand im Flur hängen einige Porträts, offenbar asiatische Weisheitskoryphäen. Alle mit ernstem Blick, aber warmen Augen. Die Wiesner beschließt, sich von der Atmosphäre nicht gefangennehmen zu lassen, sich auf das polizeiliche Ich zu verlassen, obgleich sie die Köpfe auf den Bildern anziehen wie die Leimrute eine todgeweihte Stubenfliege.

Der Stangassinger schaut ernst drein.

»Ich möchte Sie bitten, hier zu warten, das ist kein günstiger Zeitpunkt ... Entschuldigung, ich ... wir ...«

»Versteh scho«, bekundet die Ermittlerin, den überraschten Blick vom Hartinger auffangend. »Die Leut gedenken dem Brandl. Eine Art Ritual, oder?«

»So könnt man es vielleicht ausdrücken. Es sind Menschen, denen der Toni etwas bedeutet hat, spontan hierhergekommen. Einfach so. Das tut gut, es ist sehr ... wertschätzend. Wenn Sie wollen, können wir uns später austauschen.« Der Stangassinger verschwindet in einem der Räume.

»Warum sind wir hergekommen, wenn wir jetzt deppert an der Rezeption rumlungern dürfen?«, raunt ihr der Hartinger zu.

»Ich wollt mir halt einen Eindruck machen. Entspann dich, wir schauen uns die Leut an, wenn sie gehen. Schalt dein Handy aus.«

»Der Schmu kann dauern. Wer weiß, wie lang die Freaks da herumbeten. Echt toll – wie bestellt und nicht abgeholt.« Der junge Polizist schüttelt den Kopf und verzieht das Gesicht, als müsse er Zitronen lutschen. Das entspricht seinem Gemütszustand. Mit verschränkten Armen lehnt er sich an die Theke. Bockiges Kind.

Die Wiesner zuckt die Schultern und geht auf die nächstliegende Tür zu. Sie ist nur angelehnt. Der Raum dahinter scheint unbelebt. Sie tritt ein. Leere umfängt sie. Nichts, woran das Auge sich festhalten kann, außer ein paar Kratzern im Ahornparkett. Die Wände ockerfarben. Die Polizistin hat das Gefühl, ihre Gedanken könnten jetzt ungestört die Flügel ausbreiten. So etwas wär in der Hansastraße auch nicht verkehrt. Keine Ablenkung, keine Enge. Da würden sie staunen, die Kriminaler, und sich ein bisserl grämen, weil es gymnastische Fähigkeiten bräucht, um die Kaffeebecher abzustellen. Aber innovativ wär das allerweil. Sie setzt sich auf den Boden.

Hier wird er also gekauert haben, der Brandl Toni. Versunken in Meditation – oder hat er sich dabei nur ausgedacht, wie er die Leut ordentlich schröpfen kann? Die Bilder überlagern sich. Butter aufs Brot. Hat er der Versuchung widerstehen können? Das redet sich leicht daher, mit der Askese. Das Verzichten fällt nicht schwer, wenn du überdrüssig geworden bist. Wenn du es aber nie gehabt hast, gibst du den Fuchs, dem die Trauben zu hoch hängen. Sauer wird es schmecken, das dekadente, füllige Leben. Aber dann erblickst du den Käse im Rabenschnabel. So nah. Und mit dem Glust kommt die List. Du schmeichelst daher, bis das naive Vogerl den Schnabel aufreißt und dir der Käse vors Maul plumpst. Haps und weg. An den Geschmack könntest du dich gewöhnen.

Ist der Toni ein Scharlatan gewesen, oder hat er den Leuten etwas dargebracht, nach dem sie sich gesehnt haben? Auf jeden Fall hat ihm sein Dasein sauber das Genick gebrochen.

Jemand tritt in den Raum. Erst als sie ein orientalisch-herbes Parfüm riecht, bemerkt die Wiesner, dass es nicht der Hartinger sein kann. Eine Frau beugt sich zu ihr.

»Sie sind die Polizistin.«

»Ja.« Die Wiesner ist noch gar nicht bereit für ein Gespräch, sie hätte sich der Leere gern noch etwas hingegeben. Sie kommt sich grad bedrängt vor.

»Den Toni hat jemand umgebracht, oder? Wissen Sie schon, wer?«

Die Wiesner verneint. Sie betrachtet die Frau, die sich neben ihr auf den Boden kniet. Vielleicht Mitte dreißig, kein Schmuck, beinahe ebenmäßige Gesichtszüge, die etwas breite Nase schenkt ihr gewinnende Unvollkommenheit. Das lange schwarze Haar zu einem Pferdeschwanz gebunden.

»Sie haben ihn gut gekannt, den Toni?«

Einen Moment schweigt die Frau.

»Kennen Sie den Ryoan-ji?«, kontert sie dann mit einer Gegenfrage.

Die Wiesner muss passen. Sie könnte nicht einmal alle japanischen Automarken aufsagen.

»Das ist der Tempel des zur Ruhe gekommenen Drachen in Kioto. Dort gibt es einen Steingarten mit fünfzehn Steinen. Und wo man auch immer stehen mag, es gibt keinen Blickwinkel, sie alle auf einmal betrachten zu können. Ich hab den Toni jede Woche erlebt – was kennt man von einem Menschen? Nur, was er bereit ist zu geben.«

Der zur Ruhe gekommene Drache? Ob das Bild auch für den Brandl passte? Je salbungsvoller die Sätze, desto akribischer musst du sie nach Substanz durchsuchen, wie den Kindskopf nach Läusenissen. Oft findest du nix. Diese Botschaft ist der Wiesner zu ätherisch.

Der Hartinger spechtet zur Tür herein, zieht sich aber diskret wieder zurück. Die Wiesner möchte ihn loben. Bist ein Braver. Auch hat er dafür gesorgt, dass der polizeiliche Kontext ihr wieder das Hirn überschwemmt.

»Hat der Herr Brandl hier besondere … wie soll ich sagen … Anhänger gehabt, ist Ihnen da irgendwas aufgefallen?«

»Besondere? Sie meinen, die in ihm einen Meister gesehen haben, einen Guru?«

»Oder noch mehr.«

»Sie wollen auf starke Emotionen hinaus, nicht?«

»Ja – vielleicht Verliebtheit?«

Die Wiesner merkt, wie sich etwas in der Frau versteift. Sie schlägt die Augen nieder, ballt eine Faust.

»Das geht mich nichts an – ob jemand das verwechselt hat, ist natürlich immer möglich«, murmelt sie. Abrupt steht sie auf und geht aus dem Raum.

Verwechselt? Mit was? Die Wiesner erhebt sich mit pietätlosem Ächzen und schlendert ihr nach. Sie gibt dem Hartinger ein Zeichen.

Der zückt gedankenschnell einen Block und lässt sich von der Schwarzhaarigen Namen und Adresse geben.

Dann ist sie draußen, ihre Jacke auf dem Arm. Zeit zum Anziehen hat sie sich nicht mehr genommen. Wenn der Hauptkommissar nicht da ist, fallen seiner Kollegin die Situationen in den Schoß, als hätte er ihr das qua Amtsautorität übertragen. Aufs Gespür verlassen. Das wird mit Sicherheit nicht das letzte Gespräch mit der Unbekannten gewesen sein.

Derweil ruft der Sandner auf der Dienstelle an. Wär ja blöd, sich abzuhackeln, und in München sitzt längst der Mordbube hinter Gittern.

Damit kann der Jonny Winter aber nicht dienen.

»Wie schaut's mit Verdächtigen aus?«, will sein Chef von ihm wissen.

»Mau«, kommt die Antwort. »Wir suchen das Madl, das angerufen hat – weil im Haus niemand was gesehen oder gehört hat. Und der Brandl scheint a Menge Moos gehabt zu haben. Noble Behausung.«

»War die Tür aufgebrochen?«

»Na.«

»Er hat den Mörder reingelassen? Ich schaug mir morgen die Tatortfotos an.«

»Morgen?«

»Wenn ihr nix Gscheits habts – muss ich vielleicht noch dableiben. Sagst der Sandra, wenn ich was weiß, meld ich mich.«

»Des is doch no ned amal vier Stunden her.« Der Jungspund klingt eingeschnappt. »Wollens von der Lagebesprechung …«

»Wenn ich wieder da bin.«

»Wir vermuten, des könnt irgendwie mit diesem Meditations- und Yoga-Dings-Studio zusammenhängen. Calm & Peace.«

»Ja, wünsch ich dir auch – Peace, Bruder!« Der Sandner steckt sein Handy weg.

Er ist enttäuscht, aber nur ein wenig. Natürlich wär's schick gewesen, wenn sie in München entscheidende Erkenntnisse auf dem Tisch hätten – andererseits hat er Blut geleckt. Wenn sie ihn schon am Sonntagvormittag die lebensverlängernden Beauty-Interventionen vorenthalten, dann wird er sich nicht unverrichteter Dinge trollen.

Gen Norden geht es aus dem Ort hinaus. Über die Bahngleise fährt der Hauptkommissar am großzügigen Sportgelände vorbei weiter ins moosbefleckte Hinterland. Ab und an taucht ein Gehöft auf oder eine beschauliche Einkehr, um den Wandersleut die Bäuche zu füllen. Feld, Wald und Wiese dominieren in einer Art, die dir das Herz aufgehen lässt. Du möchtest aus dem Auto springen und jedes Fleckerl Erde betasten. Die Schuhe ausziehen und Purzelbäume machen – so dein Kreuz mitspielt. Besser, dich kitzelt ein Grashalm als die depperte Hausstaubmilbe.

Fußschmeichelnde Pfade zweigen immer wieder verlockend ab. Der Münchner seufzt kurz, dann ist das Gedankenpflanzerl verräumt im vernachlässigten großstädtischen Gewächshaus.

Nach ein paar Kilometern biegt er auf einen grasüberwucherten Fahrweg ab. Kaum erkennbare Spuren. Nur den Stadel am Eck, mehr ein windiger Bretterverschlag, hat der Sandner als Beschreibungsmerkmal aufnotiert. Dürftig genug. Über kurz oder lang wird sich die Natur diese menschliche Hinterlassenschaft zurückholen. Das löchrige Dach hat sich bereits in ein veritables Rasenstück verwandelt.

Unverändert in Form bleibst du nur als Plastik-Quietschenterl – sofern dein Karma mitspielt.

Ein weißes Strichmännchen nebst überdimensioniertem Penis

hat jemand auf die verwitterten Latten gesprayt. Da ist die Triebfeder eher die Langeweile denn die Kreativität gewesen. Oder verzerrte Wahrnehmung bezüglich trauriger physischer Tatsachen. Vielleicht hat auch ein Kurgast seine moorbedingte Vitalität künstlerisch verewigen wollen.

Der Ferdl hat gemeint, das wär eine dreckige Sauerei. Sein Superlativ. Sollte er jemals ein öffentlich zugängliches Münchner Scheißhaus betreten, würden ihm die Worte im Hals randalieren.

Also – wenn des Pfarrers Helferlein ihn nicht angeschmiert hat, müsste der Hof vom Grainer am Ende des Weges auftauchen.

Das Wagerl samt polizeilichem Inhalt wird gescheit durchgeschüttelt. Vor ihm tauchen die Gebäude auf.

Das Gehöft macht einen verwahrlosten Eindruck. Es sieht so aus, als hätte das Ensemble aus Haus und Stadeln einst ein stolzes, ansehnliches Anwesen dargestellt und wäre im Laufe der Zeit ausgeschlachtet worden. Überall liegen rostige Gerätschaften herum, sinnentleerte Überbleibsel bäuerlicher Geschäftigkeit. Ihre Bestimmung hatten sie längst überdauert – Symbole vergangener, besserer Tage.

Die Sonne versteckt sich hinter einer Kumuluswolke. Das düstere, schäbige Ambiente nimmt Besitz von Sandners Stimmung. Er steigt aus. Gebeugt hatscht er Richtung Wohnhaus. Neben der Tür flackt der Methusalem aller Köter samt grauem, zerzaustem Fell und rot unterlaufenen Triefaugen. Die Schnauze auf die Pfoten gebettet, straft er den Polizisten mit Ignoranz. Wie ein hingeschmissenes Stofftier von der Sperrmüllsammlung.

Der Sandner drückt gegen das alte Holz. Die Tür schwingt knirschend nach innen.

»Herr Grainer?«

Keine Antwort. Sollte er sich erst umschauen? Zögernd macht er einen Schritt in den halbdunklen Flur. Noch einmal probiert er es.

»Wer da?« Bevor er es sich anders überlegen kann, steht er schon in der Stube. Es riecht nach schweißelnden Socken und

Tabak. Auf dem zerschundenen Holztisch steht eine Flasche Zwetschgenwasser ohne Gläser. Nix Außergewöhnliches. Gegen die blinden Scheiben kämpfen Lichtstrahlen vergeblich an. An der Wand ein alter Ölschinken, Sommerwiese nebst Mühle. Eine Kommode, drei grobe Holzstühle – Ende mit der Inventur. Da träumen die Leut immer davon, durch die Zeit zu reisen, schauen sich Bauernstuben im Nationalmuseum an oder holen sich das Porzellan vom Edel-Trödler ins Haus. Wenn du es dann leibhaft erleben kannst, ist es vorbei mit der Romantik und dem Trallala.

Neben dem alten Kachelofen steht ein Kisterl mit Papier. Der Sandner zieht ein Hefterl aus der Einschürkiste, ein Münchner Veranstaltungsheft. »In München«. Er blättert ein wenig darin herum. Bei den Anzeigen für Kampfschulen, Aufstellungen und astrologischem Firlefanz wird er fündig. Seelisches und körperliches Update wird da spaltenweise angeboten, damit du weiterkommst auf der Persönlichkeitsleiter. Defizitäre Falten werden glattgebügelt.

Perfektionisten sind dem Sandner immer dubios vorgekommen. Weils ihr Ideal im Verborgenen pflegen und keiner es zugeben will. Wie die Leut mit den Trenchcoats im Pornokino. Das Hirn gleicht einer Splittermine, und keiner weiß, wann die hochgehen wird – manchmal reicht ein falsches Wort und – bumm.

»Calm & Peace« liest er. Da schau her. Ein unscheinbarer Text zwischen all den Psycholockrufen, aber immerhin.

Was machst du da herin!«

Der Sandner fährt herum. Er hat den Bauern nicht kommen hören. Grauhaarig, hohlwangig, die Augen unter struppigen Brauen, steht er da in fleckigen blauen Arbeitshosen und einem Unterhemd. Nicht viel älter wie der Sandner wird er sein, aber vom Leben wie mit der Goaßl gegerbt schaut er aus. Der äußeren Erscheinung nach offensichtlich kein Perfektionist. Das macht ihn aktuell aber nicht ungefährlich. Entschärft sind die wenigsten Leut, ausgenommen eine Handvoll Gurus und Nonnen.

In der Hand hat der Grainer den Stiel einer Axt. Den hebt er jetzt drohend.

»Sag?«

»Ich hab Sie gsucht. Ich bin von der Polizei. Legens den Prügel weg, bittschön.«

Der Alte denkt nicht daran. Fest hält er ihn umklammert, bereit zum Zuhauen.

»Und was will die Polizei bei mir?« Rau kommt die Stimme daher, als müsste sie sich erst durch Schmirgelpapier hervorarbeiten.

»Mich a bisserl unterhalten mit Ihnen.«

Der Sandner lässt die waffenbewehrte Hand des Mannes nicht aus dem Blick. Leckomio! Unwirkliche Atmosphäre, als wär er Krachlederdarsteller in der klischeebeklebten Heimatschmonzette. Hoffentlich ohne bevorstehende Actionszene. Die beiden beäugen sich sekundenlang, schweigend. In den wässrigen blauen Pupillen seines Gegenübers erkennt der Sandner das ganze Misstrauen und den Schmerz, den ihm das Leben aufgeladen hat. Da glimmt kein Funke mehr – vor Jahren erloschen. Nur die Wut hat sich ein Platzerl ergattern können. Das musst du ihr schon mit Gewalt entreißen, sonst gibt sie es nicht her.

Überraschung. Der Mann dreht sich abrupt um und schlappt nach draußen. Ohne ein Wort lässt er den Sandner einfach stehen. Der geht ihm schnurstracks nach. Kurz vor einer halb verfallenen Scheune holt er ihn ein.

Der zottelige Vierbeiner hat sich aufgerappelt und hinkt hinter ihnen her.

Im Inneren des Schuppens muss sich der Sandner an das trübe, staubummantelte Licht gewöhnen. Sein Blick fällt auf ein paar Haken an der Bretterwand. Zwei geschälte Kaninchen baumeln an ihnen. Rotes Fleisch, die Bauchhöhle aufgeschlitzt, beinahe obszön wirkt das. Ein fesselnder Anblick am Morgen. Die Tierleichen beeindrucken den Sandner aktuell mehr, als wenn jemand abgestochen in seinem Blut vor ihm gelegen hätte. Emotionale Prioritäten kannst du dir selten aussuchen. Da fällt dich plötzlich ein Bild an, und dein Magen will das Frühstück spontan hergeben. So weit ist es beim Sandner nicht. Nur einen glasigen Blick bekommt er. Weg von den aufgehängten Hasenkadavern.

Der Alte greift derweil in eine Kiste und fördert einen dritten Mümmler zutage. Am Nackenfell hält er den schwarz-weißen Hasen, begutachtet ihn kurz – nickt dann. Er setzt das Tier ab und streicht ihm mit dreckigen Pranken übers Fell – zärtliche Geste. Der Rammler entspannt sich, dreht den Kopf. Große, unschuldige schwarze Glubscher fixieren den Sandner. Der hält den Atem an, weiß, was jetzt kommen wird. Der Bauer nimmt das Viech bei den Hinterläufen langsam hoch und haut ihm den Prügel mit einer heftigen Bewegung ins Genick. »Wump« macht es, und das Hasenleben ist ausgehaucht.

Der Sandner stößt die Luft aus.

»Es geht um Ihre Tochter«, bemerkt er, wobei er zuschauen darf, wie der Alte dem Tier sorgfältig die Kehle durchsäbelt, zwecks ordentlichem Ausbluten. Kurz reibt sich der Kriminaler die Nasenwurzel und schließt die Augen. Er hört das Blut in eine Blechwanne rinnen. Ein leicht metallischer Geruch liegt in der Luft.

»Des is der Letzt«, verkündet der Schlächter, nachdem er ihn ausgeweidet und das Fell über die Ohren gezogen hat.

Stumm hat der Sandner dabei den Zuschauer gegeben, fasziniert von der geschäftsmäßigen Beiläufigkeit des Tötens. Was getan werden muss, passiert halt. Schlachtreif und fett – Hasenernte.

Der Alte nimmt etwas Undefinierbares aus der Wanne und wirft es dem Hund zu, der es mit einer schnellen Kieferbewegung verschlingt.

»Mei Tochter is tot«, brummt Annis Vater. »Seit sieben Jahr.«

»Ich weiß.«

»Was willst dann?«

»Verkaufens die Hasen im Ort?«

»Geht dich nix an.«

Keine Chance, dem Gespräch Milch und Zucker beizufügen. Es bleibt schwarz und bitter.

»Der Bursch, mit dem die Anni nach Indien ist ...«

»Was soll mit dem sein?«

»Der is umbracht worden.«

»Des bringt mich ned zum Greinen.«

»Vielleicht freuen Sie sich sogar.«

»Und wenn's so wär?«

»Warens gestern in München?«

»Ach, ah so? Du glaubst, ich hab den umbracht. Wieso hätt ich so lang warten sollen?«

»Weil er no ned lang wieder da is.«

»Ich hab doch gar ned wissen können, wo er is.«

Der Sandner zieht das Hefterl hervor. »Freilich.«

Der Alte linst nicht aufs Heft, sein Blick ist geradeaus auf Sandners Augen gerichtet.

»Was soll des sein?«

»Hab ich aus Ihrer Stuben. Da steht drin, wo der Brandl sein Gschäft gehabt hat. Die Adresse und der Name.«

»Hab ich ned gelesen. Interessiert mich nicht. Ich sammel immer des Zeugl von den jungen Burschen ein, die sich hinten auf der Wiese zamhocken. Denen gfällt der Platz, weil sie keiner stört. Die kümmert nix, die lassen alles flacken. Ich nehms Papier zum Anzünden, das schür ich ein. Sonst no was?«

»Glauben Sie, dass der Brandl Toni Schuld gehabt hat am Tod Ihrer Tochter?«

Der Landwirt sagt nix mehr. Wirtschaftet weiter in seinem Schuppen umher, als wenn der Sandner bloß ein Gespenst wär. Die Audienz ist beendet.

»Ich werd bestimmt wieder vorbeikommen«, bekräftigt der Polizist, bevor er die finstere Schlachtstätte verlässt. Besser, er könnte ihn vorladen – aber wohin? In Murnau könnte er nicht so einfach daherkommen und den simmgscheiten Kriminaler spielen. Die würden ihm was husten und siebenundvierzig Zetterl vorlegen und ebenso viele Vollmachten einfordern. Keiner lässt sich gern die Butter vom Brot nehmen. München ist weit. »I'm a lonesome cowboy ...«

Der Einzige, der ihm einen mitleidigen Blick schenkt, ist der triefäugige Hund. Braver Rantanplan.

Als der Sandner zu seinem Wagen zurückhatscht, hat der Gesellschaft bekommen. Ein Streifenwagen parkt daneben. Der hat den langen, schlaksigen Uniformierten befördert, der grad um den BMW herumstreicht und ins Innere gafft. Wenn er sein Gesicht noch einen Millimeter näher an die Scheibe brächte, könnte er ihr die Mückenleichen herunterschlecken.

Mit einem Seufzer bleibt der Münchner stehen.

Da hat ihn der Mann entdeckt.

»Grüß Gott, ist das der Ihrige?«

»Ein Leihwagen«, antwortet der Sandner und nickt, »stimmt was ned?«

Der Streifenwagen spuckt noch einen kleinen, untersetzten Uniformträger aus, der jetzt wichtigtuerisch auf ihn zustelzt.

Die Sanne hat, wie alle Madln früher, begeistert Pippi Langstrumpfs Abenteuer verfolgt. Die Slapstickszenen mit den beiden uniformierten Kasperln hatten es ihr besonders angetan. Der Sandner hat erhebliche Mühe drauf verwenden müssen zu erklären, dass beim Polizistendasein bezüglich Optik und Verstandesleistung Varianten existieren.

Wobei – vielleicht nicht die Schlechteste aller Möglichkeiten, mit dem Radl gemütlich übers Land zu gondeln. A bisserl fad, aber gesund.

Wenngleich seine Tochter ihn mit den schwedischen Dumpfbacken nicht in Verbindung gebracht hatte – nach Analogien brauchst du in der Realität nicht lange zu suchen. Justamente ist der Sandner fündig geworden. Warum muss einer immer wie ein blahder Ochsenfrosch und der andere wie ein elendig langer Spargel daherkommen? Spannenlanger Hansel, nudeldicke Dirn. Ungeschriebenes Gesetz. Statistisch betrachtet, gäb es bei Polizistenduos diesbezüglich bestimmt signifikante Werte. Vielleicht, um bürgernah alle Daseinsformen abzudecken. Durch das konträre Erscheinungsbild des Begleiters kommen die eigenen Merkmale besonders zur Geltung.

»Was machens da heroben?«, wird der Sandner aus seinen Gedanken gerissen. Die gwamperte Amphibie quakt nicht, sondern fistelt kastrationsverdächtig.

»Spazieren gehen.« Die Antwort muss genügen, in auskunftsfreudiger Stimmung ist der Ermittler nicht. Vielleicht würden sich die beiden bös angebieselt fühlen, wenn ein Kriminaler aus München selbstherrlich Befragungen anstellt, ohne ihrer Kompetenz zu huldigen.

»Ah so«, meint sein Gegenüber. Er scheint über den Informationsgehalt der Wörter nachzudenken, beschließt dann wohl, der wär ihm zu dürftig.

»Könntens uns einmal Ihre Papiere zeigen.«

»Freilich.« Der Sandner holt seine Brieftasche heraus und reicht dem Polizisten das Gewünschte. Der nimmt die Mütze ab und kratzt sich am Kopf. Regt offenbar die Durchblutung an.

»Ein Kollege aus München, Kripo«, setzt er seinen Spezl in Kenntnis.

»Darf ich amal fragen, warum ihr da heraußen die Leut kontrollierts?«, will der Sandner wissen.

»Ha!« Der Spargel lacht auf. »Sie glauben ned, was hier los ist. Jeden Tag beschwert sich einer von den Bauern beim Bürgermeister. Und der will wiedergewählt werden. Die Tagesausflügler preschen bei ihnen rotzfrech auf den Höfen umanand. Ob ihre verzogenen Krampen mal in den Stall schauen könnten und weiß der Kuckuck. Die Stadterer sehn ja kein gescheites Viech mehr. Die kennen den Löwen und den Aff in- und auswendig, aber wo die Milch herkommt, da müssens passen, die kleinen Schlauhuber.«

»Aber das wär ned unser Sach«, ergänzt der Zweite. »Wenn der Bauer ned da is, verschwind sein Zeug. Des is ärgerlich. Als könnt ma sich Andenken mitnehmen, wie es einem passt. Kannen, Sensen, das Werkzeugl, alles, was ma sich denken kann. Sogar ganz dreist aus der Stuben naus, das Gschirr und die Bilder. Und das Viechzeug – Hühner und Enten sand scho wegkommen, und des war nur manchmal der Fuchs.«

Die Städter auf Plünderungszug. Hamstern wie in kargen Zeiten. Ein verzweifelter Versuch, vom ländlichen Lebensgefühl ein Stückerl mitzunehmen, wenns wieder im Rad rennen müssen und beim Rasten bloß vom Balkon der Zweiraumwohnung auf die blökenden Blechherden runterglotzen können. Das Hühnerstibitzen kann der Sandner sogar nachvollziehen. Wenn du dich heutzutage vollwertig ernähren willst, musst du findig sein – quasi füchsisch. Keine falschen Skrupel. Sonst bleibt dir nur übrig, diese nach Geselligkeit lechzenden, pumperlgesunden Mastviecher zu fressen, die von der Spatzenhirnlobby so dummdreist anpriesen werden. Wenigstens wärst du dann final gripperesistent. Auf nix kannst du dich beim Essen verlassen, außer, dass die Geldgier immer ein prominentes Sprachrohr findet, das depperte Worthülsen zur Volksberuhigung ausscheißt.

Einen Obolus sollte man den Bauern hier entrichten, eine Opfergabe für ihre Mühe. Weil es Hoffnung macht, dass man noch Viecher anschauen kann, die umanand laufen dürfen, wie es ihnen grad passt.

»Ich hab gwies kein Huhn im Sack«, versichert der Sandner und nimmt vom grienenden Polizisten seine Papiere wieder entgegen.

»Und? Gefällt's Ihnen hier?«, fragt der, um das Gespräch anzuschüren.

›Wennd nix zum Sagen hast, mag ich's au ned hören‹, hatte Sandners Vater ihm bei solchen Anlässen beschieden.

»Ja, schöne Landschaft – das Moor, des hat schon was. Und der letzte Mörder hat sich siebzehnhundertnochwas in der

Gegend herumgetrieben. Des gefällt mir auch, dass des so lang her ist.«

»Ah, Sie ham schon was gelernt und unsere Votivbuche gesehen.«

»Ja, des is anders wie in München. Hier werden die Leut noch vom Herrgott zum Sterben ausgepickt und ned vom Streithammel an der Ecke.«

»So idyllisch is es au ned bei uns, des kriegen Sie bloß ned mit.«

»Könnt auch sein«, bestätigt ihm der Sandner, »gestern bin ich über einen Friedhof, da is mir das Grab von einem Madl aufgefallen, die war grad amal neunzehn. Des wird kein natürlicher Tod gewesen sein.«

Ein Schuss ins Blaue. Dass der Aschenbrenner ihn über die Votivbuche belehrt hat, lässt den Sandner jetzt als gelehrsamen Touristen daherkommen. Dabei hat er dessen preisende Gesänge über die Kleinode des Kurorts nur als Billiger-Jakob-Nummer gesehen, um ihm den Wochenendtrip zum einmaligen Event aufzublasen. Da hätte sich der Aschenbrenner gar nicht ins Zeug legen müssen, futurologisch betrachtet.

Der Spargel zieht anerkennend die Brauen in die Höhe.

»Da merkt man gleich den Kriminaler, den Riecher. Sie meinen gwies die Grainer Anni auf dem Rochusfriedhof. Die hat aber keiner umbracht, die hat sich aufgehängt, vor sieben Jahr. Depressiv. Beim Rantscher Weiher hinten, an einem Baum ist sie gefunden worden. Einen Strick um den Ast, und aus war's.«

Der Polizist zeigt den Weg entlang, den der Sandner gekommen ist.

»Da hinten wohnt der …« Er stutzt und mustert den Münchner mit gerunzelter Stirn. Eins und eins sind zwei.

Sein Gesprächspartner hat schon den Autoschlüssel in der Hand. »Servus. Waidmannsheil mit der diebischen Stadtbagage«, wünscht er noch, bevor er sich hurtig davonmacht.

Kaum losgefahren, haut er aufs Lenkrad. Sandner, du bist ein seltenes Rindviech! Die ortskundigen Kollegen aushorchen zu wollen, ohne aufzublättern, dass er auf Fährtensuche ist, könnte ein grober Schmarrn gewesen sein. Gerade, weil er sich nicht besonders geschickt angestellt hatte. An ihrer Stelle würde er jetzt beim Grainer aufschlagen und nachhorchen, was der Münchner Adabei von ihm gewollt hätte. Sicher ist er, dass der Anruf im Präsidium nicht lang auf sich warten lassen wird. Da hat ihn sein innerer Kompass in die falsche Richtung geführt, das könnten ihm die Trachtler krummnehmen. Er überlegt, ob er dem schlechten Gefühl beim »Vogelwirt« ein oder zwei Schnäpse entgegensetzen sollte, aber angedudelt auf Zimmersuche wär wenig gescheit. Er hat nämlich beschlossen, dass Bad Kohlgrub noch nicht verzichten kann auf die Anwesenheit eines Münchner Superbullen.

Die Wiesner und der Hartinger sitzen mittlerweile in einem Café am Winthirplatz und linsen durch die Glasfront nach draußen. Viel spielt sich nicht ab. Die Leut führen ihre Zamperl spazieren, ein paar Jugendliche schlappen herum, in der vergeblichen Hoffnung auf etwas, das die Langeweile tötet oder sich als YouTube-Motiv anbietet. Träge kommt der Sonntag daher, wie nach einer fetten Mahlzeit oder durchzechten Nacht.

»Simmer jetzt der Erleuchtung ein Stückerl näher?«, fragt der junge Beamte.

Die Wiesner nippt vom Latte macchiato.

»Was stört dich denn an den Leuten?«

»Tätst du bei solch einem Larifari mitmachen? Die ziehen ihnen das Geld aus der Tasche und tanzen daheim Polka auf dem Tisch. Hast doch gesehen, wie der Brandl gelebt hat. In Saus und Braus, der Möchtegern-Guru.«

»Hast du dich nie gefragt ... na, vergiss es.«

»Wenn ich weg bin, bin ich weg, wenn du das meinst. Vielleicht hab ich eine Seele – aber gwies komm ich ned noch mal als Schmeißfliege oder Kohlrabi auf die Welt. Und solang ich da bin, bin ich scho zufrieden und richt mich ein. Was willst mehr?«

»Schaug dir die Leut an, die wir finden, wie die verreckt sind. Macht des Sinn, is des fair? Und da hat er doch recht, der Stangassinger, a bisserl mehr Wert dürft im Leben schon drinstecken, sonst wär's … ach, ich weiß au ned.«

Ein beredtes Schulterzucken erntet sie vom Hartinger.

Seine Mutter strebt immer noch nach Mehrwert. Dafür treffen sie nur einmal im Jahr aufeinander. Die verästelten Diskussionen um nix und wieder nix klonen sich, als wären sie in einer Zeitschleife gefangen. Das Spirituelle kann jeden Morgen grüßen. Was hätten sie sich sonst zu sagen?

Der Vater hat das nicht so lange ausgehalten. Der hat sich wohl gedacht, in seinem Leben sollte nicht die Beziehung mit einer mehrwertigen Hex drinstecken. Jetzt lebt er in Kempten mit einer Frau, die jünger ist als der Hartinger. Die hat ein Blumengeschäft und ist evangelisch.

»Mir langt des, was ich hab, zumindest predigt mir kein Dauerlächler einen Schmarrn daher.«

»Ich hol mir jetzt einen Kuchen, und dir bring ich a Stückerl Toleranz – mit Sahne.«

Hartingers Miene verdüstert sich. Er blickt der Frau hinterher, wie sie sich zur Theke davonmacht. Mit zwei Mohnschnitten erscheint sie kurz drauf wieder.

»Was anders habens leider ned.« Ihr Grinsen ist ansteckend.

»Was machma als Nächstes, oder warten wir bloß auf die Spurensicherung? Da wird uns der Wenzel in der Pfanne verrückt«, will der Hartinger wissen.

»Das wär doch nix Neues. Wir laden uns alle vor, die sich bei den Yogis angemeldet haben, es könnt ja sein, dass die anonyme Anruferin darunter ist …«

»Oder der Genickbrecher.«

»Oder der.«

»Meinst du, der Sandner tut was auf?«

»Wenn was da ist in Bad Kohlgrub, findet er es – oder es findet ihn.«

Was unser Josef jetzt finden will, ist eine billige Herberge. Ohne Esel und Maria ist das wahrscheinlich keine komplexe Aufgabe. Bad Kohlgrub ist ja fremdenverkehrstechnisch hochglanzpoliert. Allüberall lädt dich ein Zimmer-zu-vermieten-Schild zum Verweilen ein. Das obere Kurgebiet steht, wegen mangelnder Wanderkompetenz, bei ihm nicht zur Debatte. Früher hätte er sich nix geschissen und zur Not die Liegesitze seines Autos ausgenützt, aber mit jedem Lebensjahr ab vierzig wächst das Bedürfnis nach angemessenem Komfort. Mittlerweile kennt er die spezifischen Eigenheiten seines Rückens aus leidvoller Erfahrung. Mit dieser Konstellation verschwendest du keinen Gedanken an Downgrading. Das einfache Leben, alternativ Askese, koaliert nur bedingt mit reichen inneren Erfahrungen. Meistens sind sie überlagert von den äußeren, bestehend aus kaltem Wasser, Gliederreißen und Pipapo.

Er hat das Handy ausgeschaltet.

Natürlich muss er den Polizeirat informieren, warum er hier noch umanandschleicht und nicht am Montag ein Rädchen im Getriebe des gut geölten Ermittlungsapparats gibt.

Der Grainer-Bauer hat ihm eine Nuss zum Knacken gegeben.

Wenn die Sanne nicht mehr wär, da ist er sich sicher, würde sein Leben anders verlaufen. Das kannst und möchtest du dir nicht ausmalen. Verbundenheit taucht auf mit dem alten Bauern. Und wenn der Toni das Madl in den Selbstmord getrieben hat, wie schaut es dann aus mit der Schuld? Besser ist es immer, du kannst sie jemandem in die Schuhe schieben, sodass die eigenen nicht drücken. Annis Vater ist schon genug bestraft. Sitzt auf dem Hof im Dreck mit seinen Karnickeln, Hühnern und dem Hundsviech, und die Erinnerung haut ihm täglich mit dem Prügel ins Genick. Wie lang hältst du das aus, bevor es dich niederstreckt? Da findest du keinen Grund, warum du aufrucken solltest in der Früh und dich abplagen. Vielleicht kann dich nur ein gescheiter Hass am Schopf packen, dich hochreißen und das Feuer anschüren.

Vor dem Bahnhof hält der Sandner an. Auf dem Hof vom Grainer waren nur ein verrotteter Diesel-Benz mit platten Reifen und ein musealer Güldner-Bulldog herumgestanden. Wenn er ihn angeschwindelt hätte und doch in München gewesen wäre, dann bliebe als Option nur der Zug. Es sei denn, er hat eine Mitfahrgelegenheit genutzt, gar eine Gruppenreise, Sightseeing in München, Hofbräuhaus, Glockenspiel – und als Höhepunkt knipsen wir dem Brandl Toni das Licht aus. Der Sandner verwirft die Idee. Der Grainer hat nicht so ausgesehen, als ob er Teil einer Verschwörerbande hätte sein können. Der war ein Eigenbrötler par excellence.

Das kleine Steingebäude ist verwaist. Am siebten Tage sollst du ruhen. Kurz rüttelt er an einer Tür mit der Aufschrift »Privat«. Privat ist anderwärtig unterwegs – kann man ihm nicht verübeln. Der Sandner geht hinaus zu den zwei Gleisen und blickt um sich. Zwei Sekunden – dann hast du alles gesehen. In München ginge das als bessere Trambahnhaltestelle durch. Verwöhnungsverwahrlost durch die lamettabehangene Großstadt sind seine Vorstellungen gewesen. Wenigstens musst du hier nicht gleich deinen Geldbeutel herausreißen fürs Scheißhaus, eine unbestimmte Auskunft oder weil du heut Nacht dummerweise von einem EC geträumt hast. Umsonst bekommst du bei der Deutschen Bahn nur den Gestank im verstopften Zugabort. Verständlich – alles andere ist ja für das Kerngeschäft kostenintensiver Luxus – besonders die reisewilligen Dotschen.

Wie er noch einmal unmotiviert ins Wartehäusl stapft, sieht er am Fahrkartenautomaten den Ferdl eifrig hantieren.

»Machst einen Ausflug?«, spricht er ihn an.

»Ich fahr zur Frieda und zum Hans. Nach Murnau. Wir sind gestern ned fertig geworden.«

»Ah geh?«

»Ja, des kost drei Euro vierzig, aber die gebens mir immer. Am Wochenende helf ich dem Hans immer, wenn's was zum Schaffen gibt. Des is ja mei Onkel.«

»Ist der sonst auch spendabel?«

Der Ferdl nickt und grinst.

»Was machst du da?«, will er wissen, »fahrst du au nach Murnau?«

»Leider ned. Da bist du ja schön am Schaffen.«

»Ja, Bäum stutzen. Wenn der Schnee kommt, haut's sonst die Äst runter. Fragst wieder die Leut aus?«

»Hast mi durchschaut, Ferdl.«

Der Ferdl grinst erneut, dann wendet er sich zum Gehen.

»Hast du zufällig gestern den Grainer am Bahnhof gesehen, Ferdl? Du kennst ja gwies alle Leut.«

»Na, hab i ned.« Der Mann mustert den Sandner mit Schelmengesicht. »Aber im Zug is er gewesen, wir sind nebeneinander gehockt, bis ich ausgestiegen bin. Hat er was angestellt, Herr Polizisten-Josef?«

»Na, na. Bist schon zeitig los?«

»Vierzehn Uhr eins.«

»Du hast a Halbe gut bei mir.«

Der Ferdl lacht und springt davon. Die Warnpfeife eines Zuges durchdringt den kleinen Raum. Zwei Kurven noch, dann wär er da. Der Sandner nickt grimmig und schaut sich die Fahrpläne an. Am Samstag könnte der alte Bauer wer weiß wohin sein, aber mit dem Zug wär er auf jeden Fall bis München gekommen.

Wieder vor dem Bahnhofsgebäude, fällt ihm eine Gruppe junger Männer auf, offenbar in einen Streit verwickelt. Sie haben sich den Blicken von der Straße entzogen und eine stille Nische bei Müllcontainern gesucht. Der Sandner bleibt stehen. Einmischen will er sich nicht, aber die Neugier lässt ihn nicht einfach vorbeigehen. Mit derartigem Bahnhofsgemauschel kennt er sich aus. Universelle Sprache.

Zwei stämmige Kanten in Jeans und Karohemden reden auf einen anderen ein, der sich optisch abhebt. Ein spindeldürres Manschgerl mit Rastalocken und Cordhose. Jetzt packt ihn einer der Burschen am Schlafittchen, haut ihm eine Watschen, während der Zweite ihm den Rucksack wegreißt.

Der Sandner seufzt. Das ist ihm zu einseitig. Der Rastafari bräucht mehr Pfunde auf seiner Seite.

»Lassts den los, wenn er euch nix gestohlen hat«, ruft er der fidelen Kampftruppe zu und schlendert, Hände in den Hosentaschen, zu ihnen hin. Einer der Streithanseln wendet sich ihm zu.

»Verzupf di, Alter. Des is unsere Sach.«

»Ja verschwindens«, keucht auch der Malträtierte.

»Ah geh.« Der Sandner winkt ab und schaut dem feisten Bengel ins Gesicht. »Des schau ich mir doch ned an. Zwei gegen einen Halben. Des is a feige Sach.«

»Was hast du gesagt?« Jetzt sind alle drei ganz Ohr.

»A feige Bachratz bist, und taub dazu.«

Sie lassen verdattert ab von ihrem Opfer. Eine saftige Beleidigung reicht allerweil, damit sich wer aufmandeln muss.

»Na, geht doch, servus.« Der Sandner dreht sich um und macht ein paar Schritte. Er wartet, bis der Wortführer direkt hinter ihm ist und grad nach seiner Schulter greifen will. Aus der Drehung erwischt er ihn mit dem Ellenbogen am Brustbein. Die Wirkung ist nicht überwältigend. Der Arm schmerzt ihm.

»Öha«, bemerkt der Bursch, der keinen Millimeter zurückgewichen ist, »eahm schaug o!«

Bevor er die passende Antwort ins Gesicht bekommt, springt der Sandner zurück, bis er hinter sich ein Gebüsch nebst Geländer spürt. Da geht's nicht weiter. Scheißdreck. Auf der Stirn erscheinen erste Schweißtropfen. Gänsehaut überzieht die Unterarme.

Genauso gut hätt er gegen eine Fichte antreten können. Aber die wär im entscheidenden Moment gewiefter.

Der Rastafari macht keine Anstalten, ihm zu helfen. Als wär er festgeleimt an seinem Platz. Undankbarer Wichtel! Seinen Rucksack hat er sich geschnappt, pfriemelt daran herum und überprüft den Reißverschluss.

»Jetzt geht ihm das Arschwasser, dem aufgstellten Mausdreck«, stellt der andere feixend fest.

Da liegt er nicht arg falsch. Doch die nackerte Angst zeigt kräftige Klauen. Bist du dagegen mit protziger Überlegenheit ausstaffiert, brauchst du hinterher meistens den Schneidermeister, dass er dich zamflickt.

»Für euch braucht's bloß an Fliegendatscher«, höhnt der Sandner. Vielleicht hilft ja die Prahlerei.

»Gibst ihm a Drumm Bockfotzn, Schorsch, damit Ruh is.«

Eingeschüchtert wirken seine Gespielen nicht gerade. Schad.

Sein Gegenüber zieht den Schwanz nicht ein, er sieht ums Verrecken keinen Grund dafür vor sich. Es gäb auch keinen.

Das hat ihm gefehlt. Vor urwüchsigen Ochsenschädeln am Bahnhof den großen Max markieren. Erstklassige Leistung, Sandner. Aktuell könnte er ernsthaft auf die Goschen kriegen. Herrschaftszeiten! Noch immer ist kein Mensch zu sehen. Aus dem Zug scheint niemand ausgestiegen zu sein – oder die Manschgerln sind heimlich davongeschlichen.

Der Stiernackige scheint über die Methode zu grübeln, die er anwenden wird, um den Sandner in den Boden zu stampfen. Er macht keine Anstalten loszulegen. Schwelgt in Vorfreude, als hätte die Bedienung ihm gebratenes Wildschwein kredenzt. Mit Apfel im Maul.

Madre mia! Zwei Körndlgfutterte, breiter und muskulöser als der Sandner zu seinen besten Zeiten.

Sein bärtiger Kontrahent hat offensichtlich genug geplänkelt. Er kommt in Reichweite und will sich den Münchner pflücken wie eine Pflaume vom Baum. Setzt auf seine Masse. Zum Glück kein geschwinder Prügler, eher der klassische Wirtshausrangler.

Der Sandner lässt sich am Kragen nehmen und nutzt den Schwung für einen gemeinen Kopfstoß. Er hört das Knacken, als sein Schädel dem Burschen die Nase knickt.

Der dreht sich weg und presst stöhnend die Hände ins Gesicht. Aus der gebrochenen Nase tropft Blut.

Dem zweiten Früchterl mangelt es an Motivation, den Knochenbrecher zu geben. Nicht zu verdenken. Sieht nicht nach Gaudi aus. Nicht die Spur. Wenn er gleich mitgetan hätte, würde der Sandner definitiv auf dem Pflaster flacken, amtlich hergewatscht. Chance vertan – gratuliere. Das wird ihm sein derangierter Spezl noch auftischen.

Der Polizist kann nicht vermeiden, dass Triumph und Erleichterung ihm den Kamm schwellen lassen. So schaut es aus, Burschen – don't mess around mit einem knallharten Münchner Hauptkommissar. Streetfight ist sein täglich Brot und Blut der Belag. Da seht ihr uralt aus. Scherts euch zurück ins paläontologische Museum. Gleich bei den Neandertalern könnts aufspielen und grunzen.

»Des zahl i dir heim«, keucht der Raufbold zwischen blutverschmierten Händen hervor.

Erste Neugierige erscheinen auf der Bühne.

Die zwei Bären tapsen aus der Arena. Unten an der Straße wartet ein rundum gespoilerter Audi auf seine zurechtgestutzten Insassen. Den lassen sie seine ganze pferdegestärkte Potenz nausbrüllen, damit wenigstens der Abgang muskulös daherkommt.

Sakrament, knapp war das. Er hätte ihnen seinen Dienstausweis unter die Nase halten können. Nein – nicht können: müssen! Das wär vernünftig gewesen. Theoretisch. Praktisch hätte er nix aufstellen können mit der Vernunft. Scheißadeckl, Herr Hauptkommissar. Die zwei sofort einkasteln wegen einer depperten Watschn? Mit so einem Schmarrn schaffst du dir Freunde unter den überlasteten Kollegen. Die wissen auch so schon nicht, wo ihnen der Kopf steht. Den Zeigefinger hätte er halt mahnend heben können. Nicht für jeden befriedigend, das distanzierte pantomimische Maßregeln. Jetzt hat er seine Ausrede beieinander. Die Gäule sind ihm durchgegangen. Wahrscheinlich ist es ein Schlüsselreiz gewesen, und er hatte gar keine Wahl. Er reißt halt den Schnabel auf, wenn die Küken anklopfen. Reminiszenz an alte, derbe Zeiten.

Die Versammlung um den Sandner wird größer. Aber der Einakter ist ausgespielt, der Vorhang gefallen. Nachdem niemand eingreifen muss, verteilen sich die Menschen wieder. Misstrauische Blicke bekommt der Münchner zugeworfen. Er hört das Wort »Polizei« fallen. Nie da, wenn man sie bräuchte. Kein Wunder. Seine Euphorie schlupft wieder ins Häusl und versteckt sich im Keller. Strunzblöd kommt er sich grad vor.

Die Leut glotzen ihn an wie eine besonders primitive Spezies im Tierpark. Homo brutalus. Er selbst hätte sich erst mal festgenommen – man weiß ja nie. Sie sehen ihm gwies den Fremden an. Entschuldigung – das Moor wirkt halt arg vitalisierend. Wenn das Wellnessabenteuer ihn in einen kraftstrotzenden Hulk verwandelt hat, hätte er seine Energie adäquat ausleben sollen. Aber es kann halt nicht ein jeder »Moorbabys« fabrizieren.

Plötzlich kommt ein üppiges Wesen im wallend braunen Gewand herbeigesprungen.

»Was is hier los?«, schnauzt die Frau den Sandner an. Atemlos, die Augen weit aufgerissen.

»Nix, Mama, der hat sich eingemischt, aber des hätt's ned braucht«, meldet sich der Junge zu Wort.

»Wieso? Ham die dir wieder aufgelauert? Des war doch dem Hambacher seiner, oder?«

»Ach, da war eigentlich nix.« Der Junge winkt ab.

»Halb so tragisch«, unterstützt ihn der Sandner in souveräner Manier. »Kleine Meinungsverschiedenheit. Ich bin der Sandner Josef.« Er streckt ihr die Hand entgegen.

Sie verzieht angeekelt die Mundwinkel. Ihrem Blick folgend bemerkt er, dass sein Handrücken blutgesprenkelt ist. Damit schindest du nur im alten Rom Eindruck. Zumindest ist es nicht sein eigenes Blut.

»Dankschön«, sagt sie schnappig – die Messalina ist sie definitiv nicht.

Ein Gott braucht eine Gefährtin. Zumindest war das die lebenspraktische Überzeugung der Gläubigen früherer Zeiten. Eine Flut von ausgegrabenen Statuetten und Inschriften, besonders im »Heiligen Land«, zeugen davon. Ausladend-einladende Brüste und üppig-weibliche Rundungen waren ihr Markenzeichen gewesen. Im Lauf der Jahrhunderte hat wohl der Monotheismus dem Gott die Lust abgewürgt (seine Priester haben derweil allzeit geifernd zugelangt).

Der Sandner sieht sich einem Wesen gegenüber, das diesbezüglich anbetungswürdig daherkommt. Idealbesetzung. Fleisch gewordene Statue – Aschera, wie sie leibt und lebt. Erdenmutter, Fruchtbarkeitsgöttin. Die dunkelblonden Haare zum Zopf zusammengebunden, die Bewegungen von geschmeidiger Natürlichkeit. Rote Bäckchen hat sie bekommen.

Wohlig fühlt sich der Sandner, als wär bitterster Winter übers Land hergefallen und die Frau wäre die wärmespendende Sonne. Da reicht ein Blick. Mit der Sonne brauchst du kein »Speed-dating« zu arrangieren, das erspürst du augenblicklich. Die Wege der Anziehungskraft sind unergründlich.

Ein bisserl befangen deutet der Sandner in Richtung seines Gefährts. »Kann ich Sie irgendwohin mitnehmen?«

Zum einen hätte er doch gern gewusst, worum es bei dem Meinungsaustausch gegangen ist – hauptkommissarische Neugier –, auch wenn mutmaßlich nur ein Madl im Spiel gewesen ist. Zum anderen ist ihm die Frau, siehe oben, durchaus sympathisch. Lächeln kann sie auch, wie er jetzt feststellt.

»Also Sandner Josef«, sagt sie, »eigentlich wollten wir mit dem Bus, aber na schön. Maria Mayer heiß ich.«

Dem Geschau des Rastafari ist zu entnehmen, er hätte öffentliche Verkehrsmittel vorgezogen, aber er pflanzt sich folgsam auf den Rücksitz.

»Sinds länger in Bad Kohlgrub? Sie sind ja kein Hiesiger, oder?«, will Frau Mayer wissen.

»Bis morgen oder übermorgen.« Aschera riecht nach frischen

Kräutern. Gesund und intensiv. Der Sandner ist versucht, an ihr zu schnuppern wie der Hetzhund an frischer Losung. Dabei hätte er ganz andere Sorgen. Eine davon bringt die Frau ins Gespräch.

»Hams ein gutes Hotel hier im Ort?«

»Bis heut Morgen scho.«

»Wieso heut Morgen?«

»Weil ich beschlossen hab zu verlängern und jetzt eine neue Bleibe suche.«

»Hat's Ihnen dort ned gefallen?«

»Doch, scho, aber jetzt bräucht ich was Einfaches, ohne Schnickschnack.«

»Zimmer ohne Schnickschnack vermiet ich au. Sie ham ja was gut bei uns. Sie können es sich ja anschauen. Ich hab zwei zur Auswahl, sind allerdings Doppelzimmer.«

»Mama«, protestiert der Rasta vom Rücksitz.

»Was is, Maxi?«

»Ach nix.«

»Was machen Sie beruflich, wenn ich fragen darf?«

»Außendienstler, ich tret mir bei den Leuten die Füße platt.«

»Da braucht ma gwies Erholung. Vertreter also – wir brauchen fei nix. Was vertretens denn?« Sie lacht.

»Gut, ich schaus mir gern an«, meint der Sandner, ihre Frage ignorierend, und betrachtet im Rückspiegel kurz die mürrische Miene des Jungen. Den Polizisten hat er aus einem unbestimmten Gefühl nicht heraushängen lassen wollen.

»Was kost die Nacht?«

»Fünfadreißig mit Frühstück.«

Weit muss er nicht fahren – kaum ist er auf die Hauptstraße eingebogen, geht's schon rechts ab, und zwei Kilometer weiter darf er das Auto vor einem kleinen Häuserl abstellen. Es schaut ebenso unscheinbar aus wie seine Nachbarn. Cremefarbene Wände, hölzerner Balkon, Ziegeldach, das obligatorische Zimmer-frei-Schild springt ins Auge. Ein üppiges, gepflegtes Kräutergärtchen dominiert das Grundstück, daneben sind einige Haselnusssträucher und sonstiges zierendes Buschwerk vertreten.

Der Sandner lässt Mutter und Sohn aussteigen und verspricht, später wiederzukommen, um sein neues Zimmer in Augenschein zu nehmen. Im Moment ist er zu hyperaktiv, um sich in ein Gästezimmer zu verziehen. Eingesperrt käme er sich vor, wie der Ozelot in Hellabrunn, der allerweil unruhig an den Käfigstangen entlangstreifen muss. Annis Grab wird seine nächste Station. Dank der Auskunftsfreude seiner zwei Kollegen weiß er, wo es zu finden ist.

Der Rochus, dem der betagte Friedhof seinen Namen verdankt, hat sich auf die Pflege von Pestkranken verstanden. Als er dann selbst daniedergelegen ist, wollte bei ihm keiner Hand anlegen, außer einem Viech. Ein fürsorglicher Hund soll ihn gefüttert haben.

Zwei Familien hätten in Bad Kohlgrub die Pest unbeschadet überlebt, hat der Sandner gelesen. Ois is relativ. Für die zwei ist es schon angezeigt gewesen, mit dem Rochus einem Schutzheiligen zu huldigen, prozentual oder statistisch muss man die Sache nicht beleuchten. Da geht's, wie so oft, ums Emotionale. Die Überlebenden bedanken sich beim wohlmeinenden Leben, egal welchen Namen es trägt. Der Tod ist außer Haus gewesen und hat partout keinen Termin freischaufeln können. Der Laden hat gebrummt.

Als Kriminaler weiß der Sandner, dass du mit Fragen nach Verdienst, Schicksal und Glauben schnell die Kapazitätsgrenze deiner Lebensphilosophie überschreitest. Da könnte dir ganz fix dein Lamperl durchbrennen. Dafür gibt's Fachpersonal. Der Pfarrer unten im Dorf oder auch der Brandl Toni. Heutzutage wird die handfeste Sorge um das Herannahen der Pest eher mit Burnout oder Sinnkrise ersetzt.

Er muss nicht lange durch die Gräberreihen streifen, bis er fündig wird. Die Anni liegt nebst Mutter und Großeltern in der Erde.

Das Grab macht einen gepflegten Eindruck.

Der Sandner ist sich sicher, dass der Grainer das nicht stemmt, all die Gerbera und Vergissmeinnicht frisch zu halten. Sogar das Grablicht brennt. Da braucht es eine Adjudanz unter den hiesigen Leuten. Vergessen ist die Anni nicht. Der Stein ist grob behauener Marmor.

Den Mann fröstelt ein bisschen, wie er sich vorstellt, wie das Madl am Baum gehängt ist. Da muss er keine Phantasie bemühen – wenn er alle Aufgeknüpften zusammenzählt, denen er sich schon annehmen musste, die würden nicht gemeinsam ins Lavendel-Dampfbad passen. Ein deppertes Bild. Bevor es in seinem wellnessdurchweichten Hirn herumgeistern und Fuß fassen kann, dreht er sich um, schüttelt sich wie ein nasser Hund und geht.

Aber wurscht, wo du hingehst, du nimmst dich mit. Dem Sandner ist seit heute Morgen klar, dass er sich dabei hat. Wie in einer schillernden Seifenblase hat er den Samstag verbracht, die Außenwelt nur schemenhaft wahrgenommen. Wenn du die meiste Zeit in der Sauna sitzt, sind die Alternativen rar. Sein Körper hat ihm das gedankt, aber vielleicht ist er einfach nicht geeignet für Entspannung dieser Art. Untergiesing fehlt ihm, seine Wohnung, das Musikmachen und das Münchner Gewurschtel.

Dass er Bad Kohlgrub von der anderen Seite entdeckt, erfüllt ihn mit einer gewissen Befriedigung. Hier spielt sich das Leben und Sterben genauso ab wie überall, auch wenn die Landschaft dir etwas anderes einflüstern will.

Die Leut haben allerweil das gleiche Gepäck dabei, auch wenn's hier Trachtenrucksäcke gibt. Damit kennt er sich aus.

Er spaziert einen ruhigen Weg entlang, von dem er hofft, dass er sich noch eine Weile ziellos dahinschlängeln mag und er nicht plötzlich vor einem Gehöft landet. Lauschend bleibt er stehen. So stad. Nur ein paar Krähenrufe durchdringen die

Stille. Der Sandner seufzt und zieht sein Handy aus der Tasche. Kurz schießt es ihm ins Hirn, er könne es einfach ins Gesträuch werfen und weitergehen – offenbar ein unbewusster Wellnesseffekt –, dann macht er sich dran, seine Liste abzutelefonieren.

Die Wiesner fläzt auf Sandners Stuhl, als sie sein Anruf erreicht.

Als ob er sie sehen könnte, eröffnet er das Gespräch. »Na, hast du es bequem, Sandra?«

»Warum glaubt hier eigentlich jeder, ich würd nur deppert herumsitzen?«

»Vielleicht, weil du meine Vertretung bist, da erwarten die Leut keine Innovation.«

»Oiso, soll ich, oder willst du zuerst?« Sie legt die Füße auf den Tisch, wenn schon, denn schon. Allein ist sie.

Der Winter und der Hartinger sind in geheimer Mission unterwegs. Die müssen vor dem Eingang ins Präsidium als Paparazzi auf der Lauer liegen. Die Wiesner hat ihnen aufgetragen, von jedem weiblichen Wesen unter vierzig ein Bild zu schießen, das das Gebäude betritt.

Sie haben alle vorgeladen, die mit Calm & Peace nachweislich in Beziehung standen. Mit der Fotosammlung werden sie dann die Nachbarn vom Brandl heimsuchen.

Der Hartinger hat kurz gemuckt und gefragt, ob das überhaupt legal wär. Was legal wär, bestimme die leitende Ermittelnde, hat die Wiesner ihm beschieden. Da hat er mit den Schultern gezuckt, und die beiden sind brav losmarschiert. Es gibt Momente, da muss die Wiesner aufpassen, dass der Machtrausch sie nicht aufblaht bis zur feisten Unkenntlichkeit. Dann wär sie höchstens noch als passable Bankbesetzung für den Bayerischen Landtag zu gebrauchen.

»Fang du an«, bestimmt der Sandner in Unkenntnis ihrer autoritären Verfassung.

»Der Brandl hat über seine Verhältnisse gelebt, aber keine besonderen Überweisungen gehabt. Er scheint das Geld immer selber eingezahlt zu haben. Unregelmäßig, aber immer ein paar Tausender im Monat. So. Der Spusi haben wir noch keine Vergleichsproben liefern können für ihre Spuren. Fehlanzeige. Aber von der KTU erwarten wir schon einiges. Dem Stangassinger, dem Brandl sein Geschäftspartner, steht finanziell das Wasser bis zum Hals, da hat's bestimmt Reibereien und Streit gegeben. Ob des für einen Mord reicht, weiß ich ned. Der Brandl hat ja auch die Leut gezogen, die sind wegen ihm gekommen. Wir werden alle vernehmen aus dem Umkreis, damit wir endlich die anonyme Anruferin finden, und des war's auch schon.«

Sie versucht, aus Sandners Stimme rauszuhören, ob er zufrieden ist mit ihrer Arbeit, und ärgert sich gleichzeitig über diesen Reflex. Der Sandner ist weder dein Papa noch dein Lehrer, zefix noch einmal. Er hat auch weder Lob noch Tadel im Tascherl, schildert ihr nur seinen Tag im Wellnessparadies und dass er vorhat, noch zu bleiben, um dem Grainer etwas auf den Zahn zu fühlen.

»Des is doch bloß eine Ausrede, um dich noch einen Tag massieren zu lassen – auf Spesen.«

»Freilich, wirst sehen, ich komm dann als ganz neuer Mensch zurück.«

»Wenn du das versprichst, zahl ich dir selber noch eine Woche drauf.«

»Ham sich die Murnauer Kollegen bei euch gemeldet, oder gibt's da einen Kontakt?«

»Von mir ned, hat der Wenzel nix gesagt?«

»Den hab ich mir aufgehoben bis zum Schluss, als Sahnehäubchen. Mit dem Polizeirat hab ich schon verhandelt. Das billigste Zimmer muss es halt sein. Am liebsten wär's ihnen wahrscheinlich, ich frag beim Bauern um ein Platzerl in der Scheune an, mit a bisserl Stroh dazu.«

»Gesellst dich zu den anderen Ochsen, wär ja nix Neues.«

»Du meinst, ned anders als in der Hansastraße? Fängst scho an, an meinem Stuhl zu sägen.«

»Pass auf dich auf, Sandner.«

»Freilich, bis morgen.«

Der Sandner geht erneut den Weg hinauf zu den Brandls. In diesem Fall ist die Polizeiarbeit eine körperliche Erfahrung. Schweißtreibend. Trotzdem hat er der Versuchung widerstanden, mit dem Auto vorzufahren. Er braucht die Erdung, er hat noch kein rechtes Gefühl für die Leut. Den Boden muss er spüren. Schritt für Schritt muss er sich den Ort erkunden. Er bildet sich nicht ein, dass er eintauchen könnte ins Leben der Leut, an der Oberfläche wird er schwimmen müssen. Der Städterer wird er bleiben, ein Fremder, der sich ein wenig einmischt und dann wieder verschwindet.

Diesmal steht niemand im Gärtchen. Der Sandner geht gleich bis zur Haustür und läutet.

Die Frau macht ihm auf. Sie hat die Fensterläden zugemacht. Duster ist es im Haus, sodass der Polizist nur Schemen ausmachen kann.

»Hättens Zeit für mich, Frau Brandl?«

Stumm verschwindet sie.

Der Sandner findet keinen Lichtschalter und tastet sich den Flur entlang hinter ihr her. Wieder steht er im Kücherl.

Die Frau hat die Arme verschränkt und schaut ihn an. Ein Bewegungsimpuls kommt über sie. Ein Fenster wird aufgerissen und der Laden umgeklappt. Als hätte sie eine Vorbereitung gebraucht, ein Startsignal, um der Außenwelt, in Gestalt eines Münchner Polizisten, wieder einen Platz anzubieten.

»Setzen Sie sich doch her, bittschön«, flüstert sie, als wären ihr die Töne abhandengekommen.

»Frau Brandl …« Seine Stimme kommt ihm derb und laut vor. Tonis Mutter duckt sich unter ihr, als hätte er mit dem Ochsenfiesel zugeschlagen.

»Frau Brandl«, wiederholt er leiser und zieht sich einen Holzstuhl heran, »ich müsst noch ein paar Sachen wissen vom Toni.«

»Ich weiß nicht, er hat sich bei uns nicht sehen lassen.«

»Aber hier ist etwas passiert. Ihr Mann hat gemeint, des musst ja so kommen.«

Die Frau winkt müde ab. »Ach – die alte Gschicht.«

»Da hätt ich gern a bisserl was gewusst.«

»Da gibt's doch hier genug, die sich immer noch das Maul zerreißen, fragens die.«

»Auf die kann ich verzichten, solchene gibt's überall.«

»Der Toni war ned so ... schlecht, wie hier manche tun.«

»Er war mit der Anni zam und hat sie mit nach Indien genommen.«

»Indien«, echot Frau Brandl. »Der hat sie ned mitgenommen, die wollten des beide.«

»Sangs amal, des is doch eigentlich nix Besonderes, wenn ma nach Indien fährt, als junge Leut. Des is doch normal, dass ma die Welt sehen will. Wieso is des hier so a seltsame Gschicht?«

»Na, eigentlich is des nix Besonderes, da hams scho recht. Heutzutag fährt ja a jeder in der Weltgschicht umanand. Wir waren vor zwei Jahr in Kanada drüben. Aber der Toni hat sich vorher scho mit dem indischen Zeugl beschäftigt. Des war schlimm. Rumglaufen ist er, dass du dich hast schämen müssen, wie a Derndl. Wie so a komischer Heiliger.

Und die Anni war dieselbige. Und was sie für Sprüch nausghauen ham, als wärens von einer Sekte. Wie die Prediger. Die Leut ham glacht und die Köpf gschüttelt hinter ihrem Rücken. Und deswegen warens was ganz Besonderes im Ort, die zwei. Sogar den oiden Pfarrer hams allerweil saudumm angeredet. Und beim Metzger Wenninger hams vorm Laden rumgelungert und die Leut belästigt mit ihrem Schmarrn. Der hat einen Grant gschoben, des können Sie sich vorstellen. Beinahe hätt er's gscheit hergwatscht.

Ich hab dann glei immer a bisserl mehr einkauft, bei ihm. Is ja a gute Metzgerei, da kann ma nix sagen. Immer frische Ware. Und dann hat es natürlich geheißen, was sand denn des für Eltern? Können die ned schauen? Des war ned zum Aushalten. Mein Mann hat des ned derpackt. Wenn der Toni ned weg wär, hätt er ihn nausgschmissn. Aber der hat's ja gut gemeint. Des war ned bös.«

Tränen laufen der Frau über die Wangen. Sie nimmt sich ein Stofftaschentuch, dreht sich von ihm weg und schnäuzt sich.

»Entschuldigung«, murmelt sie.

Der Ermittler legt Verständnis in den Blick, den er ihr zuwirft, wartet einen Moment ab.

»Aber die Anni is wieder zruck aus Indien«, stellt er fest.

»Ja mei, hat ihr halt ned gefallen.«

»Und dann?«

»Wie sie sich aufghängt hat, ham alle gsagt, des wär dem Toni sei Schuld. Schwermütig wär sie wegen ihm geworden und wer weiß, was der mit ihr gemacht hätt. Aber fragens doch mal den alten Grainer, warum sie ums partout nimmer bei ihre Eltern wohnen wollt? Des hat niemanden interessiert! Wenn, dann ham die des Madl kaputtgemacht. Da hat doch der Toni nix dafür können.«

»Wir werden rausfinden, was dem Toni passiert ist.«

»Und? Wem nützt des? Wird er wieder lebendig? Wir ham uns nimmer gesprochen, seit er wieder da war. Mein Mann wollt des ned, derselbe Sturschädel, wie der Toni einer ist.« Sie kauert sich auf die Bank und schlägt die Hände vors Gesicht.

Wo denn ihr Gatte wär, erkundigt sich der Sandner, weil er möchte, dass sich jemand um die Frau kümmert.

»Im ›Ochsen‹.«

»Wenn ich ihn zufällig treff, soll ich ihn herschicken?«

»Der lässt sich ned schicken, von Ihnen glei gar ned.«

»Hams a Freundin, jemanden zum Reden?«

»Is scho recht, kümmern Sie sich ned. Wiederschaun.«

Sie blickt nicht hoch, wie der Sandner aufsteht und geht.

Derweil wird die Wiesner auf der Münchner Dienststelle mit niveauvoller Fragestellung zum Gender-Gedanken konfrontiert.

»Was sand des alles für Weiber, Sandra?«

»Hebs lieber wieder auf, sonst tritt wer drauf.«

»Was?«

»Deine Bazlaugen – ich glaub, die sind dir grad nausgfallen.«

Der Kare grinst. Mit der Wiesner steht er auf dem Gang vorm Büro. Der frisch gebackene Hauptkommissar Karl Bischoff hat bis vor einem Monat noch in Sandners Team gespielt. Er hat dann den Platz vom Hauptkommissar Meininger eingenommen, einem Aussteiger, der beschlossen hat, sein zukünftiges Leben mittels selbstgebauten Boots auf Flüssen und Seen zu verbringen. Eine Alternative. Hinsichtlich der polizeilichen Tretmühle könnte man das als lebenstechnisches Upgrading bezeichnen. Natürlich ist der Meininger hinter vorgehaltener Hand für deppert erklärt worden, aber das könnte man unter natürlicher Neidreaktion abhandeln. Weil – wenn das normal wäre und jeder den Mut dazu aufbrächte, könntest du trockenen Fußes über den Bodensee wandern, von Planke zu Planke.

Ein herber Verlust für den Sandner, der mit dem Kare seinen Adlatus verloren hat. Dass der Mann allerweil den Weiberer raushängen muss, ist ein alter Hut, der ihm längst nicht mehr steht. Mancher striegelt halt sein Image, auch wenn's Fell schon kahle Stellen hat. Real ist er nach dem einen oder anderen Midlife-Crisis-Intermezzo zufrieden ehelich verbandelt mit seiner Kathrin. Letztendlich eine gemeinsame Sprache entdeckt haben sie und sich zusammengerauft – Sprüch hin oder her.

»Is dein Big Boss schon wieder zurück vom Erholungsurlaub?«, will er von der Kollegin wissen.

»Na – was habts ihr am Sonntag hier zum Werkeln?«

»Euch beneiden. Wir ham noch was aufzuarbeiten vom Freitag. Auf einer Baustelle in der Messestadt hams einem den Meißel neigrennt. Blöde Gschicht. Wenn's ned dummerweise die Bauchschlagader zerfetzt hätt, läg der jetzt ned beim Aschenbrenner auf dem Gabentisch. Und jetzt holen wir uns nach und nach alle Individuen, die dort umanand waren. Die Hälfte ohne Papiere, keine Sau will was gesehen haben. Blind wie die Maulwürfe, dürften die gar ned aufs Gerüst kraxeln. Magst tauschen?«

»Bei mir geht's heut um innere Werte und Selbsterfahrung. Davon verstehst du so viel wie die Ratz vom Fahrradfahren.«

»Sagst dem Josef einen lieben Gruß – von euch müsst ich mich auch erholen.«

»Fang du deinen bestialischen Meißelschlitzer, des is bestimmt ein Serienkiller.«

Die beiden plänkeln herum, bis der Wenzel von hinten an sie herantritt.

Der Laotse sagt ja, wer Menschen führen will, soll hinter ihnen gehen. Von seinen Gewohnheiten her wär der Wenzel der geborene Führer. Die Wiesner spürt seinen Pfefferminzatem im Nacken. Allerdings hast du beim Staatsanwalt das Gefühl, er will dich daherhetzen wie das Viech, mit ausgefahrenen Krallen und hackendem Schnabel. Dazu läg vom Weisen bestimmt ein alternativer Spruch parat.

»Wenns dann genug geplaudert haben, hätt ich gern den aktuellen Ermittlungsstand. Denken Sie, ich komm Sonntag daher, weil ich mich sonst zu Tode langweile, Frau Oberkommissarin?«

»Darüber denk ich wirklich ned nach, Herr Staatsanwalt.«

»Und was ist mit dem Mordfall Brandl? Darüber denkens doch hoffentlich nach. Wie haben Sie Ihre Leut eingesetzt?«

Die Wiesner gibt ihm einen kurzen Abriss des Morgens.

»Wieso meldet sich der Sandner nicht?«

»Der Hauptkommissar Sandner ist schon erwachsen. Ich bin sicher, wenn sich was tut ...«

»Ich kann mir schon denken, was sich tut. Er lässt sich massieren und schindet dafür noch Spesen. Der Steuerzahler dankt. Etwas Konkretes hat er ja nicht vorzuweisen.«

»Immerhin hätt er heut noch frei.«

»Ich bin gerührt und voller Mitleid.«

Die Wiesner muss dringend einen Gang zurückschalten, bevor sie sich ans Befragen macht. Schließlich wartet da ein Zirkel vermutlich sensibler Damen auf sie und kein dreckiger Schlagetot. Jammerschade. Der hätte jetzt zu kosten bekommen, was ihr der Staatsanwalt eingeschenkt hat. Bis zum letzten Tropfen.

Und Wut hat sie auf den Sandner, der sie da hocken lässt mit der ganzen Bagage. Vielleicht ließ er sich wirklich grad durchkneten, während sie das Amtstier im Käfig geben darf. Scheißadeckl mit dem Führungskraftgetue. Die Einsamkeit des Vorgesetzten – eiskalt ist es auf dem Gipfel.

Bevor der Ärger in Selbstmitleid umschlägt, das ihr den Energiefluss verstopfen würde, wendet sie sich vom Wenzel ab und den Vernehmungen zu. Die erste Dame wartet schon im fensterlosen Kabäuschen mit dem reinigungsfreundlichen Resopalinterieur.

Für Sandners Zimmerausstattung haben einige Fichten ihr Leben lassen müssen. Rustikal, zweckmäßig, ohne Schnickschnack. Einzig der Traumfänger über dem Bett ist eine Premiere für den Polizisten. Aber warum nicht? Zu erhaschen gäbe es genug, quasi reiche Fanggründe rund um Sandners Hirnarchipel. Probehalber streckt er sich auf dem Doppelbett aus. Jetzt einfach liegen bleiben.

›D Arbat is koa Frosch, die hupft oam net davo‹, war der Lieblingsspruch seines Vaters gewesen, obwohl er die meiste Zeit, bis zuletzt, in der Schlosserwerkstatt verbracht hat. Seine Arbeit glich eher einer verschmusten Katz, die dir ständig ihren Schädel am Bein reibt, damit sie gefälligst gestreichelt wird.

Laute Stimmen von unten reißen den Sandner aus melancholischen Betrachtungen. Seine Zimmerwirtin im Dialog mit einer Bassstimme. Dröhnend und abgehackt, als würde der Unbekannte mit Wörtern nach ihr werfen wie mit Holzscheitln. Nach zwei Minuten hält es den Sandner nicht mehr in seinem hölzernen Refugium. Er trampelt die Stiegen hinunter. Daherpoltern ist eine einfache Übung für ihn.

Im Gang steht ein Riese. Prachtexemplar. Etwas geduckt, die Bratzen zu Fäusten geballt, ein grau durchwirkter Vollbart umwölkt die prallen roten Backen. Dreihundert Pfund mindestens, ohne Schuhwerk, schätzt der Sandner. Der könnte einem schlachtreifen Bullen das Genick brechen und sich dabei eine Zigarette drehen. Er sieht aus wie eine ältere Ausgabe seines Bahnhofsduellanten.

»Deswegen hättst nicht kommen müssen«, lässt sich seine Vermieterin grad vernehmen, »deine Sprüch kannst dir sparen, is eh immer derselbe Schmarrn.«

Der Sandner tritt ins Blickfeld und bekommt einen überraschten Blick vom Goliath zugeworfen.

»Grüß Gott«, brummt der und schafft es, ein Lächeln zu imitieren.

»Scho recht«, sagt der Sandner.

»Schee bei uns, gell«, ... und jetzt verzupf dich wieder, liest der Sandner in der Mimik des Mannes. Er denkt nicht dran.

»A bisserl laut, ab und an.«

Der Mann wendet sich wieder der Frau zu.

»Sagst deim Buam ...«

»Sag du deinem, er soll den Maxi in Ruh lassen, endgültig, sonst ...«

»Drohst du mir? Weißt du überhaupt, was dein Bua so treibt mit seine Spezln? Und wie schaugt denn des aus für die Gäst, wenn solcherne verhauten Langzotterten überall rumlungern.«

»Und Ihr Filius wollt es ihm austreiben, des Lungern«, schlussfolgert der Sandner.

Dem Riesen geht ein Licht auf.

»Ah, du warst des, der ihn so zamghaut hat. Vom Arzt komm ich grad, die Nas ist kaputt beim Schorsch. Eine Topsau bist. Dir sollt ich eine ...«

»Wollens glei wieder retour zum Doktor?«

Da ist dem Sandner der Übermut von der Zunge gehüpft, bevor ihn ein warnender Gedanke aufhalten konnte.

»So einer wie du gehört angezeigt, des wirst schon sehen, des wird gerichtsmäßig!«, bekommt er retourniert.

»Machen Sie sich ned lächerlich. So einer wie ich lässt die Lackeln ruckzuck wegsperren. Tätlicher Angriff auf einen Polizeibeamten. Verstehn wir uns?«

Die Frau schnappt nach Luft.

Dem Bärtigen erstrahlt ein kompletter Kronleuchter im Oberstüberl. »Ah so läuft der Hase – der Ferdl hat mir's schon gesteckt, dass ein Münchner Polizist ...«

»Dann sinds ja im Bilde.«

»Und jetzt verschwind«, ergänzt die Frau.

»Und der ist dein Gast?« Der Mann lacht dreckig auf. »Sauber – da wird er schon sehen, was da los ist. Da ist er grad richtig bei dir.« Im Rausgehen wendet er sich wieder an den Sandner. Seinen Tonfall hat er auf zivil umgestellt, seine Hände in die Taschen geschoben. Kreide gefressen.

»Also vergessen wir die blöde Gschicht«, schnurrt er gönnerhaft. »Sie sind da, weil den Brandl Toni wer umgebracht hat, oder? Wissens schon was?«

Der Sandner verzieht keine Miene, schaut ihm in die Augen.

»Ich bin übrigens der Schorsch Hambacher senior, wenn Sie Fragen haben – jederzeit.«

Noch immer kommt kein Ton vom Polizisten. Was sollte er vom Senior wissen wollen? Wird bloß ein Gschaftlhuber sein.

»Nicht? Auch gut, umso besser.«

Er wendet sich wieder der Maria zu. »So gehst du ned mit mir um – mit mir ned. Des merkst no früh gnug.«

Draußen ist er, und es gibt wieder Platz zum Luftholen im Flur.

»Liebenswerter Zeitgenosse«, stellt der Sandner fest.

»Wieso ham Sie das nicht gesagt?«, schießt ihn die Frau an.

»Dass ich bei der Polizei bin? Ja mei, so tragisch wird des ned sein. Ich bin ja eigentlich im Urlaub.«

»Schmarrn, Sie sind wegen dem Brandl Toni da. Ich sollt Sie wieder nausschmeißen, Sie ham mich angelogen!«

Der Sandner will kein Öl ins Feuer gießen, aber er fragt sich schon, warum sich sein Gegenüber gar so echauffiert und warum der Hambacher senior verkündet hat, hier wär er grad richtig.

»Sie hören mir gar ned zu!«, beschwert sich seine Zimmerwirtin.

»Freilich.«

»Also nur noch bis morgen.«

»Ist schon in Ordnung. Wobei ich es ned ganz versteh. Schließlich bin ich kein Verbrecher, manchmal eher das Gegenteil.«

Sie scheint sich wieder beruhigt zu haben und winkt ab. Sie deutet auf die Wohnzimmertür.

»Der Hambacher hat mich ganz durcheinandergebracht mit seinem Scheißdreck. Tschuldigung. Ich brauch jetzt einen Schnaps. Wollens auch einen? Bierschnaps, den destillierens in Schliersee.«

Der Sandner nickt und folgt der Frau in die Stuben.

Wie viel Bilder habts?« Fast sieht es aus wie eine kleine Verschwörung. Die drei Münchner Kriminaler sitzen in Hartingers motorisiertem Blechschachterl, vor dem Dienststellenkomplex, zwecks konspirativen Treffens.

Der Wiesner schwirrt noch der Kopf von den vielen Befragungen. Nur die jetzigen Teilnehmer haben sie sich aus Stangassingers Datei herausgepflückt. Dabei sind sie auf einen Namen gestoßen, der – hoffentlich – ein Zufall gewesen ist. Die Corina Sandner muss wohl an einem Yogakurs teilgenommen haben. Fast ein Jahr ist das hergewesen. Zum Glück nicht aktuell. Den Newsletter wird sie jedenfalls bekommen haben. Die Wiesner hat kurz gestutzt. Der Name hat sie in der Entscheidung bestätigt, die alten Listen vorerst nicht zu beackern.

Massenabfertigung im Minutentakt. Drei Fragen und gut.

Alle brauchbaren Kollegen hat sie dafür zusammengetrommelt, die sonntags so unvorsichtig waren, in der Hansastraße aufzuschlagen. Nichts Neues haben sie herausgekitzelt. Keine Auffälligkeiten. Kein Name ist rot unterstrichen worden.

Ein Loblied auf den Toni haben sie gesungen, in unterschiedlichen Tonlagen und Ausprägungen. Und alle haben ein mehr oder weniger sinnvolles Alibi dahergebracht. Davon lässt sich die Wiesner nicht blenden. Positiv überrascht war sie von der Normalität der Leut gewesen. Sicher, die eine oder andere kam ein bisserl überkandidelt daher und hat den Lobgesang eher wie eine Operndiva rausgeschmettert, aber abgehobene esoterische Spinner oder missionarische Asketen sind nicht darunter gewesen. Trotzdem hat die Polizistin das Gefühl gehabt, ein Teil im Puzzle vom Brandl fehlt noch. Sie hat den Teich noch nicht bis zum Grund erkundet.

Bei all den Schilderungen hat sie etwas vermisst, das bei ihr nicht außen vor gewesen wäre. Der Toni als Mann ist überhaupt nicht existent gewesen. Als wär er ein Neutrum. Jede der Frauen war peinlich drauf bedacht gewesen, nur die spirituelle Erfahrung zu beschreiben, die er transportiert hatte. Das haben ihr die anderen Beamten bestätigt. Tonis Männlichkeit ist nirgendwo erwähnend gestreift worden. Diese Klippe hatten sie umschifft, und eigentlich war sich die Polizistin sicher, dass Absicht und Vorsicht dahintergestanden hatten. Das war offensichtlich ein gefährlicher Bereich, da sind die Lippen versiegelt gewesen, um ja keine Deutung zu ermöglichen. Richtig oder falsch? Deutungen worüber?

Ihr ist das Gespräch mit der Frau im Meditationsraum wieder eingefallen. Ob jemand etwas verwechselt hat – die Frage ist weiterhin präsent. Nur ein kleiner Satz – aber inhaltsschwanger. Sie hat vor, diese Frau zu Hause aufzusuchen, denn immerhin ist ihre vage Andeutung nahrhafter gewesen als all die Lobeshymnen auf den fleischlosen Toni. Wenn sie ihr noch etwas entlocken könnte, dann am ehesten in der Sicherheit des eigenen Heims.

»Wir ham, glaub ich, fast zwanzig verschiedene Madln«, verkündet der Jonny Winter stolz.

Seine Vorgesetzte schaut sie sich gespannt auf dem Display an.

»Zwanzig? Seids narrisch, so viele haben wir nicht befragt. Die Zweite da ist die Frau vom Hauptkommissar Muck, und als halbwegs jung geht die gwies nimmer durch. Die bringt dem Muck bloß seinen Leberkas vorbei. Die aufbrezelte Scherbn ist die Kollegin Zirngiebel. Seids ihr blind? Was habts ihr da zamknipst?«

»Zirngiebel? Kenn ich no gar ned«, bemerkt der blonde Ermittler interessiert.

»Habts auch brauchbare Bilder, oder wolltets ihr nur was zum Geiern? Des is armselig. Ihr seids mir eine schöne Voyeurscombo.«

Am Ende sind dann doch dreizehn Frauen übrig geblieben, die auch vernommen worden sind. Mit diesen Aufnahmen samt Netbook dürfen die Fotografen gleich in die Sedanstraße weiterziehen, um Toni Brandls Nachbarn einen Katalog der anderen Art zu präsentieren.

Das Westend ist gescheit gerodet und hergestutzt worden. Früher ist es ein wilder, undurchdringlicher Urwald gewesen. Die Artenvielfalt war vogelwuid. Buntes Treiben, Leben auf der Straße, orientalischer Trubel, nix, was es nicht gegeben hat. Nicht herangezüchtet mit Spezialerde in Blumentöpfen aus edlem Material, sondern sprießend aus jeder Mauerritze. Tolerante Nischen für jedermann. Heutzutag muss der Wildwuchs schon an einigen Stellen weichen. Das Unkraut ist ausgerissen worden. Akribische Gärtner, die Spekulantenbrut. Die Bausubstanz hat Wert, die Leut, die drin gewohnt haben, weniger. Die Altbauten werden entkernt und hergeschminkt, weil das Geschäft mit dem nostalgischen Gefühl besonders gut das Geldsackerl füllt. Dafür wird halt der eine oder andere Hornochs ausgewildert. Dabei findest du es noch im Westend, das Ursprüngliche, das Farbenfrohe und natürlich das Rohe, Derbe, Unbehauene, grad so, wie man leben mag, wenn nicht alles synthetisch sein soll, von den Tutteln bis zum Hopfengetränk.

Allerdings musst du Geduld einstecken haben heutzutag, für die Suche, fast wie ein Anthropologe. Es ist halt eine friedliche Koexistenz. Man lässt die Hornochsen grasen und ihre Geldfladen hinterlassen. Jedem das Seine, wie es allerweil gewesen ist, im Westen.

Die Hansastraße ist dafür exemplarisch. Da fällt nicht einmal eine ansässige Mordkommission auf, höchstens den Mademoiselles aus der Lustbranche bezüglich Optimierungsbedarf beim Kundenservice.

Die Wiesner ist mit dem Fahrrad unterwegs Richtung Schwanthalerhöhe. Auch ein poliertes Stückerl vom Westend.

Sie braucht frische Luft, wobei frisch angesichts des Verkehrsaufkommens eine sehr mutige Umschreibung ist. Eher ein frommer Wunsch.

Natürlich ist es ein aufgehübschter Altbau. Im dritten Stock wohnt die Frau Leistner. Susanne. Halbtagskraft bei einer Versicherung. Keine Kinder. Aber eine Katze, wie die Wiesner gleich erfährt, als sie in die Wohnung gelassen wird.

Die Susi Leistner ist in ein schwarzes Leinenkleid gehüllt, und zum zweiten Mal fällt der Polizistin die ruhige Präsenz der Frau auf. Eine Art Aufmerksamkeit, die dem Gegenüber Bedeutung zumisst. Eine frische Brise ist das, wo sich doch in der Stadt genügend Leut tummeln, denen es nicht gegeben ist, etwas anderes zu betreiben als exzessive Selbstwahrnehmung. Wenigstens verhindert das die Einsamkeit, du bist ja immer in nobelster Gesellschaft.

Warum die Frau in den Räumen von Calm & Peace das Gespräch mit ihr gesucht hatte?

Sie führt die Wiesner in ein geschmackvolles Wohnzimmer, Ledercouch, Pinienholzkommode, Buchenparkett. Es riecht nach Vanille. Die Wiesner wehrt sich ein bisschen dagegen, sich wohlzufühlen, will sich das Hirn nicht in Watte packen lassen.

»Möchten Sie eine Tasse Chai?«

Der Ermittlerin kommt ein Nicken aus, bevor sie drüber nachdenkt.

»Ich hab über das gegrübelt, was Sie gesagt haben«, meint sie, während die Frau die Tassen befüllt. Die Hand zittert ein wenig.

»Was genau?«, sagt sie zur Teekanne.

»Emotionen.«

»Ich weiß nicht ...«

»Schauens, Frau Leistner, des Umbringen von einem Menschen ist nicht so einfach. Nicht wie im Kino, der eiskalte Killer. Da staut sich was auf, was jede Hemmung wegreißt. Der Brandl Toni hat gekämpft mit seinem Mörder, und der war getrieben, außer sich, in Rage, ein Viech, wollt ihn vernichten, auslöschen, wegmachen. Und ich will rausfinden, wen der Toni so ...«

»Ich versteh Sie, aber ich weiß nicht, wie ich ...«

Die Leistner lässt sich in einen Sessel fallen. Sie reibt sich die Augen.

»Ham Sie einen Verdacht? Gab es eine Affäre?«

»Affäre? Seltsames Wort.«

»Dann sagen Sie mir ein anderes dafür.«

»Entschuldigung, aber ich weiß nicht, wie ich Ihnen helfen könnte.«

»Möchten oder können?« Die Wiesner ist sich jetzt sicher, dass sie an der richtigen Stelle gegraben hat.

Die Frau atmet schwer. In ihrem Gesicht zeichnet sich ein Kampf ab. Ein Handy spielt »Für mich soll's rote Rosen regnen«.

»Tschuldigung, meins.« Die Wiesner kramt es aus ihrer Jackentasche und geht in den Flur. Der Hartinger.

»Gutes Timing, Hartinger.«

»Bingo.«

»Habts also einen Treffer?«

»Des is a bisserl komplitückischer.«

»Wieso?«

»Sie haben schon jemanden wiedererkannt.«

»Ja, immerhin.«

»Ja aber, das ist nicht wirklich verlässlich, wie die Leut halt so sind.«

»Sag scho!«

»Die Nachbarn waren ein bisserl widersprüchlich, verstehst? Wir hätten sieben verschiedene Treffer.«

Die Wiesner sagt nix. Sie schaut zur Wohnzimmertüre.

»Ja verreck«, murmelt sie.

»Was sagst? War wohl nix«, meint der Hartinger.

»Wir treffen uns nachher, ich ruf wieder an.«

Sie steckt das Handy ein und gesellt sich wieder zur Leistner. Nach Adam Riese, wären sieben plus eins schon mal acht.

Der Sandner ist im Wohnzimmer der Maria beim zweiten Gläschen. Gemütlich ist es, so gemütlich, dass die Frau offenbar ihren Grant auf sein Polizistendasein ganz vergessen hat.

Er hat ein bisserl aus München erzählt und sie vom Leben im Ort. Was man halt so sagt zum Aufwärmen. Bei der Konversation sind sie langsam ins »Du« gerutscht, wie wenn du es dir in einem Sessel bequem einrichtest. Deckerl, Chips und Füße hoch. Schließlich haben sich dem Sandner dann doch – nach hartem Kampf – die Ermittlungen wieder in den Vordergrund gedrängt, im Hirnkasterl. Die haben stahlharte Ellenbogen. Gschäft is Gschäft.

»Wieso hat der greisliche Pfuideifi mich gfragt, ob ich was von ihm wissen will, wegen dem Brandl Toni?«

Seine Vermieterin schmunzelt.

»Des weißt du ned? Ich denk, du bist Kriminaler.«

»Oiso komm scho.«

»Also der Hambacher … na, ich fang anders an. Als die Anni wieder aus Indien zruck war, ist sie bei der alten Krammbichler eingezogen. Die konnt nimmer so richtig, körperlich, und die Anni hat sie versorgt. War ja auch ein großes Haus, da hat sie ihre Ruh ghabt. Die Krammbichlerin – längst auf dem Friedhof übrigens –, derer ihr Mann war einmal Bürgermeister nach dem Krieg – von der ist die Anni eine entfernte Großnichte oder so was gewesen – frag mich ned wie verwandt – und der Hambacher war ihr Neffe. Sie hat noch einen Sohn gehabt, aber der ist beim Holzmachen umgekommen, schon vor zwanzig Jahr.

Und der Hambacher wiederum war mit der Erste, der dem Toni die Pest an den Hals gewünscht hat damals. Tobt hat er, und zwischen ihm und den Brandls herrscht immer noch ein saubener Streit. Wenn ich Polizist wär, das wär auch ein heißer Kandidat.«

Dem Sandner verwickeln sich allmählich die Geschichten im Hirn. Die Leut, ob lebendig oder längst verblichen, springen umanand wie die Schafsböcke im Frühling. Auf einem Blockblatt versucht er sie festzuhalten. Alle Toten kriegen ein schwarzes Kreuz dazu.

»Stimmt es so?«

»Ja, ungefähr. Der Hambacher hat noch eine Frau – die sieht man nie auf der Straß – und zwei Söhne. Einen kennst ja scho, der andere geht in Murnau in die Lehre.«

»Leckomio, da soll man noch durchsteigen? Da sag ich Dankschön fürs Durcheinanderbringen.«

»Gern geschehen.«

»Und das mit dem Hambacher sagst du ned bloß so daher, weil du eine Rechnung offen hast?«

»Na, da kannst du jeden im Ort fragen, so war's und ned anders. Aber stimmt scho – ich hätt mehrere Rechnungen mit dem offen.«

»Wie meinst des?«

»Willst du des wirklich wissen? Spielt ja keine Rolle, wegen dem Brandl oder so.«

»Freilich.«

»Weißt, warum der Hambacher auf den Maxi so losgeht? Weil er es bei mir probiert hat. Rumstrawanzt is er um mich, wie ein ranziger Kater. Und am ersten Mai hat er versucht …«

»Was?«

»Abgrabschen hat er mich halt wollen. Seine stinkerten Drecksbratzen hat er nimmer unter Kontrolle gehabt, und herschmusen wollt er mich. Auf'd Nacht, draußen beim Maifest, wie ich heimgehen wollt. Besoffen war er, gestunken hat er wie ein Bierfassl. Wenn der Helfer vom Pfarrer ned zufällig gekommen wär ...«

»Was? Hat er dich vergewaltigen wollen?«

»Wollen vielleicht scho. Aber wenn der Ferdl ned dazukommen wär, hätt ich den Kerl so zamgrichtet, der hätt sich im Spiegel nimmer erkannt. Die Augen hätt ich dem auskratzt, des schwör ich dir. Und sei Frau wär kalt und frigide, hat er gewoiselt, und arm dran wär er und Blablabla von hint bis vorn. Kein Wunder, dass es der vor ihm graust – schau ihn dir an, die Sau.«

Dem Sandner kommt ein Lachen aus.

»Wieso lachst du dadrüber? Lachst du mich aus, oder was?«

»Na, hat nix mit dir zu tun. Weißt doch, es gibt so Leut, so richtige gscherte Drecksäu. Denen traut man wirklich alles zu, denen könnst du alles in die Schuhe schieben. Schon wenn du sie bloß anschaust oder Sprüch klopfen hörst, weißt du Bescheid. Im Film sind die immer schwarzhaarig und ham des verhauteste Gestrüpp im Gesicht. Der Hambacher is so ein Hundshäuterner. Der is bestimmt scho als kloaner Schoaßer jeder Katz auf den Schwanz getrampelt und hat dazu dreckig gelacht. Schad, dass es die Hambachers im richtigen Leben dann meistens gar ned gewesen sind, wenn du einen Täter suchst – die tätst du wenigstens gleich erkennen. Die verstellen sich ned. Meistens war es doch das blonde Rauschgoldengerl, das immer daherschmeichelt wie ein Samtdeckerl. Scho blöd. Warum hast du den Hambacher ned anzeigt?«

»Mei – weil da Wort gegen Wort steht. Weißt eh – ich hätt's falsch verstanden oder so gewollt. Is halt scho a Maz, die geschiedene Mayer. Irgendwas bleibt immer hängen, da machst du besser kein Brimborium, sonst stehst am End als Hur da. Wer weiß, was der sonst no daherbringt. Auch wenn er ned arg beliebt ist.«

Der Sandner denkt an Hambachers Andeutungen. Ja, wer weiß, was der noch in der Hinterhand hat. Offenbar ein Patt zwischen den beiden.

»Außerdem hat er's danach nimmer probiert«, fährt die Frau fort, »zumindest nimmer so – ich könnt ihn ja immer noch hinhängen oder seiner Frau was stecken. Falls des die überhaupt interessiert – ich glaub ned. Aber da bleibt das Zamperl brav im Zwinger. Seinen Schorsch und dessen Spezln lässt er stattdessen auf den Maxi losgehen. Des mit der Nase geschieht dem gscheit recht, auch wenn ma ned allerweil draufhauen muss. Des bringt ja auch nix.«

Diesbezüglich hätte der Sandner eine alternative Theorie im Fundus. Dazu müsste man »nix« genauer definieren. Besser, er lässt es auf sich beruhen.

Sie will ihm noch einmal nachschenken, aber der Münchner winkt ab. Nicht, dass er alle Gestalten doppelt präsent hat. Um solchen Geschichten nachzuspüren, brauchst du einen klaren Schädel. Aktuell hätte er ein paar Fragen an den Hambacher senior auf Lager. Der wird sich narrisch freuen.

Stichwort Freude. Die Murnauer Kollegen dürften sich mit dem unberechenbaren Grainer abhakeln, zwecks DNA-Probe. Gaudibursch ist das keiner. Könnte leicht passieren, dass der Alte zum Holzscheit greift. Da setzt der Sandner auf die Einfühlsamkeit der hiesigen Gendarmen. Er wird bei ihm natürlich noch aufschlagen, wegen der samstäglichen Zugfahrt – und weil er gern gewusst hätte, warum die Anni partout nicht mehr zu Hause wohnen wollte. Wobei er aus Erfahrung weiß, dass es viele Antworten drauf gäb oder keine gescheite.

Seine Sanne hat es zwar offiziell der Liebe wegen nach Wien gezogen, aber er hat den Verdacht, dass die Distanz ihr schon zupass kommt. Wenn die Küken flügge werden, solltest du nicht das Nistkasterl verriegeln, selbst wenn dir die Sorgenfaust die Seele quetscht. Davonfliegen müssen sie dürfen, sonst rupft man sich die Federn gegenseitig aus wie die damischen Knasthühner.

Im Auto legt er sich Leonard Cohen ein, ein Konzert aus London. Zwei Lieder lang fährt er bis zum Haus der Krammbichlerin. »Get ready for the future, it is murder.«

Er lauscht der sonoren Stimme und schaut aus dem Fenster. Eine Pension ist mittlerweile aus Annis letzter Behausung geworden, den Renommier-Gefährten auf dem Parkplatz siehst du an, dass hier die Geldigen kurzzeitig dem Kampfesgetümmel von »Bull and Bear« entsagen. Wird nix helfen, die Raffsucht kannst du mit einem Moorbad nicht lindern. Da quälst du dich höchstens mit der Frage herum, ob die asiatischen Märkte für den Heilschlamm bereit wären. Ja, das schwarze Gold. Wobei, klimatisch besehen werden sich viele Regionen auch zukünftig über einen Mangel an Schlamm nicht beklagen dürfen, in den sie eintauchen bis zum Schopf samt ihrer kargen Habe. Nicht grad heilend, nicht einmal heilsam, aber exportieren brauchst du denen nix in ähnlicher Konsistenz. Sauberes Wasser wär ein Anfang.

Er steigt aus und schlendert die Straße entlang. Ein paar lachende Kinder auf Mountainbikes überholen ihn, werfen ihm ein »Grüß Gott« zu wie einen bunten Ball.

Eine ruhige, heimelige Gegend. Herbstliche Geranienpracht auf den Balkonen, die Vorgärten noch üppig begrünt, die Fassaden mit bäuerlich-idyllischen Wandmalereien verziert.

Die Anni muss eine ganz Patente gewesen sein. Wer weiß, wo die Krammbichlerin sonst gelandet wäre für ihre letzten Tage. Der Senior Neffe schaut nicht danach aus, als ob er ein fürsorgliches Händchen hätte. Aber der erste Eindruck könnt dich auch in den Wald führen. Du kannst ja nicht gleich neischauen in die Leut. (Der Doktor Aschenbrenner hätte dazu allerdings eine konträre Meinung.) In manche Leut willst du natürlich auch nicht neistarren, weil's Programm wie bei der Glotze wäre. Ein kitschig-klebriger Brei, der dir ins Hirn tropft. Auch ein Schlamm, der Geld bringt in der Heile-heile-Segen-Welt.

Der Sandner steigt wieder ein und macht sich auf zum Hambacher. Der Cohen darf samt Chormädchen noch ein paar Töne trällern, dann parkt der Polizist um die Ecke des Hambacher-Domizils. Déjà-vu. Als wär er nicht grad vier Straßen weitergefahren. Beschauliche Ruhe. Ein händchenhaltendes Mitvierzigerpärchen mit wappenbespickten Wanderstöcken lächelt ihm zu, wie es vorbeimarschiert, synchrones »Guten Tag« inklusive.

Durchs Gartentürl hatscht er den gekiesten Weg entlang und läutet. Nix rührt sich. Oder doch? Im ersten Stock scheint sich eine Gardine bewegt zu haben, aber vielleicht nur eine Katz auf dem Fensterbrett. Die Tür bleibt ihm jedenfalls verschlossen. Dann muss er halt am späten Abend wieder her.

Solche Geduld müsste die Wiesner auch aufbringen können mit der Frau Leistner. Aktuell ist ihr die abhandengekommen.

»Waren Sie beim Herrn Brandl auch daheim?«, fällt sie mit der Tür ins Haus.

Die Frau nippt von ihrem Tee. Zeitgewinn.

»Wie kommen Sie darauf?«

»Gut, ich geh jetzt einfach amal davon aus.«

Schweigen.

»Waren Sie am Samstag auch bei ihm?«

Kopfschütteln. Sie seufzt tief auf. »Wenns Zeit haben, versuch ich's zu erklären, aber ... ob Sie das nachvollziehen können, weiß ich nicht.«

»Ich auch ned. Aber Zeit hab ich, deswegen bin ich da. Und nachvollziehen muss ich gwies ned alles, mir reicht es, wenns mir erzählen, was passiert is.«

Was sie der Wiesner schließlich kundtut, verschlägt der erst einmal die Sprache. Es geht um Körperlichkeit. Um Vereinigung. Um Erfüllung. Hätte ein jeder gern – theoretisch. Die Praxis hat der Toni geboten.

»Schauen Sie, das hat mit Fremdgehen oder billigem Sex nichts zu tun. Das war eine körperliche, spirituelle Erfahrung. Eine Vereinigung mit dem Universum. Viele Frauen haben dieses universelle Lustempfinden irgendwo verloren oder nie besessen. Und es half ihnen auch in ihren Beziehungen, mit ihren Partnern wieder …«

»Aber die Partner ham nix davon gewusst?«

Die Leistner schüttelt den Kopf. »Das kann ich nicht mit Sicherheit von allen behaupten. Ich weiß es nicht, vielleicht ließ es viele auch völlig gleichgültig.«

»Dann rekapitulier ich des. Einige Frauen ham quasi einen Sonderkurs beim Toni gebucht. Und sie haben dafür gut bezahlt, nehm ich an.«

Wieder nickt die Frau.

»So eine unbegrenzte Toleranz hat bestimmt nicht jeder Partner aufgebracht, will ich meinen.«

»Sie reduzieren das auf, ich weiß nicht – bei Ihnen klingt es schmutzig und widerwärtig. Sonderkurs, wie sich das aus Ihrem Mund anhört. Zynisch! Es war eine Erfahrung jenseits des Alltäglichen. Ich hab mir schon gedacht, dass Sie das nicht in Ihren Kopf bekommen.«

Jetzt ist die Wiesner eingeschnappt. Sie ärgert sich darüber, dass dieser Zirkel anscheinend die Exklusivrechte beansprucht bezüglich außergewöhnlichem Fleischesvergnügen. Spirituell oder nicht. Thematisch ist sie damit durch.

»Okay, wie auch immer – jetzt wird mir klarer, was Sie mit verwechseln gemeint haben. Und jetzt hätt ich gern den Namen.«

»Welchen Namen?«

»Den Sie im Kopf haben, seit heute Mittag. Und weswegen Sie sich Gedanken machen. Weswegen Sie mich angesprochen haben. Und wenn ich nix krieg, lad ich alle sieben Frauen, die mir bekannt sind … ich mein acht, samt Anhang im Präsidium vor und red Klartext über spirituelle Erfahrungen in der Sedanstraße.«

»Sie erpressen mich?«

»Ich glaub, Sie fühlen sich selber ned wohl.«

Wieder ein Aufseufzen. Schwere Geburt.

»Na gut.«

Nichts ist gut. Die Beschaulichkeit hat für den Sandner ein Ende. Die Hinterreifen seines Vehikels sind platt. Er geht nicht davon aus, dass sie grad mit Wanderstöcken malträtiert worden sind. Den Saububen vom Hambacher hat er im Verdacht. Wütend schlägt er aufs Wagendach. Der ganze Zinnober, den es jetzt bräuchte, bis er wieder fahren könnte! Bagage, windige! Zwei Minuten hat er sein Auto dort außer Sicht gehabt. Dass just der altbekannte Streifenwagen um die Ecke biegt, da hat der Zufall dem Sandner ein Präsent überreicht. Vielleicht ist sein Tageshoroskop dementsprechend.

Der Sandner fuchtelt mit den Armen.

Der Wagen hält. Umständlich schält sich der Ochsenfrosch aus dem Beifahrersitz. Die Hände am Uniformgürtel, baut er sich auf. Kein Gesichtsmuskel regt sich. Zu viele amerikanische Filme geglotzt oder eine örtliche Botox-Party goutiert.

»Ja da schau her, der Münchner Kriminaler. Was ist, hams ein Malheur?«

»Irgendein Grattler hat mir die Reifen plattgemacht.«

»Irgendjemand? Des wär scho arg seltsam. Vielleicht sands wo drübergefahren? Passiert, so was. Hier werden die Straßen halt ned shampooniert, saubergleckt und oaschpoliert wie in der Großstadt. Gesehen ham wir jedenfalls niemanden.«

»Niemanden«, kommt die Bestätigung vom Kollegen.

»Wurscht.« Sandners Ärger ist so präsent, dass der dem Murnauer Polizisten Handschellen anlegen könnte.

»Lassens den Wagen stehen, wir fahren Sie natürlich. Ich kenn jemanden, der macht des Ihnen im Handumdrehen. Kein Problem und ned teuer. Sie ham ja gwies Selbstbeteiligung.«

Der Sandner nickt. »Dankschön.«

»Da um die Ecke wohnt ja der Hambacher, wolltens zu dem?«

Ein zweites Mal nickt der Sandner – widerwillig, aber schicksalsergeben.

»Was hams von dem gewollt?«

»Er war nicht zu Hause.«

»Wissens, wenn Sie mit uns reden täten, wär vielleicht vieles einfacher.«

»Fahr ma?«

»Wohin?«

»Zum Grainer. Wir fragen ihn nach einer DNA-Probe – freiwillig.«

»Freiwillig macht der des bestimmt nicht, da kennen Sie ihn schlecht. Wir ham scho seine Bekanntschaft machen dürfen. Schwarzangeln, Wilderei, Beamtenbeleidigung, Widerstand gegen Vollstreckungsbeamte – das ganze Programm. Sie stellen sich das so einfach vor. Das bräuchten wir schon offiziell, einen richterlichen Beschluss. Das muss man vorbereiten.«

»Sehns, jetzt hab ich mit Ihnen geredet. Was ist jetzt einfacher?«

Letzten Endes haben sie den Sandner in seinem Feriendomizil abgesetzt. Seine Karosse würde er bald zurückbekommen. Er hat keine Lust, erneut mit dem Leihwagentandler zu diskutieren. Es war schon mühsam genug, ihm zu erklären, dass er vorhat, den Wagen bis Montag zu behalten. Jetzt auch noch die Reifen. Ein Sack voller Probleme – der klassische Querulant. Da musste er einfach auf die Lösung der Murnauer Kollegen vertrauen. Im Moment war er dazu verdammt, alles fußläufig zu erledigen. Kurz kommt ihm der Verdacht, dass den beiden Polizisten seine fehlende Mobilität ganz gut reinlaufen würde. Strafe für die Geheimniskrämerei. So weit, seine Reifen aufzuschlitzen, würden die hoffentlich nicht gehen. Der Rausgefutterte könnte sich gar nicht so tief buckeln. Immerhin – die DNA-Probe vom Grainer würden sie anleiern.

Zur Sicherheit hat der Sandner noch den Polizeirat angerufen, damit er die Verbindung zwischen Murnau und München amtlich bekräftigen könnte. Auf gute Zusammenarbeit, Burschen.

Die Wiesner sitzt in einem Café in der Schwanthalerhöhe. Nicht weit weg von der Hansastraße, aber weit genug weg. Sie hat einen

Namen. Der Sandner trumpft dafür gleich mit zwei Namen auf. Tolles Spiel. Nix passt zusammen. Inzwischen kommt ihr die Sache mit Tonis »Sonderkursen« gar nicht mehr so absurd vor. Sie sieht in den Frauen keine frustrierten, komplexbeladenen Mittdreißigerinnen mehr, die sich der aufkeimenden Frigidität mit ausgefallenem Entertainment erwehren wollen. Zwei Minuten Fahrradfahren und Durchpusten, schon ist sie »open minded«. Selbstbewusst ist es, mutig und selbstbestimmt, nicht verkümmern zu wollen mit Haus und Herd und Zimmerlinde. Wenn den Mannsbildern die Phantasie vor der Glotze einnickt und Eiszapfen am geschrumpelten Sackerl hängen, wegen der Paranoia im Büro und morscher Karrieresprossen, die schon knacken – wenn all die Wolkenschlösser zerrupft sind vom rauen Wind, der nun mal wehen muss, jawohl – was machst du dann? Da fragt keiner. Damit kannst du dich arrangieren, nur nicht drüber nachdenken. Aber dann tut sich plötzlich eine Chance auf, ein kleines Fensterl. Du kannst ein bisserl blauen Himmel sehen, wenn du dich zum Rausschauen traust. Auch die Realität muss einmal das Auge zumachen.

Die Wiesner seufzt. Da hast du es als Single einfacher – oder redest es dir ein. Bei so einer Gschicht merkst du, dass deine Ansprüche gar nicht zu hoch sind, vielleicht ein bisserl schräg. Sexgott hat sie keinen vorausgesetzt, wobei das programmatisch bestimmt nicht zu verachten wär.

Den Namen, den sie von der Leistner bekommen hat – diese Frau konnte vielleicht nicht bloß das Fenster aufmachen und die frische Luft genießen. Die ist nausgehüpft, und ob sie wer aufgefangen hat, da ist die Ermittlerin skeptisch.

Manchmal ist das Leben ein Groschenheft, aber du musst es dummerweise von hinten nach vorn lesen, gleich einem Manga. Alles hat einmal schön angefangen.

Zuerst will sie noch einmal in die Wohnung vom Brandl. Neugierig ist sie. Mit diesem Wissen im Hinterkopf wird sie sich den Platz mit anderen Augen betrachten, ja, auch und besonders das

Schlafzimmer. Sie fröstelt leicht. Den Hartinger muss sie anläuten, um ihm kundzutun, dass sie sich in einer Stunde mit ihm bei einer gewissen Marlies Hopf treffen will.

»Wer is denn des scho wieder?«, will er wissen. Genervter Unterton.

»Vielleicht unsere unbekannte Anruferin.«

»Aha, woher weißt du des? Und was machma jetzt mit unseren sieben Weibern? Sollen wir sie vernehmen oder gleich DNA-Probe?«

Die Wiesner schaut zu, wie das hübsche Bedienungsmadl ihre Kaffeetasse verräumt. Das muss der Hartinger noch lernen, dass der Sisyphus auch keine Party schmeißen konnte, als er mit dem Fels oben angekommen ist.

»Keine Weiber, sondern Frauen, Hartinger, F-R-A-U-E-N!«

»Wie bist denn du drauf?«

»Ich bin auch eine. Scho vergessen? Du brauchst bestimmt ned den Schnallentreiber geben, des steht dir ned. Und wir lassen sie erst amal in Ruh, verstehst? Kein Trara, kein Thema.«

Er versteht es nicht.

»Des versteh ich ned.«

»Deswegen bin ich Oberkommissarin.«

»Zum Glück erklärt die Oberkommissarin das auch dem Staatsanwalt. Ohne Ober. Der hat nämlich wissen wollen, was wir da treiben. Mal schauen, ob der das begreift.«

»Habts ihr ihm das mit den Fotos aufs Brot geschmiert?«

»Verdammt, Sandra, hättst halt gsagt, was los ist, was du dir dabei denkst«, nörgelt der Hartinger los. »Sind wir Hellseher oder was!«

Er scheint angefressen, weil er im Stroh mit Zündhölzern gespielt hat und nicht weiß, ob gleich der Stadel in Flammen aufgehen wird. So heiß wird es nicht werden. Wie macht das der Sandner, dass die Mitmenschen immer ahnen, wie es passen soll? Wie kriegt der das hin? Super, und jetzt treibt sich der Hirsch in Bad Kohlgrub rum.

»Sorry, Hartinger, war ned so gemeint. Man muss halt ned alles an die große Glocke hängen. Des nennt ma Fingerspitzengefühl.«

»Na, is mir schon klar, dass es nicht so prickelnd war mit dem Wenzel. Oh Mann. Der will halt dauernd Ergebnisse hören und schmarrt dich voll. Der lutscht dir am Ohr wie am Lolly. Des is a Zungenspitzengefühl. Da ham wir halt was gesagt, von den FRAUEN. Also in einer Stund, ja?«

Sie gibt ihm die Adresse und macht sich auf den Weg.

Nach Osten radelt sie und dann der Isar entlang flussaufwärts. Beschauliche Strecke. Ansehnliche Häuser, die Architektur neigt ein wenig zu großspuriger Arroganz. Nicht so verschwenderisch wie Bogenhausen, aber erste verschnörkelte Ansätze. Ein Erker hier, ein Türmchen da, der eine oder andere SUV vor der Haustür.

Die Sedanstraße liegt mitten im sogenannten Franzosenviertel. Da findest du zwar keine signifikante Anhäufung französischstämmiger Mitbürger, aber in Haidhausen dürfte der Anteil frankophiler Einwohner doch über dem München-Mittel liegen. Höheres Einkommen, gepaart mit humanistischer Bildung, treibt allerweil sein Unwesen, wie die Halloween-Plagen. Allerdings sind ja die gepflegt klingenden Namen, Orleansplatz etwa oder Gravelottestraße (ihr alter Freund Yves hätte eigentlich am Pariser Platz wohnen sollen), in memoriam gewählt, weil »dem Franzmann achtzehnhundertsiebzig der Arsch ordentlich versohlt worden ist«. Mon dieux!

Fünfzigtausend wackere Bayern sind damals mit Hurra und Holdrio zum Schlachtfest gezogen, unter anderem nach Gravelotte – manche sind sogar wieder heil heimgekommen, aber sei es drum, Franzosenviertel klingt humanistischer, als wenn du heutzutag am Kundusplatz im Afghaneneck wohnen würdest. Haidhausen traust du zu, dass es mindestens das große Latinum abgelegt hat. Die Häuser pittoresk, allüberall das geschmackvolle

Lädchen oder einladende Café, welches exakt an dieses und kein anderes Platzerl gehört. Wenn in der Natur Stadtteile heranwachsen würden wie ein Wald – so könnte man sich das vorstellen – in der domestizierten Variante. Wild und ungezähmt lebt es sich anderswo. Zur Sedanstraße passt kein Blut, höchstens ein vollmundiger Rotwein. Es passt nicht zu den efeubegrünten Außenwänden, den verspielten Erkern, den roséfarbenen Häusern, der Beschaulichkeit und dem lässigen Flair, dessen sich das Viertel bedient. Sogar dein Gang verändert sich, wird weicher, federnder, sobald du den Ostbahnhof gen Norden verlässt.

Es sollen ja dustere Winkel in der bayrischen Hauptstadt existieren, da tappst du morgens tramhappert vors Häusl und könntest auf der Stelle jemanden derschlagen – einfach weil das bestens zum Umgebungsmenü harmoniert. Da wär der Mord eine kreative Anpassungsleistung. In Haidhausen ist er ein unverzeihlicher Fauxpas.

Bei Brandls Adresse angekommen, sperrt sie brav das Radl ab und zerrt seinen Hausschlüssel aus der Tasche. Das hat sie sich vom Sandner abgeschaut. Der hatte auch immer Tatort-Schlüssel eingeschoben, falls ihn spontane Erleuchtung anfallen würde. Erster Stock. Gerade noch im Gedankenschlamm aus Sandner, dem spirituellen Oktett und der Haidhausener Intelligenzija steckend, ist sie schlagartig im Hier und Jetzt. Die depperte Wohnungstür. Sie ist nur angelehnt. Das polizeiliche Siegel ist weggefetzt.

Grand Malheur, um nicht zu sagen: Merde.

Neben der Tür geht sie in die Hocke. Der Verstand läuft hochtourig. Sie muss sich Verstärkung rufen. Unbedingt. Den Hartinger und den Jonny. Nicht einmal eine Waffe hat sie eingeschoben. Kein Geräusch ist zu hören. Wer ist so strunzdumm und lässt die Tür offen, wenn er in der Wohnung umanand ist?

Nichts riskieren.

Sie wird Zeit verlieren, falls jemand Spuren hinterlassen hat. Ruf an.

Dazu müsste sie vor das Haus oder ins Erdgeschoss springen, um niemanden drinnen zu warnen. Und was sollte sie anstellen, wenn jemand die Wohnung verlässt? Der wird längst über alle Berge sein, falls er einen Funken Verstand besäße. Hohe Erwartungshaltung. Was sagt der Instinkt? No risk, no fun. Sie richtet sich wieder auf und huscht vor die Tür. Lautloses Anschleichen. Sie lauscht. Alles stad, nur ihren eigenen flachen Atem, vermischt mit dem Pochen ihrer Blutpumpe, hat sie in den Ohren. Feuchte Hände.

Eins – zwei – drei.

Mit dem Fuß stupst sie gegen die Tür. Bis zur Hälfte schwingt sie auf. Nichts. Niemand. Na also. Nur mal reinluren. Was riecht da so komisch?

Jessas! Sie bekommt ihren vorgereckten Kopf nicht rechtzeitig zurück. Die Tür! Sie schwingt ihr urplötzlich entgegen. Wird sie treffen. Der Reflex kommt zu spät.

Oh mei! Nur dieser winzige Gedankensplitter scheppert durchs Hirn, eine Millisekunde, bevor das Holz ihr voll ins Gesicht drischt. Woummp! Alles schwarz. Aus die Maus.

Die Wiesner schlägt die Augen auf. Sie liegt weich. Einen Futon ertastet sie unter sich. Gleich wird sich der Brandl Toni um sie kümmern. Sie ist die Nummer neun. Da holt sie der Schmerz ein. Ihr Gesicht tut sauweh. Tränen schießen ihr in die Augen.

»Der Notarzt ist gleich da«, hört sie eine irgendwie bekannte Stimme. Dann kommt ein Mann in ihr Blickfeld. Er kann es nicht sein. Es ist der Yves – mit blutbeflecktem Gwand. Die Wiesner presst die Augenlider zusammen. Aufwachen. Sie will nach ihrer Nase tasten. Die ist die Hölle. Sie bekommt keine Luft. Jemand nimmt ihr Handgelenk.

»Nicht«, sagt Yves, und da ahnt sie, dass sie schon wach ist.

Hartinger! Seids ihr komplett damisch! Euch derf ma ned allein lassen, wie die kloana Kinder! Kreuzkruzifix nochamal!«

Wenn der Sandner noch weiter plärrt, kriegt der Hartinger einen veritablen Gehörschaden. Der Knopf im Ohr ist seine Buße. Weil er gerade zum Krankenhaus rast und dazu beide Hände braucht, ist er Sandners Stimmgewalt hilflos ausgeliefert. Gefühlte zwanzig Mal hat er ein »Aber« entgegenzusetzen versucht, es ist gnadenlos abgesoffen im akustischen Tsunami. Der Sandner bekommt im Gegenzug ein Hörspiel geboten, da der Hartinger, ohne die Verbindung zu unterbrechen, ins Klinikum rechts der Isar, zur Unfallstation und schließlich zu Wiesners Behandlungsraum eilt. Ungeduldig lauscht er den Gesprächen mit der Pforte und Hartingers Dialog mit einer Krankenschwester.

»Hallo Sandra«, hört er den Hartinger endlich sagen.

»Gib sie mir, los, gib sie mir!«, ruft er dazwischen.

»Oh, Sandner …« Ihre Stimme hört sich nach starkem Schnupfen an.

»Was is passiert, wie geht's dir?«

»Bestens. Nase scheint gebrochen. Sonst okay.«

»Die machen sie dir heutzutag besser wie vorher.«

»Hat sie dir ned gefallen, sag?«

»Ich mein ja bloß. Kömmer froh sein.«

»In Brandls Wohnung hat wer was gesucht. Alles durchwühlt.«

»Und dir die Nase geknickt. Hast was gesehen?«

»Bloß Sterne. Ich hab ned aufgepasst, Scheißdreck. Wenn wir den erwischen, weiß ich, was ich dem knick, so a Drecksau.«

»Mach dir kein Kopf, den erwisch ma.«

»Kein Kopf is gut.«

»Sandra?«

»Ja?«

»Du musst wieder ins Gschäft.« Er hört sie auflachen.

»Aua, des Lachen tut weh – Sandner, du Arschloch.«

»Entweder du meldst dich einsatzfähig, oder ich muss sofort zurück, sonst simmer gwies den Fall los, oder der Wenzel stampft eine Soko aus dem Boden. Soko Naseweis.«

»Selber Naseweis. Scheißfall.«

»Sonst simmer den Scheißfall los.«
»Und des wollen wir ned?«
»Na, des wollen wir ned. Jetzt erst recht.«
»Des derf echt ned wahr sein.«
Der Hartinger ist wieder am Apparat. »Die Sandra schaut sich jetzt grad ein Arzt noch amal an«, erklärt er. »Wenn alles passt, kann sie heim, sagt der. Gerader Bruch, ned so dramatisch – heißt es. Oh – übrigens – da kommt grad der Staatsanwalt.«
»Gib mir den Wenzel her. Und Hartinger – du weichst der Sandra nimmer von der Seite – hast mi? Und jede halbe Stund krieg ich einen Bericht.«
»Ja, Chef.«
Es gibt Zeitungen, da ändert sich nix. Auf Seite drei ist immer eine Nackerte, und den Kommentar liest du lieber nicht zu Ende, sonst speist du dein Frühstücksei wieder aus. Aber nützlich sind sie schon, die Schmierblattln, zum Beispiel für den Grainer zum Einschüren oder wenn man sich einmal im Jahr vornimmt, heut werden die Schuh mal gescheit hergewichst. Mit dem Wenzel geht es dem Sandner genauso. In dem kann er auch lesen, immer dasselbe, in langweiligsten Varianten, nur die Seite drei möchte er sich bei ihm nicht anschauen. Gott bewahre!
Natürlich brauchst du immer einen Staatsanwalt, der an deiner Seite kämpft. Beim Wenzel beschleicht ihn allerdings das Gefühl, es wär eher Stierkampf, und das Gifthaferl würde ihn ständig mit kleinen Spießen triezen. Der Sandner bekommt schon Nackenschmerzen, wenn jemand den Namen nennt. Jetzt hat er sich dessen Gezeter aussetzen müssen. Breitseite. Wenn ihm ein anderer gesteckt hätte, dass nicht gerade professionell respektive annähernd zielführend ermittelt wird, hätte er ihm sogar zähneknirschend recht geben müssen. Aber wenn du mit deinem persönlichen Banderillero zu tun hast, schnaubst du auf und zerstampfst die Argumente zornig unter den Hufen.
Sie haben sich zehn Minuten behakelt. Der Sandner hat ihm letzten Endes Annis Vater auf dem Tablett serviert, sein Bauern-

opfer, um noch einen Tag herauszuschlagen. Er sollte den Mann halt baldmöglichst festnageln, mit den Murnauer Kollegen, sobald gescheite Beweise vorlägen, hat ihm der Wenzel mit auf den Weg gegeben. Natürlich in Absprache mit ihm und dem Haftrichter. Das hat ihm mehr behagt, als den Verdachtsmomenten gegen gebildete spirituelle Sinnsucher nachzugehen und klammheimlich Fotos zu knipsen. Könnten ja auch Honoratioren drauf sein, dann wärst du in den Arsch gekniffen.

Die Corina hat dem Sandner mal aufs Brot geschmiert, dass sie mit ihrem Björn gemeinsam Tai Chi betreiben würde. Zu Sandners Zeiten musste sie das allein praktizieren.

Ein Feinsinniger halt, der Wenzel, kein trampliger Gläznsepp wie so mancher Hauptkommissar.

Er hat sich nicht gefragt, was der Grainer wohl heute in Brandls Wohnung verloren haben könnte. Da wär dem Sandner nämlich nix dazu eingefallen. Immerhin – in höchstens drei Stunden fährst du von Bad Kohlgrub in die Sedanstraße und retour. Damit hat sich der Kriminaler getröstet, sonst wäre seine Ammertaler Ochsentour für die Katz.

Er ist in seinem Fichtenrefugium auf und ab gegangen. Zu Hause in Untergiesing hätte er jetzt die alte Jazzgitarre hervorgeholt. Die Möglichkeit für den Sandner, dem Schädel wieder Leichtigkeit zu verleihen, Ballast abzuwerfen. Hier kann er höchstens eine Melodie trällern, aber nach den ersten Tönen bricht er das Experiment wegen Verdachts auf grobe Lächerlichkeit ab. Gerade beneidet er die Leut, die sich für Meditation erwärmen können. Den Geist erquicken und laben.

Wer immer der Sandra das Gesicht mittels Tür verbiegen wollte, war mit dem Ausradieren vom Brandl noch nicht am Ziel seiner Wünsche. Oder es ist gar nicht der Mörder gewesen, sondern jemand, der sich etwas vom Toten besorgen wollte? Nachdem das letzte Hemd ja keine Taschen hat, könnte ein Haderlump auf die Idee gekommen sein, etwas aus Brandls Besitz einzuschieben. Einen Hinweis auf den Mörder? Und der Sandner? Weiß nix. Ärgerlich verlässt er sein Zimmer und trampelt die Treppe wieder hinunter. Nicht mal mehr einen fahrbaren Untersatz hat er. Fest sitzt er im Ort. Kruzifix!

Seine Zimmerwirtin steht grad an der Haustür und diskutiert mit ihrem Maxi. Wie der den Polizisten sieht, verschwindet er flugs nach draußen.

»Dann mach halt, was du willst!«, plärrt sie ihm hinterher. Allerweil die beste Lösung. Für Fehler brauchst du ja kein Fangnetz, sonst lernst du nix. Der eigene Wille wird unterschätzt. Zum Beispiel würden sich die Kriege, man nennt sie ja Interventionen, enorm reduzieren mangels Beteiligung der todgeweihten Basismitarbeiter. Nix: »Morituri te salutant.« Dass die Leut sich gern zerreißen (lassen) für die Konzernbagage oder Heilslehren jeder Couleur, ist ja nur eine Mär. Das funktioniert reibungslos, weil keiner glaubt, er könne tun, was er wolle. Ein grandioser Irrtum. Der Augustinus hat gesagt: »Liebe und tu, was du willst.« So schaut's aus.

Ob jetzt allerdings der Maxi vernünftige Entscheidungen für sich trifft, mag der Sandner nicht beurteilen. Zumindest sieht er nicht danach aus, als würde er gleich als Söldner anheuern. Wie die Maria in ihr Wohnzimmer geht, kommt der Sandner ihr nach.

»Der Bierschnaps ist aus«, verkündet sie ihm.

»Das ist besser so«, meint er. »Der Maxi macht's dir ned leicht.«

»Der soll's mir auch ned leicht machen, ein Muttersöhnchen brauch ich ned.«

Themenwechsel. Die elterliche Pädagogikleier will der Sandner nicht zum Klingen bringen.

»Sag amal, was macht der Hambacher eigentlich beruflich?«

»Zimmer und Ferienwohnungen vermieten.«

»Und des Haus seiner Tante?«

»So genau weiß ich des auch ned. Verkauft, glaub ich.«

»Des Zimmervermieten lohnt sich, oder?«

»Im großen Stil scho. Für mich? Relativ – manchmal – is aber ned immer gspaßig.«

»Dankschön.«

»So hab ich des ned gemeint. Des passt scho. Ich mach des ned, weil ich eine Berufung hab. Ich mach's, damit ein paar Euro reinkommen.«

»Aber leben kann ma davon ned, oder?«

»Na, aber wenigstens bin ich frei und mach, was ich will«, kommt ihre ausweichende Antwort. »Weißt, früher hab ich als Krankenschwester gearbeitet, in Garmisch. Aber mir hat's ned gelangt, die Leut immer nur technisch zu versorgen und ned palliativ, verstehst du. Des hat mich verrückt gemacht. Wenn so eine arme Haut niemand in den Arm nimmt und du bloß Infusionen neipresst und Spritzen, so verhaut kannst du gar ned gelebt haben, dass du so verrecken musst.«

Der Sandner sagt nix. Übers Verrecken hat er sich nicht unterhalten wollen. Das ist aus der Frau herausgebrochen. Eine Frage des Blickwinkels. Den Tod verdienst du dir ja qua Geburt. Über die verschiedenen Wege dorthin könnte der Sandner schon Gschtanzln singen. Mit einem Lächeln auf den Lippen haben sie bei der K11 noch keinen gefunden. Aber die Anverwandten haben die Trauer manchmal nicht zelebrieren können, ohne sich die Lippen wund zu beißen. Ab und an sind sie ihm als talentierte Laienspielgruppe untergekommen. Gerade wenn jemand zu Lebzeiten auf seinem Geld gebrütet hat wie der Drache Fafner auf dem Nibelungenschatz. Das kannst du niemandem empfehlen. Die wenigsten wollen, dass ihre Todesstund für die bucklige Verwandtschaft ein neuer Feiertag im Kalender wird. Mit Angedenken hat das nix zu tun, Geld ist vergesslich, quasi dement, bezüglich seiner Herkunftsgeschichte. Neben den zwischenmenschlichen Begierden – der Platzhirsch unter den Mordmotiven. Man könnte die beiden zusammenfassen. Letztendlich geht's allerweil rund ums Besitzen. Wie passt der Tod vom Toni dazu? Moneten oder Begehren, eine uralte Frage.

Die Wiesner sitzt im trauten Heim auf dem Sofa. Nachdem die Nase nicht krumm ist, hat sie ein Polster, ein Pflaster und ein »Schonen Sie sich« vom Arzt bekommen. Im Moment ist sie schmerzfrei, also einsatzfähig nach Sandner'scher Definition. Der Hartinger hat sie nach Schwabing zur Wohnung gefahren und war fast nicht mehr abzuwimmeln gewesen. Sie würde sich schnell die Nase pudern, hat sie gemeint. Und das blutige Shirt wechseln. Du kannst ja nicht unter die Leut gehen, wenn du aussiehst, als hättest du grad lustvoll jemanden ausgeweidet. Jetzt kommen ihr Zweifel. Jämmerlich fühlt sie sich und erschöpft. Ihre Augen füllen sich mit Tränen. Sie atmet durch den Mund.

Ausgerechnet der Yves. Er hat ihr im Krankenhaus erzählt, dass er sie vor dem Haus hat rumtorkeln sehen, blutend, orientierungslos und mit Handy in der Hand. Den Sandner anrufen, hätte sie genuschelt, dann wär sie ihm in die Arme gefallen. Er hätte sie dann erst mal zu sich getragen, glücklicherweise Erdgeschoss, und gleich den Notarzt gerufen. Sie hat daran keine Erinnerung. Blackout. Besser so. In den Armen von Yves herumzuhängen ist nix, was du geistig mit dir rumschleppen möchtest. Nur gruseliger Gedächtnisballast. Er hat sich gar nicht verändert, nur eine Wampe trägt er jetzt spazieren. Auf die Schuhe hat sie nicht geachtet. Aber den Biosiegel-Pulli hat sie ihm versaut.

Vor dem Spiegel gelingt dem Mund ein vorsichtiges Grinsen bei dem Gedanken. So schlimm schaut es gar nicht aus. Der Rest vom Gesicht zumindest.

Dem Hartinger sind vor einem halben Jahr zwei Zähne ausgeschlagen worden. Der hat ausgesehen wie ein Punchingball vom Schwergewichtler. Kein Dienstunfall. Bei der Hochzeitsfeier seiner Schwester ist aus heiterem Himmel ein Weißbierglas geflogen gekommen. Der Sandner hatte dazu bemerkt, das Altusrieder Brauchtum wär halt angemessen archaisch. Wenn der Hartinger nicht inzwischen in München verweichlicht wär, hätt er das fliegende Objekt ins Tor geköpft. Fand der Hartinger nicht angemessen spaßig. Demgegenüber könnten Optimisten in ihrem Fall sagen, das Glas sei halbvoll. Im Zwergenkücherl spült sie sich eine der zahlreichen dreckigen Tassen ab und brüht sich einen Schwarztee. Tough soll sie also sein, Mund abputzen und weiter. Na gut. Sollen sie haben, die Burschen.

»Werds ihr scho seng.« Sie greift zum Handy. »Also, Hartinger, wie gehabt, in einer Stunde bei dieser Marlies Hopf.«

»Es is doch scho sauspät. Machmas halt morgen. Meinst wirklich, des is a gute Idee, wenn du …«

»Es is keine gute Idee, wenn ich hier rumhock. Da werd ich zum Viech. Oder gehst du scho ins Bett? Dann ziehst du den Schlafanzug halt nomal aus.«

»Aber …«

»Kein Aber. Ich werd dir scho ned in die starken Arme fallen, keine Angst. Also bis gleich.«

In Bad Kohlgrub gehen die Uhren nicht anders. Auf sein Bett wird auch der Sandner noch eine Weile verzichten müssen.

Es läutet. Wie die Zimmerwirtin die Tür öffnet, sieht der Münchner sie zusammenfahren. Falls Uniformen bei ihr etwas auslösen, dann bestimmt keine Ausschüttung von Glückshormonen. Die Murnauer Kollegen stehen vor der Tür. Als der Dicke sich nach ihm erkundigt, entspannt sie sich sichtbar. Er fragt sich erneut, was da im Busch ist, schiebt es dann gedanklich beiseite.

»Wir wollten Sie abholen. Wir haben ja keine Nummer und haben uns gedacht …«

»Scho gut, fahrens mich zu meinem Wagen?«

»Na, Sie wollten doch vom Brandl die DNA-Probe. Wir haben den Beschluss. Der Dienstweg ist geklärt. Sie dürfens dem Alten erklären. Ihren Wagen – des macht … äh, mein Schwager aus Saulgrub. Morgen früh, hat er gesagt.«

Der Sandner seufzt. »Also, auf geht's.«

Das Anwesen scheint menschenleer. Im Haus finden sie den Grainer nicht. Die Schnapsflasche auf dem Tisch ist leer. Da hat er ordentlich zugeschlagen.

Sie verteilen sich, um die diversen Schuppen zu durchsuchen. Der Sandner nimmt sich den Hinrichtungsplatz der Karnickel vor. Tatsächlich hockt der Alte drinnen auf einem Schemel. Vor ihm steht ein altertümliches Schleifgerät. Er wetzt ein Messer.

»Du scho wieder«, kommt es verwaschen.

Voll bis unter den Kragen. Der Sandner zögert.

»Mein Vater hat auch so geschliffen.«

Der Grainer schaut auf. Glasige, wässrige Augen.

»Wenn du ein gescheites hast, hält's dir so ewig.« Er erhebt sich schwankend und hält es dem Sandner vors Gesicht.

Der beugt sich etwas zurück, damit das Nasenspitzerl nicht gefährdet ist.

Das Messer glänzt makellos. Eine große Jagdwaffe. Der Sandner bringt sie in Verbindung mit den Karnickelkehlen. Scheint definitiv ein gescheites zu sein.

»Damit könntest ruckzuck einen Ochsen abstechen«, lallt der Grainer, »geht nei wie in Butter.«

»Das Messer weg!«

Der Sandner fährt herum.

Der Spargel, die Pistole beidhändig im Anschlag. Leicht in den Knien, schulmäßig.

»Grainer, Messer weg, sag ich!« Hypernervös, knallroter Kopf. Noch ehe der Sandner reagieren kann, bewegt sich der Bauer.

»Willst du mi eppa derschießen?«, lallt er fassungslos.

»Legens es lieber weg«, mahnt der Sandner, »und du schieb die Waffe ein! Ois easy.« Er streckt die Hände beruhigend nach vorn. Aber es nützt nix. Die beiden spielen ihr eigenes Spiel.

»Dann derschieß mich halt, du Würschterl«, fordert der Betrunkene den Polizisten höhnisch auf und wankt auf ihn zu.

»Grainer, hörens auf mit dem Schmarrn – und du Pistole

weg!«, schreit der Sandner. Jetzt ist er nervös. Die Situation ist grotesk. Er sollte sich nicht dazwischenhauen. Weder will er in die Schusslinie geraten, noch will er den schlachtreifen Ochsen geben. »Schluss damit«, befiehlt er.

Nutzlos. Die Karawane zieht weiter.

»Schieß scho, hä! Du gfotzerter Hosenbiesler!« Der Grainer macht noch einen Schritt und schwingt den Waffenarm wie ein kampflustiger Irokese. »Wuahaa!«

Der Knall lässt dem Sandner das Ohrenschmalz hüpfen.

Den Grainer brackt es auf den Boden.

Die Tür springt auf, und der uniformierte Kollege erscheint. Auch er mit blankgezogener Waffe.

»Macht ma des so bei euch!«, brüllt der Sandner außer sich und bückt sich zu Grainers Körper. »Die Leut glei übern Haufen schießen. Na bravo, super!«

Der Grainer versucht, sich hochzurappeln. Der Schuss hat ihn unter der linken Achsel gestreift. Das Unterhemd färbt sich rot. Der junge Beamte fängt zu zittern an, schiebt seine Pistole hektisch ins Halfter.

»A paar Zentimeter, und es wär ein Herztreffer geworden«, stellt der Sandner fest, »mitten in die Zehn.« Sein Puls beruhigt sich wieder.

Den Grainer hat eher die Mischung aus Schreck und Schnaps umgehauen.

»Des hätt der Depp eh ned zambracht«, murrt der. Dann fällt er in Bewusstlosigkeit.

Es wird still in der Scheune. Der Sandner schaut von einem zum anderen.

»Und habts a Idee, ihr glorreichen Helden?«

»Der ... der hat mich angegriffen. Ich hab geglaubt ...«, setzt der Junge an.

»Wegen dem Glauben sind scho viele verreckt.«

»Nehmen wir ihn mit«, sagt der Zweite. »Tätlicher Angriff mit einem Messer ist eine ganz eindeutige Sachlage.«

»Ned mit mir. Der Alte is zwar stramm wie a Viech, aber dafür soll er ned einfahren. Bloß weil dein Colega die Schützenliesl gibt. Ich glaub, du spinnst aweng!«

Die Murnauer sind ratlos.

»Oiso«, sagt der Sandner. »Zuerst ärztlich versorgen. Des geht ned beim Doktor, sonst brauch ma a Gschicht.« Er weist den Jungen an, loszufahren und seine Zimmerwirtin zu holen.

»Des is ja bloß a Kratzer, und sie ist Krankenschwester – die kennt sich gwies aus.«

»Und was sag ich der, des kommt der doch komisch vor?«

»Ich erklär's ihr scho, muss ja keine Kugel gewesen sein.«

»Und dann nehmen wir ihn mit«, beharrt der Ochsenfrosch.

»Schmarrn, den legen wir in sein Bett, decken ihn gut zu und lassen ihn seinen Seier ausschlafen. Und wenn er halbwegs gscheit is, vergisst er es, wenn er morgen überhaupt noch was davon weiß.«

Der Grainer fängt an zu schnarchen.

»Wird scho«, beruhigt der Sandner. Mehr sich selbst. Im Gegensatz zu seinen wohlgewählten, ruhigen Worten ist er auf hundertachtzig. Sein Shirt ist schweißfleckig.

Der junge Schütze macht sich auf den Weg.

Die Marlies Hopf wohnt in Neuhausen, beim Rotkreuzplatz. Sie hat es nicht weit hin zur geistigen Entspannung gehabt. Schöne Ecke. Beinahe italienisch. Weiträumig, belebt, ein bisserl träge lädt dich das Platzerl zum Hinsetzen bei einem Milchkaffee ein oder einfach zum Durchpusten, den Blick umherschweifen lassen, bis der zur Ruhe kommen kann. Da drängelt nix oder springt dir lärmig ins Genick.

Im Hinterhof in der Nähe vom obligatorischen Burger-Tandler wartet der Hartinger schon auf die Wiesner.

»Glotz mich ned so an, ich weiß scho, wie ich ausschau«, bescheidet sie ihm.

Auf ihr Läuten hin macht ihnen ein Kind im Schlafanzug auf.

Ein Junge, circa zehn. Auch er schaut die Wiesner an, als würde sie sich in der Geisterbahn verdingen.

»Ist deine Mutter zu Hause?«, näselt sie.

Der Bub dreht sich zum Flur hin um. »Mama«, quiekt er und zack – ist er verschwunden.

Der Hartinger grinst.

»Sag jetzt nichts«, zischt seine Kollegin.

Die Frau, die nun an die Tür kommt, hätte sich die Wiesner anders vorgestellt. Das braune Haar kurz gehalten, groß gewachsen und hager, wirkt sie streng, beinahe maskulin. Die ungeschminkten Augen verzieren dunkle Ringe.

»Ja?«, fragt sie.

»Frau Hopf? Wir sind von der Kriminalpolizei und hätten ein paar Fragen. Dürfen wir reinkommen?«

»So spät noch? Muss des sein? Ich muss mich um meinen Sohn kümmern. Der is krank, hat Bauchschmerzen.«

»Ja freilich. Bloß an Moment. Wenn es nicht wichtig wär ...«

Die Frau macht wortlos die Tür frei und geht voran in ein großes Wohnzimmer. Wuchtige Vitrinen und bequeme tiefe Cordsessel dominieren den Raum. Nippes und Zierrat aus aller Welt auf jeder freien Fläche drapiert. Russische Babuschkas, verstaubte Zwetschgenmanderl, afrikanische Tierschnitzereien. Miniaturen statt Großwild. Die asiatische Statuettenpartei hat die Mehrheit der Sitze. Hindugötter, Buddhas, Fabeltiere – in zwangloser Grüppchenbildung. Die Hopfs gehören zu den Jägern und Sammlern. Fragt sich nur, was alles.

Zigarettenrauch liegt in der Luft. Sie dürfen sich setzen.

»Sie kommen wegen dem Herrn Brandl?«, will die Braunhaarige wissen.

Die Wiesner nickt.

Sie wird von der Hopf nicht gefragt, warum die Polizei auf sie kommt. Auf der aktuellen Liste der Teilnehmer ist sie nicht zu finden, hat keinen Kurs besucht.

»Sie kannten den Herrn Brandl? Wie gut?«

»Ich hab einmal an geleiteten Meditationen von ihm teilgenommen – nicht weit von hier, bei Calm & Peace. Das ist alles.«

»Schaun Sie, Frau Hopf, wir wissen, dass der Herr Brandl auch Kurse bei sich zu Hause gegeben hat. Und …«

»Davon weiß ich nichts.« Ihre aufgerissenen Augen erzählen eine andere Wahrheit.

Die Wiesner steht auf. Zu spät für Sandmännchens phantastische Abenteuer.

»Also, dann kommen wir wieder, wenn seine Nachbarn Sie auf einem Foto erkannt haben.«

Die Frau zündet sich eine Zigarette an, bläst den Rauch hektisch in den Raum.

Einen Moment lang dauert der Kampf der Polizistin. Nein, sie wird der Hopf den Glimmstängel nicht einfach aus der Hand reißen. Obwohl – im Moment würde sie eiskalt jedes Risiko eingehen. Nur ein Zug.

»Mama!«, plärrt ihr Sohnemann aus seinem Zimmer. »Kommst du?«

»Gleich!«, ruft die Hopf zurück. »Das ist nicht so, wie Sie vielleicht denken«, sagt sie dann in Richtung der Polizisten. Wieder inhaliert sie tief und hastig.

Die Wiesner hat den Spruch schon erwartet. Der Rauch kräuselt sich. Beinahe spielerisch treibt er zur Decke. Es ist, als würde er noch einmal höhnisch winken. Sie sieht ihm nach, bis er sich verteilt hat.

»Was war das für ein Gefühl zwischen Ihnen und dem Toni?«

»Gefühl, wie meinen Sie das?«

»Vielleicht Vertrautheit?«

»Das spielt doch keine Rolle, wenn …«

In der Wohnungstür dreht sich ein Schlüssel. Herr Hopf.

»Bitte …«, fleht seine Frau und lässt das Wort in der Luft hängen.

»Weiß es Ihr Mann?«, fragt die Wiesner nach.

Die Frau zögert, dann nickt sie. »Ja, der weiß das.«

In alter, gemütlicher Zeit hätte man gesagt, der Herr Hopf wäre eine stattliche Erscheinung. In Anbetracht des aktuellen Körperkults, bei dem nur ein Waschbrettbauch die Absolution ermöglicht, ist er ein rausgefressenes Mannsbild. Die Wiesner schüttelt eine teigige Hand. Eine Bierfahne schwallt ihr entgegen. Fleißig gepichelt, der Gute.

»Polizei? Um was geht es?«

Die Wiesner ist nicht einfühlsam unterwegs. Die aktuellen Umstände betrachtet, wäre das auch zu viel verlangt.

»Um die Beziehung Ihrer Frau zum ermordeten Herrn Brandl.«

»Ich versteh nicht.« Er mimt den Unwissenden.

»Doch, das tun Sie«, mischt sich der Hartinger ein. »Wo warens gestern Abend um acht?« Der fällt nicht mit der Tür ins Haus, sondern reißt gleich die ganze Fassade ein.

»Ich hab …« Er schaut unsicher auf seine Frau. Die mustert ihre chinesischen Seidenschlappen mit den aufgestickten Kirschblättern.

»Daheim, ich war den Abend über hier.«

»Ihre Frau kann das bestätigen?«

Die Angesprochene reibt sich die Augen, sieht immer noch nicht auf.

»Frau Hopf?«

Jetzt wirft sie ihrem Mann einen Blick zu. Gefroren ist der – ewiges Eis, durch das der Hopf marschieren muss wie einst der Robert Scott. Da gibt es keine Erlösung.

»Nein, du warst noch mal weg gegen acht.«

Wie die Frau Mayer in Grainers Stadel kommt, bleibt sie ruckartig stehen. »Was ist mit dem passiert? Der lebt schon noch, oder?«

»Nix Schlimmes, er ist besoffen und hat einen Kratzer.«

»Und warum schaffts ihr ihn nicht zum Arzt?«

»Den legen wir dann ins Bett, und gut ist es. Kein Zinnober – lohnt nicht.«

Sie schaut misstrauisch von einem zum anderen, stemmt die Arme in die ausladenden Hüften.

»Aber jetzt wär's gut, wenn du dir den Kratzer anschaust. Da ist der Verbandskasten«, ermuntert sie ihr Hausgast.

Die Frau schüttelt den Kopf und kniet sich zum Grainer. Sie verzieht das Gesicht.

»Der Alte stinkt wie ein Ziegenbock. Hättet ihr ihn ins Krankenhaus verfrachtet, dann müsst er sich endlich amal gscheid waschen.« Das fleckige Unterhemd hochzuziehen kostet sie Überwindung. »A bisserl desinfizieren und ein Pflaster – das hättet ihr auch können. Sieht wirklich ned dramatisch aus, und ihr machts so ein Tamtam. Von der Polizei werde ich abgeholt – super.« Sie hantiert mit einem mitgebrachten Salbendöschen. »Spitzwegerich«, erklärt sie.

In Windeseile ist der Bauer versorgt.

Ein Pflaster hätten sie dem Grainer natürlich aufdrücken können, aber der Sandner hat sich gedacht, was immer die Frau ausgefressen hat, für die Murnauer Polizei wär's jetzt ein bisserl schwieriger, ihr derb zu kommen. Konnte nicht schaden. Sie sitzen im selben Boot. Da hat er die beiden Beamten überrumpelt. Arg anziehend wirkt die Aschera auf ihn, und wenn ihn sein Gefühl nicht täuscht, ist sie keine brutale Verbrecherin. Trotzdem muss es da einen dunklen Fleck geben, und der Hambacher hat Wind davon bekommen. Seine Andeutung war nicht misszuverstehen. Schorschis Vater ist ein Haderlump par excellence.

Der Grainer muss nicht einsitzen – zumindest nicht wegen der Messergaudi, dem schießwütigen Jungspund bleibt ein Verfahren erspart, und möglicherweise ist es für die Mayerin ein prophylaktischer Moment. Drei Fliegen mit einer Klappe – rekordverdächtig.

Wie der Alte ein raues Husten vom Stapel lässt, erinnert der Sandner seine Kollegen an die Pflicht. »Denkts an die DNA-Probe, und dann schafft ihn bittschön rüber in sein Bett.« Als der Bauer schließlich eingemummelt und zugedeckt in seinem Schlafkammerl flackt, hockt sich der Hauptkommissar zu ihm, wegen der Gutenachtgeschichte.

»Grainer!« Er rüttelt den Mann so lang, bis der reagiert.

»Zefix, was is?«, knaunzt der.

»Hast du den Brandl getroffen?«

»Wen?«

»Den Brandl Toni.«

»Lass mer mei Ruah!«

»Wenn du bei dem warst, sperr ma dich weg. Da hast dei Ruh in der Vier-Mann-Zelle.«

»A Schmarrn.«

»Und?«

Der Grainer dreht sich zu ihm um, schaut ihn an. Plötzlich wirkt er hellwach und konzentriert.

»Ja, ich hab den getroffen. Letzte Woch hab ich bei ihm durchgläutet, und er hat mich treffen wollen. Du hast scho recht gehabt mit der Adress, des hab ich gelesen. Der Toni hat ned amal gwusst, dass die Anni tot ist. Und wie ich gsagt hab, die hätt sich seinetwegen umbracht, hat er gflucht wie ein Rohrspatz, der Guru. Die hätt sich gwies ned selber umbracht, des tät er beweisen. Ich müsst bloß no warten. Ich hab ihm nix geglaubt, aber derschlagn hab ich ihn auch ned. Bist zufrieden?«

»Hat er dir was gezeigt? Welche Beweise? Was hat er damit gemeint?«

Der Grainer schüttelt bloß den Kopf und verzieht sich unter die Decke.

»Herrschaftszeiten, was hat er gmeint, Grainer?«

Als würde eine Wildsauenrotte gemeinsam um die Wette grunzen, kommt das Schnarchen vom Bauern daher.

Die Wiesner hat sich eine blutige Nase geholt. Diesmal im übertragenen Sinn. Mindestens zweiundsiebzig Stunden müsste sie sich gedulden für den DNA-Abgleich. Ob sie das nicht wüsste, hat ihr ein gähnender, übermüdeter Laborfuzzi erklärt. Es wären auch keine eindeutigen Spuren. Klar ist gewesen, den Brandl hat nicht nur ein Mensch begrabscht und die Wohnung wär gepflastert mit Fingerabdrücken. Der Hartinger hat dem Sandner Bericht erstattet, und die Münchner sind jetzt, ausgenommen der Schießerei im O. K. Corral, auch über die Vorkommnisse in Bad Kohlgrub auf dem Laufenden.

»Wenn wir den Hopf verhaften und unter Druck setzen ...«, meint der Hartinger.

»Das passt doch mit der Bad Kohlgruber Gschicht gar ned zusammen.« Die Wiesner schüttelt den Kopf.

»Muss es ja nicht«, sagt der Jonny. »Es könnt ja sein, dass sie sich bloß ergänzen.«

»Und was ergänzt sich da?«

Der blonde Polizist zuckt die Achseln und streckt sich. »Ich mein, wie beim Domino – ein Stein fällt um, und dann geht's weiter.«

»Ich fall auch gleich um«, seufzt die Wiesner und schaut schniefend auf die Uhr. »Wenn ma jetzt ned zackig heimgehen, lohnt's nicht mehr – dann kömmer gleich frühstücken und durchmachen. Also morgen um acht muss der Hopf hierher zur Vernehmung. Und seine Frau – parallel. Eine andere Idee hab ich ned, solange wir die Spuren noch nicht zuordnen können.«

Der Staatsanwalt kommt hereingewenzelt, im Kamelhaarmantel mit dicker Aktentasche. Sein Eau de Toilette ist schon vor ihm an Wiesners respektive Sandners Schreibtisch. Trotz verpackter Nase kann sie in seiner Duftmarke baden.

»Auf einen Sprung«, sagt er, »was vermelden wir morgen früh der Presse?«

Die Wiesner schaut zum Hartinger. Der scheint auf seinem Tisch wichtige Unterlagen entdeckt zu haben oder brotzeitende Stubenfliegen.

»Wir werten noch wichtige Spuren aus, den Tathergang können's ja dem Bericht entnehmen, Verdächtige haben wir noch nicht.«

Der Wenzel lächelt wölfisch. Das Näschen wirft Falten. »Bessere Idee: Verhaftung steht kurz bevor. Die Ermittlungen sind gut vorangekommen.«

»Welche Verhaftung, Herr Staatsanwalt?«

»Hat Sie der Sandner nicht in Kenntnis gesetzt? Das sieht ihm ähnlich. Der Vater dieser ... ach egal, für deren Suizid der den Brandl verantwortlich macht. Alter Bauer, die wissen, wie man einem Vieh das Genick umdreht.« Der Wenzel keckert kurz. »Er hat auch damit gedroht, ihn umzubringen, und war mutmaßlich in München. Den holen wir uns morgen früh zur Vernehmung und klopfen ihn weich. Wenn dann noch der DNA-Vergleich stimmt, kommt er bei uns in den Stall. Käfighaltung.«

»Herr Staatsanwalt ...«, setzt der Winter an.

Die Wiesner schneidet ihm mit einer Handbewegung das Wort ab.

»Wir haben hier auch noch einige Befragungen«, sagt sie, »wir können eigentlich sicher sein, dass der Grainer nicht die Wohnung vom Brandl durchsucht hat.«

»Vielleicht eine Madam, die was bei ihm vergessen hat ...«, sagt der Hartinger leichthin.

Der Wenzel presst die Lippen zusammen.

»Schöne Restnacht noch«, und draußen ist er. Warum der Staatsanwalt überhaupt um diese Uhrzeit noch herumgeistert auf der Dienststelle, wissen allein die Götter. Vielleicht ist schon der Haussegen gefährdet, wegen asiatischer Körperübungen in angenehmem Ambiente.

»Hartinger«, mahnt die Vorgesetzte, »der Wenzel liest dieselben Unterlagen wie wir – und er ist akribisch.«

»Ja und?«

»Meinst ned, der ist vielleicht auf den Namen seiner Thusnelda gestoßen?«

»Dann wär er ja befangen.«

»Schmarrn, so ein Seminar haben vielleicht Hunderte mitgemacht im letzten Jahr, das ist doch nicht das Thema.«

»Und was wär das Thema?«

»Stell dich ned blöd. Wenn der Grainer der Mörder wär, ist alles gut. Wenn aber die ›Sondersitzungen‹ beim Brandl Intensivthema sind, muss sich der Wenzel vielleicht amal fragen, ob seine …«

»Des interessiert den Sandner bestimmt auch.«

»Wenn ja, dann sinds beide befangen, dann geht's rund mit dem Hund.«

»Wie viel Wahrscheinlichkeit, was meinst?«

»Unter einem Milliprozent, des waren ja nur wenige Frauen, die regelmäßig kamen – und geldige. Aber es erklärt vielleicht, warum der Wenzel sich gern an dem Grainer festbeißt. Kein Risiko eingehen, nicht dass sein Gspusi noch als Zeugin vorgeladen wird.«

»Sollt der Sandner des wissen?«

»Wenn er zufällig in die Dateien linst. Obenauf legen wir sie nicht, Hartinger, verstanden?«

»Meinst, der Wenzel fragt seine Corina?« Der Jonny grinst. »Dann kriegt er heut nix Warmes zum Essen.«

»Dein Frauenbild hast aus der Hintertupfinger Höhle mitgeschleppt, oder? Daran müssma noch a bisserl feilen«, verkündet ihm die Wiesner.

»Ja, wieso des?«

Die Wiesner hat ihrem Kollegen verschwiegen, dass sie ganz froh darüber ist, auf Corina Sandners Namen gestoßen zu sein. Schlimmstenfalls ist der Wenzel natürlich ermittlungstechnisch auf diesem Auge blind. Aber es sorgt auch für seine Zurückhaltung. Die Schmierblattln sind gschwind darin, sich in nackerter Wollust zu wälzen. Sex sells. Was sie gespürt hat in den Räumen von Calm & Peace, war aber von einer intensiven Ernsthaftigkeit. Der Stangassinger hat das auch ausgestrahlt – ganz abgesehen von seinem gewinnenden Erscheinungsbild.

Besser, es würde für die Öffentlichkeit nicht dieser Schleim aus Vorurteil und Sodom in den Trog geleert, der so gern aufgeschlürft wird. Der Neidhammel transformiert ja jede Gaudi in Laster und Perversion – und träumt dafür nächtens, er wär die kapitalste Sau im Gau. Sie seufzt. Wenigstens haben ein paar Frauen gewusst, wo sie jederzeit erfüllenden Sex genießen können. Bei ihr zu Hause harrt eine Flasche Pinot Noir ihrer Entjungferung, und die einzig kernigen Mannsbilder werden für sie bei der Wiederholung vom »Tatort« in der Glotze figurieren. Nicht nur die Aufklärung der Fernsehfälle ist fiktional, für die wünschenswert hohe Kopulationsfrequenz zwischendurch müsste man als reale Oberkommissarin an Aladins Wunderlampe reiben. Zumindest ihre malade Nase hat sie für einige Zeit vergessen können. Erst durch das mitleidig-neugierige Gschau der nachtschichtenden Kollegen auf den Gängen spielt sich ihr optisches Manko wieder in den Vordergrund. Einen lausig kopierten Tag haben sie ihr angedreht, und noch dazu ist die Gebrauchsanweisung chinesisch.

Der Goethe hat gemeint, dass es viele Menschen gäbe, die sich einbildeten, was sie erfahren, das verstünden sie auch. Von diesem Einbildungsdämon ist der Sandner nicht besessen. Er ist ja kein geldhöriger Politpromi samt Babyface. Für diese Spezies bräucht es einen fähigen Exorzisten, der im Akkord werkelt. Aktuell werkelt bloß der Sandner, und zwar auf der Verständnisbaustelle. Das Material ist lausig. Der kurze Telefondialog mit dem Hartinger hat auch nix Vernünftiges dahergebracht.

Dass Besoffene ehrlich sind, ist eine Mär, sonst könntest du in jeden Vernehmungsraum erst einmal ein Fasserl Starkbier anrollen lassen zwecks Wahrheitsfindung. Wenn der Brandl Toni dem Grainer etwas über den Tod von der Anni offenbaren wollte, was hätte das sein können? Zu der Zeit ist er ja in Asien gewesen. Hier im Ort scheint er nicht aufgetaucht zu sein. Vielleicht wollte er sich auch nur von dem Vorwurf reinwaschen und hat dem Grainer eine Story aufgetischt. Fakt ist, der Bauer ist in München in seiner Wohnung gewesen und hat ein Motiv. Fakt

Numero zwei, die Wiesner hat auch ein Eisen im Feuer: den klassischen gehörnten Ehemann ohne Alibi, zu dem aktuell gar keine Bad Kohlgruber Verbindung besteht. Leicht verwirrt steigt der Ermittler zum Murnauer Duo und seiner Zimmerwirtin ins Auto.

»Ich hab den Kasperl noch brav zugedeckt«, vermeldet er. »Sagts amal, wer war eigentlich der Totenbeschauer bei der Grainer Anni? Der Doktor? Wo würd ich den finden?«

»Auf dem Friedhof«, meint der Spargel.

»Habts den erschossen?«

Der Ochsenfrosch wirft einen unsicheren Blick auf die Maria.

»Blöder Hammel. Ein Unfall war's.«

»Oiso in München lebt man ned so gefährlich wie hier draußen, des sag ich euch.«

»In München rennt dir auch keine Wildsau vors Auto.«

»Hast du eine Ahnung. Wir sind am Überlegen, wie wir den damischen Schweinen endlich die Verkehrsregeln einbläuen.«

»Drei Jahre dürft das jetzt her sein. Der Doktor Strauß war mit seinem Sportwagerl unterwegs, so ein flacher englischer, ohne Dach, mit einer Bierdeckel-Scheibe.

Des is scho a komischer Anblick, wenn so ein Zweihundert-Kilo-Eber auf den Fahrersitz flackt. Der Strauß war drunter. Der muss das Viech frontal genommen haben mit dem Wagen. Und die Wildsau hat ihn sauber aufghaxt, er war gleich Exitus. Am Auto war fast nix zu sehen. Sand scho stabil, die Engländer. Die Witwe hat ihn nach Murnau verkauft, der Unfallarzt hat sich ja gleich dafür interessiert.«

»So sands, die Säu.« Mehr fällt dem Sandner dazu nicht ein. »Vielleicht«, zischt ihr Fahrer verschwörerisch, »war's aber auch ein Mord, und jemand hat die Sau mit dem Katapult aufs Auto draufgeschossen.« Er lacht dröhnend.

Der Hauptkommissar nicht. »Die Sau wollt sich suizidieren, weil sie die kracherten Witze von euch wandelnden Moorleichen nimmer derpackt hat.«

Da hat er die Kommunikation mit dem Prügel erschlagen.

Niemand macht mehr den Mund auf.

Sie fahren den Sandner und die Frau zu ihrer Schlafstätte.

»Sorgts dafür, dass Grainers Probe und die Fingerabdrücke flugs weiterkommen«, schärft ihnen der Kriminaler noch ein. Mit quietschenden Reifen jagen sie davon. Wohl nicht wegen Sandners Wunsch nach Geschwindigkeit und Konzilianz, eher um die leidige Geschichte und den gspinnerten Münchner auch örtlich hinter sich zu lassen. Hätte bös ins Auge gehen können. Die Frage nach dem Doktor hätte sie vielleicht stutzig werden lassen, aber nach dem abstrusen Stadelshooting ist das Hirn noch angezählt gewesen. Dem Sandner ist es recht.

Er folgt seiner Privat-Krankenschwester ins Haus.

»Astrein war des ned, sag?«, will sie wissen.

»Ma derf ned alles so eng sehen, oder was meinst du?«

In der Wohnkuchl trinken sie zusammen Kaffee.

»Habts ihr den Grainer in Verdacht, dass er den Brandl umbracht hat?«

»Frag mich was Leichteres – ich weiß bloß, dass er a arme Sau is.«

»Des derfst laut sagen.«

Wepsig, wie der Sandner ist, schwirrt er gleich weiter. Die Maria hat gerade den ersten Schluck aus der Tasse genommen, da ist er schon wieder raus zur Tür. »Bis später.«

Eins, zwei, drei, Ochs am Berg.

Er wandert hügelan. Unterwegs zum »Ochsen« ist er, zwecks Mahlzeit, so es nicht zu spät dafür ist. Vielleicht hockt da noch der Brandl und versucht die Vergangenheit zu ersäufen.

Manche Sachen sind zeitlos, Überlieferungen, wie das alte Kinderspiel. Ob sich jetzt die Satelliten im Weltall drängeln oder mit dem Geld nur noch virtuell getandelt wird. Die Geschichten sind die gleichen. Dort, wo die Menschen zusammenkommen, hast du die Lust, die Rache und die Gier. Das bleibt übrig, wenn du den Tand weggeräumt hast. Und wenn du ausbrechen willst, wie der Toni, merkst du schnell, dass sie dich einen Deppen heißen, wenns dich nicht fangen können. Auch das hat Tradition. Für die Erkenntnis hätte er aus München nicht herauskommen müssen. Im Vermisstendezernat können ein Lied davon singen. Nur nicht den Kopf zerbrechen, sonst machst du dich auch auf nach Indien, ohne Rückflugticket.

Der »Ochs« ist gut besucht. Für den gescheiten Durst ist die Uhrzeit von jeher bedeutungslos. Beneidenswerte Eigenschaft.

Das Stimmengewirr haut dem Sandner ins Kreuz. Er muss sich erst derrappeln, orientieren. Hiesige und Kurgäste, die Letzteren eine Spur bunter, die Hemdfarben greller, dafür die Stimmen gedämpfter. Wellnessschmelztiegel. Das Holzinterieur ist klassisch. Behagliche Bänke und Stühle, gediegen und zeitlos, rundgeschliffen und blank gewetzt von Hinterteilen jeder Bauart.

In einem Eck hockt tatsächlich der Brandl vor einem leeren Weißbierglas. Allein. Was er ausstrahlt, reicht, um andere Gäste fernzuhalten. Der Sandner setzt sich zu ihm an den Tisch.

»Is recht?«

Der Mann schaut nicht auf. Die Bedienung stellt ihm ein frisches Glas hin, und der Sandner bekommt eine Karte. Gemütlich schreibt sich anders. Immer wieder fängt er von einem der Umsitzenden einen Blick auf. Er hat Glück im Unglück. In der Küch wird zwar schon zamgeräumt, aber eine Brezn samt Obaztn könne er noch haben. Eine Weinschorle bestellt er sich dazu. Ratlos ist er, was er zum Brandl sagen soll. Was hat er sich nur dabei gedacht?

»Der Toni hat mir früher immer in der Werkstatt geholfen«, murmelt der plötzlich. »So zehn wird er gewesen sein, ganz geschäftig war er.«

Darauf fällt dem Münchner nichts ein. Er hört einfach zu. »Gute Noten hat er gehabt, die Lehrer waren allerweil zufrieden. Immer mit dem Fahrrad umanand, des hat er geliebt, so ein rotes mit Gangschaltung. Am Geburtstag …« Der Brandl bricht ab und trinkt hastig. »Am Geburtstag seiner Mama hat er ihr immer einen Blumenstrauß gepflückt, von der Wiese. Ganz wichtig hat er's ghabt damit.« Er starrt am Sandner vorbei aus dem Fenster. »Die Leut …«

»Die Leut reden oft saudumm daher«, unterbricht ihn der Polizist, »weil es sie narrisch macht, wenns ned wissen, wie es wirklich war.«

Tonis Vater schaut ihn an, als nehme er ihn jetzt erst wahr. »Für Sie is des doch Routine. Halt wieder mal eine Leich. Wie kammer des aushalten?«

»Ihr Frau …«

»Hörens bloß auf, ich brauch keine Predigt, ich war heut scho in der Mess.«

Die Bedienung bringt den vollen Teller, und der Sandner beginnt zu essen.

»Als Ihr Sohn nach Indien ist, hat er sich da mal gemeldet?«

»A Karte is amal gekommen, ich hab's ned gelesen.«

»Und Ihre Frau, hat sie ihm geschrieben?«

»Ich wollt's ned.«

Der Sandner lässt das Messer sinken. Im Hirnstüberl flammt ein Licht auf. Kruzifix! Die Anni – vielleicht hat sie dem Toni geschrieben. Was könnt sie ihm mitgeteilt haben?

»Was is?«

Er muss den Brandl angestarrt haben wie eine Erscheinung.

»Nix«, sagt der Sandner. Und es stimmt. Ob sie ihm geschrieben hat oder nicht – Brief haben sie keinen gefunden. So kommt er kein Stückerl weiter.

Der Brandl sagt nichts mehr. Schaut nur in sein Glas. Ein rotes Fahrrad hat der im Kopf und ein Kinderlachen. Der Sandner zwingt sich, seine Brezn runterzuwürgen. Nicht weil sie altbacken schmecken würde, der Appetit hat sich das nicht mit anschauen wollen.

Zwei Männer kommen an den Tisch. Etwa in Brandls Alter.

Einer legt Tonis Vater kurz die Hand auf die Schulter. Sie ziehen sich Stühle heran und nicken dem Sandner zu.

Der winkt der Bedienung. Schluss, aus, Feierabend.

»Wiederschauen«, sagt er und ruckt gleich nach dem Bezahlen hoch. Gruslige Gedanken flattern ihm im Hirn umher, als er den Weg zurück in Angriff nimmt. Unterwegs hätte er gern ein paar davon weggejagt – aber die geben allerweil die treuen Brieftauben.

Das polizeiliche Gespür kannst du nicht ausziehen wie eine Joppe.

Als die Sanne noch klein war, hatte sie eine beste Freundin, deren Vater ist Parkettleger gewesen. Jedes Mal wenn er seine kleine Moni abgeholt hat, ist sein Blick prüfend über den Fußbelag der Sandners gewandert. Automatismus. Am Boden hat sich nie etwas geändert. Nur das Gewissen vom Sandner ist immer schlechter geworden. Für den Fachmann tust du nie das Richtige und selten genug davon. Sonst wärst du ständig am Werkeln mit Pflegeanleitungen und Kundendienst und Pipapo. Dem Sandner gelingt es ebenso wenig, das fachmännische Auge zuzudrücken.

Wie er jetzt zurück zu seinem Domizil hatschen will, hält ihn die berufliche Stimme auf. Schau amal hin! Aus dem Haus von der Maria kommt grad ein älterer Mann. Eilig hat er es, wirft misstrauische Blicke umher und verschwindet in der Dunkelheit. Dem Sandner kommt Hambachers kryptisches Geseier in den Sinn. Er sucht sich einen Baum und wartet ein wenig – kann ja nix schaden. Einen Reim drauf machen kann er sich nicht. Ein bisserl schäbig kommt er sich vor, aber das verfliegt sofort. Der nächste Besucher kommt prompt dahergedackelt. Er scheint im ähnlichen Alter des Vorhergehenden – fast ein Zwilling. Forsch schreitet er auf die Eingangstür zu, klingelt und verschwindet im Inneren.

Der Sandner löst sich aus dem Schatten der Birke. Er schleicht auf das Haus zu wie das hungrige Wiesel auf den Stall. Jetzt will er es genau wissen. Leise dreht er den Schlüssel im Schloss und stiehlt sich in den Flur. Es könnte alles völlig harmlos sein, Besucher halt. Der eine kommt, der andere geht – ein windiger Zufall. Manchmal möchtest du etwas glauben, aber so inbrünstig du dich auch dran klammern magst, es wird kein bisserl wahrer.

Aus der Stube hört er Stimmen. Marias Organ und den Brummtenor des Alten. Er macht kein Licht. Tappt näher heran. Was zum Kuckuck geht hier vor? Haberer werden es doch keine sein? Da hat er seine Phantasie den ganzen Weg vom sündigen München hergeschleppt – hoffentlich muss er sie nicht auspacken. Das lautlose Anschleichen funktioniert tadellos. Im Flur liegt praktikables Linoleum. Er lost an der Tür, hält die Luft an.

»Aber genau an die Mengenangabe halten«, hört er die Maria mahnen, »zu viel is ned besser. Wenns zu viel nehmen, is es kein Spaß mehr. Ned gut fürs Herz. Und Ihr Frau freut des auch ned.«

»Ich verstehe schon«, sagt der Mann. »Und wie lange hält die Wirkung vor?«

»Ein paar schöne Stunden.«

»Das letzte Mal war ich noch am Morgen – euphorisiert.«

»Muss nicht daran gelegen haben. Hauptsache, Sie lassen es nirgends rumliegen oder sich damit erwischen.«

»Was glauben Sie? Das wär ja fatal. Ich passe schon auf.«

Nach Heilpflanzen oder Kügelchen klingt das nicht. Sapperlot. Die Maria als Dealerin. Sauber. Was hätten die sonst hier zu schaffen, mitten in der Nacht? Der Sandner wägt die Möglichkeiten ab. Er seufzt, dann verlässt er das Haus so leise, wie er gekommen ist, und sucht sich wieder seinen persönlichen Stamm. Mit der Hand streicht er über die Rinde. Fast hätte er die Zähne hineingeschlagen. Der Kopf ist ihm heiß geworden. Fuchtig ist er. Ein paar Minuten muss er ausharren. Zeit für ausufernde Spekulationen.

Endlich kommt der Mann aus dem Haus. Auch der späht erst einmal in die Runde, bevor er sich von dannen macht.

Kruzifix noch amal! Diesmal tritt er hörbar auf. Rammt den

Schlüssel ins Schloss, trampelt über den Gang, als müsste er seine Abdrücke im Linoleum verewigen. Er klopft an die Wohnzimmertür.

»Einen Moment«, ruft die Maria.

Dann öffnet sich die Tür, und sie erscheint ihm. Lächelnd, als könnte sie kein Wässerchen trüben.

Er hat nix im Wörterrepertoire für solch einen Moment. Die Männlichkeit persönlich rangelt mit dem Polizisten. Zwei starke Gegner.

»Was schaust du denn gar so finster drein?«, will sie gleich wissen.

Es klingelt. Sie rührt sich nicht.

»Kundschaft, mach halt auf«, knurrt der Sandner.

»Ich hab's gewusst, dass es mit dir Gschichtn gibt, bist halt ein Bulle«, seufzt sie und geht zurück ins Wohnzimmer. Sie lässt die Tür offen, und er schlappt ihr nach.

Das Klingeln wiederholt sich. Drängelt. Die Maria verharrt auf der Couch.

»Machst ihm ned auf, deinem Kunden?«, fragt er.

Sie schüttelt den Kopf.

»Hock dich her, ich versuch's dir zu erklären.«

»Da bin ich gespannt.«

»So dramatisch is des ned.«

Das will er hoffen, der Sandner. Eigentlich will er es gar nicht wissen, hätte besser gar nichts gewusst.

Dass Wissen allerweil Macht bedeutet, ist eine Mär.

Gemeinhin pfeffert es dir deine Ohnmacht um die Ohren, bis es klingelt im Schädel. Die Variante befürchtet der Sandner aktuell. Verreckte Polizistennase. Drauf gepfiffen.

»Magst an Schnaps?«, fragt ihn die Frau.

»Ich dacht, der is aus.«

»Des is jetzt a Schlehenbrand.«

»Wenn du einen mittrinkst.«

Sie schenkt zwei Stamperl ein.

»Also, wo soll ich anfangen? Dass ich eine Heilpraktikerin bin, weißt du eh – hier sagen manche Kräuterhex und tuscheln a wenig.« Sie lächelt wieder.

Herrschaftszeiten! Wenn sie nicht bald damit aufhört, könnte sie ihm gestehen, sie hätte ihren Liebhaber mit der Feile zerraspelt, und er würde es schulterzuckend absolutieren. Die wahre Macht schleicht sich allerweil zu den Leuten, die sie nicht erkennen. Da ist sie in Sicherheit.

Der Sandner muss sich zusammenreißen, dass sein Interesse an der Gschicht nicht versickert.

»Aha – und des war's? Die holen sich ihr Kraut in der Nacht, dass sie besser einschlafen können oder ned dauernd zum Biesln aufmüssen.«

»Ich hab ned geglaubt, dass du so ein konservativer, spießiger … Seppl bist.«

Seppl? Der Sandner ruckt hoch. »Pass auf, ich verschwind jetzt in mein Zimmer. Morgen fahr ich ab, und mich interessiert der ganze Schmarrn ned. Du derfst machen, was du magst.«

»Mach ich eh – da frag ich dich ned. Ich muss dir auch nix erklären, oder verhörst du mich grad?« Ihre Augen funkeln – Blitze schießen sie auf ihn ab. Sie schnauft heftig auf. »Kruzifix – des is, damit sie Spaß ham, locker sind, wenns miteinander schlafen wollen. Dass was geht – des is alles. Kein Hexenwerk, keine Zauberei.«

»Dass was geht? Tandelst du mit Kräuter-Viagra oder getrockneten Stierbeuteln?«

»Stierheberl lieben die Amis. Prärieaustern heißens bei denen, verstehst? Derfst aber ned glauben, du könnst dann aufgeigen wie ein Zuchtbulle.«

»Scho recht – nimm mir wieder eine Illusion. So genau wollt ich's gar ned wissen, des Kulinarische.«

»Du hast gefragt.«

»Oiso?«

Jetzt setzt er sich wieder hin.

Und die Maria erzählt.

Der Sandner trinkt Schnaps und hört mit offenem Mund zu.

Die Hildegard von Bingen oder der Ibn Sina hätten das auch zustande gebracht. Zumindest eine Ahnung haben sie gehabt – stünde ja auch im »Kanon der Medizin«. Um Bewusstseinszustände würde es gehen. Ganz individuell. Und anders als die braven Kräuterkundler setzt die Maria auf das ganze Repertoire. Man dürfe die Natur nicht in Gut und Böse unterteilen. Nur auskennen müsse man sich, um die Gefahren wissen. Dann ging's nicht nur um Bärlauch und Kamille, sondern auch um Mutterkorn und Fliegenpilz. Auf das Wissen käme es an. Für den ein oder anderen mag sogar a bisserl Marihuana das rechte Mittel sein. Eine ordentliche Einschätzung – Diagnose will sie es nicht nennen – würde sie machen und dann das Mittelchen zusammenstellen.

»Du könntest es Liebestrank oder Entspannungsmittel nennen, was immer. Da geht's ned bloß um die Durchblutung und ob du deinen Maibaum gscheit aufstellen kannst. Alles hängt mit allem zusammen. Was bei uns alles wächst, des is einfach großartig – wenn man weiß, wie man's nutzen kann. Natürlich könntest du sagen, ich bin eine Drogenmischerin oder was auch immer. Und ja – da gibt's des Betäubungsmittelgesetz und weiß der Kuckuck. Aber die Natur hat es hervorgebracht – warum sollt ma des ned nutzen? Die Leut macht's fidel und vital und alles.« Ins Schwärmen kommt sie.

»Woher wissen die Leut von dir?« Der Sandner ist noch nicht so weit. Von illegal bis scheißegal muss er sich erst auf den Weg machen. Früher mal eine lockere Wanderung.

»Mundpropaganda.«

»Und wenn einer davon an Herzkasper kriegt?«

»Schmarrn. Wenn einer an Herzkasper kriegt, dann ned davon. Ich hab's dir doch versucht zu erklären. Es geht ned darum, dass du die Nacht durch den hitzigen Hengst gibst, es geht um Lockerheit, Entspannung, innere Bereitschaft für das Schöne. Und dann schenkt dir dein Körper ein universelles Erlebnis.«

Sandners Körper läutet auch die Entspannungsphase ein. Mag sein, es liegt am Hochprozentigen. Sein Geist kann locker lassen.

»Weißt«, fährt die Maria fort, »für manche Leut is des a neue Erfahrung. Sich ganz aufs Körperliche einzulassen. Das Hirn ausknipsen. Man möchte es ned glauben. Dabei gibt es nix Schöneres. Wenn ich ein Arzt wär, ich tät des den Leuten als Therapie verschreiben. Zweimal täglich. Des tät einige gesund machen.«

Der Sandner schaut die Maria an und ist von deren therapeutischer Wirkung überzeugt. Vielleicht sollte er eine Krankheit simulieren.

Sie plaudert munter weiter über das Körperliche und die Sittenstrenge und das Verklemmte und Vergeistigte. Rote Backen bekommt sie, wild gestikulieren ihre Hände. Dabei hat sie den Sandner längst überzeugt. Nur als er kurz nach dem Maxi fragt und was es für eine Bewandtnis mit seinem Drogenkonsum hätte, wird sie wortkarg. Er wär halt in einer Findungsphase, und das wäre schwierig. Punkt, aus. Fledermaus.

Der Sandner hat nicht vor, das Gespräch ins Feuer zu schmeißen, ihm reicht, wenn es angenehm warm ist. Und bald reden sie über sich, und zusammen mit den körperlichen Ingredenzien gibt das eine Mischung – füll sie in den Beutel, und du kannst dir ein Aphrodisiakum aus wilder Natur aufbrühen. Das Näherkommen ist zwangsläufig, als müsstest du zu zweit im Rutensack überwintern. Ursprüngliches schält sich heraus – ein gutes Schlafmittel für den Verstand. Irgendwann ist seine Aschera ihm so präsent, dass beiden nur ein Atemzug bleibt, um zu entscheiden. Und wenn zwei Menschen darüber freiwillig eine positive Meinung teilen, kannst du, bezüglich körperlicher Verschmelzung, meistens eine befriedigende Bilanz ziehen.

Der Sandner ist kein Frauenflüsterer, sonst wär er wahrscheinlich mit der Corina noch verbandelt, und der Ehering würde nicht in der Küchenschublade beim Korkenzieher flacken. Das heißt nicht, dass er sich allerweil deppert anstellt mit dem anderen Geschlecht. Er fremdelt nicht, wenn es um Madln geht. Vielleicht ist das Anziehendste an ihm, dass er nie auf die Idee kommt, sich zu verstellen. Er wüsste nicht, wozu.

Was seine Aschera anbelangt, da geht's ihm einfach durch und durch, wenn er sie anschaut oder ihrer Stimme lauscht. Da knallt ihm bald das Herz um die Ohren.

Es ist mitten in der Nacht, sie hocken nebeneinander, und der Schnaps wärmt alle Glieder. Was willst du mehr verlangen von der damischen Zeit?

In den immer kürzer werdenden Dialogfetzen hat sich schon ein gemeinsames Gusto fürs Leibliche herausgeschält – nonverbal kannst du den Spielraum angemessen erweitern. Quasi präkopulative Koalition, falls wer ein Wortspiel dem Liebesgeplänkel vorzieht. Der Sandner nicht. In Zweiteres taucht er mit der Frau ein. Gewusst haben sie das beide lange vorher. So, wie du oft dein Wissen als vage Ahnung tarnst, damit du es nicht verschreckst. Aus dem Gwand haben sie sich gegenseitig geschält, so sorgsam, als hätten sie die Körper vertauscht. Den erotischen Glanz gefärbter Baumwolle sollte man eh nicht überschätzen. Als wären ihre Hände auf fremden Planeten gelandet, suchen sich die Finger Erhebungen und Wege, bis es vertraute Landstriche werden. Jedes Stückerl, jeder Zentimeter schweißnasser, geröteter Haut bekommt eine hingestreichelte Widmung. Und der Sandner spürt mit einem Mal, was sie ihm kundtun wollte, vorhin, als es um universelle Erfahrung gegangen ist. Das ist es, unbändiges Leben, das dich zum Lachen und Plärren und Greinen bringt, bis du es schier nimmer derpackst. Nix anderes und nirgends anders. Falls es einen Ursprung gibt, dann wäre der für ihn hier zwischen den festen, fleischernen Schenkeln seiner Aschera zu finden. Das genügt, um dir das Hirn überschwappen zu lassen. Blutleer wird es allerweil. Die Göttin bietet ihm ihren fülligen Leib dar und greift sich mit gierigem Glust den seinen. Einverleiben – als gäb's keinen Gedanken an den Morgen. Dabei ist der schneller aufgetaucht als erwünscht. Was ihm nix hilft. Der darf nur den staunenden Voyeur geben. Sie sind nicht voneinander abzubringen. Als hätte sie die Nacht über eine Nabelschnur verbunden. Sie nähren sich am anderen, lassen nichts über, bis der Schlaf zu mächtig wird.

Der Wenzel ist ein erbarmungslos früher Vogel – bis ihm ein sperriges Wurmgetüm einmal im Schlund stecken bleiben wird.

Aktuell krächzt er sofort los, wie der Sandner sein aufspielendes Handy endlich am Ohr hat.

»Sandner, vergessens den dummen Bauern.«

»Ihnen auch einen guten Morgen, Herr Staatsanwalt.«

In seinem Doppelbett liegt der Münchner. Gerade aufgewacht. Das Fleckerl an seiner Seite ist noch handwarm.

Die Maria erscheint ihm. Um die Hüfte ein buntes Tuch gewickelt, hält sie zwei dampfende Tassen in Händen. Große Brüste strahlen ihn an, sodass er sich fragt, wozu es die Sonne eigentlich braucht. Der Sandner bemerkt die grüne Flüssigkeit in den Tassen und schüttelt energisch den Kopf. Mit den Lippen formt er das Wort Kaffee.

»Hörens mir überhaupt zu, Sandner?«

»Sowieso.«

»Also der Hopf ist auf der Flucht. Er hätt heut Morgen erscheinen sollen zur Vernehmung, und seine Frau hat gemeldet, er ist seit gestern Abend verschwunden – untergetaucht. Alibi für die Tatzeit hat er keines, und seine Frau hatte ein Techtelmechtel mit dem Brandl, von dem er gewusst hat. Fingerprints werden grad verglichen. Was wollens mehr? Alles klar, der ist im Kasten.«

»Und gewusst haben wir von dem Techtelmechtel ...?«

»Von ihrer Freundin, die hat sich Sorgen gemacht. Also Schluss mit Wellness. Kommen Sie zurück zur Dienststelle, und legen Sie los.«

»Soll ich durch München pirschen und den Kasperl selber jagen? Da läuft doch die Fahndung, oder ned? Da gibt's doch eifrige Beamten en masse.«

»Hören Sie, der Mann war früher niederbayrischer Jugendvizemeister im Ringen.«

»Öha, der prädestinierte Knochenbrecher. Da schau her. Passens auf, Herr Staatsanwalt: Heut Abend bin ich wieder da. Ich muss noch was erledigen, hier. Bis dahin: Waidmannsheil!«

»Sandner, ich …«

Der Angesprochene drückt ihn weg. Keine Heilsalbe für die schundgerittene Beziehung.

Aschera steigt zu ihm ins Bett. Diesmal duftet es verführerisch, und der Tasseninhalt ist schwarz. Das beruhigt den Sandner. Sie beobachtet ihn, wie er vom Kaffee schlürft. »Wo bist denn du grad?«

»Ich versteh es noch ned, aber ich müsst es. Es liegt da vor mir. Zefix!«

»Und ich grad neben dir.«

»Dich versteh ich no weniger«, grunzt der Sandner und packt herzhaft zu – weil das Naheliegende oft die beste Idee birgt.

Eine Stunde später ist er beim zweiten Kaffee. Die Tasse danach.
»Du hast Post.« Seine Zimmerwirtin wedelt mit zwei Umschlägen vor ihm her.

»Sag bloß.«

»Hast wohl Verehrerinnen scharenweise?«

»Freilich, ich bin der größte Stenz vom Ammertal. Des liegt an meinen Pheromonen. Solltest du doch wissen.« Er reißt ihr die Kuverts aus der Hand.

Im ersten findet er seinen Autoschlüssel nebst einer Nachricht der Murnauer Kollegen: Auto steht vor der Tür. Alles erledigt. Wollten Sie nicht wecken. Kostenaufstellung anbei.

Anbei? Sauber. Bloß ein Schmierblattl, kein Briefkopf, keine ausgewiesene Rechnung. Hat da ein Beamter eine unangemeldete Nebentätigkeit? Würde ihn nicht wundern. Nicht dramatisch. Vielleicht schmeißt ihm längst ein geschätzter Kollege morgens die »Süddeutsche« in den Kasten. Er bekommt ihn ja nie zu Gesicht. Der Sandner kann sich an die Geschichte erinnern, als in München zwei fränkische Kollegen sich des Abends rechtschaffen entspannen wollten nach einem harten Fortbildungstag. Zufällig in der Table-Dance-Bar sind sie ebenso zufällig mit einer geschätzten Kollegin zusammengetroffen. Oberkommissarin aus Nürnberg, Diebstahldezernat. Die hat sich dort professionell entblättert. Dreimal die Woche. Ausdrucksstarke Tänzerin, eindrückliche Figur, hat es geheißen von ihr. Keine Option für das Murnauer Gespann. Das würde den Rahmen ihrer darstellerischen Möglichkeiten sprengen. Die bräuchten andere Ideen. Gehaltsmäßig ist eben Luft nach oben.

Er will gar nix wissen vom Geld, das würde ihm nur die Laune verhageln. Das Papier schoppt er zusammen und schiebt es in die Hosentasche. Vielleicht lässt er das auch den Hambacher Schorschi fressen. Immerhin rücksichtsvoll von den Murnauern, nicht anzuläuten. Und schnell ist die Reparatur über die Bühne gegangen.

Das zweite Kuvert: »Für den Münchner Polizist.«

»...en«, ergänzt die Maria.

»Jedenfalls guter Wille.«

Ein kariertes Blockblatt. Ein Satz, nachlässig hingeschmiert, oder die Schreibhand hat gezittert.

»Georg Hambacher war am Samstagabend bei Toni Brandl«, liest er.

»Ja leckts mich doch alle am Oasch.«

Das Sprücherl könnte der Wiesner auch grad in den Sinn kommen.

»Also noch mal von vorn«, befiehlt sie und gähnt.

Der Wenzel hat ihr die Hausdurchsuchung bei den Hopfs aufs Aug gedrückt. Sie weiß nicht recht, was er zu finden hofft. Eine Anleitung, »abkrageln leicht gemacht«?

»Wo Ihr Mann hin sein könnte, da geben Sie die Ahnungslose. Gestern Abend um acht wär er also weg. Nichtraucher – das berüchtigte Packerl Zigaretten holen können wir also knicken. So weit, so klar. Und jetzt zum Samstag.«

Die Frau stöhnt auf. »Das hab ich Ihnen doch schon ...«

»Sie haben gestritten.«

»Ja.«

»Wegen Ihrer Beziehung zum Herrn Brandl.«

»Ja. Ich hab gesagt, ich kann nimmer so weitermachen. Ich geh weg. Ich muss!«

»Einfach so.«

»Des begreifen Sie doch nicht.«

Die Nächste, die ihr aufs Brot schmiert, dass sie etwas nicht begreifen könne, würde sich damit eine amtliche Watschn verdienen. Samt Nachschlag. Die exklusiven Wahrheiten sind meistens billiger zu haben, als man denkt. Sie hat eine verstopfte Nase, ist mitten in der Nacht vor der dröhnenden Glotze aufgewacht, Nackenschmerzen als Bonus, und vom Hartinger in aller Herrgottsfrüh mittels Handy drangsaliert worden.

»Und jetzt ganz langsam. Ham Sie am Sonntagmorgen die Polizei gerufen, aus Brandls Wohnung?«

»Ich ... nein.«

»Des is doch Kasperltheater! Wer zum Kuckuck soll es denn sonst gewesen sein!«, poltert die Wiesner los. Die Beherrschung schleicht sich grad aus der Wohnung. Die braucht einen doppelten Espresso.

Vor der Ermittlerin zuckt die Frau zusammen und nimmt die Hände vors Gesicht. Ihr Schluchzen ist raumfüllend.

»Sandra, kommst du amal«, drängelt der Hartinger.

»Was!«

Wenn er am Morgen schon harmoniebedürftig ist, sollte er bei der Partnervermittlung arbeiten. Die Ermittlerin wendet sich ihm notgedrungen zu. Er kniet im Schlafzimmer vor einer gepackten Reisetasche und wühlt weißbehandschuht in Frauenklamotten.

»Was Schickes dabei in deiner Größe?«

Kurz verzieht sie das Gesicht und begibt sich wieder zur derzeitigen Strohwitwe.

»So«, beginnt sie, diesmal die Stimme in einen Kaschmirschal gewickelt, »wir werden Ihre Fingerabdrücke auf dem Telefon vom Herrn Brandl finden, und unsere Spurensicherung wird feststellen, dass Ihre gepackte Tasche auch in seiner Wohnung gestanden ist. Kein Problem. Fehlt noch der Stimmvergleich, da werden wir bestimmt einen Treffer landen.« Der Poschner von der Spusi wäre geplättet zu hören, was ihm die Wiesner da an Fähigkeiten unterstellt.

»Sie sind am Sonntagmorgen zu ihm, weil Sie es zu Hause nimmer ausgehalten haben. Oder vielleicht waren Sie auch verabredet. Da haben Sie ihn gefunden. Er war tot. Sie haben die Polizei angerufen.«

Die Frau ist ein wimmernder Tränenspeier.

»Aber warum anonym?«

»Ich war ... ich war so durcheinander. Ich wollte nur weg, aber ich konnt ihn auch nicht so liegen lassen und einfach abhauen.«

»Sehens, des versteh ich ausnahmsweise amal. Hosianna. Ham Sie einen Schlüssel zur Wohnung?«

Die Frau nickt. »Seit Donnerstag.«

»Das haben Sie Ihrer Freundin, der Frau Leistner, erzählt?«

Sie nickt. »Ja, die hat alles gewusst. Sie versteht mich.«

»Sagens, nur interessehalber – das mit den anderen Frauen hat Sie nicht gestört beim Herrn Brandl?«

Die Wiesner merkt sofort, dass sie um die Standardantwort gebettelt hat, aber die Frau schaut nur mit verwunderten Rehaugen und schüttelt ihr Haupt. Dass eine biedere Polizistin es nicht verstünde, schleicht diesmal nonverbal daher.

»Mein Mann«, meint sie schließlich tonlos, »der wollt mich besitzen. Aber darum darf's doch nicht gehen, oder?«

»Und das Geld?«

»Was meinen Sie damit? Ich hab dem Toni gegeben, was er brauchte, das war doch nicht wichtig.«

»Von was wollten Sie leben?«

»Am Freitag war ich bei der Bank und hab mir zwanzigtausend Euro geben lassen. Ich kann ja auf dieses Konto zugreifen. Ich dachte, nachdem ich gegangen wär, würde mein Mann es verhindern. Es ist schließlich auch mein Geld. Die Susi hat das auch gesagt. Ich hock zu Hause und …«

»Hat Ihr Mann das gewusst?«

»Ja. Samstagnacht – ich bin schon im Bett gelegen – ist er auf mich los. Aufgeführt hat er sich, wie ein Verrückter. Wollte das Geld unbedingt zurück. Gedroht hat er mir. Wissen Sie, das Allerschlimmste ist für ihn, nicht nur mich, sondern einen Batzen Geld zu verlieren. Besitzen, besitzen, besitzen!«

»Haben Sie es ihm wiedergegeben?«

»Nein, bestimmt nicht! Es ist im Bad, unter der Schmutzwäsche versteckt – der sicherste Platz in der Wohnung. Da hat er noch nie etwas angefasst.«

Sie lässt sich auf die Couch fallen.

»Was wollen Sie hier denn noch finden?«

»Anhaltspunkte.«

»Er hat nichts mitgenommen, kein Koffer fehlt, nicht mal seine beschissene Zahnbürste.«

»Glauben Sie, Ihr Mann könnte sich was angetan haben?«

Entschiedenes Kopfschütteln.

»Das würde er dem Jungen, dem Benny, nicht antun.« Sie atmet tief ein und starrt ins Leere. »Nein, ich hab keine Ahnung.«

»Glauben Sie, Ihr Mann hat den Herrn Brandl umgebracht?«

»Ich hab solche Angst, darüber nachzudenken. Ich will's nicht glauben. Nein, ich will nicht!«

Die Wiesner ist das pure Verständnis. Aber der Hopf hat sich davongemacht.

Manchmal könntest du den Leuten mit Doktorhut Vertrauen entgegenbringen, obwohl Graduierung wahrscheinlich eng verwandt ist mit »schmalem Grat«. Zumindest hat der Doktor

Aschenbrenner mit Bad Kohlgrub nicht danebengelegen. Wenn der Sonntag ihm nicht eine Leiche als Präsent überreicht hätte, könnte der Sandner sich hier den Tank auffüllen. Er ist wieder zu Fuß unterwegs im Ort.

An der Hauptstraße vor einem Eiscafé kreuzen zwei dantschige Madln im Dirndl seinen Weg. Sie schwenken schwarze Köfferchen, die wohl Blasinstrumente beinhalten. Klarinettengröße.

Mit dem Brauchtum ist es diffizil. Auch ein schmaler Grat. Wenn du nicht aufpasst, schneidest du ihm die Wurzeln ab und stellst es bloß noch für die Gäst ins Glasl. Die haben einen Spaß an den bunten Blüten, aber es ist bloß nutzloses Gestrüpp, und nix wächst mehr nach. Hier darf es noch austreiben und kommt nicht aus Plastik daher. Natürlich musst du dich rausputzen und ausgefuchst sein, sodass dir der Zug nicht wegfährt. Meditationswege, Paragliding, Lebenspark, WLAN im Gästehaus, Luftgewehrschießen und Trallala. Als Gestriger bist du ruckzuck ausgeschmiert.

Aber verbandelt scheinen die Hiesigen mit dem Moor und dem Fels, dieser urwüchsigen Landschaft. Nie hat die etwas hergeschenkt, das haben schon die Köhler gewusst, die einst vor ihren Öfen geschwitzt haben. Aber sie schaufelt dir das Geröll von der Seele, sodass du dich wieder bewegen magst. Leicht bist du unterwegs und musst nicht als städtischer Golem dahertrampeln.

So ein Gefühl hätte ihm gereicht. Zu erfahren, was die Leut umtreibt, dazu braucht der Sandner nicht aufs Land. Zwiederwurzen und Haderlumpen triffst du hier wie anderswo, die plärren halt lauter als verträgliche Leut. »So sands.« Bei zweieinhalbtausend Einwohnern sind die freundlichen, umgänglichen Menschen gwies weit in der Mehrzahl – aber in Sandners Geschäft ist die Kundschaft allerweil grob behauen.

Apropos Haderlump.

Der Sandner ist am Ziel seiner kleinen Wanderung. Das Häusl vom Hambacher. Aufgeputzt wie ein Brauereigaul zum Wiesnumzug. Beim ersten Mal hat er dafür keine Augen gehabt. Jetzt umso mehr. Fresken und Blumenpracht, ziselierte Sträucherkunstwerke, Kristallkugeln am Stiel, ein geschnitztes Venediger Männchen – nix fehlt. Der Rochus ist samt Hund und Bergpanorama an die Fassade gepinselt. Sauber. Ästhetisches Bemühen hätte der Kriminaler der Hambacher-Sippe nicht zugetraut. Hegen wird der Senior die Gaudi nicht selbst. Aber die Tür öffnen.

»Da schau her, der Münchner Kriminaler. An guten Morgen wünsch ich.«

Der Sandner hat noch gar nicht geläutet. Als hätte wer auf ihn gelurt.

»Ja«, sagt der Sandner und nickt ihm zu.

»Kommens doch rein«, wird er aufgefordert.

Durch einen holzgetäfelten Flur führt der Hambacher ihn in die Stuben. »Mögens an Kaffee? Frisch aufgebrüht.«

Der Sandner schüttelt den Kopf. »Dankschön.«

»Ich hab gehört, die Polizei war beim alten Grainer.«

»Ich hab gehört, Sie hätten dem Brandl Toni die Pest an den Hals gewünscht, als des mit der Anni passiert is.«

Wahrscheinlich geht dem Sandner noch der Rochus im Kopf um. »Ah geh, was ma halt so sagt im Schmerz.«

»Schmerz? Ah so – Sie waren ja mit der Anni verwandt, und sie hat Ihre Tante gepflegt.«

»Ja, die Anni hat scho a gutes Herz gehabt. Vielleicht ist sie deshalb schwermütig geworden, wegen dem Brandl. Aber dass sie sich was antut, na, des war tragisch.«

»Was ist eigentlich dann aus Ihrer Tante geworden?«

»Aus der Lisbeth? Ja, die hat des ned verkraftet. Des war zu viel. Hat ja das Madl ins Herz geschlossen. Ich musst sie ins Pflegeheim geben. Und das Herz hat dann quasi den Dienst versagt. Das ist eine Gschicht.« Kummerfalten breiten sich in Hambachers Gesicht aus. Wie ein Dackel, der die Wurst nicht bekommt.

»Jetzt würd ich doch gern wissen, wo Sie am Samstagabend waren?«

»Versteh, des müssens fragen. Am Samstagabend, sagen Sie? Daheim, mit meiner Frau. Wartens, ich hol sie gschwind.«

Er lässt den Sandner allein in der Stuben.

Der lässt den Blick schweifen bis zum Herrgottswinkel und wieder zurück. Auch hier herin ist alles überladen mit Schmus und Schnitzwerk und weiß-blauem Fühl-dich-wohl. Als wär's eine Ammergauer Lebendkrippe.

Im Moment gibt er noch den dummen Esel dazu. Woher ist der Brief gekommen? Der Einzige, von dem er weiß, dass er an besagtem Tag beim Brandl war und den Hambacher gesehen haben könnte, ist der Grainer. Und der schreibt ihm gwies keinen anonymen Zettel. Der flackt noch verkatert im Bett. Wer will den Hambacher denunzieren und wozu? Der besagte Ochs taucht wieder auf und schiebt eine Frau in den Raum.

»Grüß Gott, Frau Hambacher«, sagt der Sandner und streckt ihr die Hand hin.

Sie streift sie nur flüchtig mit den Fingern, als könnte sie sich durch die Berührung eine Verbrennung dritten Grades abholen. Eine blasse Erscheinung. Hager und klein, bestimmt eine Fesche früher. Aber sie scheint darauf keinen Wert mehr zu legen, das schwarze Haar grau durchwirkt und unordentlich, als hätte ihr Göttergatte sie aus dem Schlummer gerissen. Schwarz-violette Schatten unter den Augen. Ihrem Mann wirft sie einen Blick zu, den der Polizist nicht deuten kann. Als würde hinter ihm noch jemand stehen, den nur sie sehen kann. Jemand, der dir Albträume ins Hirn nagelt, mit dem Vorschlaghammer, ohne Betäubung.

»Mein Mann war am Samstag nicht weg.«

Der Hambacher nickt zufrieden.

»Da hören Sie's.« Er grabscht sich sein Weib am Arm und lenkt sie wieder nach draußen wie ein Blindenführer.

Den Sandner verblüfft die Inszenierung.

Wie er Minuten später vom Hambacher erfährt, wäre dessen Frau gerade arg malad. Sie hätte sich überarbeitet und müsste sich erholen. Wär ja viel los gewesen. Als sich der Sandner verabschiedet, will der Senior noch von ihm wissen, wie es ihm bei seiner Zimmerwirtin gefalle. Viele Gäste hätte sie sonst nicht, vielleicht würde man sich nicht so wohlfühlen in dem Milieu. Der Maxi wär ja auch ein zwielichtiger Gesell, nicht hasenrein.

Wenn's ums Milieu ginge, hat der Sandner geantwortet – solche Rotzlöffel wie seinen Filius kenne er aus München. Seine Kollegen würden die im Dutzend anschleppen zum Einkasteln.

Der Hambacher ist erstaunlich ruhig geblieben. Nur die Mundwinkel haben gezuckt.

»Alles derf sich auch ein Beamter ned erlauben. Von unseren Steuergeldern fein leben – und uns ausrichten tät er! Wir sind anständige Leut, keine kriminellen Subjekte wie die ...«

Da hätte ihn der Sandner fast aus der Deckung gelockt.

»Wir sehen uns bestimmt noch«, meint er, bevor der Hotelier die Tür zuhaut. Immerhin das letzte Wort. Wieder bewegt sich oben ein Vorhang.

Der Sandner nickt Richtung Fenster, bevor er sich umdreht und geht.

In der Nähe vom Bahnhof findet er ein kleines Café, um seine Gedanken zu sortieren. Zum Latte macchiato schnürt er die ganze Geschichte zu einem Packerl, damit er sie von allen Seiten anschauen kann. Auf der einen Seite ist der Brandl, gegenüber der Hambacher, dann wär da noch der Hopf und der Stangassinger und – die Toten, der Toni und die Anni. Ein Würfel. Zu welchem Spiel passt der? Ganz in Gedanken schaut er erst auf, als jemand sich direkt an seinen Tisch stellt. Die Murnauer Gesetzeshüter.

»Wir ham Sie durch die Scheibe gesehen«, glaubt der Gwamperte ihm kundtun zu müssen.

»So, geb ich hier die Peepshow für Arme? Is sonst nix los?« Jetzt scheint der beleidigt. Eine Hundertzehn-Kilo-Mimose. Mamma mia!

»Trinkts an Kaffee mit?«, lenkt der Sandner ein.

»Koa Zeit, wir wollten nur Bescheid geben, dass alles erledigt ist, mit dem Erkennungsdienstlichen. Der oide Grainer hat sich auch ned gerührt.«

»Habts gut gmacht. Ihr seids wohl immer im Dienst?«

Jetzt huscht ein Grinsen über das pralle Gesicht, Gott sei Dank, das hat er hören wollen. Schad, dass der Sandner keine Zuckerstückchen einstecken hat.

»Wissens ja selber, wie's ist mit dem Personalmangel. Lass noch zwei die Grippe haben, und schon schiebst du Dienst rund um die Uhr.«

Der Sandner nippt am Getränk. Nickt nachfühlend.

»Ich bräucht eure Hilfe.«

Die beiden treten einen Schritt zurück. Hilfe gleich Kalamitäten.

»Ich bräucht alles, was ihr zu Annis Suizid habts. Ich mein Unterlagen, ohne großes Trara.«

Empörung beim stämmigen Gegenüber.

»Was heißt denn des, ohne großes Trara? Wie stelln Sie sich des vor? Die liegen doch ned einfach rum wie die Servietten beim Italiener«, echauffiert er sich. »Da kann doch ned jeder einfach ...«

»Gestern Nacht ...«

»Ja, ich versteh Sie schon. Eine Hand wäscht die andere, oder?«

»Na, na – ich wollt sagen, gestern Nacht warts ihr ziemlich kreativ. Schnell reagiert. Des habts ihr scho im Kreuz.«

»Mal schaun«, brummt er befriedet.

Der Jüngere stupst den Kollegen an. »Ich weiß schon, wie. Aber warum überhaupt?«

»Ned dumm, deine Frage. Vielleicht liegt da für unseren Mord am Toni ein Motiv. Aber wenn ich des beantrag, da ist ja der ganze Rattenschwanz aus Akteneinsicht, Kompetenzen, Anträgen – das kommt dann erst als Weihnachtsgeschenk an. Ich müsst ja bloß amal schnell neischauen.«

Die beiden sehen sich an.

»Wir können nix versprechen.«

»Ich weiß, ihr reißt euch den Hax aus, wir sind ja quasi Blutsbrüder – hough!« Er hebt grüßend die flache Hand und schenkt ihnen ein Haifischlächeln.

»Ja dann gehen wir jetzt wieder.«

»Noch was – wer hat die Anni gefunden, damals?«

»Der Dings vom Pfarrer, der Ferdl.«

»Ah – hätt ich mir glei denken können.«

In Gedanken ist er schon wieder bei seinem Würfel.

Die Murnauer bauen sich mit Kennermienen vor der Kuchentheke auf.

Ganz von vorn wird er anfangen. Als wäre die Anni gestern gestorben. Was immer der Brandl Toni gewusst hat, der Sandner will es auch erfahren, und wenn er den Ort so lang beuteln muss, bis es ihm vor die Füße fällt. Als Nächstes wird er mit dem Pfarrersknecht einen kleinen Ausflug unternehmen.

Zwei halbe Bier und eine Leberkässemmel später hat er den Mann ins Auto verfrachtet. Der lotst ihn nördlich aus dem Ort.

»Is ned weit«, meint er, »zum Rantscher Weiher müss ma.«

Was er da gemacht habe, will der Sandner wissen.

»Die Siebenschläfer hab ich aussetzen wollen. Im Speicher vom Pfarrhaus sinds umanand gewesen. Und ich habs gefangen. Lebendfallen, verstehst? Ned so einfach, des musst du können, sogda. Die sand ausgefuchst, die Viecherl, sogda. Und dann wollt ichs wegbringen. Die derfst du ja nedmer derschlagen. Naturschutz, verstehst?«

»Versteh scho.«

»Mei Großvater hat die in Tontöpf fettgemästet und dann am Spieß ...«

»Als Barbecue? Auch nett.«

»Was is des, a Barbie-Kuh?«

»A Barbie-Kuh? A besondere Münchner Delikatesse, sieht appetitlicher aus, wie sie schmeckt. Wie spät is es gewesen?«

»Du fragst a Zeugl. In der Früh halt.«

Der Sandner fährt nach Ferdls Anweisung durch die Landschaft. Kreuz und quer. Der Alte hat den Masterplan. Bald führt er sie auf schmalem Sträßchen zu einem Gehöft. »Wäldle«, liest der Polizist auf dem Schild. Wiederkäuende Rindviecher beglotzen ihn neugierig aus offenem Stall. Auf einem Forstweg holpert er in den Wald hinein, Steine prasseln gegen den Fahrzeugboden. Wie ein Regenschauer hört es sich an. Minutenlang rollt er so dahin. Bei einer Ruhebank geht es endgültig mit dem Auto nicht mehr weiter. Der Pfad macht eine Linkskurve und verschmälert sich. Zwei eng gewachsene Bäume stehen Spalier. Zu Fuß hatschen sie minutenlang zwischen Fichten und Buchen dahin. Der Wald steht schwarz und schweiget. Zwei Jogger in grellbuntem Multifunktionsgewand ziehen schnaufend ihres Weges. An weiteren Ruhebankerln vorbei geht es über ein Bächlein.

»Wie lang denn no, zefix?«, meckert der ungeduldige Sandner. Jetzt langt's mit beschaulichem Wanderleben.

Der Ferdl weist auf einen Baum vor ihnen. »Der is es.«

Sie sind am Weiher angelangt. Ein mächtiger Baum kommt ins Blickfeld, nicht weit vom Ufer entfernt. Beinahe schwarze, kahle Äste. Unverwechselbar. Der Sandner blickt erst nach oben, dann um sich. Ein Bootshäusl, ein überdachtes Bankerl. Siebenhundertsechzig Meter über dem Meer, erfährt der Polizist von einem Taferl. Auch interessant – leg noch zwei Meter drauf, für die Anni. Von westlicher Seite führt ein matschiger Weg zum Platz, breit genug für ein Fahrzeug. Hier hat es also gehangen, das Madl. Vielleicht hätte auch ein Votivtaferl hergehört.

»Wir hätten doch auch ganz herfahren können, oder?«, will der Kriminaler wissen und weist auf sichtbare Fahrspuren.

»Ja scho. Andersrum halt. Ich hab dir zeigen wollen, wie ich herkommen bin. Mit dem Radl. Seitdem bin ich nimmer gern da«, murmelt sein Führer und starrt den Baum an wie den Leibhaftigen.

Der Sandner greift zum Handy, um den Chef der Spurensicherung anzuläuten. Hessische Exportware ist er, der unvergleichliche Fährtensucher.

»Ai Guude. Kann isch disch zurückruwe?«

»Dauert nur eine Minute.«

Der Sandner hört, wie der Poschner etwas in den Raum sagt. »Siehschd die Spritzer da, an de Deck? Könnt aah noch sei Blut sei.« Dann wendet er sich ihm wieder zu.

»Isch denk, du bischd zur Kur?«

»Kur? Wer sagt das?«

»Is nett bös gmeint. Hab isch halt gehört.«

»Schmarrn. Wochenende in den Bergen – ausspannen.«

»Ja, scho guud, brauchst nix ze sare, geht uns alle ma so.«

»Ja Herrschaftszeiten! Mir geht's ned – so. Und jetzt hör mir bittschön zu. Ich steh hier mitten im Wald.«

»Immerhin Handyempfang. Also schieß los, was is?«

»Ich erzähl, und du sagst mir, was dir dazu einfällt. Situation: Ein Madl ist am Baum gehangen und ...«

»Was für e Baum?«

»Bin ich der Oberförster? Kokospalme ist es keine – irgendein Laubbaum halt. Zefix, was weiß ich! Is des essenziell oder was?«

»Resch disch nett uff, du bischd uff Erholung.«

»Ich reg mi ned auf! Oiso ... das Seil hat sie unten an einen Ast geknotet, dann ist sie nauf, hat es über einen zweiten Ast geworfen und is wohl runterghupft. Heißt es.«

»Wie hoch is de Ast übbern Bode?«

»Ich schätz, dreieinhalb Meter.«

»Geht des Seil schräsch vom unnere Ast zum obere nuff?«

»Ja, hat so sein müssen – und?«

»Und du willschd wisse, ob se uffgezurrt wodde is oder's selber gemacht hat?«

»Ja.«

»Also – erschdema. Wie isse herkomme?«

»Mit dem Radl. Es soll eines dagelegen haben.«

»Müsst mer sich die Reife aagugge. Was babbt da? Is es Material von de Weesch?«

»Was no?«

»Ihr Händ und die Kleidung. Da müsste Spure vum Baum sein, wenn se hochgemacht hat. Und wenn nett, müsst mer se ruhischgestellt habbe – irschendwie sediert oder Fesselspure.«

Der Sandner seufzt. »Des is sieben Jahr her.«

»Wie hoch waren die Füß übern Bode gehange?«

»Ganz knapp.«

»Zweite Sach – Spure am Ast – hochziehe duschde meistens senkrescht, da brauchsde ganz schee Kraft. Das könnt mer anner Rinde sehe, die Reibungsspurn – aber nach siebbe Jahr ... «

»Wenn ich dir den Ast bring?«

»Du verstehsch misch nett. Nach siebbe Jahr könnte mer vielleischt e klitzeklaa Verfärbung sehe, e Kerb, glaub isch, mehr nett, aber ob des sischer is, mer waaß es nett. Vielleischt hat bloß e Eischhörnsche gekratzt. Isch bin kaan Botaniker. Wie verännert sisch e Rind in siebbe Jahr – waaß mers?«

»Noch was?«

»Wenn se von so hoch runnergemacht hat, frach de Aschebrennä, da könnd sisch was dun beim Hals. Isch tät mer de Leisch noch amal gründlisch aagugge. Schad ja nett. Strangfursche wirschde natürlich kaa mehr sehe – vielleischt wenn's e Wachsleisch wär, da verwest ja so gut wie nix. Die sehe aas wie neu. Es werdde immer mehr, sach de gemeine Exhumist. Und noch was – se hat Dussel gehabt oder Pesch – wie auch immer.«

»Wieso?«

»Sandner, denk halt amal selber nach! Sie hätt die Kordel aggurat aasmesse müsse – machste das Pi mal Daumen, schlächste vielleicht uffm Bode uff. Schon extravagant. Abhängisch vom Gewicht oder de Kordelläng könnt se een Genickbruch habbe – de Kopp ist ihr ja nett abgerisse, odder? Bei dem Szenario würd isch's Hochziehe deffinitiv nett aasschließe. War's des?«

»Der Kopf abgerissen?« Er schaut fragend zum Ferdl.

Der starrt mit fassungsloser Miene zurück und schüttelt vehement das eigene fest montierte Haupt.

»Der Kopf war dran. Fürs Erste – Dankschön.«

Der Sandner unterbricht die Verbindung. Die Anni noch mal gründlich anschauen? Gut reden hat er, der Spurentandler. Wie stellt er sich das vor? Aber der Floh ist schon ins Ohr gehüpft. Der Aschenbrenner wär so ein gemeiner Exhumist.

»Brauchst mi noch?«, unterbricht sein Pfadfinder seine Überlegungen. »Mir langts fei, sogda. Des is scho a weng gruselig.«

»Ich fahr dich gschwind zruck.«

»Na, ich lauf.«

Er eilt von dannen. Der Sandner schaut hinter ihm her, wie er den Feldweg in größter Geschwindigkeit entlanghetzt. Er setzt sich auf eine Bank. Vor ihm der Weiher, der gibt keine Antworten. Was hat die Anni sich gedacht, bevor sie gesprungen ist? Oder hat ihr jemand die Schlinge um den Hals gelegt und sie hochgezogen und zugesehen, wie sie langsam erstickt ist. Der Sandner steht ächzend auf. Er tritt vor den Baum, schnappt sich den untersten Ast und beginnt zu kraxeln. Er ist weder ein Aff noch ein Eichhörndl. Das hat er sich einfacher vorgestellt. Er kommt ins Schwitzen. Warum hat sich die Anni grad den Baum ausgesucht – wenn sie denn wählen durfte. Als Kind ist das fixer gegangen – zumindest in seiner Erinnerung. Aus der Übung ist er. Keucht schon. Das ist eine anstrengende Vorbereitung auf den Tod gewesen, Jessasmaria. Langsam geht's aufwärts, bis er den Ast erreicht, um den das Seil geschlungen war. Natürlich sieht er nix – keine gerade Kerbe –, wär auch zu schön gewesen. Er greift nach einem überhängenden Ast und stellt sich aufrecht. Probehalber wippt er leicht. Schaut nach unten. Plötzlich knackt es nahe bei ihm im Gebüsch. Da ist doch wer. Ist der Ferdl zurückgekommen? Er sieht nix. Nein, der hätte doch den Weg genommen. Ein Tier? Wäre möglich. Was sollte es sonst sein? Er versucht sich umzudrehen. Etwas streift seine Backe.

Ein Geschoss! Kruzifix, da schießt jemand auf ihn! Stechender

Schmerz lässt ihn zusammenfahren. Im Genick getroffen. Ein Reflex lässt ihn in den Nacken greifen. Schützen muss er sich. Zu spät. Runter vom Baum muss er! Seine Füße verlieren den Halt. Er rutscht vom Ast. Mit einem Schrei stürzt er.

Beim Winthirplatz sitzen der Hartinger und die Wiesner im Café. Wenn es so weitergeht, wird es ihr Stammlokal.

Der Jonny Winter darf mit den Akten jonglieren und den Beamten als Klagemauer dienen, die sich in den Nachbarhäusern vom Tatort immer noch die Füße schrundig laufen. Im Büro gibt er das Mädchen für alles. Lehrsame Rolle.

Seine beiden Kollegen präferieren ein zünftiges Frühstück. Diszipliniert seine Prioritäten zu verfolgen erleichtert das Leben ungemein. Der Hartinger wurschtelt sich durch die Münchner Zeitungen, seine Kollegin hat den Spusichef am Telefon. Beide versuchen nebenbei, ihre belegten Semmeln zu bewältigen. Man könnte sie für Börsenmakler halten oder Kinderbesitzende. Multitasking. Ermittlungstechnisch schauen die Aktien gar nicht so schlecht aus. Aber man sollte sich nix vormachen. Heute ziert dich noch ein Gewinnerlächeln, morgen suchst du vom höchsten Gebäude den Zugang zum Dach.

»Bis jetzt kommen wir gut weg«, nuschelt der Hartinger mit vollen Backen.

»Na immerhin«, sagt die Wiesner in den Lautsprecher. Kommunikatives Aneinandervorbeireden wäre der passende Ausdruck dafür. Es stört keinen, und letztlich sind sie doch thematisch verbandelt. Also nicht zu vergleichen mit den Vis-à-vis-Monologen in der Paarbeziehung, wo du zu zweit den Turm zu Babel aufmauerst, mit alttestamentarischem Ergebnis. Die Wiesner legt ihr Handy auf den Tisch.

»Alle haben sie brav Abdrücke hinterlassen, mindestens fünf verschiedene. Beim Brandl war Leben in der Hütte.«

Jetzt schaut der Hartinger von der Zeitung auf. »Vielleicht ist es wie bei Agatha Christie. Sie ham alle zusammen ...«

»Wie stellst du dir des vor? Jeder packt ihn an einem Ohrwaschl?«

»Ned ganz so bildlich.«

»Mit geistiger Verschmelzung kenn ich mich ned …«

Das Handy unterbricht ihre Antwort. Sie lauscht kurz und gibt dabei dem Hartinger ein Zeichen. Der schiebt sich ein Stück Semmel in den Mund und ruckt hoch.

»Sie ham Hopfs Auto gefunden. Beim Maximilianeum. Quasi vor dem Eingang. Exponierter Parkplatz. Da fahren wir jetzt hin.«

»Unsere Leut sind schon vor Ort?«

»Na, den fleißigen Staatsschützern ist das Auto aufgefallen. Sind ja da umanand wie die Ameisen. So was macht die gscheit nervös.«

»Big Brother is watching you.«

»Klar, besonders vorm Landtag. Auf geht's.«

Im Stehen trinkt der Hartinger noch seinen Kaffee aus.

Sie haben den Wagen mit Blaulicht geschmückt und brechen durch die Stadt.

»Höchstens fünfzehn Minuten, wenns uns durchlassen.« Die Wiesner sitzt am Steuer. Schenkt sich nix. Beide wären in der Lage, rekordverdächtige Cityrunden zu drehen. Sie preschen die Nymphenburger Straße entlang gen Osten. Im Rückspiegel sieht sie, dicht auf, ein Taxi, das die Gunst der Stunde nützt, um freie Fahrt zu bekommen. Dreckhammel, windiger.

Weiter geht's dahin, durch das repräsentative München. In der Maxvorstadt ballen sich die kulturellen Highlights für die Historienliebhaber und Kunstfreaks. Pflichtprogramm für die Auswärtigen – auch Schüler aller Art werden fleißig durchgepeitscht, damit ihr Kunstsinn nicht durch den Alltagsklimbim versaut wird. Gespickt, die Gegend, mit Pinakotheken und musealen Gebäuden, sodass jedwede kulturellen Gelüste befriedigt werden. Großzügige, klotzige Gebäude, für die Ewigkeit gebaut, falls der Maya-Kalender nichts dagegen hat. Die Bandbreite der Fassaden reicht von klassizistischen Säulen bis zum kreativ-originellen Vieleck nebst farbenfrohen Akzenten. Zum Zwerg wirst du angesichts der wegweisenden Gemäuer und diverser Artefakte, die du als Normalsterblicher nur ansatzweise begreifen darfst – falls du eine fachkundige Führung goutierst.

Neun Minuten hat die Wiesner gebraucht, um durchzujagen. Das hätte sich der eine oder andere Schüler gwies auch gewünscht. Das Taxi ist abgebogen.

»Wie lang steht des Auto scho da?«, will der Hartinger wissen. Als hätte er Helium geatmet, kommt seine Stimme daher. Das Adrenalin lässt ihn quäken wie einst Donald Duck. Die Wiesner schafft es, nochmals zu beschleunigen. Die Gesetze der Physik voll ausgereizt.

»Ned länger wie zehn Minuten.«

»Müssma deshalb so rasen?«

»Wer meckert, steigt aus. Siegst – sind eh scho glei da.«

»Ich seh nix, meinst du, ich mach auch noch die Augen auf?«

»Vertraust mir halt blind.«

Sie bremsen vor dem Maximilianeum. Architektonisch ist das Gebäude pathetisch verbrämt, wie die Schlussszene im Bollywoodfilm. Hochgereckte phallische Säulen für ewige Standfestigkeit in fragilen Zeiten. Kunstsinnig behauene Macht und Herrlichkeit. Die Münchner Engelsburg. Wer kann schon wissen, welcher Großkopferte sich samt Geldtruhe noch innerhalb der trutzigen Ringmauer verbergen wird. Der Volkszorn brodelt gern am Stammtisch, wie der rauchende Popocatepetl vor dem Ausbruch. Reichweite halt bloß bis zum nächsten Weißbierglasl. Mit zweihundert Metern Bannmeile rund ums Gemäuer bist du sicher.

»Bayerns hoffnungsvollen Söhnen bauet Max hier ein Asyl«, haben zweihundert Sänger bei der Grundsteinlegung anno achtzehnhundertsiebenundvierzig dahergeschmettert. Dass heutzutag neben fleißigen Stiftungs-Stipendiaten der Bayerische Landtag hier sein Zuhause hat, haben weder der Max noch seine Sänger ahnen können.

Zwei Streifenwagen nebst Insassen fahren gleichzeitig vor. Alle hüpfen wie die Springteufel aus den Autos. Zwei Herren in Zivil eilen auf sie zu. Showtime. Offenbar Gefährdungsstufe rot. Vielleicht sollten die Ermittler klarstellen, dass der Hopf keine Kontakte zu Fundamentalisten unterhält und nicht im Jemen ausgebildet worden ist. Alle reden durcheinander.

Hopfs Gefährt parkt an einer Baustelle bei der Außenmauer, nahe der Straßenbahnhaltestelle. Unbehelligt hat der Mann es da abstellen können. Mutmaßlich Spontanaktion. Keine Nerven wird er mehr gehabt haben für die Herumgondelei. Wen wundert's? Sicherheitstechnisch kein gutes Zeichen. Jeder begafft noch einmal den dunklen Audi. Ohne Erkenntnisgewinn. Hilft nix, er ist und bleibt leer. Und er schweigt sich auch darüber aus, wohin sein Besitzer verschwunden sein könnte. Einer der unauffälligen Zivilisten im Lederjackerl fragt tatsächlich, wie es mit Hubschraubern aussehen würde? Er nuschelt ständig in seinen Kragen.

Die Wiesner schaut an ihm herunter bis zu den funktionalen Militaryschuhen und tippt sich schweigend an die Stirn.

Seine beleidigte Schnute beim Abdrehen hat viel von gekränktem Stolz und beschmutzter Ehre. Da hat der profane Wachdienstler seine Bedeutung nicht einschätzen können. Die Skala ist nach unten offen. Weltweit verbreitetes Phänomen in der Recht-und-Ordnungs-Branche. Die Brust ist breiter als der Gedankenfluss – der plätschert eher als versiegendes Rinnsal daher. Das Anforderungsprofil ist halt dementsprechend.

Die Wiesner hat ihn geerdet. Dankbar sollte er sein für das ehrliche Statement und nicht die Leberwurst geben.

Vom Hartinger bekommt er noch hinterhergeworfen, dass in Bayern vielleicht achtzigtausend Leut zur Fahndung ausgeschrieben wären. »Da müsst der Himmel schwarz sein vor lauter fliegenden Augen.« Vielleicht eine wegweisende Zukunftsvision.

»Ois easy.« Ein Verdächtiger ist nicht zur Vernehmung erschienen, that's all. Er spielt nicht in der »Jack-the-Ripper-Liga«, zumindest ist davon, bis dato, nichts bekannt. Dass er über Nacht wegbleibt, da macht er sich vielleicht bei seiner Gemahlin schuldig – oder sie wären quitt. Das reicht nicht einmal für eine Vermisstenanzeige – sonst könntest du im Faschingstreiben, alternativ zur Wiesnzeit, mobile Polizeistände aufstellen. Formulare und Meldungen to go.

Den Wagen werdens dem Hopf ratzfatz abschleppen, nachdem Sprengstoffhunde ihn beschnüffelt haben.

Die Streifenbeamten schwärmen aus. Richtung des nahe liegenden Max-Weber-Platzes, zur U-Bahn und in die umliegenden Cafés.

Mittlerweile sind sie zu sechst. Mehr scheint die Personaldecke nicht herzugeben.

Die beiden Mordermittler wollen sich unten am Isarufer umschauen. Sie gehen rechter Hand des Landtags einen Fußweg hinunter. Spaziergänger, Jogger, Hunde aller Rassen, Kinder, Krähen, Liebespärchen, alles will ein Stückerl vom sonnigherbstlichen Morgen abhaben.

Zwischen dem buntblättrigen Baumbestand marschiert die Wiesner hügelab auf die Isar zu. Allüberall kreuzen breite Wanderwege das kurz rasierte Grün. Tauglich für Kinderwagen und High Heels.

Am Flussufer auf einer Parkbank, das könnte tatsächlich der Hopf sein. Statur und Haarfarbe würden passen.

Die Ermittlerin gibt dem Hartinger ein Zeichen. Sie müssen näher ran, damit sie sicher wäre. Langsam und unauffällig schlendern sie auf die befestigte Isarbegrenzung zu. Turteltäubchen beim Frischluftbad.

Der Mann sitzt mit dem Rücken zu ihnen und starrt über den Fluss. Einen Ball bekommt er plötzlich an den Kopf.

Er wendet sich um.

Ein kleines Madl im Designerkleidchen steht vor ihm, stemmt die Fäuste in die Hüften. Deren Mutter schreitet hinzu, mustert ihn kampfeslustig. Den Hals gereckt, bereit, zuzuhacken. Sicher hat er seinen Kopf absichtlich in die Flugbahn des Balles gereckt, um ihr armes Hascherl zu triezen oder gar Schlimmeres. Männer auf Bänken – kennt man ja.

Es ist der Hopf! Zweifellos. Und jetzt hat er die Polizistin bemerkt. Ihre Blicke treffen sich für einen Moment.

Er springt auf und hetzt los.

Das Muttertier bewirft ihn mit Unflätigem, weil ihr Augenstern vor Schreck zusammenfährt und zu trenzen anfängt. Braucht jetzt gwies eine Spieltherapie, wegen der traumatischen Belastung. Böser, böser Mann.

»Los«, schreit die Wiesner, »da vorn!«

Der Hartinger ist flink unterwegs, setzt dem korpulenten Mann nach.

Hügelan will seine Beute, Richtung Isarbrücke.

»Bleibens da!«, brüllt die Wiesner aus vollem Hals, »des is doch a Schmarrn.« Dann sagt sie besser nix mehr, japst mit offenem Mund hinterher.

Der Hartinger wird ihn gleich erjagt haben. Vielleicht noch zwei, drei Meter. Beinahe parallel zu ihm springt er leichtfüßig dahin, schneidet ihm den Weg ab. Gerade fliegt er windhundgleich an einem alten Weiberl vorbei, da sieht ihn die Kollegin plötzlich hinschlagen. Das Zamperl der Alten ist just losgewetzt mit den Stummelbeinchen – ein Spiel vermutend – und hat dem Kommissar keine Chance gelassen. An der Ausziehleine eingefädelt. Wie in Zeitlupe beobachtet die Wiesner, wie der Hartinger aufschlägt, der Dackel zurückgerissen wird, zappelnd durch die Luft fliegt und auf den Polizisten geschleudert wird. Dessen betagtes Frauchen stößt einen Schrei aus, der den Krähen das Blut erstarren lässt. Scheint eine riesengroße Verwandte zu sein. Monsterkrähe. Jessasmaria!

»Mei Felix!«

Weiter! Verwundete werden zurückgelassen. Der Hopf kommt ihr nimmer aus. Der ist gwies kein Marathonmann. Schnaufen und Ächzen kann sie ihn hören. Dem werden garantiert die Knie weich. Das kann sie nachempfinden. Sie krabbelt außer Atem den steilen Hang hinauf. Auf allen vieren zwischen den Bäumen hindurch arbeitet sie sich im Dreck nach oben. Käferralley. Über ihr richtet sich der Gejagte gerade auf. Der Glückspilz hat bereits die Straße erreicht und trabt an.

Als sie hinter ihm festen Boden erreicht, ist er bereits auf der Maximilianbrücke, die sich über die Isar spannt. Unschlüssig wirft er den Kopf hin und her. Er verharrt. Gleich hat ihn seine Verfolgerin eingeholt.

Sie winkt ihm lässig zu. Haben wir's jetzt mit der Morgengymnastik? Ausgetandelt. Na also, wer sagt's denn.

Vom gegenüberliegenden Ufer nähert sich ein Streifenwagen. Das wär's. Der Hopf wird eingetütet. Da wird er viel erklären müssen, der Kerl. Keuchend stapft sie die Straße entlang. Ein kurzer Hustenanfall lässt sie stehen bleiben. Sie stützt sich mit den Händen auf den Knien ab. Ihr Shirt ist schweißnass, ihre Nase spürt sie nicht. Zehn Meter, dann hätte sie ihn erreicht. So schwer ist es gar nicht gewesen.

Ungerührt wacht vor ihnen die Statue der Pallas Athene. Die wird ihm nicht helfen können, die Schutzgöttin der Weisheit und des Kampfes. Für beides scheint der Mann nicht adäquat ausgerüstet. Unter ihrer Würde.

Nichtsdestotrotz kommt der Hopf wieder in Bewegung. Jetzt erklettert er das steinerne Brückengeländer. Ein Bein hat er bereits darübergeschwungen. Was fällt dem depperten Uhu ein?

»Herr Hopf, lassens des«, ruft ihm die Wiesner zu, »kommens runter! Des Wasser ist saukalt, und Sie brechen sich die Haxn.«

Der Streifenwagen hält mit quietschenden Bremsen neben dem Hopf. Die Türen springen auf. Schnell muss es jetzt gehen.

Die Wiesner sprintet los. Zu spät! Einen Blick in sein verstörtes, knallrotes Mondgesicht kann sie noch erhaschen.

»Nein, verdammt!«, schreit sie.

Schwupp – weg ist er. Einfach so. Platschen hört sie es. Das darf doch nicht wahr sein! Sie schaut gemeinsam mit den beiden Uniformierten über die Brüstung. Aufgeschreckte Spaziergänger glotzen zu ihnen herauf. Ob wer den armen Kerl von der Brücke geschmissen hat? Jedenfalls liegt er auf dem Bauch im seichten Wasser neben dem Brückenpfeiler.

Einen gewaltigen Sprung hat er hingelegt, der Hopf.

Drei junge Burschen in Joggingmontur haben sich flugs auf den Weg gemacht, den Mann herauszufischen. Sie sind wohl beim Baden-verboten-Schild die Uferbegrenzung hinuntergeklettert und stapfen jetzt bei der Brücke ins Wasser, um ihn herauszuziehen. Wegtreiben kann der Dicke nicht. Das wäre für die Wiesner der Super-GAU, wenn sich der Körper über die Kaskaden flussabwärts davonmachte – und nicht nur für sie. Aber die Helferkette funktioniert. Professionell schaut es aus, sportliche Mannsbilder mit sicherer Hand. Vielleicht reicht es sogar für eine Rettungsmedaille samt Händedruck eines notorisch gerührten Staatssekretärs.

Die Wiesner ruft den Notarzt und steigt den Hügel, von den Streifenbeamten eskortiert, wieder hinunter. Deutlich langsamer. Eilt ja nicht mehr.

Immer mehr Leut versammeln sich. Geschnatter wie am Ententeich. Open-Air-Show.

Der Hartinger hockt derweil noch immer auf der Wiese und wird von Frau samt Hund heftigst angekläfft. Sein Gesicht ist schmerzverzerrt, und er hält sich den Knöchel. Wehrloses Opfer für die tierisch-menschliche Kombination. Sein hochroter Kopf erstrahlt auf der Wiese wie eine neue Blumensorte.

»Ich bin Polizeibeamter«, plärrt er, »seiens endlich amal ruhig jetzt! Verflucht noch amal!«

»Glaubens, deswegen dürfens auf uns rumtrampeln?«, greint die Alte, »und wir sollen noch stad sein? Hilft uns denn niemand?«

Die Menge am Ufer wird unruhig. Polizeiwillkür? Der Hartinger steht unter genauer Beobachtung. Aufstehen kann er nicht.

Hilfsbereite Männer haben den Hopf bereits an Land gehievt. Das blühende Leben schaut anders aus. Der Kopf blutverschmiert, hustet und gurgelt er in ungesunder Manier. Die Wiesner steht wie erstarrt. Die Geschichte mausert sich zum damischen Blut-und-Action-Epos. »Des ist wie ›Pulp Fiction‹«, murmelt sie fassungslos. Zumindest braucht sie für den Film keine Eintrittskarte.

Einen Moment hat der Sandner gebraucht, bis die Realität wieder angeknipst war im Oberstüberl. Ob und wie lange er bewusstlos war, weiß er nicht. Der Waldboden ist eine harte Erfahrung gewesen. Kein Moosbett hat ihn aufgefangen, nichts als Wurzeln und Steine. Zum Glück ist er nicht in den Weiher geplatscht. Sein Blick fokussiert sich langsam. Die Welt scheint wieder in bunten Farben gepinselt – aktuell Erdfarben. Braun. Mehr ist noch nicht im Blickfeld. In seine Backe haben sich Kieselsteinchen eingedrückt.

»Bleibens liegen«, ruft ihm jemand zu.

Der Sandner rappelt sich hoch, bleibt aber erst einmal sitzen. Er greift sich ans schmerzende Genick. Es ist feucht. Seine Finger sind rot. Verreck! Vom Handgelenk zieht ihm der Schmerz bis unter die Kopfhaut. Hoffentlich nix gebrochen. Langsam erhebt er sich. Er wendet sich dem Rufer zu. Es ist der Maxi, der da auf ihn zujoggt.

»Was?«, sagt der Sandner.

Jetzt hat der Bursch ihn erreicht. »Is kein Blut, oder?«, will der von ihm wissen.

Der Sandner schaut seine Hand an, riecht an ihr, versucht, die Konsistenz mit den Augen zu erfassen.

»Na, Farbe!«

»War klar. Ich hab's gesehen – wie Sie vom Baum gesegelt sind. Hab gedacht, der steht glei wieder auf – aber nix.«

»So a Dreckhammel hat auf mich geschossen. Hast den auch gesehen?«

»War viel zu weit weg. Aber des wissen wir doch eh, wer des is. Selber schuld. Hättens sich nicht eingemischt.«

Der Sandner probiert seine Hand zu drehen. Das bringt ihn zum Stöhnen. »Scheißdreck.«

Er schaut dem Maxi ins Gesicht. Die Augen verraten ihm seinen Zustand. Der Bursch wendet gleich den Blick ab.

»Eingmischt, meinst du?«, murrt der Sandner. »Des nächste Mal sollns dir gscheit in den Oasch treten. Was machst du eigentlich hier – Schwammerln sammeln?«

»Geht Sie doch nix an.«

»Ah na, blöde Frage. Du hast die Schwammerl ja scho intus.«

»Sie kommen allein zurück, oder?«

»A bisserl Magic gefrühstückt?«

»Ich hab kein Bock auf Unterhaltung, des nervt.«

Der Sandner setzt sich wieder unter den Baum.

»Danke, dass du nach mir geschaut hast.« Sonst sagt der Mann nichts mehr. Er schließt die Augen, spürt, dass der Junge stehen geblieben ist.

»Fahrens ned zurück?«

»Später.«

»Und die Hambachers?«

»Meine Sach. Die laufen ned weg.«

»Ich hab nix eingeworfen – wenns des glauben.«

Der Sandner schweigt. Der Maxi schwindelt ihn an – aber das ist verständlich, da hat er ihm keine andere Wahl gelassen. Es ist ihm grad auch schnurzwurscht. »Bist du wütend, zähl bis vier, hilft das nicht, dann explodier«, hat der Wilhelm Busch einst gemeint. Und der Sandner ist grad am Zählen. Da reicht die Vier weder hint noch vorn. Wenn er jetzt den Hambacher-Bubi vor sich hätte, wäre Explosion eine gnädige Umschreibung. Er versucht, Zeit herauszuschinden. Herkulesaufgabe. Bleib vernünftig, wenn dich einer mit Paintball-Genickschuss vom Baum holt wie ein Vogerl, Herrgottsakrament! Er wird die Sippe abfieseln. Da verraucht nix, sosehr er sich reinkniet. Er gibt nicht den Gandhi, Scheißdreck, verreckter! Mit einem Ruck steht er auf.

»Ich fahr jetzt zruck, fahrst mit?«

Der Maxi schüttelt den Kopf.

»Da is sie gehängt, oder?«, fragt er und deutet auf den Ast über ihnen.

»Ja.«

»Schon krass.«

»Des war ein RAM-Gewehr, oder?«

»Ham hier einige. Man kann nix groß unternehmen außer rumhängen, kegeln, kraxln oder wegfahren nach Murnau. Hier stiefeln welche im Wald rum, ballern und spielen Krieg, am Wochenende und so. Wenn du erwischt wirst, passiert ja auch nix groß. Und weil's illegal ist, kickt's besser. Die pfriemeln an den Knarren rum, bis sie gscheit Druck haben. Haben Sie ja gemerkt. Paintball ist Pain-Ball. Aber die rote Farbe ist Bonus für Sie, die habens sonst nicht. Real-Action-Marker halt. Besser wie ein Amoklauf.«

»Oder Training. Früher ham mir unsere Mofas schneller gmacht, heutzutag machens des scho mit den Gewehren, sauber. Hast du auch eine Waffe?«

»Ich? Nee – Pazifist. Aber besorgen könnt ich Ihnen eine.«

»Na – oiso servus.« Der Sandner stapft den Waldweg zurück. Pain-Ball. Sein Handgelenk ist angeschwollen und pocht, hat sich seinem Ärger optisch angepasst.

Er fährt in sein Domizil.

Seine Herbergsmutter staunt nicht schlecht, als er zur Tür hereinpoltert, mit blutrotem Kragen und zerschmissen, wie er ist.

Fürs Handgelenk hat es eine Salbe und ein Verband getan, Diagnose verstaucht, und die Dusche hat ihn wieder auf Vordermann gebracht. Auf Marias Fragen hat er einsilbig reagiert. Bevor du dahergrimmst wie der angestochene Wolf, ist es besser, nix zu sagen. Kommentiert wollte er den Sturz vom Baum auch nicht haben. Auf Haltungsnoten kann er verzichten. Meisterleistung. Kurz hingelegt hat er sich. Zehn Minuten die Augen geschlossen. Die Maria hat ihm einen Kräutertee gemischt. Dunkelbraune, dicke Brühe – wie passierte Kuhfladen. Geschmacklich hatte es hingehauen. Er wollte gar nicht wissen, was drin ist. Schweigend hat er zwei Tassen vom bitteren Gebräu geleert. Kraftspendend hat es sein sollen.

Jetzt legt er sich in seinem Zimmer Stift, Papier und Handy zurecht. A bisserl Ruhe braucht er. Contenance. Er will kein Getriebener sein, der von einem staubigen Eck zum anderen gejagt wird, bis er über die Zunge stolpert, die ihm aus dem Maul hängt – und hinschlägt. Lieber treibt er selbst das Viech in den Stall, zur Not mit dem Ochsenfiesel. Da werden sie ihn kennenlernen. Gestatten Sandner, Münchner Goasl.

Das wechselhafte Jagdglück ist auch in der Münchner Dienststelle ein alles beherrschendes Thema. Horrido!

Das Waidgeschrei stimmt der Staatsanwalt an.

»Was haben Sie sich dabei gedacht, den Mann zu Tode zu hetzen wie ein Viech?« In Rage hat sich der Wenzel geredet. Er tippt sich mit dem Zeigefinger auf die Brust. »Ich muss der Presse erklären, wie es dazu kommen konnte. Ich muss Ihren Dilettantismus verkaufen! Nein – Ihr ausführlicher Bericht wird das zuerst erklären. Da bin ich sehr gespannt. Hättens halt Spezialisten angefordert für den Zugriff, oder einen Hubschrauber. Alles wär möglich gewesen. Aber nein – Hetzjagd veranstalten, als wär der Hopf ein tollwütiger Fuchs!«

Müde schaut ihn die Wiesner an. »Jetzt amal ganz langsam. Er is ja ned tot.«

»Ja, das ist Ihr Glück, nicht Ihr Verdienst. Er hat durch Zufall Ihre Jagdmethoden überlebt. Ist er wenigstens vernehmungsfähig?«

Sie schüttelt den Kopf. »Das Klinikum sagt – wird noch dauern. Und der Kommissar Hartinger hat eine Knöchelverletzung.«

»Kann er sich ja gleich dazulegen! Gegen ihn ist übrigens grad Anzeige erstattet worden, wegen Tierquälerei. Die Polizei, dein Freund und Helfer, malträtiert das Zamperl einer armen Rentnerin – das finden Sie bestimmt morgen ausführlich in den Zeitungen. Wollens die Aussage lesen? Getreten wie einen Fußball und gedrosselt hätte der Mann ihren unschuldigen Felix. Tolle Leistung! Ihr Team dezimiert sich jeden Tag selbst! Wo sollen wir die Leut hernehmen? Obwohl – sonst nehmen wir halt das Reinigungspersonal, die sind bestimmt effektiver!«

Identisches hat grad der Polizeirat von sich gegeben – allerdings freundlicher verpackt. Er stünde hinter ihr. Immerhin, solang er sie ned schubst.

Wenn ihr der Felix unterkäme … ab im Lunchpaket nach China – aber der kann ja nix dafür. Zur falschen Zeit am falschen Ort, das Viecherl.

»Und – können wir wenigstens beweisen, dass der Hopf den Brandl umgebracht hat? Es wär schon hilfreich – vor den Medien klarzustellen, dass der Mann dringend tatverdächtig ist. Immerhin ist er ja geflüchtet.«

»Ja, mei.«

»Ist das alles, was Ihnen dazu einfällt?«

»Dass er abgehauen ist, war eine Kurzschlussreaktion, der war durch den Wind. Die Nacht im Auto, kein Alibi, Ehe im Oasch, nix zu verlieren. Das mag ich noch nicht interpretieren.«

»Das will sie nicht interpretieren, so so. Dann finden Sie die Beweise! Nageln Sie ihn fest! In Ihrem eigenen Interesse. Unschuldige Leute in die Isar zu schmeißen und ins Krankenhaus zu bringen, das gibt Schwierigkeiten, verstehn Sie?«

Die Wiesner ist zu kaputt, um Kontra zu geben. Jeder Knochen schmerzt. Ganz wild war der Wenzel drauf gewesen, Hausdurchsuchung und Fahndung subito, aber sobald was schräg wird oder kompliziert, gibt der Breznsalzer den Pilatus.

Ein Bad nehmen oder zumindest die Füße ausstrecken.

»Für mich soll's rote Rosen regnen«, schmettert ihr Handy daher. Der Sandner.

Der Wenzel geht ab, roter Schädel, gemessener Schritt. Rums – fällt die Tür ins Schloss.

»Was macht ein siebenundachtzig Kilo schwerer Spatz auf dem Baum?«

»Sandner, ich hab grad zugeschaut, wie sie den Hopf aus der Isar gezogen haben.«

»Du kennst die Pointe ned.« Er scheint ihre Bemerkung gar nicht wahrzunehmen. »Mich hams grad sauber vom Baum geschossen. Der blahde Schraz vom Hambacher, denk ich.«

Die Wiesner weiß nicht, ob sie lachen oder weinen soll.

»Scheiße – wie geht's dir, wie is des passiert?«

»Mir geht's passabel, mein Handgelenk ist verstaucht und blaue Flecken, flack grad gemütlich auf meim Bett – aber wurscht – was, hast du grad gesagt, ist mit dem Hopf?«

»Der is grad von der Maximilianbruckn ghupft, vor meine Augen – platsch, weg war er.«

»Sakradi, des gibt koa Fleißbuidl, Sandra.«

»Ich hoff, der kann uns bald was zwitschern, jetzt ist er erst mal verstaut, Klinikum rechts der Isar, nicht vernehmungsfähig.«

»Die Antwort ist: tschilp«, plärrt der Sandner lauter als nötig.

Uraltwitz. Wahrscheinlich auf den Kopf gefallen, der Hauptkommissar. Sie gibt die Jagd auf den Hopf zum Besten in Erwartung seines Ausbruchs. Dann eben noch mal. Sollen sie halt auf ihr rumhacken, die grindigen Geier. Wer es braucht. Der Sandner kommentiert aber nichts. Lauscht nur. Unterbricht sie nicht einmal mit verzierenden Sprücherln. Als sie fertig ist, hört sie ihn durchschnaufen. Vier Sekunden Stille.

»Gibt so Tage, wo nix zampasst«, resümiert er, »passiert halt. Mach dir keinen Kopf. Kann der Hartinger noch hatschen?«

»Jetzt meinst du sicher, er soll Krücken besorgen und ins Gschäft.«

Der Sandner lacht auf.

»Wieso? Ist der noch gar ned zruck? Zeit wird's.«

Er schildert der Kollegin kurz seinen Auftritt im Wald, wobei er Marias heilende Hände ausklammert.

Die Wiesner lehnt sich im Bürostuhl zurück, Beine auf den Tisch.

»Bist aber scho wieder kreuzfidel, oder? Und fluchen hör ich dich au ned. Sag amal, Sandner, hast du dir scho einen Kurschatten angelacht?«

»Schmarrn, wie kommst jetzt darauf?«

»Das merkt Frau an kleinsten Nuancen.«

»Nuancen? – Sonst hast du keine Sorgen?«

»Was machst du jetzt?«

»Ich zeichne mir brav und in aller Ruhe ein Soziogramm, sonst verschmeiß ich die Namen und wie die alle zamhängen. Und dann geht's zum Hambacher senior. Die Brut herbeuteln.«

»Soziogramm, aha – ich seh scho, die Rothaarige, deine Therapeutin, hat abgefärbt. Mit der hättest zusammenbleiben sollen, die hätt dir noch was Anständiges beibracht.«

»Was Anständiges – mir? An mir is es ned gelegen – eher an Barcelona. Gegen spanische Sonne brauchst du ned konkurrieren. Und euch würd ich doch nie verlassen. So, hast sonst noch a Problem mit meinem Innenleben, oder simmer thematisch durch?«

Die Wiesner muss an die Datei mit Corina Sandners Adresse denken. Sie schüttelt den Kopf. Besser, das bliebe im Kisterl weggesperrt.

»Ich hab bloß gmeint ...«

»Und ich mein, du bist a weng analytisch drauf grad, beziehungstechnisch. Des kommt gwies von deinen Ermittlungen – frag dich halt, warum.«

»Warum?«

»Hock dich hin und überleg, was dich umtreibt. Ich merk doch, dass da was ist.«

»Ich no ned.«

»Des kommt scho, ich kenn dich.«

»Heut nimmer, Sandner, heut gwies nimmer.«

Wie sie das Gespräch beendet, bricht der Jonny herein wie das Berggewitter. Energetisch und bester Laune. »Du schaugst ned gut aus«, schmettert er leichthin daher.

»Dankschön, zum Glück fällt heut mein Fotoshooting aus. Was hast?«

»Zuerst die guten Nachrichten.«

»Na, die andern.«

»Also die besseren.«

»Sag scho.«

»Der Poschner von der Spusi reibt sich die Hände. Bessere Fingerabdrücke kriegt er selten. Er meint, die Korpulenten ham den meisten Schweiß an den Fingern. Den Hopf haben wir amtlich. Des is Fakt.«

Der Jonny fängt plötzlich an zu singen. »Dicke schwitzen wie die Schweine, Dicke ...«

»Bist jetzt ganz verblödet?«, raunzt die Wiesner dazwischen.

»Komm scho, des is Westernhagen. Hat mei Vater immer voll aufdraht, wenn er die Mama tratzen wollt.«

»Spar's dir – war's des?«

»Oiso, den restlichen Abdruckabgleich gibt's in a Stund. Hätt oberste Priorität – AFIS und so weiter. Des betrifft die Abdrücke von dem Verdächtigen aus Bad Kohlgrub. Da waren sie fix, die Murnauer Kollegen – professionell. Und bei den Unterlagen vom Brandl Toni waren Prospekte. Der wollt sich ein Haus kaufen – spanische Küste.«

»Scho wieder einer, den es nach Spanien zieht.«

»Wieso, wen noch?«

Die Wiesner geht auf die Frage nicht ein. »Da hätten ihm doch die Zwanzigtausend von der Hopf nie hingelangt. Wo hätt der des Geld hergebracht?«

»Zamgspart sicher ned. Vielleicht aus seine Gspusis den Saft rauspresst wie aus spanischen Zitronen.«

»Spanische Zitronen?« Die Wiesner greift sich an die Stirn. »Hast du an Clown gfrühstückt? – Außerdem glaub ich des ned.

So a Dreckhammel war der ned – aber rauspressen wollt er es vielleicht scho irgendwo.«

»Und der Erpresste hätt hinterher die Wohnung durchsucht, und du hast ihn gestört. Tät scho passen. Aber nach was?«

»Vor allem – hat er was gefunden? Aber wenn er ihn umbracht hat, hätt er doch gleich suchen können. Die Wohnung war aber picobello. Das hieße, er rauft mit ihm, dreht ihm spontan den Hals um, und danach hat er Schiss und haut erst mal ab. Und was ist dann mit dem damischen Hopf?«

»Hopf-en und Malz verloren …«

»Noch so a Spruch und ich speib auf den Schreibtisch.«

»Des tät den Sandner ned freuen, des is doch seiner.«

»Dann würd er mal sehen, was ich mit euch Kasperln ertragen muss.«

»Ich hab mir denkt, ein bisserl auflockern …«

»Wenn ich Spaß brauch, komm ich bestimmt ned in die Hansastraße, capice? Was ist eigentlich mit der Obduktion vom Brandl? Die müsst doch bald sein. Fragst beim Aschenbrenner nach, und da gehst du bittschön dazu, zwecks der Gaudi.«

»Oha.«

Sie schüttelt den Kopf und vertieft sich in den Bericht über den Zugriff in der Causa Hopf.

»Spanische Zitronen«, murmelt sie, »nicht zum Fassen.« Ein kleines Lächeln kommt ihr aus, das erste des Tages. Dann macht es einer nachdenklichen Miene Platz. Stangassinger befragen – hat er von Tonis Spanienplänen gewusst? Streit?, notiert sie auf ein Zetterl.

Der Jonny hat sich wieder vom Acker gemacht. Die Herrenjahre werden warten müssen. Dafür schneit der Hartinger herein, tatsächlich hat er eine Krücke unter die Achsel geklemmt.

Wieder macht dem Sandner keiner die Tür auf. Er kann's verstehen. Das ist keine Uhrzeit, wo du gemütlich in der Kuchl hockst und dich mit der Katz um das Platzerl an der Ofenbank streitest.

Da hätte er in München eine höhere Trefferquote. Nicht weil die Leut altrömisch-dekadent herumflacken und Trauben fressen, sondern wegen der Flexibilisierung. Die scheißt sich nämlich nix, ob du eine Eule oder Lerche bist. Teilzeit heißt, dass du weniger Zeit brauchen darfst, musst halt schneller werkeln. Dafür darfst du morgens eine Stunde länger liegen bleiben, spart dir Kosten. Arbeiten musst zu allen Tageszeiten wollen, da würde sich der Gockel umschauen mit seinem Geschrei und damisch werden. Vierundzwanzig Stunden muss der Laden brummen, Geld schläft nie. Selbst die kleinen Hascherln werden fürs Leben präpariert. Die treibt man im Halbschlaf raus, samt schwerem Gepäck, und im Dunklen kommens zurück. Wenn du nicht einschläfst, macht's dich härter.

Der Sandner nimmt also an, dass der Hambacher sich um seine Ferienwohnungen kümmert. Sein schießwütiger Sohn tummelt sich mutmaßlich auf dem Waldspielplatz. Trotzdem klingelt der Sandner Sturm. Nimmt den Finger nicht mehr von der Glocke. Oder deswegen. Wieder der Vorhang. Diesmal erkennt er aber ein Gesicht hinter der Scheibe. Die Frau Hambacher. Er gestikuliert in ihre Richtung. Nichts tut sich. Die Frau verschwindet vom Fenster. Wie der Sandner sich grad umgewandt hat, hört er, wie die Tür aufgeriegelt wird. Zweimal abgesperrt plus Türkette. Er dreht sich um.

»Mein Mann ist nicht da«, sagt die Frau, »erst heut Abend wieder. Der Schorsch ist auch unterwegs.« Ihre Stimme ist ein stahlkalter Hirschfänger, der jedem Dialog bis zum Heft ins Herz fährt. Gewohnt, mit einem scharfen Wort zu töten.

»Ich wollt ja auch zu Ihnen«, erwidert der Sandner unbeeindruckt, »grüß eana, derf ich reinkommen?«

»Mir geht's nicht gut, der Magen.«

Sie ist eingehüllt in einen ausgeblichenen roten Frottee-Jogginganzug. Ob sie ihn einstmals ausgefüllt hat, kann der Polizist nur erahnen, aber aktuell würden zwei ihrer Sorte hineinpassen – oder drei, ist ja dehnbares Material.

»Nur eine Minute«, benzt der Sandner und schiebt sich an ihr vorbei ins Haus. Ein Geruch nach Salben und Erbrochenem steigt ihm in die Nase. Nicht gerade von Chanel kreiert. Die Frau schließt hinter ihm die Tür.

»Ich kann Ihnen doch nicht helfen«, sagt sie matt. Der Hirschfänger ist nur eine Attrappe gewesen.

»Schau mer mal«, ermuntert der Sandner. Die Stuben kennt er schon. Jetzt, wo der urgewaltige Hambacher sich nicht darin aufhält, kommt sie ihm gleich größer vor. Die Frau setzt sich nicht, verschränkt die Arme, den Blick in weite Ferne gerichtet – oder in eine andere Zeit.

»Ihr Mann hat gemeint, Sie hätten sich überarbeitet.«

»Hat er das gesagt, ja?« Sie schnaubt verächtlich. »Da schämt er sich wohl. Ich bin krank, Herr Sandner, ich leide unter Depressionen.«

»Vielleicht hat er's nur gut gemeint und wollt ned jedem erzählen …«

»Ich bin weder aussätzig noch infektiös, Herr Sandner.«

»Des is gwies ned leicht.«

»Was wissen Sie schon davon!«

Da hat sie recht. Da kann er nicht mitreden. Melancholisch vielleicht, ab und an, das ist eine Berufskrankheit.

»Da hams recht, davon weiß ich nix. Ich weiß, Frau Hambacher, dass mir jemand kundtun wollt, Ihr Mann wär am Samstagabend in München gewesen, und jetzt frag ich mich natürlich …«

»… ob ich gelogen hab.«

»Ob Sie vielleicht früh ins Bett gegangen sind. Vielleicht ein Medikament.«

Sie schaut weiterhin an ihm vorbei. Als wäre er gar nicht im Raum oder hätte eine Tarnkappe auf. Mit der Hand macht sie eine fahrige Geste.

»Ich kann Ihnen nicht helfen. Gehens jetzt besser. Mein Mann wird gleich kommen.«

»Ich dacht, heut Abend erst?«

Wieder ein lässiger Wink. Sie streicht sich die wirren Haare aus dem Gesicht. Ihr Blick kommt so unmittelbar, dass sich der Sandner bei etwas ertappt fühlt. Sie starrt ihn intensiv an. Aus dunklen Augen tief in den Höhlen wird er aufgespießt. Das dritte Auge. Das wird sie enttäuschen.

»Irgendwann kommt doch alles ans Licht, nicht? Irgendwann muss man für alles büßen.«

»Wie meinens des? Was sollt ans Licht kommen?«

»Unsere Sünden, Herr Sandner – Sie sollten daran glauben.«

»Aufs Jüngste Gericht möchte ich mich aktuell nicht verlassen.«

Ihr Blick ist wieder ausgeknipst, verliert sich im Zimmer. »Irgendwann …«, murmelt sie.

»Frau Hambacher …«

»Ich bin müd, gehens bittschön.«

Der Sandner ist bereits bei der Tür, da dreht er sich noch einmal um. Gebeugt sieht sie aus, die Frau, als hätte ihr wer eine Kraxe mit Steinen aufgeladen. Mit abwehrender Geste will sie ihn davontreiben. Lästig ist er, der Kriminaler. Eine Stechmücke.

»Wo find ich denn jetzt Ihren Mann und Ihren Sohn? Ich könnt auch hier auf sie warten.«

Sie greift sich an den Kopf, als müsste sie sich besinnen, dass sie Mann und Sohn hat.

»Die … die sollten auf der Baustelle sein in Saulgrub, wenn sie nicht gerade auf dem Rückweg sind.«

Der Hambacher scheint gut im Geschäft, expandiert auf jeden Fall.

»Könnens Sie mir gschwind die Adresse aufschreiben.« Er zeigt sein lädiertes Handgelenk. So ist der Sturz zu etwas gut gewesen.

Zettel und Stift holt er mit der Linken flugs aus der Tasche. »Bloß die Straße, mein Navi find des schon.«

Sie schaut ihn an, als stünde er bei ihr vor Gericht. Tollpatschige Dotschen dürfen bei ihr nicht auf Gnade rechnen. Da würde das Beil warten oder zumindest ewige Verdammnis, gegrillter Hintern inkludiert. Aber sie kritzelt Buchstaben aufs Papier, das ist die Hauptsache.

Sie hätte den Jonny hinschicken sollen oder den Mann vorladen. Sich in sein Wohnzimmer zu pflanzen ist keine gute Idee gewesen.

Aber das Büro in der Hansastraße ist ihr zu eng geworden. Die Mauern sind immer näher an sie herangerückt, bis sie geglaubt hat, der Sauerstoff wäre gänzlich aufgebraucht. Zerquetscht wollte sie nicht werden. Diese Illusion ist befördert worden durch die umtriebigen Kollegen, die sie nach der Lagebesprechung wie eine Jagdhundmeute umringt hatten. Da ist die Luft mit spannenden Geruchsnoten angereichert worden, und Veilchenduft ist nicht dabei gewesen.

Die Fäden sollte sie in der Hand halten, aber ihr Webtuch wird ihr grad von betrunkenen Schimpansen aus der Hand gerissen.

Was bei der Leichenöffnung vom Brandl herausgekommen ist, hat die Hypothesen vom Aschenbrenner nur unterfüttert. Nix spektakulär Neues, hat der Jonny resümiert, außer dass der Brandl Tofuwürstchen samt Reis und Tomaten intus hatte. Zumindest den Erfahrungshorizont des jungen Kriminalers hat es erweitert. Er weiß nun, unter anderem, wie man den Mageninhalt einer Leiche veranschaulicht. Nicht alltagspraktisch, aber nachhaltig. Den eigenen hat er hinterher auch präsentieren müssen, der harte Kerl, hat ihr der Aschenbrenner schmunzelnd gepetzt.

Jetzt fläzt sie also auf einem großvolumigen Sitzkissen gegenüber dem Herrn Stangassinger, seines Zeichens Yogainstruktor und Teilhaber vom Brandl. Die Wohnung ist spartanisch eingerichtet und eng. Vom Flur geht eine Tür ins Bad, die andere in ein Zimmer, an das sich eine kleine Küche drängt. Im Vergleich zu Brandls Domizil ist das ein Wohnklo. Ein kleines Opiumtischchen steht zwischen ihnen. Einen Tee hat er ihr angeboten, mit exotischem Namen, und sich über ihren Gesundheitszustand erkundigt. Ist nahegelegen. Die Zeichen sind nicht zu übersehen. Zeit, das Geplänkel zu verräumen.

»Herr Stangassinger, Sie können mir doch ned erzählen, Sie haben sich nix dabei gedacht, wie Ihr Spezl gelebt hat und woher das Zusatzeinkommen geflossen ist.«

Der Stangassinger schlägt die Beine übereinander und nippt vom Tee.

»Nein, kann ich natürlich nicht.« Er lächelt.

»Ist das alles?«

Darauf bekommt sie ein Nicken zur Antwort. Hüte dich vor den Schweigsamen, sagt man in Japan.

»Kein bisschen Neid? Kein bisserl Ärger? Und dass er sich nach Spanien verziehen wollte, haben Sie gewusst?«

»Dann wär ich stinksauer gewesen – wenn ich das gewusst hätte. Nicht weil er dorthin wollte, sondern weil er nichts gesagt hat. Aber man bringt niemanden um, weil er nach Spanien will. Zumindest – ich nicht. Sie?«

»Nein – aber wenn man in Rage ist, weil die Existenz auf dem Spiel steht, könnt's passieren.«

Der Mann seufzt.

»Der Toni war kein Übermensch. Aber er war für die Menschen da, hat ihnen etwas gegeben, und er hat etwas von sich gegeben, ausgebreitet, das wertvoll war. So schwer und so einfach. Und ich bin auch kein Übermensch, ganz bestimmt nicht, aber ich glaube, so wie ich leb, kommt was Positives raus. Banal gesagt, die Umstände kann ich nicht beeinflussen, aber mich. Da gibt's Arbeit genug.«

»Des is mir jetzt einen Tick zu altruistisch – die Aussicht auf eine Pleite ist für die wenigsten positiv.«

Der Mann zuckt mit den Schultern.

»Yoga kann ein lukratives Geschäft sein, glaubens mir. Über Pleite brauchen wir uns nicht unterhalten. Pure Zeitverschwendung. Was wollens gern hören? Möchtens ein philosophisches Gespräch?«

»Der Brandl ist real gestorben, ned nur vom körperlichen Ballast befreit worden. Zumindest gehen wir Normalsterblichen von dieser Theorie aus. Wie immer das danach für ihn ausschauen mag – das ist nicht unsere Baustelle.«

»Über den Begriff des körperlichen Todes könnten wir uns auch unterhalten.«

Er scheint sich zu amüsieren. Über sie oder das Gespräch?

»Sie haben kein gescheites Alibi.«

»Nein, hab ich wohl nicht.«

Er lehnt sich zurück und lächelt unverschämt. Das heißt, er schaut unverschämt gut aus dabei.

Der Wiesner verschmeißt es kurz die Konzentration. Was will sie noch? Dass er bekennt: Ja, ich war sauer und hab ihn umgebracht? Trink deinen Tee aus und scher dich von dannen. Der Mann ist jetzt und hier nicht zu durchschauen. Kein Nachbar hat ihn am Tattag gesehen. Kein Beweis, keine Spur.

Sie platziert die Tasse auf dem Tischlein und steht auf.

»War's das schon? – Schade«, sagt er.

»Ja, dankschön für den Tee. Was ist schade?«

»Der Grund, der Sie zu mir geführt hat.«

»Ohne diesen Grund wär ich nicht da.« Rational betrachtet.

»Das ist auch schade.« Bekümmert schaut er drein.

Jetzt ist es genug. Hektisch stolpert sie in den Flur und reißt ihre Jacke vom Haken.

»Wiederschaun Herr Stangassinger – wenn Ihnen noch was einfällt, rufens mich an.«

»Das werd ich bestimmt.«

Draußen ist sie. Jetzt bräuchte sie verdammt noch mal eine Zigarette. Nur eine. Oder nur einen tiefen Zug. Nein, diesmal nicht. Never. Diesmal ist die damische Qualmerei für immer vorbei. Sie wird in keine Falle tappen. Wie ein kleines, stotterndes Trutscherl hatte sie sich gerade benommen. Unfassbar! Ein paar tiefe meerblaue Augen und zartgliedrige Hände, und schon wird sie zur wachsweichen Trulla. Und es ist natürlich schade. Ja, und deswegen bist du zu ihm hingefahren und hast eben nicht den Jonny geschickt, Sandra, red dir nix ein. Der pure Masochismus. Und wenn er der Mörder wär? Bei der Anzahl der Verdächtigen müsste er sich eine Nummer ziehen und im Wartebereich Platz nehmen. Aber ein Mordverdächtiger bleibt er – irgendwie. Vielleicht. Blauäugig hin oder her.

Von Bad Kohlgrub nach Saulgrub sind es nicht ganz zweieinhalb Kilometer. Reicht beinahe für einen Song von Johnny Cash. »Folsom Prison Blues«. Die CD hat er sich von seiner Zimmerwirtin ausgeborgt. Bevor er losfährt, kramt er die morgendliche Nachricht hervor und vergleicht sie mit der Schriftprobe von Frau Hambacher. Das Ergebnis hätt er sich ein bisserl eindeutiger vorgestellt. Das R scheint mit gutem Willen identisch. Den hat er – oder er wünscht es sich so. Ein gescheiter Grafologe würde über seinen Dilettantismus die Hände über dem Kopf zusammenschlagen oder ihm raten, auf Keilschrift umzusteigen. Aber er hat keinen in der Tasche. Für den Hausgebrauch muss es genügen. Zwei gute Gründe für ein Gespräch mit Hambacher senior und junior. Einer schmerzt ihn immer noch. Hilft nix, er muss seiner Zimmerwirtin vertrauen und hoffen, beim Handgelenk ist nix kaputt. Das Gitarrespielen kann er die nächste Zeit vergessen. Noch ein Grund, dem Strolch die Ohren langzuziehen.

Er muss sich Zeit lassen. Es geht um die Anni. Auf Geschwindigkeit kommt es dabei nicht an. Wenn du rückwärts schaust, solltest du das entschleunigt tun und nicht auf der Autobahn unterwegs sein. Da läuft nix weg, da änderst du nix. Der Boandlkramer stellt sich nicht hin und sagt: »Entschuldigung, kleiner Irrtum meinerseits.« Von der Gerechtigkeit solltest du keine Papiere zeichnen, die hat noch nie Dividende abgeworfen. Um der Toten willen ist der Polizist unterwegs, was immer das für die Lebenden bedeuten mag. Navi hat er keines. Besser wär es gewesen. Aber wegen dem Wochenende wollte er kein Gschiss machen und keine Extrakosten beim Autovermieter. Er wird sich in Saulgrub durchfragen müssen.

Die Straße schlängelt sich durch sanfte Wiesenlandschaft dahin. »But I know, I had it comin'«, brummt der Johnny Cash dazu.

Die Wiesner ist jetzt auch mit einem Jonny unterwegs. Der ist noch unversehrt. Last man standing. Der Hartinger darf die Bürokraft geben, seines Zeichens Aktenführer. Gemurrt hat er zwar, aber wer alte Damen und ihre geliebten Zamperl reißt wie Shirkan der Tiger, darf sich nicht beschweren. Dafür gibt's Käfighaltung. Den Knöchel soll er dennoch nicht belasten.

»Belastest halt zur Abwechslung das Hirn«, hat ihm die Wiesner noch einen Spruch dagelassen, bevor sie sich aufgemacht haben.

Klinikum rechts der Isar. Ehemals Haidhausener Armen- und Krankenanstalt, als die Tuberkulose noch Schwindsucht geheißen hat. Der gemeine Tuberkel benimmt sich neben den aktuell upgedateten Krankenhauskeimen allerdings wie ein Lämmchen gegenüber dem Wolfsrudel. »Die ich rief, die Geister, werd ich nun nicht los«, hat der Goethe einstmals gedichtet. Mit dem angeblichen Wissen, sprich Antibiotika, das die Heilung schaffen soll, hast du auch deine Plage am Hals. Vielleicht rennst du damit im Kreis umanand. Wobei – das Motto hat sich wahrscheinlich schon der Äskulap auf die Fahnen geschrieben oder der Hund vom Rochus. Die Wiesner will feststellen, welches Wissen man aus der Heilung vom Herrn Hopf destillieren könnte. Das wär aktuell ihr Tagesmotto.

Krankenhaus hat eigene Gesetze. Da probieren sich Zauberlehrlinge in Weiß am Geisterbeschwören, und für die Privatpatienten hält der Meister hof. Beim Betreten regelst du die Stimme herunter bis zum erfurchtsvollen Flüstern. Polizistengewerbe hin oder her, es hat eine Weile gedauert, bis die Wiesner beim Hopf am Bett stehen darf. Um ihn hierherzutransportieren, hätte es von der Maximilianbrücke keinen Krankenwagen gebraucht. Für die paar Meter hätten die starken Arme eines Sanitäters ausgereicht. Der Hopf ist nicht unter Bewachung gestanden. Beide Haxen waren in Mitleidenschaft gezogen. Flucht grenzte, motorisch betrachtet, an ein Wunder von Lourdes. Personaltechnisch hat man einfach auf eine resolute Stationsschwester vertrauen müssen.

Erst sehen sie den Mann gar nicht. Vor dem Bett steht die Frau Hopf. Steif, als hätte sie einen Stock gefressen, und schweigend. Die Polizisten treten zu ihr. Sie fährt zusammen.

»Ich …« Mehr bringt sie nicht heraus.

»Herr Hopf?«, wendet sich die Wiesner an den Bettlägerigen. Armselig schaut er drein. Schläuche, Infusionen, den halben Kopf in Mull. Er ist wach. Seine Augen verfolgen die Bewegungen der Polizisten. Der Jonny schickt dessen Ehegespinst nach draußen.

»Herr Hopf«, beginnt die Wiesner noch einmal, »warum sinds vor uns weggelaufen?«

Der Mann atmet schwer.

»Ich hab niemanden umgebracht«, flüstert er.

»Was?« Die Wiesner neigt ihm den Kopf zu. Fast bettet sie ihn neben ihm auf das Kissen. »Wieso sind Sie geflüchtet?«

»Weil … Sie glauben, ich hab den Brandl umgebracht.« Seine Hände krallen sich ins Betttuch.

»Ich glaub gar nix. Wir sind hier ned in der Kirche. Wenn Sie davonlaufen, frag ich mich, warum. So einfach. – Warum?«

»Ich hab ihn gefunden.«

»Wen, den Brandl?«

Der Hopf schließt die Augen, als müsste er das Bild heraufbeschwören. Tief holt er Luft.

»Der war tot, das hab ich gleich gesehen.«

»Aha. Warum habens nicht die Polizei gerufen?«

»Weil ich Angst bekommen hab. Der eifersüchtige Ehemann findet den Toten. Kennt man doch. Und ich hab nicht gewusst, ob meine Frau …«

Eine Krankenschwester kommt mit einem lauten »So, Herr

Hopf« hereingeplatzt. Rote kurze Haare und eine spitze Nase, fast als hätte sie Modell für die Meckifiguren gestanden. Geschäftig reißt sie dem Mann die Decke weg. Die Wiesner kann ihn im knappen Krankenhausleiberl bewundern. Nicht sehr vorteilhaft. Zum Glück flackt er auf dem Rücken. Schamhaft geht es zu im Krankenhaus, wie auf der Swingerparty.

»Schauen wir mal, was die Infusion macht. Ham Sie Schmerzen?« Sie wendet sich kurz an die Polizisten. »Machens ned zu lang, bittschön, gleich schaut der Arzt noch einmal rein.«

Die Wiesner zieht sich einen Stuhl heran und setzt sich zum Patienten.

»Jetzt schildern Sie mir den Samstagabend – und vergessens nix.«

Der Hopf lässt die Augen zu.

»Der Mann steht unter Medikamenten, des merkens doch«, mahnt die Schwester, »und er muss gleich noch mal zum Röntgen, wenn der Doktor da war.«

Hier regiert sie. Die Wiesner hat keine Lust auf Schlammcatchen.

»Wir hams gleich«, beschwichtigt sie die Frau. »Des is wichtig.«

»Wichtig ist erst einmal, dass unser Herr Hopf wieder auf die Beine kommt. Gell, Herr Hopf, des kriegen wir schon hin?«

Das inkludierende »Wir« hat die Wiesner nie verstanden. Ihr eigenes Krankenhausabenteuer liegt ja nicht weit zurück. Die Atmosphäre ist überall identisch. Der Geruch, die Geräusche, klaustrophobische Momente.

Was der Hopf ihnen stammelnd auftischt, mag sie nicht einfach fressen. Ein Klassiker. Den haben sie ihr so oft vorgespielt, dass sie die Augen verdreht, wann immer der Text recycelt wird. Die Tür wär nur angelehnt gewesen, und der Hopf wäre rein in die Wohnung. Im Flur hätte der tote Brandl Toni gelegen. Er wär sicher rangegangen und hätte die Leiche angefasst und dann nix wie raus. Und wenn er nicht gestorben ist …

Die Wiesner betrachtet das Häuflein Elend. Ist er ein Märchenerzähler? Hätte er es im Kreuz, jemanden den Hals umzudrehen? Sie denkt an den vogelwuiden Sprung von der Brücke. Unüberlegt, impulsiv, die personifizierte Verzweiflung. Die ganze Nacht wär er umanand und hätte nicht mehr ein noch aus gewusst. In der Wohnung vom Brandl wären bestimmt seine Fingerabdrücke. Umbringen hätte er sich aber nicht wollen – nur nicht gewusst, wohin. Aber da wär ja sein Sohn, an den müsse er denken. Die Vermutung mit den Fingerabdrücken bestätigt sie ihm. Auch im Schlafzimmer hat er die hinterlassen!

Die Leute sollte man nicht unterschätzen, grad die armen Würschterl. Ein jeder hätte es wohl im Kreuz, wenn du ihn hineintreibst mit dem Ochsenziemer in den Schlachthof. Wenn sie dich ausweiden wollen und dir das Fell über die Ohren reißen wie einem Karnickel. Wenn du nicht mehr weißt, wie du morgen existieren sollst. Den einen brackt es auf die Erde, und er kommt nicht mehr hoch und trenzt sich aus. Den findest du vielleicht bald unter der Isarbrücke auf einem zerfledderten Matratzenstück. Der andere lässt es scheppern und gibt das tollwütige Viech, bis nix mehr steht um ihn rum. Vielleicht hat er gscheit zustoßen wollen, mit den Hörnern, die ihm sein Eheweib aufgesetzt hat. Da wär er nicht der Erste, der die Kränkung nicht hinunterschluckt. Sahnetorte ist das keine.

Draußen erkundigt sich die Wiesner nach dem Zustand vom Hopf. Er wird noch eine ganze Weile Krankenhausinsasse bleiben müssen. Zumindest ein Zweibettzimmer. Wenn er der Mörder vom Brandl ist, braucht er seine Krankenkassenkarte nicht mehr, um sicher untergebracht zu werden. Da würde sich der Haftrichter bemühen.

Die Wiesner ist gereizt. Warum ist nicht einmal etwas einfach und banal? Ohne Ochsentour? Dann könnte sie jetzt nach Hause und ein bisschen wehleidig tun und sich mit der Glotze durch den Tag treiben lassen.

Als sie vor einem halben Jahr mit Grippe daniedergelegen war, ist in Ramersdorf auch einer in der Wohnung geflackt. Im Flur mit einem Drumm Messer im Wanst. Der Griff ist abgebrochen gewesen, so eine Wucht war dahinter – oder es war halt ein Billigstprodukt aus Fernost. Und wie der Hartinger beim Nachbarn schellt, hat der ihn hereingelassen und gleich alles zugegeben. Ja, ich bin's gewesen. Nächste Frage. Aber gehens bittschön aus dem Bild. Dabei hat er auf dem Sofa in der Wohnküche gesessen mit einer Flasche Adelskrone und sich in der Glotze die Bayern angeschaut. Pokalspiel.

Ein paar Stunden, und die Sache ist abgehakt gewesen. Um zwei Stangen geschmuggelter Zigaretten aus Tschechien ist es gegangen. Die hätten ihm zugestanden, hat er ausgesagt. Ein schrundiger Geizhals wär der Tote gewesen, wollte ihn allerweil übers Ohr hauen. Und überhaupt. Eigentlich ist die arme Sau aus Prinzip abgeschlachtet worden, weil irgendwann bricht der Krug. Wenn dir beim Schampussaufen immer der Schnabel sauber bleibt und dir lassen sie den Essig übrig. Da ist irgendwann Schicht im Schacht. Jetzt wird nie wieder einer daherkommen und ungestraft sagen, horch, du gibst halt auf der Lebensbaustelle den Hiwi.

Drei Stunden, und der Fall ist aufgeklärt gewesen. Ohne jedes körperliche Risiko aufseiten der Ermittler. Pünktlich Feierabend. So schaut's aus.

Wieder zerrt der Glust nach einer Zigarette an ihr. Heftig und plötzlich. Die pure Sucht. Alles mental. Du brauchst das nicht. Einbildung. Aber es wär jetzt genau passend. Scheißadeckl. Vom Fenster im Gang sieht sie auf einen kleinen Innenhof. Da stehen sie beisammen. In Morgenmänteln mit diversen Mobilitätshilfen um den aufgestellten Aschenbecher. Rauch zieht wie am Schnürl nach oben. Fast hätte sie das Fenster aufgerissen, um zu schnuppern. Damische Amsel. Sie hetzt die gleichförmigen Gänge entlang wie auf der Flucht.

»Was ist los?«, will der Jonny von ihr wissen.

»Raus muss ich.«

»War er's, was denkstn du?«

»Hier drin kann ich ned denken.«

Ob sie das Krankenhaus gemeint hat oder ihren nikotinfreien Schädel, weiß sie selbst nicht.

Auf der Baustelle in Saulgrub ist Betrieb. Der Kranz vom Richtfest baumelt noch auf dem Giebel. Wieder eine neue Herberge. Unterkunft für die Auswärtigen, die nach Erholung lechzen. Etwas außerhalb vom Ort schmiegt sie sich an einen Hügel. Schöne Aussicht als Dreingabe. Der Sandner fragt sich, was so etwas wohl kosten mag. Da hätte es ihm auch nix genützt, wenn er ein fleißiger Bausparer gewesen wär. Als Hauptkommissar kannst du dir die schöne Aussicht auf die Moorlandschaft abschminken oder dir den Flur mit Postkarten drapieren. Dabei hat er's in Untergiesing recht behaglich. Die Isarauen fußläufig und der Mühlbach vor der Haustür. Als Bachratz wär's paradiesisch, aber in der Lohstraße ist der Mensch auch gern zu Hause. Als Pfau musst du noch nicht herumstelzen oder den Lackaff mimen beim Semmelholen. Wobei – die Gentrifizierung trägt das gleiche Schuhwerk wie der Staatsanwalt Wenzel. Eh du Muh sagen kannst, ist schon wieder eine Werbeagentur oder Boutique aus dem Boden gewachsen, und ein solitär lebender Geldvernichter ruft dir aus dem topsanierten Fünfzimmeraltbau ein »Moin, Moin« zu.

Der Sandner sucht sich das erstbeste Manschgerl, das er erspäht. Ein grauhaariger Mittfünfziger mit dunklem Teint, Fünftagebart und blauem Arbeitsoverall kommt ihm samt sandgefüllter Schubkarre entgegen. Geschickt balanciert er das Gefährt auf einem dünnen Brett über einen Graben.

»Grüß eana, wo find ich den Herrn Hambacher?«

Mit dem Kinn deutet der Mann zum Rohbau hin und rollt die Karre schweigend am Sandner vorbei. Oben auf dem Gerüst im zweiten Stock kann er ihn ausmachen. Vom Sohnemann nix zu sehen. Der Sandner macht sich an den Aufstieg. Er muss beide Hände benutzen, wodurch der Schmerz im Handgelenk seine

Wut kurz auftauchen lässt. Ganz dicht unter der Oberfläche schwimmt die, bereit, sich zusammenzuballen. Streck nur den Schädel raus, Hambacher junior, und sie reißt dich mit wie der Kaventsmann.

Der Bärtige übertreibt ein wenig mit der Überraschung, als der Polizist sich zu ihm heraufgearbeitet hat.

»Ja da schau her – Überraschungsbesuch. Hättens was gesagt, dann hätt ich einen Helm für Sie gehabt.«

Der hätte dem Sandner zwei Stunden früher nützen können.

»Hams einen Unfall gehabt?« Der Hambacher deutet mit besorgter Miene auf Sandners Schramme.

»Des gschissene Landleben«, meint der leichthin, »des scheint manche Leut wepsig zu machen. Weils Hirn im eigenen Saft köchelt. Da wird nix Gscheites draus am End.«

»Wie meinens des?« Das muss sein Gegenüber erst arbeiten lassen, bevor er es versteht. Er kommt ganz nahe. Zwanzig Zentimeter. Nach oben schauen muss der Sandner, damit er die Schweinsäuglein im Blick behält. Saurer Bieratem inklusive. Imponiergehabe. Wer rückwärts geht, verliert. Kurz wirft er einen Blick in die Tiefe. Zehn Meter. Kein Geländer. Zweimal an einem Tag könnte einmal zu viel sein.

»Also – was wollens?«, herrscht ihn der Bauherr an. Er glaubt zu ahnen, was der Sandner fragen wird. Wissen wird er wollen, wo der Schorsch junior verblieben ist. Darauf ist er vorbereitet.

Aber der Sandner will sich nicht die Zähne ausbeißen. Er schlägt sie lieber in die Weichteile.

»Sie waren am Samstag beim Brandl Toni.«

Der Mann ist verdutzt. Weit reißt er die Augen auf.

»Wer behauptet denn so was?«, dröhnt er.

Nicht überzeugend, bloß ein kleiner Schmierenkomödiant. Wenn die Frau vom Hambacher den Zettel geschrieben hätte – und eine andere Idee spuckt Sandners Hirn nicht aus –, wird er den Hambacher niederstrecken. Der ist zu aufbrausend für das Duellieren mit feiner Klinge.

»Verlässliche Zeugen. Und Ihre Frau hat sich so weggebeamt, die hätt's ned gemerkt, wenns ihr das Bett unterm Oasch weggestohlen hätten. Ihr Alibi ghört der Katz. Was ist jetzt, rückens raus mit Ihrer Gschicht.«

Nun schaut der Hambacher nach unten. Wenn jetzt wieder wer springt, lässt der Sandner bei der nächsten Befragung die freiwillige Feuerwehr samt Sprungtuch aufturnen. Der Fall wirkt wohl unmittelbar auf die Erdanziehung. Aber der Hambacher wollte sich bloß sammeln.

»Oiso gut«, brummt er, »gemma nunter.«

»Freilich – nach Ihnen.«

Langsam steigt der Sandner hinter dem Hambacher das Gerüst wieder hinunter. Kaum auf festem Boden, dreht sich der Bärtige zu ihm um.

»Sandner, ich bin nicht auf den Kopf gefallen. Haben Sie überhaupt Befugnisse hier? Und wer soll das sein, Ihr ominöser Zeuge?«

»Jetzt passens auf«, diesmal tritt der Sandner ganz nah heran, »die Wohnung ist voller Fingerabdrücke und genetischem Material. Da is von Ihnen gwies was dabei. Bei den Spuren hättens gleich auf uns warten können. Ob Sie auf den Kopf gefallen sind, könnens jetzt beweisen. Wenn Sie eingnaht sind, scheiß ich auf die Befugnis und stoß no drauf an. Und den Zeugen werd ich Ihnen präsentieren, Hambacher.« Der Sandner nimmt wieder Abstand. Nicht übertreiben mit dem engen Kontakt. Die Hypothesen sind leicht dahergebaut. Zum Richtfest fehlt dem Sandner allerdings der Beweis. Er ist halt vorgeprescht, ohne die kriminaltechnischen Untersuchungsergebnisse abzuwarten. Ein Wort vom Hambacher, und alles ist paletti. Der hat sich inzwischen eine Zigarette vom Grauhaarigen geschnorrt und fläzt sich auf ein kleines Mäuerchen.

»Eigentlich rauch ich schon lang nicht mehr.«

Er bekommt keine Antwort. Abwarten.

»Also der Ferdl hat mir letzte Woche erzählt, der Brandl wär jetzt in München. Er hätt's vom Grainer erfahren. Und wegen der Geschichte mit der armen Anni hab ich gedacht, des kann man doch nicht so stehen lassen. Und ich hab ihn angerufen und gesagt, wir müssten amal reden. Am Samstag bin ich zu ihm hin.«

»Er hat Ihnen seine Adresse gegeben – einfach so? Scho komisch – ausgerechnet Ihnen?«

»Nix ist da komisch. Ja, ich sollt kommen und wir reden. Von Mann zu Mann. Des muss Samstag so um sieben gewesen sein, wie ich dort war. Wie ich mit ihm dann geredet hab und er so a schmieriger Wicht war, halt wie ein Fisch, wegen der Anni und kein Mitgefühl und nix, da is es mit mir dahingangen.«

»Sie sind auf ihn los.« Der Sandner bläst die Luft aus.

Der Hambacher fuchtelt mit der Zigarette herum.

»Na, na – ordentlich hergfotzt hab ich ihn, geb ich ja zu. Aber als ich weg bin, war der springlebendig! Das dürfen Sie mir glauben! Dem ging's nicht gut, wie gesagt, ich hab ihn schon gescheit zamfallen lassen ... aber bestimmt nicht umgebracht.«

»Is schnell passiert.«

»Ja freilich – er hat mir aber noch hinterhergerufen.«

»A schöne Gschicht.«

»Aber wahr!« Der Hambacher lässt sich die zweite Zigarette geben. Gierig saugt er, bis rauer Husten einsetzt.

»Verdächtiger als Sie kann man gar nimmer daherkommen.«

»Was wollens noch?« Er winkt ab.

»Wollens ned glei alles sagen.«

»Das is alles. Und was wollen Sie jetzt mit mir machen? Nehmens mich mit nach München, oder soll ich nach Murnau oder was?«

»Sie hams aber eilig. Ich sag in Murnau Bescheid. Sie rufen am besten einen Anwalt an. Dann fahrens gleich hin zur Polizei, dort werden Sie vernommen und erkennungsdienstlich behandelt. Ganz offiziell machen Sie da eine Aussage. Wenns ned hinfahren, lass ich Sie abholen, vorm Haus mit Handschellen und Tralala. Hams mich?«

Der Hambacher wirft ihm seinen finstersten Blick zu. Marke geschliffener Hirschfänger.

»Und was dann?«

»Dürfens wieder heim. Wenn der Haftrichter Sie wegsperren will, kommt ein Chauffeur. Die Körperverletzung hams ja zugegeben. Hams glaubt, ich pack Sie mir gleich ein? Schmarrn. Obwohl ich Ihnen des so nicht glaub – ned ein Wort. Und wir sehen uns ja ned zum letzten Mal.«

Der Hambacher verzieht das Gesicht und gibt dem Sandner damit zu verstehen, dass der auf den Kopf gefallen wär. »Herrgottsak! Aber so war's.«

»Was hat Ihr Ableger eigentlich heut Vormittag gmacht?«

»Der Schorsch? Der war hier auf der Baustelle – die ganze Zeit, wieso?« Gleich einem neugeborenen Lamm blickt der Mann in die Welt.

»Hab ich mir gedacht. Und jetzt verstehens auch, warum ich Ihnen nix glaub, Hambacher. Weil Ihnen die Lügen auskommen wie die Schoaßer. Ihr Bürscherl knöpf ich mir noch vor, des könnens ihm ausrichten. So kommt der mir ned davon.«

Da hat er im Hambacher den Vater erweckt. Krebsrot wird der Schädel, die Adern schwellen an. Auf seinen Schorsch lässt er nix kommen.

»Ich ruf auf der Stelle meinen Anwalt an. Was soll er denn gemacht haben, der Schorsch? Kommen hierher und werfen mit Drohungen umher. Was bilden Sie sich ein? Könnens den Schorsch nicht in Ruhe lassen, ha? Sie haben ihm doch schon die Nase gebrochen. Des war ein brutaler Übergriff. Der war hier, den ganzen Morgen. Ich kann's bezeugen und der Matej auch.«

Der Grauhaarige nickt, als er seinen Namen hört.

»Ja ja, beim seligen Rochus wahrscheinlich.«

»Wenn hier einer Dreck am Stecken hat, dann ist es der Fratz von Ihrer sauberen Zimmerwirtin. Da solltens amal hinschauen. Drogensüchtiges Gschmeiß.« Nicht mehr zu halten ist der Mann. »Verkauft das Giftzeug an die Burschen im Ort. Weiß doch ein jeder. Sind Sie blind und taub? Und seine Mutter – dieselbige. Da tuns nix ha, bei der Hundspritschn.«

Der Sandner will zugreifen, den Kerl am Kragen packen und beuteln, bis dessen Knochenxylophon eine muntere Weise spielt. Er muss die Hände in den Taschen vergraben, sonst verliert er die Gewalt über sie. Blut schießt ihm in den Kopf. Er schaut ihm ins Gesicht. Seine Kiefer mahlen.

»Halt die Goschen, du Drecksau, du elendige.«

Der Hambacher lacht auf.

»Ah, daher weht der Wind. Die hat dich schon eingewickelt, schöne Augen hats gemacht und mit dem Arsch gewackelt, die gamprige Lusch. Ja, das kann sie!«

Nicht dreinschlagen. Eins – zwei – drei – vier. Weg muss er von da. Ruhig bleiben. Den Hambacher stehen lassen. Den Grattler, den windigen! Seine Hände sind zur Tatenlosigkeit verdammt. In den Taschen ballen sie sich, die Nägel graben sich in die Haut. Widerwillig folgen sie dem Befehl. Fast wären sie desertiert.

»Du fasst mich nicht an!«, knurrt der Bärtige. Offenbar ist dem Sandner sein innigstes Begehren von den Augen abzulesen. Dazu brauchst du keine Irisdiagnostik zu beherrschen.

Zwei Reihen gebleckter gelblicher Zähne kann er ganz aus der Nähe studieren, der Rübezahl beschmeißt ihn mit einem dreckigen Grinsen. Herausfordernd starrt der ihn an. »Das merk dir gut. Wart ab. Das nächste Mal …«

»Ja, ich wart. Mir sind ja noch ned fertig, mir zwei«, gibt der Sandner zurück, »no lang ned.«

Er dreht sich um, steigt ins Auto und lässt den Motor an. Um die Hausecke kommt der Hambacher junior geschlendert. Verblüfft bleibt er stehen. Beide Mittelfinger streckt das Würschterl ihm entgegen und grinst sich eins.

»Mit euch alle ned«, schreit der Sandner außer sich und gibt Gas. Wie er mit Fluchen fertig ist, hat er schon die halbe Strecke nach Bad Kohlgrub bewältigt. Der Hambacher hat ihm das Kraut ausgeschüttet. Die ganze Familie. Da bist du bereit für Vendetta. In der Ortsmitte lenkt er das Auto auf einen Parkplatz und steigt aus. Er schlendert Richtung Kurpark. Bewegung braucht er und kollegiale Anregung, sonst liefe er Gefahr zu platzen. Ein schmaler Wanderweg führt am Parkausgang in den Wald. Mystischer Erlebnispfad. Erlebnisse bräuchte er sich nicht erwandern, aber stad und friedlich ist es dort. Die heile Natur krault das Hirn mit sanfter Tatze.

Wie er die Wiesner anruft, stellt sie gleich auf Lautsprecher, weil sich im Büro die Ermittler stapeln würden, inklusive dem Wenzel. Jenga auf zwanzig Quadratmetern. Ergebnisaustausch, Lagebesprechung. Froh ist der Kriminaler, dass er nicht die stickige Luft mit ihnen teilen muss, sondern reizklimatisch aufgetankt wird. Überall um ihn herum sattes Grün. Seine Münchner Stadtlunge wird's ihm danken.

Nachdem sie die neuesten Informationen ausgetauscht haben, bemerkt der Sandner: »Zwei sind scho mal besser als keiner. Einer will vor dem Mord beim Opfer gewesen sein, einer danach. Aber der Brandl ist ja nicht aus Einsamkeit eingegangen, allein gelassen hat man ihn dabei nicht. Und last, not least hat ihm der alte Grainer auch einen Besuch abgestattet. Beim Brandl muss es zugegangen sein wie am Ostbahnhof in der Früh.«

Allgemeines Gemurmel von den billigen Plätzen.

»Sperr mas einfach beide weg«, regt die Wiesner an, »in eine Doppelzelle und verlieren den Schlüssel. Indizien sind eher mau. Der Aschenbrenner und die Spusi sagen, eindeutig kann man nicht feststellen, wer ihm das Gnack gebrochen hat, wenn halb München die Finger im Spiel respektive am Hals hat. So kommer ned weiter.«

Das scharrende Organ vom Wenzel erklingt im Hintergrund. Irgendwas von Ernsthaftigkeit, Dienstauffassung und Beweislage hört der Sandner ihn daherplappern. Vernachlässigbares Hintergrundrauschen.

»Dein Hopf hat ein klares Motiv. Mein Hambacher noch ned.

Der fährt zu ihm, weil er ihm die Leviten lesen will zwecks der Anni, und bringt ihn ratzfatz um? Glaub ich nie und nimmer.«

»Also tippst du auf meinen Hopf?«

»Es sei denn, der Hambacher hätt ein anderes Motiv. Da bin ich dran. Und vergiss nicht, dass jemand was gesucht hat in der Wohnung? Was hätt der Hopf suchen sollen?«

»Vielleicht hat sei Frau was vergessen.«

»Sie spekulieren wieder einmal daher ohne Erkenntnis und ohne Beweis!« Der Staatsanwalt muss der Wiesner das Telefon entrissen haben. »Sie haben doch einen Tatverdächtigen.«

»Zwei halbe plus den Grainer und dem Kompagnon vom Brandl. Die zählen ein Viertel. Des sand summa summarum eineinhalb.«

»Sandner! Machen Sie sich nicht lustig über mich! Der Hopf hat ein klares Motiv, war zur Tatzeit bei der Wohnung, was wollen Sie mehr. Glaubens, das ist lustig, der Presse zu erklären, dass der beim Zugriff in die Isar geschmissen wird und leider fälschlich beschuldigt wurde? Wie stehen wir denn da! Schaffens die Indizien her, und der Mann wird festgenagelt. So einer wird doch schnell butterweich. Und Sie beteiligen sich bitte vor Ort an der Ermittlungsarbeit. Ihren Hambacher können die Murnauer bearbeiten.«

So läuft der Hase. Die Peinlichkeit will sich der Staatsanwalt ersparen. Vielleicht könnten am Ende Zweifel aufkommen, ob der sich dem »Ober« würdig erweist. Schnell vom Tisch und elegant gelöst will er die Geschichte haben. Der Sandner wünschte sich, es wär so einfach. Diesmal gibt er den Korinthenkacker. Und recht geben mag der Wenzel ihm schon zweimal nicht. Und der Sandner? Ein blinder Fleck trägt ja seinen Namen nicht umsonst. Seiner hat sogar noch einen Frauennamen dazu. Und jedes Mal haben sie beide nasse Hosen, der Kriminaler und der Staatsanwalt, wenn sie sich behakeln und ans Bein pinkeln. Da geht's ums Revier.

»Herr Staatsanwalt, ich … komm, sobald machbar.«

»Was heißt machbar? So wie ich das sehe, ist Bad Kohlgrub eine traurige Sackgasse. Ihre Theorien sind im Moor abgesoffen. Erst gestern wolltens mir noch unbedingt diesen Bauern, diesen Grainer, präsentieren. Der Mordbube schlechthin. Und, was ist draus geworden? Fast wär ich Ihnen auf den Leim ...«

»Aber Sie ham doch ...«

»Und heut war's vielleicht seine Kuh.« Der Wenzel lacht allein über seinen Schenkelklopfer. »Vergessen Sie es, Sandner. Der Hopf ist unser Mann.«

»Wenn Sie es sagen. Gebens mir die Kollegin Wiesner bittschön wieder.«

Wie sie sich meldet, weist er sie an, den Lautsprecher abzustellen.

»Sag amal, Sandra, wieso is der Hopf ausgerechnet Samstagabend zum Brandl und ned am Freitag oder Sonntag? Gab's da einen aktuellen Anlass?«

»Oh Fuck, Sandner, ich bin so saublöd – des is mir untergangen.«

»Macht nix, fragst ihn halt, der rennt dir ja gwies nimmer weg. Vielleicht sollt ich dem Hambacher auch die Haxn brechen, was meinst?«

Bewegung macht dich hungrig. Und der Sandner hat sich bewegt. Den gesamten Pfad ist er hinauf und wieder hinunter. Unwirkliche Atmosphäre. Klangspiele, Hainbuchen, Steinkreise, Waldlehrtafeln. Die Füße sind selbstüberlassen entlanggehatscht und hatten ihre Gaudi dran, der Geist ist derweil über andere Schauplätze gestrichen. Jetzt ist der Magen an der Reihe. Beim »Vogelwirt« lässt sich's der Sandner schmecken. Eine gegrillte Äsche mit Kartoffeln, passend zur Gegend. Wegen so einem Fisch sind im Herbst die Fliegenfischer unterwegs. Dafür ist der Sandner nicht zu haben. Natürlich haben sie als Buben das Schwarzangeln zelebriert, um den Jagdtrieb zu befriedigen, aber beim Kriminaler klopft schnell die Ungeduld an der Tür. Und abwimmeln lässt sie sich nicht so leicht, wie die Bibeltandler, höchstens ablenken. Im Moment erledigen das ein leckeres Mahl und der schweifende Blick vom Sandner über die Gäste. Niemand, den er im Ort kennengelernt hat. Am Nebentisch glaubt er einen Mann zu sichten, der gestern bei der Maria shoppen war. Er sitzt vor dem Braten, mit einer Frau gleichen Alters. Seine Hand liegt auf der ihren. Der Polizist muss schmunzeln. Sie sind gwies ins Gespräch vertieft über die Fahrt mit der Gondel zum Hörnle oder dem letzten Theaterstück der Bad Kohlgruber Volksbühne. Dabei würde er am liebsten zuhören, sich treiben lassen, nur einen Moment. Über all das Schöne reden und das Erfrischende, das hier beheimatet ist.

Seine Ortsführung schaut anders aus. Der verwahrloste Hof vom Grainer mit den ausgeweideten Hasenleibern, das Haus vom Hambacher samt dessen gruseligen Bewohnern, das Grab von der Anni oder der Baum im Wald, an dem sie gebaumelt hat. Er hat nicht bemerkt, dass die Bedienung längst seinen leeren Teller abgeräumt hat. Dreizehn Uhr. Allen seinen Schäflein muss er nochmals einen Besuch abstatten. Sandner, der gute Hirte. Mit dem Grainer wird er anfangen. Heut Abend muss er zurück. Die Maria will auch nicht aus seinem Kopf, als gäb's drin einen Herrgottswinkel, wo ihr Bild aufgehängt ist zum Anbeten. Besser als ein Kreuz, besser das Lebendige zelebrieren, bis es dich derbrackt.

Und der Maxi? Was hat der Hambacher dahergelallt? Verkaufen würde er das Zeug an die jungen Leut hier. Im Grunde genommen sitzt er mit dem Schorschi junior im selben Boot. Früher sind die Burschen auf die Walz. Sie haben was gesehen von der Welt als »Fremdgeschriebene«, und wenn's einmal nicht aufgepasst haben, war niemand da, der ihnen das Ärschlein abgeputzt und die Scherben weggeräumt hat. Selbst mussten sie dastehen, und während ihrer Wanderjahre haben sie mehr über sich gelernt wie in zehn im Nest. Hier geht der eine Bubi in den Wald und schießt umanand, der andere frisst sich die Träume mit Pilzen her. Die Alten täten vielleicht sagen, eine Tracht Prügel und gescheite Arbeit schadet nix. Und wenns a bisserl jünger sind, hoffen sie, die Blaskapelle und der Schützen- oder Burschenverein können es vergipsen und das Loch stopfen. Freilich, wenn du Tradition und Brauchtum pflegst, verlierst du nicht deine Wurzeln. Aber die Sehnsucht, die eigene Welt zu packen und festzuhalten, magst du ihnen nicht austreiben. Sonst verreckens, die frischen Triebe, weil's im Schatten der Alten kein Licht gibt.

Die Maria ist nicht zu Hause. Er weiß nicht, ob es nicht besser so ist. Das Reden ist manchmal bloß eine schlechte Angewohnheit. In seinem Zimmer packt er sein Zeug zusammen, um irgendwas zu tun. Zweifel hat er, ob es das Richtige ist. Er muss es sicher wissen, sonst wird ihn die Geschichte umtreiben bis zur Bahre. Große Wahl hat er keine. Wenn ihm das Murnauer Schandamerieduo nix liefern kann, bleibt ihm nur noch eine letzte Möglichkeit. Und die Aussicht darauf ist alles andere als erfreulich. Drecksarbeit.

Wie er runterkommt, steht die Tür zum Keller offen. Er steigt die Steinstufen hinab. Eigentlich hat er die Maria erwartet, aber es ist der Maxi. Wie der zusammenfährt, als wär der Polizist der Leibhaftige, ist dem klar, was er getrieben hat. »Ich brauch ned in deinen Rucksack schauen, ich weiß, was drin ist.«

»Was reden Sie da?« Der Bursch ist verwirrt und trotzig.

Der Sandner stutzt, greift sich an den Kopf.

»Des hab ich mich auch grad gefragt. Blöd. Vergiss es wieder. Des gscheit Daherreden is eh für die Katz.«

Der Maxi drängt sich am Sandner vorbei und hastet die Treppe nach oben.

Die Sanne hat Marihuana geraucht. Nicht täglich, aber sie war gut dabei. Probierphase. Die Corina hat mit ihr geredet, Engelszungen und Konsequenzen und Pädagogik rauf und runter. Warum sie wieder aufgehört hat damit, weiß der Sandner heut noch nicht. Vielleicht weil es einfach nicht mehr gepasst hat zu ihrem Leben, weil es kein Loch zu füllen gab.

Um zum Grainer zu fahren, reicht ein Song. Den Leonard Cohen hat er im CD-Player – zur Einstimmung. Diesmal findet er den Bauern gleich. Er braucht nur an der Haustür zu klopfen. Der Grainer schaut ihn an, lässt die Tür offen und schlappt wieder zurück in die Stuben. Frisch rasiert hat er ausgeschaut und das Gwand ohne Flecken, gebügeltes Hemd. Als würde er ausgehen wollen. Der Sandner setzt sich zu ihm an den großen Holztisch.

»Bist ja immer noch hier«, stellt der Bauer fest und starrt in seine Kaffeetasse, »oder willst mich mitnehmen?«

Der Sandner beschließt, den Vorfall im Stadel nicht mehr zu erwähnen. »Mitnehmen? Dich kann ich ned brauchen, Grainer.« Der Alte wirft ihm einen sonderbaren Blick zu. Beinahe ein Lächeln, aber in Moll. Was weißt du schon, drückt das aus. Ja, was weiß er schon, der Polizist?

»Ich hätt gern die Sachen von der Anni gesehen und ein Foto.«

»Von der Anni? Wieso jetzt?«

»Ich hätt gern gewusst, was das für eine war, die Anni. Und ich hätt auch gern gewusst, warum sie nimmer hier leben wollt, als sie zurückgekommen ist aus Indien.«

»Weil ich ein dummer Bauer bin – auch einen Kaffee?«

Der Sandner nickt. Irgendwie scheint ihm der Grainer verändert, die Körperhaltung straffer, den Kopf erhoben. Da liegt ein unbestimmter Wille in seinen Augen. Vielleicht nur eine Täuschung, das letzte Mal hatte er ja einen Fetzenrausch im Gesicht und konnte nicht mehr stehen. Jetzt stellt er dem Sandner eine volle Tasse hin.

»Die Anni hat scho immer ihren eigenen Kopf ghabt. Ham Sie a Kind?«

Der Sandner nickt, auch eine mit eigenem Kopf.

»Irgendwann is des losgangen. Die Diskussionen, vielleicht hat ihr der Brandl Toni des auch ins Ohr gesetzt – wurscht. Über alles hat sie sich aufgeregt, alles schlechtgemacht, wie wir leben, was wir tun, die Kirch, die Leut. Alles in den Dreck gezogen. Nicht zum Aushalten war's mit ihr. Da schuftest den ganzen Tag, und die Maz hat nix Besseres zum Tun wie hinterhergoschen. Ich hab's ned verstanden und mei Frau au ned. Wir ham dacht, des renkt sich scho wieder ein, wenns eine Lehre anfängt oder an Besseren find wie grad den Toni. Ich hab ihr dann nimmer zughört – vielleicht hätt ich des sollen, aber so rotzfrech dürfen die Kinder ned sein, wenns noch nix vom Leben verstehn, oder? Und dann is ja abghaut nach Indien – einfach so, kein Brief, keine Karte, nix. Die Leut ham gsagt, der Toni hat ihr den Kopf verdreht, war doch eine Patente, die Anni, aber des is scho auch in ihr dringsteckt, weiß der Deifi, warum. Wie sie dann wieder zruck ist, hats es vielleicht zwei Wochen ausgehalten, und dann ist sie zu der alten Krammbichler gezogen. Sie könnt ned auf dem Hof leben. Scho gar ned als Veganerin, hat's gesagt. Veganerin – des Wort vergess ich nie. Ich hab erst geglaubt, das ist eine Sekte, aber mei Frau hat des gekannt.«

Der Sandner nippt vom Kaffee. Noch immer ist er ratlos, was den Grainer grad umtreibt. Der wortfaule, mürrische Kerl hat sich in ein Fieber geredet. Ob da jetzt der Kriminaler sitzen würde oder wer anders, scheint nicht von Belang.

»Wie ich meine Viecher halten tät, des wär grausam und ein Mord. Wenn du bloß Salat frisst, macht dich des zum besseren Menschen? Na – weil du von oben nunterschaust auf die Leut und meinst, die sand alle eh bloß soachwarme Schafszipfel – verstehst mi? Ich weiß scho, wie sie in Indien die Küh verzärteln, hätt ichs anbeten sollen und Hostien zum Fressen geben? Zu der Zeit hab ich dreißig Stück Milchvieh ghabt. Hat grad so hinglangt. Ja und die Anni hat sich von allen zurückgezogen, wollt mit den anderen nix mehr zum Tun haben. Als kleines Madl war's a richtige Schmoachlkatz. Und dann? Eine eigene Welt. Keiner hat die verstanden. Nie fidel oder zum Schwofen. Nix. Als tät sie sich kasteien für unsere Sünden im Ort. Deswegen ham die Leut gsagt, sie ist schwermütig. Und wie ma sie dann beim Weiher gefunden hat – des kann sich keiner vorstellen. Ein Jahr später is mei Frau gestorben, am Krebs – ned am Gram, wie die Leut sagen. Des ging ganz plötzlich. Und ich hab mir dacht, für was arbeitst du dich ab? Nix is mir blieben.« Wie aus einem Traum erwacht, schaut der Grainer sein Gegenüber an. Dann nickt er entschlossen. »Aber es hätt nicht so kommen dürfen, des is kein Schicksal. Des sind die Leut, die mandeln sich auf – aber irgendwann ist Schluss. Des derf ma nicht durchgehen lassen.«

»Wem nicht durchgehen lassen, Grainer?«

»Sie wollten doch Annis Zeugl sehen – kommens mit.«

In einem düsteren Kammerl zerrt er einen Karton aus der Ecke. »Des is alles, was da ist von der Anni.«

»Derf i?«, fragt der Sandner.

Der Bauer nickt. Ein Sammelsurium aus asiatischem Zierrat, Büchern, Kleidungsstücken und Tüchern fördert der Polizist zutage. Keine Briefe, kein Tagebuch, kein Bild. Selbst nach sieben Jahren in Grainers Kammer entströmt dem Karton noch der exotische Duft nach Sandelholz und Weihrauch.

Der Grainer ist davongeschlappt und kommt jetzt mit zwei Fotografien wieder. Eine zeigt ein vielleicht fünfzehnjähriges strahlend lachendes Mädel Arm in Arm mit einer Frau. Mutter und Tochter. Das andere ist ein Passbild. Die Anni, sehr dünn, dunkle, tiefe Augen schauen den Sandner ernst an. Da war sie vielleicht achtzehn.

»Derf ich mir die borgen?«, fragt der Sandner.

Der Grainer nickt. »Eh scho ois wurscht.«

Der Sandner verabschiedet sich vom Grainer mit einem komischen Gefühl. Aufgeräumt scheint der, und eine grimmige Entschlossenheit strahlt er aus. Wozu entschlossen? Oder ist er nicht zum Saufen gekommen heut.

»Der war gwies einmal ein sauberner Hof«, meint der Sandner, einen kurzen Blick umherwerfend.

»Ich hab keine Erben, Sandner. Aber irgendwann wird das bestimmt wieder ein schöner Hof. Wer von der Arbeit ned davonläuft, find hier ois, was er braucht.«

Der Sandner schaut ihn misstrauisch an. Aus dem Gesicht kann er nichts herauslesen. Nichts, was ihm weiterhülfe. Da bräuchtest du eine Übersetzung.

»Auf Wiederschaun«, sagt er.

Der Grainer nickt ihm zu. »Machens es gut, Herr Kriminaler.«

Ganz in Gedanken zuckelt der Sandner zurück in den Ort. Warum hat sich der Grainer in sein Sonntagsgwand geschmissen? Der schaut nicht aus, als ob er um einen Geburtstag ein Geschiss machen würde. Schon gar nicht um den eigenen. Da ist etwas im Busch.

Es wird ja viel experimentiert, hier und auf der ganzen Welt, mit Intentionsdiagnostik, vorausschauender Analyse, avancierter Überwachung und Pipapo. Damit du als Polizist weißt, an welchem Ort wer zukünftig ein Verbrechen begehen will oder vielleicht morgen früh dran denken könnte, brauchst du eine Menge algorithmisches Handwerkszeug. Auf das kann der Sandner verzichten.

Im Ort brodelt es, und das sind nicht die Whirlpools im Wellnessresort. Bis in die Haarspitzen spürt er, dass etwas im Gange ist, das auf Bad Kohlgrub zurollt. Jetzt fehlt ihm die magische Glaskugel, weil er zu gern gewusst hätt, welche Rolle ihm der große Regisseur zugeteilt hat. Besser den Komödianten geben als die geschundene Kreatur.

Die Maria scheint immer noch auf Kräutersuche unterwegs zu sein, wie der Sandner bei ihrem Haus ankommt. Aus Maxis Zimmer dringt laute Musik. Black Keys, die »Rubber Factory«-CD. Rau und erdig, so wie es sein sollte. Als hätten sie die Lieder hier eingespielt. Nicht ganz auf dem Hund – musikalisch betrachtet – der Bub. Der Sandner steht einen Moment lauschend vor der Tür. Sein Fuß wippt automatisch. Er klopft an. Noch einmal.

Ohne noch länger eine Antwort abzuwarten, macht er die Tür auf.

»Was?«, schallt es ihm entgegen.

Eine dünne Gestalt liegt auf dem Bett. Eigentlich wollt der Sandner sich nach Maxis Mutter erkundigen. Die Fensterläden sind dicht, aber durch das bisserl Licht aus dem Flur kann der Polizist erkennen, dass dessen Zustand nicht der beste ist. Zerschunden schaut er aus, Blutergüsse im Gesicht.

»Wieder die ...«

»Was glauben Sie, hä? Sie haben sich ja einmischen müssen – ja, ich bin der grandiose Bulle. Und dann hasta la vista. Dankschön auch.«

Der Sandner sagt nichts drauf. An der Wahrheit gibt es nichts zu deuteln. Aufgespielt hat er sich, das Ego gescheit aufgepumpt, und was hat das dem Burschen genutzt?

»Und jetzt verpissen Sie sich!«

»Die werden ned aufhören – genauso wenig, wie du aufhörst, dich vollzudröhnen.«

»Was soll das denn? Bloß weil Sie meine Mutter gevögelt haben, brauchen Sie sich nicht aufspielen wie weiß Gott wer – wir kommen gut klar. Mach hier nicht den starken Mann.«

»Du verkaufst den Mist und reitest deine Mutter in die Scheiße nei.«

Der Angesprochene dreht sich auf den Bauch und hält sich die Ohren zu.

Der Sandner hat keinen Auftrag und lässt ihn allein. Froh ist er, diese Diskussionen hinter sich zu haben, und froh, dass die Sanne ein Nestflüchter gewesen ist. Er stellt sich vor, sie würde bei ihm zu Hause auf dem Kanapee flacken und ihn verbal abledern. Ein Gfrett mit den Kindern, wenn sie keine Kinder mehr sind. Kaum hat er sich von Maxis Zimmer abgewandt, schellt es an der Tür. Marias Sohn macht keine Anstalten zu öffnen. Dann gibt der Sandner eben den Portier, wenn's für Supernanny nicht langt.

Es sind seine Murnauer Colegas. Aus ihren Mienen versucht

der Kriminaler herauszulesen, ob sie gute Nachrichten im Sackerl haben. Der Dicke trägt Spiegelbrille und kaut Kaugummi. Offensichtlich arbeitet er an seiner Performance. Ob sie etwas für ihn hätten, will der Sandner wissen. Der Spargel zaubert einen schmalen Schnellhefter hinter seinem Rücken hervor.

»Ganz offiziell«, postuliert er.

»Zeig.«

»Des wär dann allerdings inoffiziell.«

»Herrschaftszeiten – zeig, was du hast, Derndl.«

Der Sandner braucht nicht ganz fünfzehn Sekunden, dann hat er den Inhalt gefressen. Er hat das Gefühl, als hätte ihm wer die Tür vor der Nase zugeschlagen. Irgendwo muss er doch reinkommen, Kruzifix. Die Geschichte von der Anni stinkt wie ein ganzer Fischmarkt, aber zu greifen bekommt er höchstens die abgefieselten Gräten.

»Was ist mit dem Obduktionsbericht?«

Die beiden schauen zerknirscht aus der Wäsche. Statt Lob kriegens die Goasl zu schmecken.

»Wenn was auffällig gewesen wär ...«

»Scho recht«, grantelt der Münchner.

Wie er grad fertig ist mit Zusammenpacken, ist die Maria auch nach Hause gekommen.

Abschied ist ein scharfes Schwert. Schon komisch, was im Hirnstüberl so alles in den Ecken lungert und krakeelt, wann immer es mag. Für den Roger Whittaker hat seine Mutter geschwärmt. Er hat sich nicht erinnern können, dass sie sonst jemals auf einem Konzert gewesen wäre. Beim bärtigen Samtkehlchen schon. Ob er jetzt ein Schwert ist, der Abschied, das in den Eingeweiden wühlt, oder eher ein Seil, das dir den Kragen abschnürt, darüber sind die Meinungen gespalten.

In der Küche sind sie sich gegenübergesessen. Die Verlegenheit hat sich auch einen Stuhl hergezogen. Dass er ja wiederkäme, hätte der Sandner gern gesagt, aber er wollte nicht den

Großmäuligen geben, der das arme Hascherl mit Worten abfüttert. So schaut er sie nur schweigend an, seine Aschera. Besser nichts sagen, als ein Gefühl in den Häcksler zu stopfen. Die Zeit in Bad Kohlgrub ist für ihn dahingeflossen, als hätte sie der Dalí gemalt. Zeit ist ja eine Erfindung der Sinne, wie der Philosoph gern betont. Von daher ist es ein surrealistischer Rodeoritt gewesen, in höchstem Tempo, und das Viech hat ein ums andere Mal sauber aufgebuckelt.

»Schön, dass wir uns begegnet sind, find ich«, bekennt sie abschließend.

»Ja«, kann er inbrünstig antworten, da klebt nix Falsches dran.

»Und ich tät mich freuen, wenn wir …« Sie zuckt die Achseln und lächelt ihn an. Dass die Frauen in solchen Situationen allerweil mutiger erscheinen.

»Dann wird's gwies passieren«, sagt er einfach.

»Meinst?«

Er nickt und greift nach ihrer Hand. Dreht sie etwas und betrachtet die Handfläche. Die feinen Linien, die kräftigen Finger. Konzentriert wird sein Blick, als könnte er drin lesen wie in der SZ.

Ein zweites »Ja« bringt er heraus und nickt entschlossen, weil er akut beschlossen hat, sich über den Weg zu trauen. Dann müssen sie sich doch noch umarmen, aneinanderdrücken und busseln, bevor der Sandner nach seinem Rollkoffer greift. Fast hätte er das Bezahlen vergessen.

Wie er im Auto sitzt, kann er nicht gleich losfahren. Er muss sich den strikten Befehl dazu geben. Der innere General übernimmt die Macht, und der übermütige Soldat muss wieder ins Glied und knipst brav das Hirn aus.

Wie die Sanne noch ein kleines Madl war, hat der Tierfilmpapst Heinz Sielmann ihnen im Sonntagnachmittags-Programm einmal einen Ameisenlöwen auf Beutefang präsentiert. Das borstige Insekt, eigentlich bloß eine Larve, hatte im sandigen Boden einen

Trichter gebaut. Eine Ameise ist leichtsinnig herumstrawanzt, mit dem lockeren Sand zum Trichtergrund gerutscht und – aus die Maus. Zwei Mandibeln haben zugepackt und knack! – ein verzweifeltes Zappeln, dann hat das lähmende Gift ihr den Garaus gemacht. Flott ausgesaugt und Mahlzeit! Die Sanne hat das damals furchtbar gemein gefunden.

Vielleicht ist es gesund, dass der Sandner Bad Kohlgrub verlässt. Gerade noch aus dem Trichter gekrabbelt. Der Abstand wird ihm guttun. Gefangen genommen hat ihn der Ort, eingetaucht ist er im Moor, seine Gedanken sind mäandert, wie die kurvigen Pfade in die Bergwälder hinein.

Mit Jimmy Rosenbergs virtuoser Klampfenkunst zuckelt er gen München. Zum Niederknien spielt der Mann auf. Sein Gipsy-Swing umrahmt die To-do-Liste, an welcher der Sandner herumbastelt, bis er sie imaginär in die Tasche schieben kann. An der könnte er sich die Zähne ausbeißen oder letztendlich sogar die traurige Ameise abgeben. Aber brauchbare Ideen wachsen im Wald nicht wie das psychogene Gesträuch.

Fertig ist er mit Bad Kohlgrub noch lange nicht.

Im Münchner Westen tummelt sich derweil seine angeschlagene Truppe. Im Büro in der Hansastraße regiert der Mull. Einzig der Jonny Winter ist noch unversehrt. Wobei ihm die umfangreiche Leichenöffnung zumindest psychisch eine gescheite Watschn verpasst hat. Da ist der Doktor Aschenbrenner detailversessen. Kein lockerer Spruch kommt dem Jonny über die Lippen, was der Wiesner nicht unrecht ist. Sie kommt gerade zurück vom Arzt wegen der Nase. Kurze Überprüfung. Im Vergleich zum Hopf ist ihr gebrochenes Nasenbein natürlich Kindergeburtstag mit Erdbeertorte. Nichtsdestotrotz hat es Priorität.

»Habts nix zum Tun?«, rempelt sie die Kollegen verbal an. »Oder wartet ihr auf den Meister? Wo habts die Palmwedel und die Rosenblätter?«

»Zu Meister fällt mir ein«, der Hartinger nimmt gerade Haltung an, »die Telefondaten sind da. Nur mit der Calm & Peace-Gemeinde hat der Brandl telefoniert, mit dem Stangassinger, den Damen und zweimal mit dem Hambacher – weißt schon, dem Kerl aus Bad Kohlgrub. Computer hat er nicht und soziale Netzwerke Fehlanzeige. Medienasket.«

»Bin i au«, bemerkt der Jonny. »Da verplempern die Leut ihre Zeit für nix und wieder nix. Wenn du dann amal am Abkratzen bist, kannst japsen – hey, ich war ein digitales Großereignis. Drauf geschissen. Auslöschen könnt man dich mit einem Knopfdruck – so schaut's aus.«

»Wenn ich amal einen Philosophen brauch, der mir die Welt gscheit erklärt, schau ich mich in Hintertupfing um – da muss das Nest sein«, meint die Wiesner und gähnt ausgiebig.

»Erzähl lieber eine Bauernregel von daheim, damit wir wissen, wies Wetter morgen wird«, ergänzt der Hartinger.

»Frisst der Hartinger viel Kraut, wird der Wind recht stinkat und laut.« Das dreckige Auflachen vom Jonny muss einsam sein Dasein fristen. Die beiden Kollegen glotzen ihn nur fragend an.

»Wenigstens ist der Hopf gut verräumt, so wie es ausschaut, können wir in Ruhe den Samstagabend zusammenpuzzeln.« Die Wiesner streckt sich.

»Im Krankenstand sind mir die Tatverdächtigen auch am liebsten«, ergänzt der Jonny und schlürft vom Kaffee. »Des ewige Hinterherhetzen ist dermaßen ungesund, gell, Hartinger?«

»Du mich auch, John-Boy«, kommt es knapp vom Angesprochenen. Die beiden nicken sich kurz zu. Der Hartinger vertieft sich in die Ermittlungsakte.

»Unterschätz die Siechen nicht«, meint die Wiesner. »Letztes Jahr haben wir einen Fall gehabt, da sind sich zwei in einer Oben-ohne-Bar hinterm Bahnhof ans Leder. Der eine, mit Magenkrebs im Endstadium, hat den anderen dermaßen hergestiefelt, dem ham die Zähn bald zum Hinterkopf rausgeschaut. Zufällig waren zwei Rettungssanitäter anwesend, die wollten zur Abwechslung mal üppiges Fleisch begaffen, an einem Stück. Wenn die das

Opfer ned glei versorgt hätten, wär der abgekratzt. Und weißt, was des Beste war?«

Der Jonny ist jetzt ganz Ohr.

»Der Krebskranke hat sich was dazuverdienen wollen. Schwarzarbeit sozusagen. Damit er seinen Kindern a wenig Geld hinterlassen kann. Ein Spezl hat ihn beauftragt, den Liebhaber seiner Frau totzuhauen. Und wir haben es für eine madige Kneipenkeilerei gehalten. Wollt ja auch keiner was gesehen haben – kennst es ja. Eigentlich ned dumm.«

»Und wie seids ihr draufgekommen?«

»Gar ned. Er selber hat's verraten. Weil sein Kontrahent ned ganz tot war, nur a bisserl, wollt sein Spezl ned rausrücken mit der vollen Summe. Und da hat er ihn hingehängt. Er hat sogar wissen wollen, ob er ihn verklagen könnt, wegen ausstehender Zahlung. IQ halt vom Gänseblümchen. Der Sandner hat gemeint, des nächste Mal müsste er zumindest auf Vorauskasse bestehen. Ein nächstes Mal hat es nicht mehr gegeben – vor der Hauptverhandlung ist er über den Jordan. So viel zu den Kranken und Siechen.«

»Reds ihr von mir?« Der Sandner betritt grinsend die Bühne. »Hier schaut's eh scho aus wie in der Außenstelle vom Klinikum.« Sein Blick wandert im Raum umher. »Bringt die Toten heraus!«, dröhnt er mit Bassstimme.

Die Wiesner überlegt kurz, die Füße von seinem Schreibtisch zu nehmen, lässt sie aber, wo sie sind.

Das allgemeine Servus und Hallo hat einen befreienden Unterton. So, als ob die natürliche Ordnung wieder Einzug hält. Selbst die Wiesner ist davon angesteckt, obwohl sie keinen Alpha-Rüden bräuchte, um sich anzulehnen. Dass er sich bloß nicht überschätzt, der Sandner. Die Nase kann sie sich auch allein brechen. Für sie hat es eher etwas mit Balance zu tun. Das kindliche »Alles wird gut« kommt ihr plötzlich in den Sinn. Das ärgert sie. Was ein Schmarrn hoch zehn!

»Es erquickt wohl auch den müden Stier, wenn die Leute sagen:

Dort geht der Herr der Herde«, hat Kalidasa in Indien einstmals aufgeschrieben.

»Bevor uns die Rührung übermannt, hätt ich gern die Ermittlungsakten eingesehen«, verfügt der Herr der Ermittler-Herde. Ordnungsgemäß erquickt kommt er allerdings nicht daher.

»Wie geht's deinem Handgelenk?«, will die Wiesner wissen.

»Wie geht's deiner Nase?«, fragt er retour.

»In etwa so wie seinem Knöchel.« Sie weist mit dem Kinn auf den Hartinger. Der Sandner fläzt sich auf einen leeren Stuhl.

»Ich hab's schon gehört – du hast einen Hund gepiesackt, Hartinger. Wollt das kriminelle Zamperl ned rausrücken mit der Wahrheit?«

Der Jonny reicht ihm die Vernehmungsprotokolle und Akten. Der Hauptkommissar blättert unmotiviert darin herum. Dann seufzt er auf. »Ich sag's euch.«

»Wellness wird überschätzt?«, fragt seine Kollegin.

»Na – fürs Landleben brauchst du Nehmerqualitäten, sonst zählns dich ruckzuck aus.«

»Eigentlich wollt ma für heut Feierabend machen.«

»Eigentlich schaut bestimmt gleich der Wenzel vorbei, der hat bestimmt scho gewittert, dass ich wieder im Gau bin.«

Es dauert keine zwei Minuten, bis Sandners Vorhersage bestätigt wird.

»Hauptkommissar Sandner! Kaum ist der Fall in trockenen Tüchern ...«

»Wenns meinen, Herr Staatsanwalt.«

»Das wird kein Zuckerschlecken. Da müssen wir akribisch Indizien sammeln, wie die Ameisen.«

Der Sandner sagt nichts. Er ist in Gedanken noch immer im Kurort. In München hat er noch kein Fleisch an den Knochen. Aktenleiche. Das wird dauern, bis er ein Gespür für den Toten aus der Sedanstraße bekommen hat. Da muss er auf die Wiesner vertrauen. Nicht einmal von den Verdächtigen hat er sich ein Bild machen können.

Wieder kauen sie die aktuelle Situation durch. Ein zäher Kaugummi ohne Geschmack. Der Wenzel erwartet sich für den morgigen Tag Hopfs Geständnis. Ohne Waterboarding wär's wohl nicht zu kriegen, vermutet sein Giesinger Plagegeist. Der lässt aber Bad Kohlgrub aus dem Spiel. Für den Staatsanwalt ist diese Wiese abgegrast. Der Fall läge glasklar. Bei der Presse hat er sich auch schon aus dem Fenster gelehnt. Ein bisschen weniger Transparenz hätte sich der Sandner gewünscht. Auch wenn der Wenzel meint, für den Haftrichter wären die Indizien ausreichend.

»Motiv Nummer eins, wie so oft: Eifersucht. Wer lässt sich schon gern erzählen, dass im Bett ein Adonis die eigene Frau sozusagen übersinnlich befriedigt. Und außerdem verprasst der Brandl noch Hopfs sauer verdientes Geld.«

»Übersinnliche Befriedigung? Des hat was«, bekommt er vom grienenden Jonny den Bart gepinselt.

Düstere Blicke sammelt der vom Kollegenkreis.

Der Wenzel nimmt ihn nicht zur Kenntnis. Zu kleine Existenz für seine Maßstäbe. Hierarchisch betrachtet, für ihn höchstens Arbeiterameise mit Aussicht auf Beförderung, wenn kein Sandtrichter seiner harrt. Ein zufriedener Staatsanwalt verlässt die Arena, gerader Rücken, Nase in den Wind gereckt – fidel und tatkräftig.

»Pack mas für heut«, beschließt der Sandner, wie die Tür hinter seinem umherstolzierenden Trauma ins Schloss fällt. »War ein zünftiger Tag.«

Bevor es ihn nach Hause treibt, muss er noch in die Kneipe. Nicht, dass er darauf aus wär, das Hirn in Alkohol zu tauchen, bis es sich auflöst in zufriedenem Dahinvegetieren. Er verwirft die kurzzeitig verlockende Versuchung. Eine ganz bestimmte Lokalität hat er im Auge, an deren Tresen er seinen alten Spezl Miran vermutet. Der beste Änderungsschneider in town hat noch ein paar andere Qualitäten, von denen der Polizist ab und an Gebrauch macht. Insbesondere kann er meisterhaft organisieren und improvisieren – und wesentlich: Was immer der Sandner auf die Speisekarte kritzelt, der Miran ist nicht zu verblüffen. Zu finden ist er des Nächtens meist in Ömers Dönerladen. Nicht weit von Sandners Wohnung in der Lohstraße.

Der Sandner hat Hummeln im Hintern. Kaum hat er ihn ausgemacht, lotst er ihn auch schon nach draußen. Galatasaray auf dem Großbildschirm bekleckert sich nicht mit Ruhm. Für die akustische Untermalung sorgen die Gäste: Fluchen und Zähneknirschen. Das ist der Sandner als Giesinger gewohnt, mit den Löwen hast du auch dein Gfrett. Oder es ist harte Arbeit am Karma, und du wirst im nächsten Leben mit Zauberfußball belohnt. Damit du als »Blauer« nicht ewig das Masochistenlaiberl trägst. Ömer fühlt sich verpflichtet, den grimmigen Blick hervorzukramen, weil der Sandner die Speisen asketisch missachtet. Schweren Herzens, zugegebenermaßen – der Pflicht gehorchend.

Kurz drauf schlendert er mit Miran den Auer Mühlbach entlang. Der gelockte Riese schweigt. Einen speckigen Ledermantel trägt er, was den Sandner an irgendeine alte Geschichte erinnert. Sie hören dem Plätschern zu, alles scheint im Fluss. Panta rhei. Der Sandner bleibt stehen.

»Ich müsst eine Leiche auf dem Friedhof ausgraben und untersuchen lassen«, sagt er leise.

Der Miran schaut zum Wasser, verzieht keine Miene.

»Ausgraben ist kein Thema, falls niemand dazwischenfunkt«, meint er, »eingraben ist schwierig.«

»Wie meinst du des?«

»Wenn du willst, dass es hinterher genauso ausschaut wie vorher, wird's kompliziert. Da brauch ich einen Spezialisten.«

»Bad Kohlgrub, Rochusfriedhof, morgen um acht auf d'Nacht sollt es losgehen.«

»Was muss ich noch wissen?«

»Der Friedhof liegt zwar a bisserl abgelegen, aber da sind a paar Pensionen und Wanderwege in der Nähe. Touristenort. Außerdem kann man des Grab vom Tor aus sehen. Wird ned einfach.«

»Nicht einfach, aha. Wie krass bist du denn unterwegs? Das geht so gar nicht, Sandner. Vergiss es schleunigst. Da knüpft uns die Meute auf, bevor man uns verhaften kann.«

»Des muss aber irgendwie gehen.«

»Schau, wenn wir in der Nacht anschleichen und es wer spitzkriegt, sieht des auf jeden Fall illegal aus. Da rufen sie die Polizei oder was weiß ich wen. Also, wenn du mich fragst, und du solltest mich fragen, geht's nur, solang es hell ist, unauffällig.«

»Unauffällig? Da sieht uns a jeder Depp!«

»Na klar. Kennst du die Geschichte vom Hauptmann von Köpenick?«

»Verreckter Scheißdreck – des ist dein Ernst, oder?«

»Denk nach. Anders geht's doch ned, fast mitten im Ort. No risk, no fun.«

»Des sand doch keine hirnamputierten Hinterwäldler oder Kinder, des sand normale Leut an einem normalen Ort – wie du und ich. Wie stellst du dir des real vor? Hast du grad was eingeworfen?«

»Du und normal, Sandner? Da lach ich doch in Wald nei. Aber ich prophezeie dir, das würd in München grad so funktionieren – wenn wir es gescheit anstellen. Das wird eine coole Aktion.« Er grinst breit und schaut dem Sandner ins Gesicht. »Jetzt hast gscheit Schiss?«

»Ich muss noch jemanden überzeugen. Das wird ziemlich unmöglich bei der Sachlage. Der hat nämlich Verstand – im Gegensatz zu uns. Davor hab ich Schiss.«

»Okay – lass uns über Bakschisch reden. Da kommst du nicht billig davon.«

Der Sandner seufzt auf. »Freilich, Igor.«

Am Ostpark steht das kleine Häuserl der Aschenbrenners. Der Sandner hat sich nicht angekündigt und hofft, dass sie zu Hause sind. Eigentlich wär's besser, wenn nur der Doktor Aschenbrenner daheim wäre und seine Perle auf auswärtiger Mission unterwegs. Ein kleines Stückerl Welt retten, Kröten über die Bundesstraßen tragen oder Glied in einer Lichterkette bezüglich Zusammenlegung eingekerkerter Labormäuse darstellen. Des Doktors Weib ist von besonderem Schlag. Rechtmäßige Erbin von Simone de Beauvoir und »Humanity Dick«, dem Begründer des Tierschutzes. Wenn dem Gerichtsmediziner nach einem ordentlichen Steak gelüstet, muss er sich aus dem Haus schleichen, als hätte er ein obszönes nächtliches Hobby. Nach einem gemeinsamen Abend mit dem Sandner, der sie vor Kurzem unter anderem in eine Currywurstpinte im Gärtnerplatzviertel geführt hatte, soll er tagelang nach Schwein gerochen haben – so geht die Mär. Aschenbrenners Erzählungen über die olfaktorischen Fähigkeiten seiner Gemahlin haben dem Sandner das Singleleben versüßt. Obwohl er sie mag, die Heidrun.

Der Abend ist mild, und zahlreiche Kinderbesitzer machen sich mit ihren Kurzen nebst diversen Spiel- und Grillutensilien auf den Heimweg von der grünen Oase. Zurück vom überlaufenen Park in die Häuserwüste. Die Naturkulissen der Großstadt – der Potemkin wäre begeistert. Beim Einparken vom Dienstwagen ist der Sandner in Gedanken in Bad Kohlgrub. Dort kannst du das Grün mit allen Sinnen erfahren. Stille gehört dazu, der Moosgeruch – und Kräuter findest du nicht bloß in der Soße zum Grillfleisch.

Aschenbrenners Heidrun macht ihm die Tür auf.

»Ja Josef, Mensch!«

»Servus Heidrun.«

Jetzt wird's diffizil. Natürlich ist sie keine, die sich diskret zurückzieht, wenn die Männer im Arbeitszimmer bei Zigarren und Cognac Geschäfte besprechen. Gute Argumente braucht der Polizist, um die eheliche Gemeinschaft zu überzeugen.

Die Frau mustert ihn kurz, wohl um den Grad seiner Erholung zu scannen. Mit Schmiss im Gesicht und Mull ums Handgelenk gibt er nicht gerade den Ausbund des Vitalen. Eher nach einem

Wochenendtrip mit dem Kegelverein zum Ballermann schaut das aus.

»Hat's dir gefallen im Ammertal?«

Er will grad anfangen, das Programm mit der schönen Moorlandschaft abzuspulen – stoppt sich jedoch rechtzeitig.

»Weißt, Heidrun«, sagt er, »wenn mir nicht ein Fall dazwischengekommen wär – zuerst hab ich gedacht, was soll so einer wie ich in dem depperten Kaff? Aber des packt dich, ob du willst oder ned, und du kommst plötzlich so kreuzfidel daher wie der Waldschrat selber.«

Sie lächelt ihn an. »Wenn man nix dafür tut, wird's bald nirgendwo mehr so ausschauen, nur auf alten Postkarten.«

Darauf weiß der Sandner nix zu sagen. Das Sprücherl kennt er. Die konsequenten Leut spucken bei jeder Steinigung tatkräftig in die Hände.

»Er ist in der Küche«, entlässt ihn die Heidrun und deutet den Flur entlang.

»Muss er dir wieder die Runkelrüben putzen?«

»Depp, trauriger.« Sie grinst.

Der Aschenbrenner hockt am Tisch, eine Lupe in der Hand. Vor ihm in einer Porzellanschale liegt ein toter Fisch. Zehn Zentimeter, dreieckiger Körper, bläulich mit rot geränderten Flossen. Etwas zerrupft schaut er aus, als hätte er einen harten Tag hinter sich. Der Mediziner starrt ihn nachdenklich an.

»Mahlzeit«, wirft der Polizist in den Raum.

Sein Freund blickt nicht auf. »Schau, Sandner, den hab ich vor einer Woche gekauft. Ich glaub, der ist eingegangen, weil ihn die anderen getriezt haben.«

»Aha, ein aquaristisches Mobbingopfer – so entspannst du dich am Abend, Respekt.«

»Der war nicht krank, verstehst du?«

»Ja und? Hams ihn halt abgefieselt, die Colegas. Hast du geglaubt, grad deine Fische sand die besseren Menschen?«

»Glaubst du ned ans Gute?«

»A Steckerlfisch is was Gutes.«

»Ich könnt ihn dir übers Feuerzeug halten, am Zahnstocher – oder als Sushi einwickeln.«

»Mir gefällt die Farb ned. Ich ess nix Blaues.«

Jetzt steht der Aschenbrenner auf und geht auf seinen Freund zu. Kurz klopfen sie sich ab wie die staubigen Hauer.

»Schön, dass du vorbeischaust.«

»Des sagst du jetzt.«

»Hock dich her und trink a Glas.«

Die Heidrun holt eine Flasche Rioja, und sie setzen sich zum Aschenbrenner und seiner Fischleiche.

Der Sandner trinkt einen Schluck und fängt an zu erzählen. Fast nichts lässt er aus, bis auf nächtliche Erlebnisse mit Bad Kohlgruber Kräuterhexen. Als er zu Ende ist, blickt ihn der Aschenbrenner nachdenklich an.

»Lass mich resümieren, was sich in deinem abartigen Hirn abspielt. Du möchtest von mir, dass ich mich beteilige an einer Störung der Totenruhe, Grabschändung et cetera. Das Ganze auf dem Präsentierteller. Meine Approbation könnt flöten gehen, die Ärztekammer könnt mich teeren und federn lassen, bevors mir in die Eier treten und durch die Straßen jagen. Das alles, weil du denkst, ich wär in der Lage, aus ein paar sieben Jahre alten Knochen zu lesen und deine halbscharige Hypothese aufzublasen? Ned dein Ernst.«

Die Heidrun wirft einen Blick auf die Fotos.

»Wer ist das Mädchen?«, fragt sie.

»Sie heißt Anni Grainer und ist tot am Baum gehangen.«

Der Blick seiner Frau lässt den Aschenbrenner resigniert die Hände heben.

»Idealisten aller Länder vereinigt euch«, ruft er aus, »aber warum ausgerechnet in meiner Küche?«

»Wenn das DEINE Küche ist, frag ich mich, wann du hier gescheit aufräumst«, bemerkt die Heidrun ungerührt.

»Betrachte mich als Lehnsherrn.«

»Mir fällt grad spontan eine bessere Bezeichnung ein.«

»Sag's ned, sonst könnt ich die Ehe annullieren lassen. Da hättens sogar im Vatikan Verständnis.«

»Allein, dass DIE dich verstehen könnten, wär ein Scheidungsgrund.«

»Die kennen sich aus mit den sündigen Schlichen des Weibes. Ich such halt auch nach jemandem, der mich versteht.«

»Sündige Schlichen des Weibes – aha. Du solltest als Einsiedler leben, dann versteht dich wenigstens immer einer.«

»Dann müsst ich ja wirklich die Küch aufräumen.«

»Vergelt's Gott, Asche«, mischt sich der Sandner ins Wörterhakeln. Er fragt sich grad, ob es nicht besser gewesen wär, sein Freund hätte es ihm ausgeredet. Arg wenig Gegenwehr. Hoffentlich liegt er nicht daneben.

»Komm mir nicht noch mit dem daher«, brummt der Doktor, »ich weiß eh schon, dass ich es bitter bereuen werd.«

Sie haben dann noch kräftig pokuliert, der Aschenbrenner und der Sandner. Die Heidrun hat sich tatsächlich diskret zurückgezogen, sie hat sich vorbereiten müssen. An der Volkshochschule unterrichtet sie beflissene Satzsucher in Creative Writing.

»Weißt, eigentlich ist das eine uralte überlieferte Tradition«, erläutert der Gerichtsmediziner dem Polizisten um Mitternacht. »Von daher wandel ich in den Spuren von ...«

»Doktor Frankenstein, Frank N. Further?«

»Schmarrn. Der Vesalius hat sich auch die Knochen auf dem Friedhof zusammenräubern müssen. In Paris hat er mit den wilden Hunden darum gerauft und sich die Gehängten vorgenommen. Des war der Anatomiegott im sechzehnten Jahrhundert. De humani corporis fabrica – ich hab des Buch als Replik. Du musst dir mal die Illustrationen anschauen, ein Wahnsinn, da fallen dir die Augen aus dem Schädel. Der gute Mann hat bewiesen, dass man die menschliche Anatomie nur an Leichen erforschen kann. Jeder Metzger würd sich bis dato besser auskennen als die Ärzteschaft, hat er gsagt.«

»Der Vesalius, da schau her. Ihr seids doch eh bessere Metzger. Weißt, Asche, des ist mir ein ewiges Rätsel, wie die Seziererei einem Freude bescheren kann. Vielleicht is des wie mit dem Pfriemeln an der Modelleisenbahn – die Leut hab ich auch nie verstanden.«

»Freude? Des is ned lustig, des is faszinierend. Des is was anderes. Warum jagst du den Totschlägern hinterher? Damit du a Gaudi hast im Leben, oder bist du ein Gerechtigkeitsfreak?«

»Ich hab nix Gscheites gelernt. Mit der Gerechtigkeit schind ich mich ned ab. Ich fangs ein, die Mordbuben, weil ich des am besten kann. Des is alles.«

»Des glaubst du ja selber ned.«

»Dann frag mich halt, wenn ich besoffen bin, noch amal. Dann komm ich dir vielleicht moralisch. Hast no an Wein?«

Als der Sandner die Augen aufschlägt, hält ihm eine halb nackte Judith das Haupt des Holofernes entgegen. Nicht, dass er den Gustav Klimt nicht mag, aber jedes Mal wieder hinterfragt er, ob man sich einen Mord ins Zimmer hängen muss. Kunst hin oder her. Wobei die Judith durchaus ansehnliche Brüste vorweisen kann und der Stadt darüber hinaus mittels Kopfabschneidens einen gewalttätigen Belagerer vom Leib schafft. Moralisch und biblisch wasserdicht.

Im Gästezimmer der Aschenbrenners liegt er bequem auf der Doppelliege. Dass seine Uhr halb neun zeigt, lässt ihn hochfahren. Sie haben ihn einfach schlafen lassen. Kruzifix. Obwohl sie zum Rotwein gescheit Lockes's Single Malt gepichelt haben, sitzt der Kopf ordentlich verschraubt und wackelt nicht. Anders als der Holofernes hat er sich gefahrlos betrinken können.

»Durch Weibeshand umgebracht.« Unter der Dusche hat er die Judith durch Hambachers Gemahlin ersetzt – gedanklich. Warum will die ihrem Göttergatten den Kopf absäbeln? Wenn sie es war, die dem Sandner – wie er stark vermutet – die Nachricht hat zukommen lassen, dass ihr Mann am Samstag beim Brandl gewesen ist. Sie könnte ein Telefonat belauscht haben oder die eingespeicherte Adresse im Navi gesehen haben. Oder, oder, oder. Sie ist ja bloß der Schatten einer Frau. Ausgehöhlt von Medikamenten und Pipapo. Psychisch eine Hüttn aus Stroh, die jedes Lüftchen umblasen kann. Und dann wird sie gefressen. Sie kann sich nicht mal so eben neben ihrem Mann aufbauen und dem das Alibi aufkündigen. Das hätte sie nie und nimmer derpackt. Aber sie muss sich denken, er könnte den Brandl umgebracht haben. Oder hat sie die Gewissheit? Was hat sie mit dem Büßen gemeint? Vielleicht will sie auch einfach nur ihren Mann elegant entsorgen.

Er schlüpft eilig in seine Hose.

Zu wenig Fleisch, um reinzubeißen. Da wird der Fuchs nicht satt. Er muss abwarten.

Der Sandner und der Aschenbrenner kennen sich schon ihr halbes Leben. Abgedrehte Zeiten haben sie gemeinsam überlebt. Neben dem Sandner als Gitarrist ist der Asche am Bass gestanden, wenn sie mit ihrer Band »Die Grattlers« auf irgendeiner kleinen Bühne in Schwabing oder sonst wo aufgespielt haben. Ein wildes Quartett. Der Lucky, ihr Sänger, ist eine Regionalgröße geworden. Als Ganove hat er sich erfolgreich im Geschäft etabliert. Vom Drummer haben sie nie wieder gehört. Der ist ins gelobte Land ausgezogen, um zu kapieren, wie er den Geldfluss immer in die richtige, nämlich seine, Richtung bewegen kann. Milch und Honig sollten fließen. Mit Stromschnellen hat er allerdings nicht gerechnet. Aber da ersaufen nur unwichtige Leut, für die werden keine Rettungsleinen sinnlos verschleudert. Wer sollte sich auch die Mühe machen – die geldgeilen Pflanzerl wachsen ärger nach wie das Unkraut.

Damals jedenfalls war ihnen das Geld nicht wichtig. Nur zum Nausschmeißen. Da haben sie sich in Zuständen erlebt, die du hinterher schnell vergessen willst, wenn es dir nicht gnadenhalber die Erinnerung verschmissen hat. Und weil sie gemeinsam seit Jahr und Tag an denselben Leichen werkeln und der eine weiß, wie der andere tickt, wird sich der Aschenbrenner drauf verlassen, dass ihn der Sandner bei der Anni nicht im Moor versinken lässt – zumindest nicht wissentlich und vorsätzlich.

Der Dienstagmorgen kommt wolkenverhangen und kühl daher. Passend zur Mordermittlung. Die Wiesner ist nicht ins Büro gefahren. Am Gärtnerplatz sitzt sie in einem Café am Fenster und wartet. Es gibt Tage, da braucht es nicht viel, um sich hässlich zu fühlen. Eine zerhauene Nase ist dafür ein gutes Fundament. Hier im Viertel kommt den Leuten als Ursache ihres Verbandes nur eine Schönheits-OP in den Sinn, alternativ der Unfall beim Mountainbiken. Das variiert mit dem Aufenthaltsort. Es gibt Ecken in München, da wären die Menschen neugierig drauf, wie ihre Gegnerin ausgeschaut oder ob sie zu viel Haushaltsgeld durchgebracht hätte. Arg leichtsinnig halt.

Nicht nur die Nase stört sie gerade. Es ist – alles. Das lässt sich nicht herschreiben. Wenn du nicht selbst einmal in einer zu engen Haut gesteckt hast, die überall zwickt, nebst einer Gewitterwolke anstatt dem Hirn, musst du mindestens ein gewiefter Psychotherapeut sein, bezüglich Einfühlungsvermögens.

Ihr Cappuccino ist lauwarm, als ihre Verabredung durch die Tür kommt.

»Ich wollt grad wieder gehen«, blafft die Wiesner den Mann an. »Was immer Sie mir mitzuteilen haben, Sie haben zehn Minuten.«

Der Stangassinger entschuldigt sich nicht. Er zieht nur kurz die Schultern hoch. Einen Kaffee bestellt er sich, bevor er sich setzt. Die Wiesner hätte auf Tee getippt und ist froh, dass ihr das Klischee abgesoffen ist.

»Jetzt treffen wir uns zum dritten Mal in zwei Tagen«, stellt er lächelnd fest.

»Nix Ungewöhnliches, wenn man mit einem Mordfall zu tun hat«, relativiert die Polizistin. Er soll sich nix einbilden. Gar nix!

»Zu tun? Sie oder ich?«

»Wir beide.«

»Ach so.«

»Ja.«

Sie schweigen und nippen an den Tassen. Steht ihm gut, das rote Sweatshirt. Eng genug, um zu erkennen, dass sich eine drahtige Figur darunter verbirgt.

»Was ist Ihnen noch eingefallen, Herr Stangassinger?«, will die Wiesner wissen. Das ist Thema – sonst nichts.

»Schön, dass wir uns hier treffen konnten – ich find den Rahmen …«

»Zehn Minuten.«

»Gut – also der Toni war ziemlich angefressen in letzter Zeit. Da gab es wohl jemanden, der ist penetrant geworden. Er hat so was angedeutet. Er müsst dringend was tun, um sich die wieder vom Hals zu schaffen. Das ginge so nicht weiter.«

»Was heißt penetrant? So was wie Stalking? Oder einfach nur ein bisserl zu viel geworden, der Tanz für den armen Toni?«

»Ich hab mich da nicht eingemischt. War seine Sache. Aber so wie es rüberkam – eher Ersteres. Er hat sich Sorgen gemacht.«

»Aber Sie haben jetzt keinen Namen parat. Könnt die Marlies Hopf gemeint gewesen sein?«

»Tut mir leid – keine Ahnung. Ich verschweig Ihnen nichts.«

»Viel ist das nicht – eine der Frauen hat ihn also möglicherweise bedrängt.«

»Ich hab Ihnen dazu noch etwas mitgebracht.« Aus einer Stofftüte holt er ein Kuvert. »Das sind Fotos unserer letzten Feiern. Zum Beispiel vom Vaisakhi-Fest. Ist allerdings schon im April gewesen. Wir feiern natürlich nicht amtlich rituell, eher aus symbolischem Anlass, weil Feste halt was Schönes, was Befreiendes sind. Vielleicht können Sie was damit anfangen. Ich hab die Fotos studiert, ob irgendwer oder etwas auffällig ist oder bedeutsam.« Er zuckt mit den Achseln. »Der Toni ist ja öfter verewigt. Vielleicht kann Ihr geschultes Auge mehr entdecken.«

Vaisakhi? Geschulte Augen? Einen skeptischen Blick schenkt ihm die Wiesner, bevor sie zugreift.

»Na gut. Dankschön. Ich werd's mir ansehen.« Sie schaut sich nach dem Bedienungsmadl um.

Dass er noch acht Minuten gut hätte, merkt der Stangassinger an. Womit er nicht unrecht hat.

Bei den abgezählten Minuten ist es nicht geblieben. Wenn du den ganzen Tag mit den Kollegen zu tun hast respektive mit Menschen, die dich hinters Licht führen wollen, bist du die Erleichterung selbst, wenn die Tasse Milchkaffee von angenehmer respektive attraktiver Gesellschaft begleitet wird. Der Stangassinger hat dem Brandl nicht den Kragen umgedreht, da ist die Wiesner sicher. Der ganze Knatsch zwischen den beiden hätte nicht gereicht für einen Mord. Jetzt ist ihr sogar ein Lächeln ausgekommen, wie er so erzählt hat von den krummen Wegen und Geschichten, die aus ihm einen Yogainstruktor gemacht haben. Den Gradlinigen kann sie eh nix abgewinnen. Leute ohne Zweifel haben meistens irgendein Viech im Keller, das irgendwann auskommt und alles zerreißt, was sich nicht rechtzeitig verzupfen kann. Und außerdem sind da noch Stangassingers Hände. Kein weicher Pfannkuchenteig – sehnig und fest, Adern ziehen sich über den Handrücken und den Unterarm. Kraftvolle Landschaft. Damit kannst du streicheln und zupacken, wenn's sein muss. Ganz in Gedanken beobachtet sie ihn, wie er die Kaffeetasse hebt.

»Und Sie?«, fragt er, »warum sind Sie bei der Polizei gelandet?«

Hundert Mal hat sie das schon gehört, als wär sie in einer obskuren Sekte. Warum fragt nicht jemand einmal etwas Überraschendes? Und wenn's nach ihrer Lieblingsfarbe wär.

»Des is aber jetzt arg fad«, meint sie seufzend.

»Ich fänd das interessant.«

»Na gut. Als ich so sechs rum war, hatte ich eine Katz. Schnurri hieß die, das war eine ganz verschmuste. Die war mein bester Freund, mein Ein und Alles. Durfte sogar in mein Bett. Und eines Tages hab ich sie draußen auf der Straße gefunden. Tot. Die hat wer zamgfahren. Ich war kaum zum Trösten. Ich hab mir vorgestellt, die Polizei fängt jetzt den Mörder, schimpft ihn und sperrt ihn ein, was man halt so für Phantasien hat als Sechsjährige – aber nix ist passiert. Da hab ich mir vorgenommen, wenn ich groß bin, geh ich zur Polizei, und dann fang ich solche Leut, die kleinen Madln ihre Katzen umbringen. Und so ist der Wunsch entstanden, Polizistin zu werden, schon als ganz kleine Maz.«

Der Stangassinger bekommt einen ernsten Blick.

»Schöne Geschichte – und traurig.«

»Finden Sie? A bisserl schmalzig, oder?«

»Wieso?«

»Die erzähl ich manchmal. Stimmt aber nix dran. Meine Mutter hatte eine Tierhaarallergie, der kam kein Viech ins Haus.«

Beide müssen lachen.

»Sie wollen jedenfalls eine harte Schale haben, oder?«

»Schmarrn. Vielleicht bin ich bei der Polizei, weil ich weiß … erfahren hab, dass man mit wirklich allem davonkommen kann. Und weil ich mir dazu auch noch alles vorstellen kann, alles ausmalen – die Gschichtn sind mir ned so fremd, wie ich's gern hätt. Aber des kann ich ned ändern. Und mit der Mischung bist bei der Polizei ganz gut aufgehoben. That's it.«

Schließlich steht die Wiesner auf. Mühe kostet das. Mehr Mühe, als sie gedacht hätte.

»Wenn du den Mörder vom Toni hast …«

»Was dann?«

»Würd ich dich gern …«

»Schau mer mal.«

Erst draußen kommt sie wieder zu Atem. Sie hat sich nicht mehr umgedreht. Er ist sitzen geblieben. War ja alles gesagt. Herrgott im Himmel! Der Stangassinger hat sie in einen Würfelbecher gepackt und ordentlich durchgeschüttelt. Wenn sie den Mörder hat. Im Büro werden sie sich Gedanken machen, wo sie abgeblieben ist. Auch schön, wenn man vermisst wird. Da sollte sie eine gute Geschichte im Gepäck haben. Keinen Kaffeeplausch mit dem Partner des Opfers. Am liebsten wär sie jetzt einfach hocken geblieben und hätte seiner tiefen Stimme zugehört – wurscht, welche Worte die moduliert hätte. Einfach nur dem Ton gelauscht und sich zurückgelehnt und treiben lassen. Sollen sie sich ihren Mörder alleine fangen. Und überhaupt war es eine Schnapsidee, mit dem Rauchen aufzuhören. Fast hätte sie mit dem Fuß aufgestampft. Nicht, dass sie sich jetzt besser leiden kann als am frühen Morgen, aber immerhin versucht sie, Verständnis für das blonde Rumpelstilzchen aufzubringen. Besser als Strafe.

Gut, dass Sie da sind.« Dem Hartinger ist die Erleichterung anzusehen. Er nimmt seine Krücke und steht auf. Das letzte Aufgebot nimmt Habtachtstellung ein.

»Was machst du für ein Tamtam. Hat der Hopf gestanden oder der Wenzel die Stimme verloren?«

»Na ja, es ist keiner da. Die Sandra nicht und Sie …?«

»Habts Angst gehabt allein, Burschen? Jetzt bin ich ja da.« Der Sandner reißt gleich das Bürofenster auf. Vielleicht Frischluftentzug. Im Ammertal hat er ja hohe Dosen eingeworfen. Er streckt sich. Tatkraft pur, überzeugend geheuchelt.

»Auf geht's, Jonny, Sightseeing. Wir fahren gleich zum Hopf. Machst eine gute Führung, gibt's ein gscheites Trinkgeld. Vielleicht sogar eine Butterbrezn.«

»Ja sauber«, ruft der Angesprochene und greift nach seiner Jacke, »hat sich des drei Tage Fasten gelohnt. Ein Traum.«

»Sei froh, dass du ned deine Sprüch fressen musst, sonst tätst den ganzen Tag speiben.«

Wenn die Wiesner rechtzeitig im Büro aufgeschlagen wär, hätte sie ihn durchschaut. Auf Achse will er sein. Den Umtriebigen geben. Als Stubenhocker wirst du gerupft wie das Hendl, wenn du einen Staatsanwalt Wenzel an der Backe und keine neuen Erkenntnisse zum Füttern hast. Der würde ihm die Ohren volltrenzen.

Der Sandner hat noch einen Grund. Die Konzentration will er finden für die Gschicht mit dem Toni. Quasi im Hier und Jetzt ankommen – die physische Anwesenheit mit dem Hirnkasterl verschrauben. Keine Bastelarbeit für Anfänger. Im Moment treibt ihn nämlich Bad Kohlgrub um. Der Ort liegt ihm im Magen wie ein Wackerstein. Hauptsache, er muss ihn nicht ausscheißen heute Abend.

Wie er zur Tür hinauswill, hätte er fast den Aschenbrenner über den Haufen gerannt. Grimmiger Blick, über der Nase gefurchte Falten. Schweigend nimmt er den Polizisten an den Schultern und schiebt ihn zurück ins Büro.

Der Sandner lässt es sich gefallen.

Der Gerichtsmediziner lässt sich ächzend auf einen Bürostuhl fallen. Schweigen. Erwartungsvolle Blicke allenthalben. Die Aufmerksamkeit ist ihm sicher. Obduktionsguru nebst theatralischem Habitus. Weisheit verteilt er kostenlos, ohne persönliche Worte der Kraft. Dass er sich gewundert hätte, lässt er sie wissen, dass keine Nachfragen gekommen wären. Der Jonny wird blass um die Nase in memorandum der Leichenöffnung.

Ob sie den Bericht nicht aufmerksam durchforstet hätten? Die Verärgerung steht ihm ins Gesicht geschrieben.

Jonnys Farbton wechselt ins dezente Rot.

Der Sandner setzt sich. »Der Kommissar Winter hier hat uns eine Zusammenfassung vom Wesentlichen gegeben. Ich muss zugeben, Asche, zum Lesen bin ich noch ned ...«

»So so. Und was hat er Wesentliches zusammengefasst?«

»Worauf willst du hinaus? Mach's halt ned so spannend.«

»Schwellungen, Vitalreaktionen.« Der Sandner starrt den Jonny an.

Jetzt hat der einen krebsroten Schädel auf. Er zuckt die Achseln. »Vital was?«

»Wie viel Zeit dazwischen?«, will der Hartinger gedankenschnell wissen.

»Lests halt den depperten Bericht – Amateurkapelle!«, poltert der Aschenbrenner los. Da versteht er keinen Spaß. Der Jonny hat's noch immer nicht begriffen. Der Nachteil bei deiner ersten Sektion ist, dass du dich mehr mit deinen eigenen Vitalreaktionen auseinandersetzen musst als mit denen des aufgeschnittenen Objekts. Gerade bei der Sägenarbeit wird es kritisch. Mann oder Memme. Verständlich, aber nicht rational. Was der Aschenbrenner ihnen schließlich klarmacht, ist, dass zwischen den Verletzungen und dem finalen Genickbruch genug Zeit verstrichen sein musste, damit sich Prellungen entwickeln konnten.

Der Sandner greift sich an die Stirn.

»Also der Toni ist nicht ausgezählt worden, und dann ist es passiert – in der Folge?«

»Gib ihm vielleicht zwanzig Minuten bis maximal eine halbe Stunde.«

»Könnt trotzdem derselbe Täter sein – aber die Version vom Hambacher könnt somit auch stimmen.«

»De omnibus dubitandum – in diesem Fall besonders an eurem Verstand. Ich obduziere ned, weil ich mir eine Leich von innen anschauen brauch.« Er schaut den Jonny scharf an, steht auf und klopft ihm mit dem Finger die einzelnen Silben auf den muskulösen Brustkorb. »Ich weiß, wie es da drinnen ausschaut – und du?«

»Dank dir«, sagt der Sandner knapp.

Der Jonny ist sprachlos. Eingenordet. Seltenes Ereignis. Der Bock, den er geschossen hat, flackt ihm auf den Stimmbändern. Natürlich hätten die Wiesner und der Sandner den Bericht lesen müssen. Aber sie haben es ihm – unterstützt durch hereinbrechende Ereignisse – übertragen, und er hat's vermasselt. Passiert ist passiert.

Dem Wenzel wird der Sandner das lässig hinservieren – dem sollte seine Sekretärin öfter die Lesebrille wienern. Der hatte das auch nicht auf dem Schirm. Fauxpas – zum Glück. Der Aschenbrenner kennt sich aus mit der Routine. Eine feine Nase hat er dafür, wenn ermittlungstechnisch etwas knirscht im Getriebe. Letzten Endes genießt er auch die Show.

»Noch was. Für den Genickbruch war definitiv kein Schlag oder Sturz verantwortlich.«

»Des hab ich ihnen weitergegeben«, wehrt sich der Jonny.

»So, jetzt wissts Bescheid«, meint der Aschenbrenner final und erhebt sich. »Übrigens hab ich grad noch einen Genickbruch auf der Tageskarte. Zufälle gibt's.«

»Aber ned dieselbe Methode, oder?«, fragt der Hartinger.

Der Aschenbrenner lacht auf. »Fragts den Bischoff Kare. Ist seit heut sein Fall. In Moosach sind zwei ins Rangeln gekommen. In einer Westernbar. Squaredance, Bullenreiten auf der Attrappe, und Dolly Parton quengelt aus den Boxen. So könnts euch das vorstellen. Um eine Frau ist es gegangen – versteht sich. Gamsige Hillbilly-Braut. Der eine hat den anderen dermaßen an die Rigipswand geprellt, dass ein Bisonschädel heruntergesaust ist. Seinem Kontrahenten hat er gleichzeitig die Faust in den Magen gezimmert, was den zu einer Verbeugung gebracht hat – Bingo. Das schwere Drumm ist ihm ins Gnack. Die billigsten Baumarktdübel wahrscheinlich. Das kriegst du außer in Dalton-City nur im Münchner Westen geboten. Jetzt kannst du spekulieren, ob das ein Totschlag ist oder – höhere Gewalt mit Hörnern auf.«

»Was wiegt so ein Schädel?« Der Hartinger scheint quizversessen.

»Kommt drauf an, was drin ist.« Dem Aschenbrenner sieht man an, dass er sich nur mühsam beherrscht, einen weiteren Kommentar zu unterdrücken. Wäre eine Steilvorlage vom Kommissar gewesen – dementsprechend zu billig. Er steht stattdessen auf und wirft dem Sandner einen vielsagenden Blick zu.

»Die Arbeit ruft, Wiederschauen, die Herren.«

»Wenn deine Arbeit noch rufen kann, solltest du dir Gedanken machen«, gibt ihm der Sandner mit auf den Weg.

Bevor der Jonny noch etwas Rechtfertigendes herausbringt, winkt er ihm. »Gemma – und die Butterbrezn zahlst du.«

Die Wiesner ruft er von unterwegs an und fragt sie, ob sie sich beim Hopf treffen könnten. Dass sie am Handy herumgazt wie beim Fremdgehen ertappt, schiebt der Sandner auf die besonderen Umstände der Ermittlung. Da bleibt eben keiner unversehrt.

Nächste Station: Krankenhaus rechts der Isar. Den Hopf bekommen sie nicht vor Augen. Auf dessen Station herrscht geschäftige Hektik. Das Personal macht einen konzentriert-ernsten Eindruck. Ärzte und Pfleger tummeln sich im Zimmer des Tatverdächtigen – dem Sandner nebst kollegialer Begleitung wird der Zutritt verwehrt. Nur für Eingeweihte. Habt ihr einen Gästeausweis? Dresscode: Weißer Kittel. Diagnostische Aussage: Frisch erworbene Lungenembolie. Lebensbedrohlich allemal; er wird's wohl wahrscheinlich – nach Ausschluss aller Eventualitäten – packen. Wie immer alles ohne Gewähr, selbst für den Boandlkramer ist es allerweil wie Black Jack. Rechts der Isar ist seine Spielbank.

Vernehmung ist ausgeschlossen. Neben der Patientenzimmertür hat es sich ein Uniformierter auf einem Stuhl bequem gemacht und beißt von seiner Butterbrezn ab. Der Sandner hatte ihn nicht bestellt gehabt. Bei der herrschenden Personalnot im Polizeigewerbe ist das ein Luxusartikel. Wahrscheinlich ein Wenzel'scher Schachzug, um die Bedeutung vom Hopf zu betonen. Da lungert also der Wappenträger vom Herrn Wichtig herum. Das Einzige, was entfleuchen könnte, wären Hopfs dreißig Gramm Seelengewicht, sofern man deren Existenz nicht bestreitet. Dafür wäre der frühstückende Polizist mangelhaft ausgebildet. Der Sandner schaut ihm einen Moment lang beim versonnenen Kauen zu. Der Hopf ringt drei Meter weiter mit dem Leben. Und du sitzt da und frisst, hätte er den Beamten am liebsten spontan angeschnauzt. Aber wozu? Was soll er machen? Mit leerem Magen auszuharren hätte dem Hopf auch nicht auf die Beine geholfen. Er wird halt ein Pragmatiker sein. Ein gutes Beispiel für: Das Leben geht weiter. Der eine kämpft um sein bisserl Leben, der andere lässt sich derweil die Brezn schmecken. So ist das allerweil gewesen.

»Scheiße«, kommentiert die Wiesner. »Scheiße, Scheiße, Scheiße.«

»Herrschaft, Sandra«, fährt ihr der Sandner dazwischen, »des hat der Hopf selber verbockt, verstehst? Den hat keiner gezwungen, sich von der Maximilianbrücke zu schmeißen. Damischer Uhu.«

»Trotzdem Scheiße«, beharrt die Polizistin und haut mit der flachen Hand gegen die Wand. Der Sandner schaut unwillkürlich nach oben. Da hängt nix, was herunterfallen könnte.

Die Wiesner stellt sich einer Krankenschwester in den Weg und zückt ihren Ausweis.

»Die persönlichen Sachen vom Herrn Hopf bräucht ich.«

Sie will irgendetwas tun. Die Aktion verhindert, dass sich ihre Gedanken im Kreis drehen. Wenn der Mann stürbe, was dann? Schließlich hat sie ihn auf die Brücke gehetzt, wie der Wenzel nicht ganz unberechtigt angemerkt hatte. Oder hat der Sandner recht? Das Schicksal damischer Uhus ist unergründlich.

Die Schwester verschwindet samt mürrischem Habitus im Krankenzimmer und kommt kurz drauf wieder mit einer Lidl-Plastiktüte. Ohne ein Wort hält sie diese der Wiesner hin. Die greift, ebenso mundfaul, zu. Ein Geldbeutel, Schlüsselbund, zwei Packungen Taschentücher, ein Bild seiner Gemahlin nebst Widmung auf der Rückseite, ein iPhone und eine Tube Handcreme gegen rissige Haut. Ergiebig sieht anders aus. Die Wiesner dreht das Foto um. In Liebe, deine Marlies. Es scheint ein Foto jüngeren Datums zu sein. Es sei denn, die Frau Hopf hat sich die letzten Jahre nicht verändert. Vielleicht konserviert die Frau formidabler Sex. Sie schiebt das Bild in ihre Jackentasche.

Hopfs Bewacher ist mittlerweile fertig mit der Mahlzeit und steht auf. Er weiß nicht recht, wohin mit den Händen, und schiebt sie in die Hosentaschen. Überflüssig wie ein Zirkusclown auf der Beerdigung.

»Schön aufpassen, der Hopf ist kampfsporterfahren«, weist ihn der Hauptkommissar an, bevor sie sich wieder auf den Weg machen.

Den Jonny gilt es noch von einem intensiven Meinungsaustausch mit einer brünetten, langmähnigen Krankenschwester loszueisen. Ein herrisches Handzeichen von der Wiesner genügt. Herbei, herbei! Angewieselt kommt er, der gehorsame Kommissar. Der Sandner ist beeindruckt von den Führungsqualitäten seiner Kollegin. Wer kann, der kann.

Polizeiarbeit ist try and error und dann dasselbe wieder von vorn. Das Rätsels Lösung haben vielleicht die Kriminaltechniker in Händen. Aber noch geben sie es nicht her und plänkeln mit der Macht. Sandners Gedanken flanieren über einen Ammertaler Friedhof, Wiesners meditieren in den Calm & Peace-Räumen. Da gibt es keine Brücke, kein verbindendes Element. Schweigend fahren sie zurück zur Dienststelle.

»Wenn wir nix mehr erfahren, vernehmen wir morgen alle Lebenspartner der Frauen, mit denen der Toni …«, meint die Polizistin schließlich, »und alle Leut in der Kartei von dem Laden. Hopf hin oder her. Wir können uns doch nicht hinstellen und in der Nase bohren.«

Vom Sandner kommt nur ein abwesendes Brummen, das man entfernt als Zustimmung deuten könnte. Ob er weiß, dass seine Exfrau mit von der Partie wäre? Karteileiche oder Initiierte?

»Meinen Segen hast du, Sandra«, bekundet der Sandner beim Aussteigen plötzlich, ihre Rede aufgreifend. »Morgen darfst du machen, was immer dir einfällt.«

Und heute? Sie hätte gern noch eine Erläuterung für die kryptische Botschaft, aber das Gesicht des Mannes zeigt ihr die rote Ampel. Nicht über diese Straße.

Dass sie sich auf den Weg zur Frau Hopf macht, ist reine Gefühlssache. Nichts Greifbares. Irgendetwas an der Aura der Frau sagt ihr, dass sie den Schlüssel in Händen halten könnte.

Sie radelt allein. Nicht, dass der Jonny ihr seine Begleitung nicht vehement nahegelegt hätte, aber sie will noch einen kurzen Zwischenstopp einlegen. Dafür braucht es kein neugieriges Mannsbild an ihrer Seite. Unterwegs holt sie ein Packerl Pralinen aus dem Bioladen. Bei dem exorbitanten Preis hoffentlich mindestens fair vom Strauch geschmeichelte Kakaobohnen, handmassierte Milchkühe nebst klassischer Musikbeschallung und zuletzt das Ganze mittels Segelboot über Meer und Fluss geschifft, zwecks perfekter Energiebilanz.

Ein nervöses Häuflein Yves staunt Bauklötze, wie es ihr die Tür aufmacht. Sie hält ihm das Präsent gleich unter die Nase.

»Für dich, weil du mich aufgesammelt hast – als kleines Dankschön.«

»Magst du reinkommen?«

Sie schüttelt den Kopf, überlegt es sich dann anders.

»Na gut, ich könnt dir grad noch was zeigen.«

Er stutzt kurz und macht den Türrahmen frei. »Was zeigen?«, hört sie sein Echo, während er ihr voraus ins Esszimmer geht. Wahrscheinlich dürfen Pralinen nur dort verspeist werden. Gefilzte Hausschuhe – naturfarben.

Sie setzen sich auf weiße Freischwinger an einen Glastisch. Steril wirkt das Zimmer, als wär's vom Krankenhaus rechts der Isar verpflanzt. Ein paar glänzende Grünpflanzen, eine weiße Anrichte und ein gefaktes Zebrafell auf dem Boden.

»Bist du Single?«, will die Wiesner wissen.

»Also weißt du«, er schaut sie verdattert an, »du fragst aber direkt – ich mein … ja, bin ich.« Jetzt probiert er ein zaghaftes Lächeln. Die Augen wandern erwartungsfroh über ihre Formen. »Du hast dich kaum verändert«, schießt er hinterher.

Kein Treffer. Rohrkrepierer. Das Schiffchen wird er nicht versenken können – nicht einmal zum Schaukeln bringen. Für Traumschiffmatrosen in gestärkten Bermudas verbotenes Areal. Die Zeit hat nicht verharrt und sich die Füße in den Bauch gestanden – die letzten sieben Jahre.

»Ich möchte dir ein paar Bilder von einer Feier dalassen. Vielleicht fällt dir wer auf, eine Frau, die öfter in der Sedanstraße unterwegs war. Rumgestanden oder im Auto gesessen. Was auch immer. Ich hab gedacht, wenn du Single bist, auf der Suche, schaust du a bisserl besser hin bei den Frauen.«

Ihr Schuss ist genau zwischen die Augen gegangen, obwohl ihr Lächeln ihn dämpfen wollt. Die Schultern fallen ihm nach vorn. Der ganze Mann sinkt zusammen. Sie holt ungerührt Stangassingers Bildergalerie aus der Tasche.

»Wenn du jemanden erkennst, ruf mich gleich an, ja?« Sie gibt ihm ihre Handynummer. »Das wär für unsere Ermittlungen eine große Hilfe.«

»Ja, okay, mach ich«, stammelt er hilflos und nimmt die Fotos in Empfang. Die Hand bleibt in der Luft hängen, wie am Faden. Die Illusion zerplatzt über ihm als schweinchenrosa Luftballon.

»Ich muss dann wieder«, verkündet die Polizistin und steht auf.

»Vielleicht noch was zu trinken oder so? Ich hab grad Roibuschtee ...«

»Leider keine Zeit, Yves. Weißt ja, wie es is.«

Kein: »Ein ander Mal.« Nicht in diesem Leben. Im Hausgang schnauft sie durch. Manchmal lacht dir deine Vergangenheit besonders dreckig ins Gesicht. Da bräuchtest du übermenschliche Contenance, oder eine gescheite Amnesie haut dich nieder. Dabei hat er ein gutes Herz, meldet sich die Erinnerung. Ein Netter – irgendwie.

Ganz automatisch wendet sie sich dem Nachbarhaus zu. Sie geht die paar Schritte die Straße entlang, schließt die Haustür auf, steigt die Stiegen hoch, bis sie vor Brandls Domizil steht. Sie lauscht kurz. Kein Geräusch dringt nach außen. Ihr Puls beschleunigt sich nicht. Kein Trauma. Sie schaut die vermaledeite Tür kurz an, wendet sich um und steigt die Treppen wieder hinunter.

Wäre der Hopf nach dem Mord seelenruhig nach Hause spaziert? »Marlies – Schatz, ich bin wieder da.« Ein derartiges Nervenbündel? Mit Sicherheit wäre der Kasperl nicht noch einmal in die Wohnung geschlichen und hätte sich listig hinter der Tür aufgebaut. Sie bildet sich ein, sie hätte den Hopf gespürt, wenn der da gelauert hätte. Seine Aura, sein Schnaufen, das Zähneklappern – irgendetwas. Der Geruch kommt ihr in den Sinn. Nichts im Hause Hopf hat auch nur annähernd so gerochen. Sie steigt draußen auf ihr Fahrrad. An die Marlies Hopf müsste sie noch die eine oder andere Frage stellen.

Der Sandner ist mittels Dienstwagen nach Untergiesing gefahren. Nach der Behaglichkeit seiner Wohnung hat es ihn velangt. Überflüssig kommt er sich jetzt vor, am falschen Platz. Es köchelt, es ist etwas im Gange, und er ist außen vor. Als würde er in einen tiefen See starren, in trübes Wasser. Alles scheint ruhig, keine Welle, kein Strudel, kein Nix, doch unten, auf dem Grund, tobt der Überlebenskampf – das Gemetzel. Nichts zu erkennen vom Zerfetzen und Verschlingen und den Zähnen, die Stücke aus Körpern reißen. Heute Abend wär er vielleicht schlauer, zumindest wird er nicht mehr der Zuschauer sein. Vielleicht darf er dafür den Seppl geben, quasi Animateur fürs Bingo.

Zwei Stunden noch. Er öffnet sich eine Flasche Rioja und schmiert sich ein Käsebrot. Die Verletzung scheint erträglich mitzuspielen. Die passende musikalische Menüuntermalung beschert ihm eine alte CD vom Ostbahn Kurti. »Feuer am Dach« hört er. »Da hilft koa Siren – da muss was gschehn!« Abwechselnd mitsummend, kauend und trinkend, flackt der Sandner auf der Couch im Wohnzimmer. Ja, es muss was geschehen, und es wird was geschehen. In München dümpeln und stochern sie herum wie die Petrijünger auf Wochenendsafari. Der Toni hat sich viele Feinde beschafft – ob er sich die redlich verdient hat, ist eine andere Frage. »Romeo, Romeo – des is koa Art, so tritt ma ned on!«, schreit der Kurti jetzt passend zum Gedankengang. Chaostheoretisch genügt es vielleicht, in Bad Kohlgrub Knochen auszuwühlen. Nach diesem Modell reicht es, wenn du auf der Toilette in Untergiesing einen Schoaß lässt, damit in Melbourne beim Violinkonzert der Solist fatalerweise einen schrägen Ton hervorkratzt. Chaos und Verwirrung stiften ist nie verkehrt. Da bekommst du die wahre Natur aller Wesen generiert. Schon beim Absaufen der »Titanic« sollen gestandene Mannsbilder sich in Frauenröcken für einen Platz im Rettungsboot quasi travestiert haben. So schaut's aus mit dem Existenziellen. In den Calm & Peace-Räumen hätten sie ihn wahrscheinlich vom Gegenteil überzeugen wollen. Aber im realen Sterben ist dein Glaube so effektiv wie ein Hustenbonbon. Höchstens hinterher könntest du wieder drauf bauen – sofern kein Agnostiker.

Der Sandner ist kulinarisch abgefertigt. Im Bad schaut er sich seinen Schmiss auf der Backe an. Gibt ihm einen verwegenen Anstrich. Die Burschenschaftler sind auch so ein verhinderter Sinnfinderklub für Kasperlköpfe, die nicht erwachsen werden wollen – oder sich vergeblich drum bemühen. Nach all den geistig unergiebigen Ergüssen landet er bei seiner Jazzgitarre. Die hat ihm gefehlt. Gerade in Bad Kohlgrub. Die ersten angespielten Töne auf seiner blonden Hoyer fixen ihn an wie nach langem Entzug. Dafür gibt's keine Ersatzdroge. Er klimpert ein paar Läufe, will den Fingern Geschmeidigkeit verleihen. Das depperte Handgelenk legt schmerzhaftes Veto ein. Genervt stellt der Polizist das Instrument in den Ständer. Verreckter Scheißdreck, der Hambacher Bubi ist ein armes Würschterl – trotzdem oder gerade deshalb würde der auf dem Grill eine gute Figur machen.

Frau Hopf, irgendwie will mir des alles ned in den Kopf.« Auf dem Cordsofa sitzt die Wiesner, vor sich eine Tasse Kaffee samt aufgeschäumter Milch. Die Frau wirkt fertig. Dunkle Augenringe, leichenblass. Kein Wunder, der Lover gemeuchelt, der Mann kämpft ums Überleben. Trotzdem ist die Polizistin nicht zum Kondolieren erschienen. Sie wirft das Bild auf den Tisch.

»Ham wir von Ihrem Mann.« Mehr kommentiert sie nicht, wartet auf die Reaktion.

Die fällt anders aus als erwartet. Die Hopf starrt es an wie den Leibhaftigen, fasst sich an den Kopf, bricht in Tränen aus.

Die Wiesner nippt vom Kaffee. Nicht weich und mürbe werden wie die kredenzten Butterkekse.

»Das hab ich dem Toni ...«, stottert dessen Geliebte schließlich.

»Hat das Ihr Mann demnach aus Tonis Wohnung mitgenommen?«

»So muss es gewesen sein.«

»Dann ist es da offen herumgelegen.«

»Er hat es im Schlafzimmer gehabt – seit letzter Woche.« Der Fluss aus Rotz und Wasser spült die Hopf davon.

Der Wiesner verwirrt es das Hirnstüberl. Ihre neugeborene Theorie reitet auf der Hopf'schen Tränenwelle dem Horizont entgegen – auf Nimmerwiedersehen. Neues Spiel – neues Glück.

»Warum haben Sie es Ihrem Mann erzählt?«

»Weil man mit so einer Lüge nicht leben kann?«

»Und nur die Frau Leistner war eingeweiht?«

»Ja – die hat das verstanden. Das mit dem Toni und das mit der Lüge.«

»Was haben Sie gedacht, wird Ihr Mann tun, wenn er es weiß?«

»Wir haben schon so lange nicht mehr vernünftig geredet. Wenn überhaupt – nur wegen unserem Sohn. Schule hier, Schule da. Es ... es war mir in diesem Moment so unglaublich gleichgültig. Ich war wie in einem duftenden Kokon – verstehen Sie das?«

Dieses eine Mal hätte sie sich dessen nicht versichern müssen.

»Ich hab Sie schon mal gefragt – glauben Sie, Ihr Mann hat den Toni umgebracht?«

Die Frau wischt sich mit dem Taschentuch großflächig trocken. Mit einer entschlossenen Geste zerknüllt sie das Papier in der Faust. »Es geht nicht ums Glauben, Frau Wiesner, ich weiß, dass er es nicht war. Ich weiß es.«

In diesem Moment ist die Polizistin von der Wahrheit überzeugt, weiß der Kuckuck, warum.

Die Pferde sind gesattelt. Jippijajey! Der Sandner springt die Treppen hinunter, an der verdatterten Frau Rindsbacher vorbei. Wie so oft gibt sie die Sirene am Briefkastenriff, um harmlos vorbeisegelnden Nachbarn ihre Gesänge um die Ohren zu schnalzen. Seit ihr Mann verstorben ist, übt sich der Sandner öfter in Geduld und tanzt ab und an zu ihren Liedern der alltäglichen Last. Heute nicht. Mit zwei Schritten ist er bei der Haustür. Ein »Ja, Herr Sandner!« verhallt hinter ihm. Mücken könnten ihr gemütlich in den offenen Mund fliegen – unter anderem, weil sie den Sandner zum allerersten Mal in Polizeiuniform sieht. Zwei denkwürdige Sekunden lang. Sie wird ihre Wahrnehmung hinterfragen. Stattliche Würde – wenn's auch kneift und an exponierten Stellen schabt. Spagat würde allerhand freilegen, damit könnte er die Rindsbacherin schockgefrieren. Hoffentlich trägt er das Gwand auch zum letzten Mal – es sei denn, er wird morgen per Standgericht zum Streifensepp degradiert. Durchaus signifikante Wahrscheinlichkeit.

Draußen parkt der Godfather aller Leichenwagen. Klobiger schwarzer Mercedes. Der Sandner prallt zurück. Versteinert auf der Stelle, als würde ihm die Medusa zublinzeln. Vielleicht ein tragischer Irrtum. Sie holen bestimmt jemanden ab im Haus – gerontologisch betrachtet, ist immer wer im Lostopf.

Beim Klingelkasten lehnt der Miran. Typische Pose – grienend, entspannt. Der muss kein Stück meditieren – alles naturbelassen.

»Der ist stylisch – oder, Sandner? Ist das großes Kino, hä? Genau das Richtige. Damit fährt der Ömer sonst zum Großmarkt, wegen dem Gemüse. Morgen früh muss er unversehrt wieder da sein – sein Heiligtum –, da steh ich bei ihm im Wort. Was schaustn so spanisch?«

Mirans Euphorie verpasst dem Uniformierten eine Gänsehaut, mit der du Parmesan reiben könntest. Der wahre Igor freut sich auf eine zünftige Gaudi mit der Leich.

»Ja verreck!«, kann der Sandner bloß krähen. Das Gefährt ist ein alter Hundertzehner, mit durchgehender Sitzbank, Weißwandreifen und H-Kennzeichen. In einer anderen Situation, zum Beispiel vorm Eiscafé, hätte dem Sandner das ein respektvolles Nicken abgenötigt. Mindestens.

»Damit fährt der Ömer zum Markt? Des glaub ich dir nie und nimmer.«

»Wieso ned? Wer ko, der ko. Wenn du dir den ganzen Tag die Füß in Bauch stehst, musst du es auch mal krachen lassen. Des macht ihm keiner nach. Da hat er seine Fans – verstehst? Man könnt sagen, das ist seine Gespielin.«

»Wer hockt denn da no drin?« Er deutet auf die kopftuchumwickelte Frau, die, unbeeindruckt vom Geschehen, geradeaus starrt.

»Spezialist – Tante.«

»Familienausflug? Jessasmaria!« Er greift sich an die heiße Stirn. Wahrscheinlich phantasierten sie alle im Fieberdelirium. Zeit, dass jemand aufwacht.

»Wo ist der Knochenflüsterer abgeblieben?«, will der Miran wissen und zündet sich eine Zigarette an. Lässige Geste, flüssige Bewegung, aufschnappendes Zippo.

»Fährt selber – zu unserem Glück –, sonst hätt sich wer hinten neilegen müssen.«

Da hilft allein pures Schulterzucken mit einem Schuss achtzigprozentigem Fatalismus. Geschüttelt, nicht gerührt.

Die Fahrt gestaltet sich weitgehend schweigend. Nur der Elvis darf seinen Senf dazugeben. Die CD ist im Player gelegen. Der Ömer hat also noch ein grenzwertiges Laster. »Jailhouse Rock« gibt der King zum Besten. »One for the money ...«

Der Gerichtsmediziner wird samt seinem Volvo in Bad Kohlgrub zu ihnen stoßen. Alles Abwägbare ist abgesprochen, ausgelutscht bis zum letzten Rest Knochenmark, fehlt nur noch die Umsetzung – redend tust du dich leicht. Hinten drin glänzt das Metall der Schaufeln.

Der Aschenbrenner hat dem Sandner einmal von einer Exhumierung im Auftrag vom pensionierten Oberstaatsanwalt Brauner erzählt. Dessen Onkel hat er sich vorgenommen respektive seinen Schädel. Am Westfriedhof sind die Knochen ausgebuddelt worden. Die Familie Brauner hat die Leiche des Mannes Oktober dreiunddreißig aus der Schutzhaft im Polizeigefängnis Ettstraße zurückbekommen. Da konnte der Heinrich Himmler grad als hiesiger Polizeipräsident protzen. Die Schutzhaft war wegen roter Hetze angeordnet. Ein Störenfried und Unruhestifter halt. Volksschädling. Und leider hätte er in der Haft einen tödlichen Herzanfall erlitten. Kommt vor – und jede Hilfe zu spät. Für den Leichentransport vom Gefängnis haben die Angehörigen noch gescheit bezahlen müssen und für vier Wochen Vollpension samt Mäuseköttel. Dass dem Toten ein fleckiger Verband um die Stirn gewickelt war, wurde durch eine kleine Schramme erklärt. Schließlich wär er infolge des Anfalls gestürzt. Die Familie hat es damals schlucken müssen – was hätten sie auch tun sollen? Wer hätte einen Kläger abgeben wollen? Der Totenschein ist ärztlich gezeichnet, amtlich gestempelt und eindeutig gewesen. Mit allem Pipapo. Aber der Brauner hat das Thema auf seine Tagesordnung gesetzt. Es hat an ihm genagt wie die Würmer an der Leich. Er hat die Geschichte ja nur aus geraunten Überlieferungen gekannt.

Der Gerichtsmediziner hat für ihn herausgetüftelt, dass seinem Onkel sauber das Hirn eingeschlagen worden ist. Irrtum ausgeschlossen. Die »kleine Schramme« hat sich als gezacktes Loch samt Rissen in der Schädeldecke präsentiert. Späte Wahrheit. Die Täter sind längst unter der Erde. Vielleicht liegen ihre Gebeine gleich nebenan unterm eingemeißelten Gekreuzigten nebst Vergissmeinnicht-Blümerln.

Und wem die heut noch heldenhaft erscheinen, dem haben gewiefte Marionettenspieler das Hirnstüberl mit Gülle aufgefüllt. Der muss an ihren Fäden den Tanzbären geben und die Pranke heben. Wenn dir das Nachdenken verboten scheint, bleibst du halt dein ganzes Leben lang ein verblichenes Abziehbild. Geschenkt.

Diese Exhumierung ist legal gewesen, der Brauner ist ja nicht irgendwer. Was der sich in den Kopf gesetzt hatte, da kannst du lange suchen, bis einer aufmuckt, es ihm auszureden.

Über die Vergangenheit der Ettstraße respektive der Löwengrube solltest du nicht sinnieren, wenn du als Hauptkommissar dort ein und aus gehst. Schließlich geben nie die Mauern die mistigen Dreckhammel ab, sondern allerweil die Leut. An die ehrwürdige Löwengrube als Sitz vom Morddezernat hat der Sandner wehmütige Erinnerungen. Seit das Gebäude aufwendig aufpoliert wird, ziehen sie wie fahrendes Volk von einer Ecke Münchens in die andere. Das Gebäude in der Hansastraße ist zwar historisch ein weißes Blatt, aber atmosphärisch Marke Callcenter – also eher vom Scheißhauspapier abgerissen. Da kann sich der Amtsschimmel den Arsch abputzen. Immerhin eine saubere Sache.

»Ist das ein Familiengrab?«, unterbricht der Miran kurz vor dem Ortseingang Sandners abschweifende Gedanken.

»Da liegen vier Leut drin«, meint der Hauptkommissar. »Die Großeltern von dem Madl und ihre Mutter.«

Der Miran nickt. »Vierstellig, aha. Wenn wir Schwein haben, liegen die beiden Alten tief und das Mädchen samt Mutter hoch – also drüber. So sollt es sein. Sonst wär's ein dreckiges Gefrickel. Durcheinander, verstehst?«

»Woher weißt du das alles?«

»Erfahrung.«

»Aha.«

Der Ort kommt dem Sandner heut bei Weitem nicht so einladend vor. Taghell ist es noch, überall vermutet der Polizist spähende, misstrauische Blicke hinter den Scheiben. Verfolgungswahn kratzt leise an seiner Kammertür. Nur nicht hereinlassen, das madige Hirngespinst.

Miran steuert den Leichenwagen die Hauptstraße entlang.

Vom Ermittler bekommt er den Weg zur Rochuskapelle gewiesen. Kein Mensch zu sehen, aber einige Fenster der umliegenden Häuser sind schon beleuchtet. Sie werden beim Abendbrot hocken, die Einheimischen, und sich dabei vom Vorabendprogramm entertainen lassen. Was soll auch anders sein als in München? Morgen heißt es wieder zeitig raus – ob dich Autohupen hochreißen oder der krähende Gockel, ist eine Frage des Gustos. Manch ein Städterer, der ruhesuchend unbedingt aufs Land ziehen musst, hat schon gegens Federvieh vom Nachbarn oder die Kirchturmglocke geklagt. Dem hätte klar sein müssen, dass ewige Ruhe ganz woanders zu haben ist. Frag nach beim Boandlkramer – der hat die Adresse einstecken.

Stichwort ewige Ruhe. Hoffentlich haben die Leut etwas Besseres vor, als zum Friedhof zu strawanzen – sonst würden sie dumm aus der Wäsche schauen. Eine pfundige Darbietung steht beim Bauerntheater auf dem Programm. Die Leichenwilderer vom Ammertal. Einakter. Besser gleich Fernsehen. Schont die Nerven.

Sie halten kurz vor dem Friedhoftor. Miran parkt den Mercedes gegenüber, Schnauze nach vorn, auf einem kleinen Parkplatz. Ein Hund kehlt sein raues Bellen in den frühen Abend. Atmosphärisch könnte man noch Eulen und Fledermäuse dazupacken. Doch noch ist es nicht dunkel. Sandners Magen spielt auf der Djembe. Seine Handflächen sind schweißnass. Und wenn alles für die Katz wär? Nicht daran denken. Zurück geht's nimmer mehr.

Aus dem Schatten der Kapelle löst sich ein Mann im braunen Trenchcoat. Den Kragen in Agentenmanier nach oben geklappt, Baseballmütze tief ins Gesicht gezogen, die Hände in schwarze Lederhandschuhe gehüllt, schlendert er auf sie zu. Knobelbecher an den Füßen – sapperlot.

»Wird auch Zeit«, schnarrt der Aschenbrenner. Er nestelt an einer abgeschabten antiquarischen Arzttasche, die könnte noch aus dem Nachlass von Vesalius stammen.

Sie sehen sich in die Augen. Jeder hätte gern beim anderen ein bisserl Zuversicht und Tatkraft erspäht. Viel verlangt.

»Als was bist du verkleidet?«, fragt der Sandner.

Kleines Ablenkungsmanöver. Der Spruch prallt von der steinernen Miene des Gerichtsmediziners ab. Nicht eine Muskelfaser zuckt.

»Hast wohl keinen Spiegel daheim«, schnarrt er zurück.

»Worauf warten wir?«, unterbricht der Miran das traute Happening und schreitet, eine Schaufel geschultert, zum Tor. Fehlte nur noch, dass er ein munteres Gstanzl singt. Showtime. »Die Schippe und den Spaten führ'n wir mit harter Hand.«

Auf das Gefühl sollte sie horchen, hat der Sandner gemeint. Das käme schon noch. Erst einmal wird die Pizza geliefert. Sardellen, Oliven. Riechen kann sie eh nicht gescheit. Vor sich hin mampfend, in einen Sessel gefläzt, grübelt die Wiesner über den Brandl-Fall. Der Jonny und der Hartinger sind noch auf der Dienststelle. Eine gebrochene Nase verleiht Sonderrechte. Der Sandner hat sich verzupft. Wohin auch immer. Er ist nie ganz da gewesen – psychisch betrachtet. Als hätte er nur den interessierten Besucher gegeben. Vor ihr auf dem Tisch liegen das Bild der Frau Hopf und das Handy ihres Ehemanns. Eingeschoben hatte sie die beiden Asservate aus Hopfs persönlicher Habe, weil sie daraus nicht schlau wird. Vielleicht ihre beiden Zauberwürfel – nur den richtigen Dreh hat sie noch nicht vor Augen.

Seltsam.

Sie wirft den Rest Pizza auf den Teller und steht auf.

Der Jonny ist sofort am Apparat, als sie die Dienststellennummer wählt. Das schlechte Gewissen bezüglich Aschenbrenners Leichenvarieté transformiert er in gezeigten Arbeitseifer.

»In einer halben Stunde treffen wir uns bei der Freundin von der Frau Hopf, dieser Frau Leistner – alles klar?«

»Ach komm schon – hat des nicht Zeit bis morgen? Ich wollt grad …« Der Eifer verzupft sich augenblicklich.

»In einer halben Stunde.«

Sie gibt ihm die Adresse durch und legt auf. Ich wollt auch gerade, denkt sie sich. Jeder will gerade. Na und? Die Rücksicht ist ein Luxusgut bei der Kripo. Das schleicht dir als frisch geschlüpfter Kommissar nur als frommer Wunsch ums Hirn.

Augenblicklich will sie wissen, warum der Hopf von der Frau angerufen worden ist. Zweimal. Vor und nach dem Mord. Hat er sich ausgeheult? Was verschweigt die Frau Leistner? Und irgendetwas an Brandls Telefonverbindungen macht sie nachdenklich. Da stimmt etwas nicht. Alle Welt hat ihn angerufen. Herrgott noch mal – wo ist das Muster? Ein bisserl Aktionismus kann nicht schaden. Sie kündigt der Frau ihr Kommen an. Sie will sie nicht auf die Dienststelle zitieren. Die häusliche Umgebung hat ihr schon einmal geholfen. Es geht nicht um Druck, sondern um Verständnis. Auch etwas, das sie sich beim Sandner abgeschaut hat. Wenn er nicht gerade beim gewaltbereiten Tatverdächtigen Nummer eins anklingeln muss, hat er ein Faible für Hausbesuche. Untypisch für die Arbeit der K11. Meistens sitzt du stundenlang auf dem Stuhl im Vernehmungsraum wie die Spinne im Netz, und nur das Gesumms variiert. Fließbandarbeit, bei der du die Luft in toxische Stückerl hacken könntest. Und vergiss nie die makellose Dokumentation – der ganze technische und technokratische Firlefanz. Im Zweifelsfall hat natürlich sämtliche Schreibkräfte grad die Influenza niedergestreckt. Könnte auch an der sogenannten Luft liegen. Ganz anders im trauten Heim: Da würden die Leut oft zwitschern wie die verliebten Wellensittiche, ganz relaxt, so Sandners Credo. Einen besseren Kaffee bekommt man meist kredenzt – nicht die amtliche Brühe. Das Interieur hätte auch oft etwas zu vermelden, wenn man dafür einen Sinn hätte. Das Atmosphärische ist halt Sandners Marotte – nebst stimulierendem Heißgetränk.

Zwitschern wie die Verliebten. Das stößt etwas in ihr an.

Zehn Minuten später sitzt sie auf dem Rad. Keine geniale Idee, wenn du kaum schnaufen kannst. Bewegung ist aber das, was sie aktuell braucht.

Annis Grab schmiegt sich östlich ans Kirchengemäuer. Die Spezialistin hat ohne zu zögern das Pflanzenensemble ausgegraben und beiseitegelegt. Genauso hemmungslos rammt der Miran jetzt die Schaufel in die Erde. Ohne viel Federlesen. Eine Ladung Erde fliegt im hohen Boden neben die Grabstätte. Der Sandner widersteht der Versuchung, seinem Igor ein »Warte!« zuzurufen, die Sache wird abgeblasen. Schnapsidee. Er bleibt eine stumme Säule in seiner Uniform. Finsterer Blick, die Arme verschränkt. Schaufel um Schaufel geht es voran. Neben dem Loch türmt sich die Erde auf. Der Polizist wirft einen Blick ums Karree. Niemand zu sehen. Schweißperlen spürt er an seinen Wangen herunterlaufen. Standhalten. Ausharren. Plötzlich steht jemand am Tor. Wo ist der auf einmal hergekommen? Wanderkleidung, Windjacke – Tourist. Angestrengt linst er in ihre Richtung, kneift die Augen zusammen. Solang er kein Foto schießt! Das fehlte noch. Der Sandner macht ein paar Schritte in dessen Richtung. Er sagt nichts, greift nur den Blick auf und wirft ihn zurück. Polizeiliches Mienenspiel. Ernst und autoritär. Angesichts des Uniformierten packt den Schaulustigen hoffentlich die übliche Schlüsselreizklaue im Genick. Schuldbewusstsein mit einer Prise Unbehagen. Zwei Jugendliche gesellen sich zu ihm an die Mauer. Baseballkappenschirme nach hinten, Smartphones und Redbull-Dosen in Händen. Einer deutet ungeniert in Sandners Richtung. Endlich mal beutelt das Leben den Ort durch – bezeichnenderweise auf dem Friedhof. Wenn's so weitergeht, kann der Sandner Eintrittskarten verkaufen. Herrschaftszeiten. Kurz schaut er über die Schulter. Der Spezialistin geht's offensichtlich zu langsam. Sie greift nach einem Spaten. Der Aschenbrenner reißt ihn ihr, irgendetwas Unverständliches knurrend, aus der Hand und beginnt seinerseits zu schaufeln. Gentleman oder eheliche Gewohnheit.

Wie lang dauert das noch? Das knirschende Geräusch der zustoßenden Spaten zerrt an Sandners Nerven. Sie fressen sich rhythmisch durchs Erdreich. Immer tiefer. Laut und aufdringlich kommt es ihm vor. Der ganze Ort wird die Ohrwaschl aufsperren und zusammenlaufen. Wenigstens der Wanderer hat genug gesehen. Er dreht sich um und schlappt von dannen. Ohne Erinnerungsfoto. Seltsames Brauchtum im Kurort – muss er nicht verstehen.

Endlos kommt dem Sandner die Wühlerei vor. Wenn nur nicht die Murnauer Kollegen aufschlagen. Der Miran schnauft inzwischen bei jedem Spatenstich. Wie beim Tennismatch. Aber es geht anscheinend voran.

Die Teenager bekommen Gesellschaft. Ein älteres Ehepaar. Der Sandner bewegt sich Richtung Friedhofstor. Breitbeinig stapft er dahin, Hände am Gürtel. Die beiden besprechen sich flüsternd. Hinter sich hört er den Miran, der etwas zum Aschenbrenner sagt. Er will wohl hinab in die Grube steigen. Endlich. Macht schon, Kruzifix! Wenn nur der Grabstein nicht rutscht. Es ist zum Glück ein kleines Marmorstückerl. Hoffentlich weiß der Miran, was er tut. Zu hören ist nichts mehr von seinen geschäftigen Maulwürfen. Die Schaufeln haben Pause. Durchschnaufen. Der Sandner ist nicht sicher, wie lange er die unbewegliche Miene noch aufrecht halten kann. Er glüht. Das Uniformhemd ist schweißnass. Ein Käuzchen schreit sich die Seele aus dem Leib – empört über die Störung. Zu früh dran, der alte Unglücksbote.

Keiner der Zuschauer traut sich durchs Tor. Die Uniform ist ein unsichtbarer Riegel. Der Sandner wagt nicht mehr, sich umzudrehen. Sein Blick muss die Leute in Schach halten, sie festnageln. Keiner spricht ein Wort. Beklemmung kriecht über den Friedhof, lässt sich in seinem Nacken nieder. Was zum Teufel geschieht da hinter seinem Rücken? Er vernimmt nur das schwere Atmen vom Miran. Was treiben die? Liegen die Gebeine frei? Ob sie die Anni sehen können?

Die Minuten verrinnen. Er kaut auf der Zeit herum wie auf zähem Fleisch. Wie lange sie wohl schon hier sind? Zu lange! Nicht einmal einen Blick auf die Uhr riskiert er. Wieder neue Besucher. Ein großer Geländewagen hält neben dem Mercedes.

Eine Frau in Jeans mit einem kleinen Mädchen an der Hand kommt auf das Tor zu. Sie überblickt kurz das Geschehen und zieht das widerstrebende Kind weiter.

»Ich will aber zugucken«, protestiert die Kleine.

Die Frau schüttelt energisch den Kopf.

Folg deiner Mutter. So ist es brav.

Sekunden später macht sich der Wagen wieder davon.

Plötzlich spürt der Sandner eine Hand auf der Schulter.

Warten Sie einen Moment, Herr Kommissar Winter.« Auf dem Gang der Dienststelle materialisiert sich der Wenzel. Als wär er aus der Mauer gekrochen. Dabei ist er bestimmt aus einer der Türen. Mit der Technik gäbst du einen erstklassigen Assassinen ab.

»Ich muss los, Herr Staatsanwalt«, meint der Jonny und will sich am Gegenüber vorbeidrücken. Gleichzeitig versucht er, seine Lederjacke überzustreifen. Ein pantomimischer Akt spielt sich ab, weil der Wenzel nicht so schnell aufgibt. Er gewinnt. Der Polizist zögert den entscheidenden Moment. Er hätte durch den Staatsanwalt hindurchmüssen oder ihn niedertrampeln.

»Nur eine Minute Ihrer kostbaren Zeit benötige ich.«

Der Jonny fragt sich, was diese Zuwendung zu bedeuten hat. Schließlich ist er nur »der unerfahrene Frischling«. Zuckerl hast du da nicht zu erwarten, höchstens gegerbtes Fell. Vom Waidmann werden hauptsächlich die zur Strecke gebracht. Weils an der falschen Stelle den Schädel raushalten. Nicht, dass er die Wiesner als alte Bache bezeichnen würde. Aber die kennt sich aus mit den Tücken im Maisfeld.

»Ich muss wirklich«, probiert er es noch einmal. »Ich treff mich mit der Oberkommissarin bei einer Zeugin – der Freundin von der Hopf. Sie erwartet mich vor Ort.«

Der Wenzel öffnet eine Tür und deutet dem Jonny an, vorauszugehen.

»Die wird ihr schon nichts auf die Nase geben, ihre Zeugin,

wenn sie ein paar Minuten mit ihr allein ist. Das schafft die Frau Wiesner spielend auch ohne Sie. Machen Sie sich keine Gedanken. Dauert nicht lang. Sie können dann sagen, ich hätte Schuld. Da machen Sie ihr noch eine Freude.« Wenzels Mund lächelt, mit fließendem Übergang zum Zähnefletschen.

Der Jonny setzt sich widerstrebend in Bewegung. Die Hand auf seiner Schulter gehört tatsächlich zum Staatsanwalt. Zuckerbrot schmeckt anders.

»Ich bin gespannt auf Ihren professionellen Eindruck. Der ist mir wichtig. Sie sind neu. Da fällt einem vieles auf – manche Ungereimtheiten vielleicht. Wie es sich so anfühlt im Team vom Hauptkommissar Sandner. Reden Sie frei daher. Sie wollen bestimmt auch vorankommen, nicht immer den Hiwi für die anderen spielen. Sie sind Kommissar. Beweisens mir, ob Sie einen guten Blick haben. Das bleibt selbstverständlich unter uns.«

Die Tür schließt sich hinter den beiden.

Die Wiesner steigt vom Radl. Erst mal muss sie zu Atem kommen. Der Jonny ist nirgends zu sehen. Wird schon noch kommen. Sie sperrt den Drahtesel ab und schaut sich um. Der Abend ist milder als gewöhnlich für die Jahreszeit. In der Großstadt ist ja die Heizung immer ein bisserl mehr aufgedreht, durch all die wichtigen Kasperl, die meinen, sie müssten ihre Zigarettenpackerl mit dem SUV holen. Apropos Zigaretten. Ohne zu rauchen, fällt ihr das Warten schwer. Einen Kaugummi schiebt sie sich in den Mund. Fader Ersatz. Sie ruft im Krankenhaus an und erfährt, dass es dem Hopf passabel ginge. Morgen könnte er vernommen werden, falls nix dazwischenkäme.

Morgen könnte vielleicht alles vorbei sein. Oder eine nigelnagelneue Leich würde irgendwo in irgendeiner Wohnung in ihrem Blut flacken, bis sie die Leut von der Mordkommission genug begafft und gefleddert hätten. Dann würde sie weggeschafft, könnte sich zu den anderen gesellen, bereitgelegt für Aschenbrenners Werkzeugsortiment. Mit dem Teppichreiniger würde sich derweil ein armer Wicht wegen der Flecken abmühen. Natürlich vergeblich. Das bringst du nicht mehr weg. Der Tote würde jemand sein, der gerade eben in die Leberkässemmel beißt, über einen Witz lacht oder sich von der Glotze berieseln lässt. Die letzten Stündlein totschlägt – bevor ihn morgen der Boandlkramer kassieren wird. Sie schüttelt irritiert den Kopf. Dumme Trutschn. Hast du nix Besseres zu tun, als über Leichen nachzudenken, die noch gar nicht als solche existieren? So weit ist es schon. Das Sterben kannst du nicht aufhalten, höchstens die Augenlider zupressen, dass du es nicht sehen musst. Aber das redet sich leicht.

Sie klingelt an der Tür. Genug gewartet. Soll er halt bleiben, wo der Pfeffer wächst, der Jonny. Der Türsummer wird sofort betätigt. Drinnen hat wohl auch jemand gewartet.

»Guten Abend«, sagt die Wiesner, wie ihr die Frau gegenübersteht.

»Kommen Sie doch rein«, bekommt sie zur Antwort. Einen Jogginganzug hat sie an, ungeschminkt, die Haare offen. Im Wohnzimmer setzen sich die beiden gegenüber. Die Wiesner betrachtet eine Fahne an der Wand mit asiatischen Schriftzeichen. Groß und rot.

»Was heißt das?«, will sie wissen.

»Sinngemäß so etwas wie ›carpe diem‹.« Die Frau lächelt und schenkt ihnen Tee ein. »Also nutzen wir den Tag.«

Es duftet nach Ingwer und undefinierbaren Kräutern.

»Okay, warum ich hier bin: Sie haben am Samstagabend den Herrn Hopf angerufen – warum?«

»Hab ich?« Grübelnd wirft sie die Stirn in Falten. Sie trinkt einen Schluck Tee.

Vernehmungszimmer wäre doch die bessere Alternative gewesen. Die Selbstsicherheit der Frau verriegelt ihr die Tür zu Erkenntnissen. Nicht aus der Ruhe zu bringen. Zwischen dem filigranen chinesischen Geschirr willst du auch nicht deine Stimme erheben und dazwischenfahren.

»Ich hab ihn angerufen, weil ich nicht wollte, dass er überreagiert«, sagt sie schließlich. »Er sollte die Marlies zur Ruhe kommen lassen. Sie hat sich da reingesteigert. Es hätte sich bestimmt alles wieder beruhigt, wenn sie von ihrem Traum in die Wirklichkeit zurückgekommen wär. Eine Frage der Zeit. Und der Viktor – ich meine Herr Hopf – war ... meine Güte – ich war wohl nicht besonders erfolgreich, oder?«

»Sie sagten – von ihrem Traum?«

»Na, sie hat doch felsenfest geglaubt, der Toni wollt mit ihr ...« Sie beendet den Satz nicht, winkt ab und lächelt wieder.

»Geglaubt, ach so, ja. Warum haben Sie mir das nicht früher gesagt?«

»Weil ich fand, dass es nicht wichtig war. Ich hab wohl nicht dran gedacht. Es hat mich ziemlich mitgenommen, verstehen Sie? Und ehrlich gesagt – mein Versagen auszubreiten find ich nicht sehr erbaulich. Schließlich hab ich nichts bewirkt.«

Die Wiesner holt das Bild aus der Jackentasche. Das Foto von Marlies. Sie dreht es auf die Rückseite. In ihrem Gegenüber geht eine Veränderung vor. Die Wiesner könnte schwören, eine Zornwelle hat ihre Miene überrollt. Die See ist sofort wieder spiegelglatt. Dafür arbeitet es in der Polizistin. Langsam, aber sicher wälzt sich auf sie eine Erkenntniswoge zu. Sie türmt sich auf – unübersehbar. Weiße Wand.

»Das war kein Traum«, stellt sie fest. »Der Toni hätt das Bild sonst nicht im Schlafzimmer gehabt.«

Ihr Gegenüber starrt sie konzentriert an. Zwischen den Augen eine steile Falte. Die Freundlichkeit ist weggespült. Da ist etwas anderes zu lesen. Etwas Undefinierbares.

Die Frauen schauen sich in die Augen. Die Sekunden verrinnen. Die Wiesner kann es jetzt greifen. Es setzt sich fest im Hirn, bildet Muster. Alles passt ineinander. Es ist so einfach – so naheliegend. Sie hat es!

Das Handy lässt rote Rosen regnen. Unpassend. Vielleicht der Jonny. Einen Moment lauschen beide der Melodie. Die Wiesner geht ran. Überraschung – es ist der Yves. Sie steht auf und macht ein paar Schritte in den Flur.

»Entschuldigung«, sagt sie Richtung Wohnzimmersessel. Eine Weile lauscht sie nur, bevor sie »Beschreib!« fordert. Mit einem »Danke« beendet sie das Gespräch. Jetzt könnte sie den Jonny gut gebrauchen. Kniebiesler, unzuverlässiger. Aber allerweil die große Klappe.

»Ich muss wieder los, dringend«, ruft sie.

Ihre Ansprechpartnerin ist nicht mehr im Wohnzimmer.

Die Wiesner schreitet hastig durch den Flur zur Wohnungstür.

»Frau Wiesner?«

Umdrehen hätte sie sich nicht sollen. Vielleicht hätte sie es nach draußen geschafft. Hinter ihr steht die Frau. Und sie hat ein gottverdammtes Samuraischwert in Händen. Äußerst professionell sieht das aus. Breitbeinig, leicht angewinkelte Knie, locker in der Hüfte, bercit zum finalen Hieb.

Herrgott, spinnst du, Asche!« Dem Sandner wär fast das Herz stehen geblieben. Er dreht sich um. Der Miran ackert wie besessen, um das Grab wieder zu füllen. Die Männer schauen ihm kurz schweigend zu. Alles scheint glattzulaufen. Noch immer muckst sich niemand jenseits des Zauns.

»Und?«, zischt der Kriminaler und fixiert erneut beschwörend das Publikum. Nicht, dass einer auf falsche Gedanken kommt – respektive richtige.

»Oiso zuerst – ich hab Bilder gemacht – alles dokumentiert. Keine Sorge. Genick beziehungsweise Wirbelsäule war so weit intakt. Nix Auffälliges. Könnt so sein, wie du denkst, oder auch ganz anders. Keine klaren Kriterien. Aus der Höhe hätt es durchaus brechen können – muss aber nicht.«

Der Sandner schnaubt enttäuscht. Und dafür der ganze Zinnober. Herrschaftsverreck.

»Aber sie hat links eine Kalkaneusfraktur«, fährt der Aschenbrenner leise fort.

Der Sandner wär vor Aufregung fast in die Höhe gehupft oder hätte den Arzt am Kragen gepackt. »Was? Sag sofort, was des bedeutet.«

»Fersenbeinbruch. Den Fuß kannst du nicht belasten. Die Beweglichkeit im Subtalargelenk – für dich, als Laien, im Gelenk zwischen Sprungbein und Fersenbein – ist damit futsch. Verstehst?«

»Nur Bahnhof. Geht's auch deutsch?«

»Damit läufst du nimmer. Wenn überhaupt, kannst du dich mit äußerst starken Schmerzen vorwärtsschleppen. Aber gwies ned eine weite Strecke in den Wald. Keine Chance für Rotkäppchen. Und Radln ist ausgeschlossen. Auto stand ja keines da, hast du gesagt. Die Fraktur hätt man bei sorgfältiger Obduktion feststellen müssen – ohne Wenn und Aber. Da hat wer sauber geschlampt. Schweinerei ohnegleichen! Da wollt sich einer keine Arbeit machen bei einem scheinbar eindeutigen Suizid. Kommt leider vor.«

»Ich hab's gewusst!«, brüllt der Sandner über die Gräberreihen. »Du bist ein Gott!«

Alle Anwesenden zucken zusammen. Die Schaufel erhöht noch mal das Tempo.

»Geht's noch?«, zischt der Miran von den billigen Plätzen.

»Langsam«, mahnt der Gerichtsmediziner. »Des heißt nicht, sie könnt es nicht selbst gewesen sein. Vielleicht ist sie vom Baum gefallen und noch mal hoch.«

»Ich bin raufgeklettert. Unwahrscheinlich. Da musst du fit sein wie ein Eichhörndl.«

»Vielleicht ist sie auf dem Boden aufgeschlagen.«

»Im Bericht steht, sie hing ohne Bodenkontakt. Wird ja kein Bungee-Seil gewesen sein.«

»Ich mein nur, eventuell ...«

»Wart!«, warnt ihn der Sandner.

Eine Gestalt nähert sich ihnen. Wo ist die so plötzlich hergekommen? Ausgerechnet jetzt. Die Spezialistin frickelt mittlerweile bereits am Gesträuch. Gute Arbeit.

Der Sandner erkennt sofort, wer da auf sie zutrippelt. Hambachers Gattin. Ganz in Schwarz nebst Kopftuch und einem Strauß Rosen in der Hand. Die hat ihm gerade noch gefehlt. Hauptgewinn kommt anders daher.

Der Bruch des Fersenbeins sieht nach Gewalt aus. Niemand radelt also Kilometer durch den Wald damit. Niemand kraxelt auf einen Baum. Scheißdreck. Ein Mord.

»Der Herr Hauptkommissar.« Ihre Stimme zittert ein wenig. Aufgeregt wirkt sie, nicht sediert wie beim letzten Mal. Die Augen funkeln. Aufgeputscht durch Stimmungsaufheller. Auch ein Weg zum Sinn – bis das Hirn zerbröselt.

»Es ist an der Zeit für Gerechtigkeit«, krächzt sie. Käuzchen Nummer zwei.

»Wem sagen Sie das, Frau Hambacher.«

Die Frau lacht schrill auf. Das Geräusch erzeugt Gänsehaut beim Sandner. Die Friedhofsatmosphäre unterstützt den Gruseleffekt.

»Heut ist wohl der Tag gekommen«, wispert sie im Verschwörerton. Als würde eine fremde Stimme aus ihr sprechen. Ich bin viele. Der Sandner weiß nicht recht, auf was sich das übergeschnappte Weib bezieht. Sie wedelt mit den Rosen vor seiner Nase herum. »Alles wird gut.«

»So? Schau mer mal. Was machens hier mit den Blumen?« Er hat sich wieder gefangen. Gut wird alles erst, wenn er wieder in seinem Bett in Untergiesing liegt.

»Die sind für die Anni.«

»Warum?«

»Weil heut der Tag ist.«

Das schwarzgewandete Orakel spielt Harfe auf seinen Nerven. Das Lied wird kein Ohrwurm. Es langt.

»Wo ist Ihr Mann, Frau Hambacher – zu Hause? Weiß er, dass Sie auf dem Friedhof sind? Des gefällt dem gwies ned.«

»Mein Mann? Den hat sich der Grainer geholt. Bis dass der Tod uns scheidet. Gerechtigkeit. Heut ist der Tag.«

Sie spaziert fidel an ihm vorbei und legt die Blumen auf die frisch aufgeworfene Erde.

Der Sandner nimmt sich einen Augenblick, bis sich die Geschichte zusammenfügt. Hastig packt der Miran zusammen. Die Hambacherin beachtet ihn gar nicht. Andächtig steht sie am Grab. Bewegt sich nicht mehr. Schwarzes Mahnmal.

Vier Gefährten machen sich vom Gottesacker. Keiner dreht sich um. Vielleicht sollte der Sandner dem Rochus eine Kerze anzünden – schadet nix. Mit heiler Haut hat er sie davonkommen lassen. Ungestört eilen sie zu den Autos.

»Ich will euch nicht noch mehr neiziehn, aber ich brauch ein Auto – und zwar gschwind!«, bekniet der Sandner die Männer. »Höchste Eisenbahn – sonst wird jemand sterben müssen.«

Von drei Augenpaaren wird er angestiert, als hätte er die Wundmale vorgezeigt.

»Was ist los?«, bellt der Gerichtsmediziner ihn an.

Der Miran zögert unter dem beschwörenden Blick vom Kriminaler.

Der Aschenbrenner schaut von einem zum anderen, dann zu Boden. »Auf geht's, ich nehm euch mit«, meint er zum Miran. Es ist dem Gerichtsmediziner anzusehen, dass er mit dem Leichenwagen nicht gen München reiten will. Immerhin sagt er nicht: Nur über meine Leiche. Und wegen des Volvos scheint er zu zicken. Besonders, weil der Sandner beim letzten Ausborgen damit einen Spitzbuben im Van von der Tegernseer Landstraße gedrängelt hatte. Nur Blechschaden – aber zukunftsweisend.

»Werf mer a Münze«, schlägt der Miran schließlich vor. Auch er unwillig bis zur Totalverweigerung.

»Leut!«, ruft der Sandner und greift sich ans Hirn. »Des derf doch ned wahr sein!«

Der Aschenbrenner zaubert ungerührt einen Euro hervor.

»Zahl«, sagt er.

Die Spieler sehen sich in die Augen.

Sekunden später ist die Sache entschieden.

»Morgen um vier in der Früh braucht der Ömer den Mercedes. Sonst kann er nicht angeben – das liebt er. Und den Wagen liebt er auch, wie einen Sohn. Sandner, ich verlass mich auf dich. Behandel ihn ja gut – wie ein rohes Ei«, schwört der Miran den Polizisten ein. »Und was ist eigentlich mit dem Madl?«

»Die Anni hat sich nicht selbst umgebracht«, bescheidet ihm der Aschenbrenner.

Überraschungseffekt beim Polizisten. Sein Freund hat sich festgelegt.

»Nicht mit dieser Verletzung – des wär die Erste.«

»Zum Glück – dann hat sich's gelohnt«, meint der Miran, ganz Pragmatiker, und schnauft durch. »Erwischt du die Sau, Sandner?«

»An den Ohrwaschln nagel ich sie an die Wand.«

»Hau mer endlich ab von hier«, mahnt der Aschenbrenner.

Der Miran drückt dem Polizisten die Autoschlüssel vom Leichenwagen in die Hand und schwingt sich auf den Beifahrersitz des Volvo.

»Pass auf mit der Lenkradschaltung, ned zu brutal reinwuchten. Sandner, bitte!«

Von der Spezialistin kommt kein Mucks, aber er sieht sie kurz winken, durchs Rückfenster des davonrasenden Autos.

Die Wiesner tastet nach ihrer Waffe.

»Was soll denn der Schmarrn?«, fragt sie ungläubig. Sie reißt die Augen auf. Die Schwertspitze kommt näher. Noch näher. Offenbar frisch poliert, strahlt der Stahl in tödlichem Glanz – dem Anlass entsprechend.

»Wenn Sie zur Pistole greifen, schlag ich Ihnen den Arm ab«, hört die Polizistin. Leidenschaftslos ist das dahingesagt, als ging's über das Wetter. Ohne das übliche Vibrato in der Stimme. Das darf nicht wahr sein. Scheiße. Und jetzt?

»Glauben Sie mir, ich kann das. Achtzehn Jahre Training.«

Das Lächeln ist ihr abhandengekommen.

»Ich hab keine Ahnung, was das soll«, probiert es die Wiesner und lässt die Arme baumeln. »Nehmens jetzt das depperte Schwert runter, des is ned witzig. Des bringt doch nix.«

»Oh doch, Sie wissen, was das soll – und befehlen Sie mir nichts. Ich hab's in Ihren Augen gesehen – vorhin. Sie wissen es.«

»Was soll ich wissen – ich versteh nicht?«

Hinter sich spürt die Wiesner das Holz der Wohnungstür. Das kalte Metall berührt ihre Kehle.

»Damit erreichen Sie nichts«, keucht sie, »mein Kollege wird gleich da sein.«

»Falls es klingeln sollte, schlag ich Ihnen das hübsche Köpfchen ab. Was hab ich zu verlieren? Da fällt Ihnen nichts ein? Wir sprachen vom Wissen.«

»Wenn Sie den Toni getötet haben, war's im Affekt, das ist strafmildernd – aber das hier ...«

»Es war kein Affekt. Glauben Sie, mir ist ein Versehen passiert?« Sie lacht auf. »Nein, er musste sterben.«

»Wieso?«

»Sie haben doch eine Theorie. Lassen Sie hören.«

Das Schwert wandert nach unten, Richtung Brustbein. Die Arme zittern nicht. Ruhig steht die Frau vor ihr, beinahe gelassen. Wenn der Jonny läutet ... Herrgott noch mal! Wieso ich? Wenn sie ihren Kopf heute aufbehalten darf, wird ihn ihr der Sandner morgen abreißen. Sie muss reden. Der Hals ist staubtrocken. Heftig schluckt sie. Reden!

»Alle Anruferinnen hat der Toni zurückgerufen – alle, nur Sie nicht. Ich hab mich gefragt – warum? Und dann war's mir klar. Er wollt seine Ruhe vor Ihnen.«

»Das ist eine Lüge!«

Falscher Spruch. Erstes Gebot: Du sollst unberechenbare Ninjas nicht in Rage bringen.

»Das war unglaublich geschickt, wie Sie mir die Hopfs serviert haben. In kleinen Dosen. Ich hätt in dem Glauben bleiben sollen, dass ich es aus Ihnen herausbekommen habe, gegen Ihren Willen.«

Die Frau lächelt. »Ja – und wie Sie da im Meditationsraum gekniet sind, wusste ich, dass es funktionieren wird. Sie brauchten nur eine Andeutung.«

»Okay – der Stangassinger hat erzählt, es gäbe eine Frau, die den Toni ... bedrängt. Starke Emotionen – Sie erinnern sich?«

»Reden Sie nur weiter.«

»Ihre Freundin Marlies Hopf konnte es nicht sein. Er hätte sich dann bestimmt nicht noch ihr Bild aufs Nachtkasterl gelegt.«

»Die dumme Gans, was bildet die sich ein.«

»Sie haben ihr eingeredet, die Liaison ihrem Mann zu beichten. Sie wollten, dass es eskaliert zwischen den beiden. Und ihm haben Sie wahrscheinlich erzählt, dass seine Frau im Begriff stand, ihn zu verlassen – und Sie haben ihm von den zwanzigtausend Euro erzählt. Unwahrscheinlich, dass der Hopf Samstag aufd Nacht seelenruhig seine Kontoauszüge angeschaut hat – so wie der drauf war. Sie haben die Hopf ja bestärkt, das Geld zu nehmen.«

»Gut nachgedacht, Frau Wiesner.«

Sie lässt das Schwert sinken. Die Polizistin gibt sich keinen Illusionen hin. Die Zeit, nach der Waffe zu greifen, würde nicht reichen. Nicht einmal für Lucky Luke. Sie sieht ihre Hand schon in feinen Scheiben auf dem Boden ausgebreitet. Kein schöner Anblick, so ein Aufschnitt.

Mit dem Schwert dirigiert die Frau sie zurück ins Wohnzimmer auf einen Sessel.

Langsam trippelt die Wiesner dahin, bis sie sich setzen darf. Keine hastigen Bewegungen. Ihr Herz muss bald auseinanderfliegen. Heftiger kann es nicht mehr schlagen.

Die Frau postiert sich hinter ihr und plaudert daher wie beim Kaffeekränzchen mit Gugelhupf.

»Eigentlich hab ich ihn angerufen, weil ich herausfinden wollte, ob er den Toni so verprügelt hat. Es hat aber leider nicht danach geklungen. Da hab ich mir gedacht, es muss also noch jemanden geben, der dem Toni an den Kragen wollte. Und wenn es zwei Verdächtige sind, wird die Polizei schon einen davon für den Täter halten. Mit mir hätte das nichts zu tun. Ich hab dem Schwachkopf also gesagt, er muss sofort ein Gespräch unter Männern mit dem Toni führen. Die Marlies würde sich da etwas einbilden. Und er soll gleich hin, bevor es zu spät ist. Sie hatte ja das Geld und war schon am Packen. – Wie naiv.«

»Sie haben von Tonis Wohnung angerufen, als der tot war. Und der Hopf ist Ihnen auf den Leim gegangen.«

»Er war außer sich vor Wut und ist sofort los – armer Irrer. Ich wollte an diesem Abend nur mit dem Toni reden. Ich musste die Situation zwischen uns besprechen. Der armen Marlies sollte er die Realität erklären. Ich hab geklingelt. Er hat die Tür aufgemacht. Er sah schrecklich aus. Er war zusammengeschlagen worden. Ich wollte ihm helfen. Aber er wollte sich nicht helfen lassen. »Du!« – hat er nur gesagt. Wie wenn er auf mich gespuckt hätte. Und dass ich aus seinem Leben endlich verschwinden soll. Können Sie sich das vorstellen, nach allem, was zwischen uns war? Warum war er so? Er war verrückt geworden. Wir haben uns geliebt. Wir waren eins. Für immer. Er durfte nicht so mit mir umgehen. Er durfte das nicht! Niemand darf das!«

»Sie sind fast jeden Tag in der Sedanstraße herumgegeistert, oder? – Vor seinem Haus. Und dass die Frau Hopf jetzt einziehen wollt beim Toni, haben nur Sie gewusst. Und das war zu viel, oder?«

Der Yves hatte sie eindeutig beschrieben.

Die Frau geht nicht auf die Bemerkung ein.

»Ich hab ihn gefragt, was diese Schlampe von ihm will. Die Marlies ist doch nur ein ahnungsloses, dummes kleines Miststück. Er ist zu gut für die, das hat sie nicht verstanden. Zu dumm.«

Sie lacht noch einmal auf. Verzweifelt hört es sich an.

»Hau endlich ab und lass mich in Ruhe – hat er gesagt und

mich einfach an der Tür stehen lassen. Das durfte er nicht. Dazu hatte er kein Recht. Mich so zu behandeln, ist ...«

»Schmarrn – Sie haben sich doch nicht geliebt. Er hat Sie nie geliebt. Sie haben dem Toni nachgestellt, ihn verfolgt mit Ihrer ...« Die Wiesner spürt die Schwertschneide an ihrer Kehle. Kurzer Druck lässt sie röcheln.

Man soll schweigen oder Dinge sagen, die noch besser sind als das Schweigen, hat der Pythagoras gemeint. Bis ihr derartige Dinge einfallen wollen, hält sie besser den Mund. Gesünder ist das allerweil.

»Du hast keine Ahnung«, bekommt sie wieder einmal beschieden. »Du bist auch nur ein immergeiles Luder, das es mit jedem treiben will. Du bist scharf auf Männer anderer Frauen, das seh ich dir an.«

Mit scharfer Klinge am Hals widersprichst du nicht. Nicken lässt du besser sein. Irgendwas von narzisstischer Kränkung schießt der Wiesner in den Kopf. Immerhin kann noch etwas in den Kopf schießen. Bloß wie lange noch? Psychologisch interessant. Letztes Jahr hat sie an einem Fachtag über »Stalking« teilgenommen. Am siebten November. Woran das Hirn sich klammert – erstaunlich. Powerpoint-Präsentation und schön designte Handouts. Jetzt hätte sie gern gehabt, dass der geschniegelte Referent an ihrer Stelle säße, samt japanischem Mordwerkzeug am Kehlkopf. Da hätte er eine Gaudi. Real Action on Stage. Sie muss das Zittern unterdrücken, das ihren Körper urplötzlich überfällt. Als wär's ein Fieberdelirium. Reden. Du musst sie reden lassen. Die Frau erfüllt ihr stilles Flehen. Aufgeräumt klingt ihre Stimme. Die Wiesner weiß nicht, ob dieser Ausbruch an Euphorie ein schlechtes Vorzeichen ist.

»Da hab ich ihn getötet. Das war nicht schwer. Nur ein Griff. Er sollte nicht zu sehr leiden. Es musste sein. Er durfte nicht so mit mir umgehen.« Als wenn sie erfolgreich einen sandigen Kopfsalat geputzt hätte, kommentiert sie das.

Die Wiesner ächzt auf. Das Geständnis hilft grad nicht weiter.

Triumph fühlt sich anders an. Auch wenn sie ihr Gefühl letztendlich nicht im Stich gelassen hat. Darauf kann sie scheißen. Besser kein Gefühl, aber überleben. Nur wie? Überwältigen kann sie die Frau nicht. Keine reelle Chance. Nicht in dieser Lage. Achtzehn Jahre Training. Das hat sich ja mal wirklich gelohnt. Das Miststück hat die Oberhand. Das weiß sie auch. Überlegenheit strahlt sie aus, bis zum Wahn. Das Umbringen sieht sie als ihr Recht an. Ja, sie hat nichts mehr zu verlieren, sie würde töten. Alles um sie herum auslöschen. Sie kann niemanden sehen. Sie kreist nur um ihren eigenen Planeten. Der ist blutigrot und kurz vor der Explosion. Jede Hemmung hat sie verloren. Da ist keine Grenze mehr.

Die Wiesner darf nicht in Panik verfallen. Gerade fühlt es sich aber sehr nach Panik an. Stoßweise kommt ihr Atem. Jetzt könnte sie wohl ein Mantra gebrauchen. Eine neue Grundschwingung wäre nicht verkehrt.

Alles wird gut. Alles wird gut. Alles wird gut.

Tatsächlich lüftet sich der wabernde Nebel vor den Gedanken. Alles wird gut. Na wird's bald, Sandra!

»Und was machma jetzt?«, fragt sie.

Die Stimme gelingt ihr ausreichend ermattet. Resignation und Fügen ins Unvermeidliche will sie der Mörderin aufs Brot schmieren. Ersticken soll die dran. Siehst du, ich werd mich nicht wehren. Du hast gewonnen. Immer weiterreden. Erzähl mir, wie grandios du bist. Jeder macht Fehler. Jede.

Die Wiesner rollt ihren Kaugummi auf der Zunge.

»Wir machen einen Besuch bei der kleinen Hure«, bemerkt ihre Peinigerin leichthin.

Fast wär die Polizistin im Sessel aufgefahren. Auch das noch!

Der Hof vom Grainer ist verwaist. Der Sandner hat sich die Lunge aus dem Hals geschrien und in jedes dreckige Loch seine Nase gesteckt. Stauballergie darfst du keine haben.

Den Hund hat das alles nicht gerührt.

Jetzt sitzt der Ermittler in der Küche und hält ein zerknittertes, fleckiges Stück Papier in Händen. Eng beschrieben, Vorder- und Rückseite. Die Buchstaben noch in kindlichen Formen verhaftet. Spielerisch verschnörkelt. Es ist ein Brief von der Anni an den Toni. Das nebenliegende Kuvert ist an den Grainer adressiert. Kein Absender. Keine Briefmarke. Das hat der Bauer wohl heut in seinem Briefkasterl gefunden.

»Lieber Toni«, liest er. Und ihm wird klar, warum die Anni aus Indien zurückgekommen ist. Anders hat sie es sich vorgestellt. Nicht zurechtgekommen ist sie mit dem Anspruch der anderen auf freie Liebe, diese zur Schau gestellte Geilheit der Möchtegern-Weisen, deren Erwartungen sich das Madl erwehren musste. Dem Machtanspruch der Gurus und dem Vergöttern um jeden Preis, dem bedingungslosen Glauben und der Unterordnung hat sie Zweifel entgegengesetzt. Sie ist stark gewesen. Zu widerspenstig und freiheitsliebend, um sich in Gruppen einzuordnen und unverständliche Rituale zu zelebrieren.

Der Sandner zwingt sich weiterzulesen. Immer wieder setzt er den Brief ab. Grad haben sie nach ihren Knochen gescharrt wie die räudigen Köter.

So frisch und so beschwingt plaudert sie daher, als hätte sie gestern hier gesessen und das Brieflein geschrieben. Schließlich erfährt er das, was er wissen muss. Dass ihr die Alte das Haus versprochen hätte. Erben würde sie es auf jeden Fall, aber vielleicht würde es auch eine Schenkung werden mit Wohnrecht. Und dass der Toni kommen sollte, und sie würden das Haus öffnen und ihre ganzen Träume und Ziele und Hoffnungen – über eine Seite lang.

Das Motiv ist das Häusl. Ein gutes Motiv. Als der Hambacher das erfahren hat, ist er gwies ausgerastet. Das Haus samt Grund – bestimmt Dreihunderttausend wert – für immer weg. Wegen der Anni. Damit hat er bestimmt schon geplant gehabt. Den Brief hat er sicher beim Toni gesucht und dabei der Wiesner die Nase gebrochen.

Und der Sandner ist schuld gewesen – indirekt. Weil der Hambacher noch von ihm wissen wollte, ob er keine Fragen an ihn hat. Da konnte er dann sicher sein, dass der Brief noch nicht gefunden wurde. Er ist einen Tag vor Annis Tod datiert. Jedem, der die Zeilen gelesen hätte, wäre aufgefallen, dass die sich nicht einfach umbringt. Aus jeder Zeile spitzt die Lebenslust heraus, und das Häusl hatte sie gwies auf der Habenseite. Das war keine manische Phase, wie die Hambacherin sie präsentiert hat. Das ist Lebenslust in höchster Potenz gewesen.

Wer hat dem Grainer den Brief eingeworfen? Ihm fällt nur die Marlies Hopf ein. Vielleicht hat es eine Absprache gegeben zwischen ihr und dem Toni. Für den Fall seines Todes. Ob er Geld vom Hambacher gewollt hat? Oder nur sichergehen, dass der Hambacher reagiert, wenn er der Mörder ist? Und hat der den Toni umgebracht? Ein besseres Motiv musst du lange suchen im Gau.

Der Sandner weiß, wo der Grainer den Hambacher hingeschafft hat. Da gibt es nur einen Platz.

Einen Moment überlegt er, ob er die Sache einfach vergessen und nach Hause fahren sollte. Der Hambacher ist eine Drecksau. Der sollte die Suppe auslöffeln und hinterher den Teller fressen. Sogar seine Frau hat geahnt oder gewusst, dass er die Anni aufgehängt hat. Sieben Jahre neben ihm aufwachen, mit ihm unter einem Dach hausen. Jeden Tag, an dem du seine Visage sehen musst, graust es dir von Neuem. Kein Wunder, dass die durchdraht ist und Pillen frisst. Wo hätte sie hinsollen? Das redet man sich einfach mit dem Verlassen – und weg. Die Einsamkeit ist eine Mauer ohne Tür. Da war sie zu labil, zu wehrlos. Nicht nachdenken hat sie wollen, nur vegetieren können. Aber auf Gerechtigkeit hat sie gewartet.

Er kann es nicht dem Grainer überlassen. Ob er gleich den Baum finden wird, steht auf einem anderen Blatt.

Der Hundertzehner springt zuverlässig an. Weil er ein Profi ist, klingelt er in Murnau an.

»Wie kann ich Ihnen helfen«, piepst ein dünnes Stimmchen.

Ja, wie könnte sie das?

Der Sandner stellt sich brav als Hauptkommissar aus München vor und bittet sie subito, einen Wagen zum Hof vom Grainer zu schicken. Weil es um einen Mord ginge. Da hätte sie gern mehr Einzelheiten gewusst. Verständlich. Wenn er damit erst einmal anfinge, würden sie sich beide im Wörternetz verheddern. Vor allem – wo anfangen? Ganz Amtsautorität, besteht er auf die Beamten und schneidet dem Dialog mit einem zünftigen »Kruzifix noch amal« den Hals durch.

Beim Grainer auf dem Küchentisch hat er Annis Brief liegen gelassen und dazugeschrieben, dass ihr Vater und der Hambacher jetzt bei dem bewussten Baum wären – mutmaßlich konfrontativ. Ein bisserl Hoffnung brauchst du. Wenn er Glück hat, erscheint sein initiiertes Murnauer Gespann mit Blaulicht und Trallala. Die sollten sich auskennen. Ansonsten kann er nur beten, dass Logik drinsteckt im Packerl. Dass die Wiesner nicht rangeht, nimmt er nicht weiter tragisch. Die hat sich ihren Feierabend verdient und darf die Füße hochlegen.

Wild prescht er durch die Pampa. Er holt alles raus aus dem Kombi. »Wäldle«. Hier ist er richtig. Den Waldweg zum Weiher schießt er entlang, ohne Rücksicht auf Stoßdämpfer oder Getier. Der Wagen ächzt und knarzt wie eine Schaluppe auf hoher See. Wieder fährt er bis zur Biegung mit den beiden prägnanten Bäumen. Von dort aus geht's zu Fuß weiter. Lieber wäre er mit dem Auto bis zum Weiher hin, aber dieser Pfad ist die sichere Variante. Da kann er sich nicht verirren. Der Sandner marschiert zügig durch den Wald.

Plötzlich zerfetzt ein lauter Knall die Stille. Ein Schuss! Nicht weit weg. Es könnte beim Weiher gewesen sein. Zwischen den eng stehenden Fichten hetzt der Ermittler jetzt hindurch. Das darf nicht wahr sein! Ist er zu spät gekommen? Kurz vor dem Bach verlangsamt er die Schritte. Die gequälte Lunge dankt es ihm.

Im Wald ist jemand mit einer Waffe unterwegs. Für Jäger wär das Büchsenlicht kaum noch ausreichend, also ist Wachsamkeit angebracht.

Die einsetzende Dunkelheit macht ihm zu schaffen. Ein paar Hundert Meter vielleicht noch.

Warum hat er keine Taschenlampe einstecken?

Die Heckler&Koch zieht er aus dem Halfter. Kein gutes Gefühl. Falls ihm eine Wurzel blöd daherkommt, könnte er sich selbst eine Kugel ins Knie jagen. Das kennt er aus Erzählungen. In der Hektik Abzug und Spanngriff gedrückt – bumm, ab dafür. Alles schon dagewesen. Und du kannst noch von Glück reden, wenn es dein Knie ist. Ein Kollege aus Rosenheim gäbe aktuell einen erstklassigen Sopran ab, will der Bischoff Kare vor drei Wochen gehört haben. Der hat jetzt den Schaden und den Tratsch dazu. Wegen einem lumpigen Motorrollerdieb. Da hat der Aufwand mit dem Nutzen keinerlei Schnittmenge, wenn du dich wegen einer Vespa mit der P7 kastrierst. Nicht einmal, wenn du Italiener wärst – demnach äußerste Vorsicht.

Da vorn beim Baum bewegt sich etwas. Da flackt eine Gestalt. Ist das der Hambacher? Wo ist der Schütze hin verschwunden? Nix zu sehen. Käuzchen müsste man sein.

Der Liegende stöhnt auf.

Der Sandner verlässt den Weg und sucht Deckung hinter einer Fichte. Vorsichtig späht er ins Rund. Viel zu duster, um sich zu orientieren. Für jeden Ortskundigen eine gmahte Wiesn. Anschleichen funktioniert nicht. Unter seinen Schritten knackt es beständig, als würde ein Feuer fröhlich prasseln. Unüberhörbar. Schauts her, da trampelt der Großstädter durchs Unterholz. Im Umkreis von fünfhundert Metern hat er gwies jedwedes Viech in die Flucht geschlagen. Der Fußweg wäre sinniger gewesen. Er ist schließlich Giesinger Hauptkommissar und kein ausgefuchster Vogeljäger auf Borneo. Dafür käme er unversehrt über vierspurige Straßen.

Noch ein zaghafter Schritt. Das liegende Häuflein Mensch

rührt sich nicht mehr. Einen Moment lang verharrt der Sandner mit angehaltenem Atem – seine Ohren sollen's richten. Im Wald ist es vollkommen stad, als hätte wer den Lautstärkeregler auf null gedreht. Nicht einmal der obligatorische Kauz mischt mit. Wo bloß die Kollegen bleiben? Oder schmausen die grad einen leckeren Schweinsbraten? Würde ihn nicht wundern.

Gerade will er die Pirsch fortsetzen, da knackt es hinter ihm im Unterholz. Bevor er sich noch umdrehen kann, stößt ihm etwas Hartes in den Rücken. Verreck! Er hätte es wissen müssen. Der Grainer? Der Sandner fährt zusammen und steht still. Eine perfekte Fichte würde er abgeben, die könnte es nicht besser machen.

»Du scho wieder, du Sau«, knurrt eine Stimme. »Tu die Pistole weg, sonst kracht's.«

Die Grundlage jedes Zaubertricks ist die Ablenkung. Bei der Feier anlässlich der Pensionierung vom Oberstaatsanwalt Brauner hat ein Kriminaler vom Diebstahl das vorgeführt – schwarzer Frack und Zylinder inklusive. Nicht gerade der neue David Copperfield, aber durchaus beeindruckend. Damit du nicht auf den entscheidenden Dreh achtest, braucht es Klimbim. Das Unerwartete, das Spektakel, auf das du deine Augen werfen musst – ob du willst oder nicht. Derweil sollte sich die Täuschung im Verborgenen, im Dunkeln abspielen. So weit die Theorie.

Tonis Mörderin hat der Wiesner die Pistole abgeknöpft und steht immer noch hinter ihr. Das Knacken des Spannhebels hat der Polizistin vermittelt, dass ihre Gegnerin Ahnung hat vom Metier.

Aufstehen soll sie. Es geht los. Action.

Sie hat nur diese zwei Sekunden. Keine Generalprobe. Es muss klappen. Sie stützt die Arme auf die Lehnen und stemmt sich hoch. Sie beugt sich nach vorn. Jetzt!

Eine Teetasse plumpst vom Tisch. Eine ungeschickte Bewegung. Die Aufregung – Todesangst. Kaum gespielte Fahrigkeit.

Die Augen der Frau müssen dem Geschehen gefolgt sein. Bitte! Eine Lache bildet sich auf dem Teppich.

»Blöde Gans«, kommentiert sie das Geschehen. Sonst nix. Dass die Wiesner ihren Kaugummi aufs Bild von der Hopf gespuckt hat und es jetzt nicht mehr auf dem Tisch, sondern unter ihrem Sweatshirt verschwunden ist, hat die Trulla nicht mitbekommen. Klitschnass ist die Polizistin. Der Schweiß rinnt ihr übers Gesicht. Beim nächsten Anlass könnte sie das Kaninchen aus dem Hut ziehen. Trara! Wenn's nicht grad ihre Begräbnisfeier wär.

»Geh zu deiner Jacke. Zieh sie an.«

Wenn das Bild sich selbstständig macht, hat sie verloren. Sie presst die Arme an den Körper. Die Jacke anzuziehen, ist der gefährlichste Part. Die Frau bleibt immer hinter ihr. Ein Vorteil. Sie kann auf ihre Hände nicht achten. Es gelingt.

Sie muss durch den Flur, die Wohnungstür öffnen und weiter durchs Treppenhaus. Kein Mensch weit und breit. Ihr iPhone bleibt ausgeschaltet im Wohnzimmer zurück.

»Weiter!«, wird ihr befohlen.

Die knarrenden Holzstiegen hinunter, durch die Haustür auf die Straße.

Die Frau ist jetzt neben ihr, die Hand mit der Schusswaffe in der Manteltasche.

Ein Mann kommt ihnen auf dem Gehsteig entgegen. Dickleibig, Jackett, Aktentasche. Ein grauer Mops. Die plumpe Variante. Sie könnte ihn busseln. Gerade, wenn sie wen braucht, kommt er daher wie der Dschinn aus dem Lamperl. Kurzer Blickkontakt. Die Chance. Now or never. Die Wiesner täuscht eine Ausweichbewegung an, bietet ihm eine Lücke. Auf gleicher Höhe mit ihm gelingt es ihr, ihn anzurempeln. Fast ein Zusammenprall. Ihre Hand schiebt sich unter die Jacke. Eine Sekunde ist er zwischen ihr und der Entführerin. Eine Sekunde Unsichtbarkeit. Die Wiesner taumelt gegen die Hauswand, hastet aber sofort ein paar Schritte nach vorn. Das Unerwartete.

»Tschuldigung«, hört sie den Mann reflexhaft stammeln, bevor er weitertrabt. Militanten Emanzen sollte er in Zukunft großflächiger ausweichen. Das Großstadtpflaster birgt ungeahnte Fallen.

Ein harter Griff am Arm reißt die Zauberkünstlerin zurück.

»Was soll das? Bist du blöd oder was? Wo ist dein Auto?«, wird sie angefaucht.

Neben den Klingelkasten hinter ihnen hat die Wiesner das Bild der Marlies Hopf geklatscht. Hoffentlich hält der Kaugummi, bis der Jonny auftaucht. Und hoffentlich kann er etwas damit anfangen. Plakativer geht nicht. Es ist ein Schritt. Ein Zeichen. Eine verdammte Hoffnung. Telepathie scheidet ja aus.

Die Leistner dreht sich nicht um, weil ihre Augen der wild gestikulierenden Hand ihrer Geisel folgen. Das Spektakel.

»Da vorn ist mein Fahrrad«, verkündet die. Jede macht Fehler, du saudummes Miststück! Die Angst hat sich von kalter Entschlossenheit verjagen lassen. Für beide ist der Ring zu klein. Die Karten sind neu gemischt. Alles wird gut!

Der Sandner stolpert vorwärts. Der Gewehrlauf stößt ihm immer wieder ins Kreuz. Am anderen Ende hat der Hambacher den Finger am Abzug. Unter dem schicksalsträchtigen Baum lässt er anhalten.

Vor ihnen liegt der Grainer. Der schaut gar nicht gut aus. Im Zwielicht bemerkt der Polizist den dunklen Fleck, der sich unter ihm ausgebreitet hat. Blut. Offenbar hat er sich eine Kugel gefangen. Den Oberschenkel hat es erwischt. Er ist ohne Bewusstsein. Die Größe der Blutlache lässt vermuten, er wird bald leergelaufen sein.

»Der mistige Sauhund wollt mich tatsächlich aufhängen«, keucht der Hambacher.

Jetzt erst fällt der Blick vom Sandner auf das Seil, das vom Ast hängt. Die Schlinge zwei Meter über dem Boden. Darunter steht ein windiges Obstkisterl. Hätte er sich denken können, so wie der Grainer gestrickt ist.

»Hambacher«, sagt der Sandner, »tuns halt endlich die Flinte weg. Jetzt is Schluss. In einer Minute sind meine Kollegen da.«

Ein Versuch – kein besonders kreativer.

»Da scheiß ich doch drauf«, meint der Angesprochene. Kein vielversprechender Diskussionsauftakt.

»Wenn der Grainer verreckt, schaut's ned besser für Sie aus.«

»Warum musst du auch daherkommen. Des hast jetzt davon. Überall rumwühlen musst du.«

Er weiß gar nicht, wie recht er hat. Seinen Knochen hat er ausgegraben, der Polizist.

»Was habens vor?«

»Ich muss nachdenken. Halt die Goschen.«

»Mit der Anni war's einfacher, des Umbringen, oder?«

»Was weißt denn du, hä? Einen Scheißdreck!«

»Alles, was ich wissen muss. Und meine Kollegen auch.«

Wie aufs Stichwort ertönt die Polizeisirene. Allerdings für Sandners Geschmack zu weit weg. Zu leise. Irgendwo im Ort tummeln sich Gendarmen. Das kann sich hinziehen. Könnte auch sein, sie jagen bloß einen lausigen Entendieb.

Der Sandner dreht sich langsam um und schaut dem Hambacher ins Gesicht. Zu dunkel ist es, um ihn genau auszumachen. Aber dass er jemanden vor sich hat, dem die Birndl durchgebrannt sind, das spürt er. Dem brauchst du keine Logik in den Futternapf schmeißen. Darauf hat der keinen Appetit.

Im Moment frisst dem Hambacher der Hass auf den Sandner den letzten Rest Menschenverstand zam. Er sieht sich am Abgrund stehen und schaut hinunter. Wenn du aufschlägst, bleibt nix von dir übrig. Nix als eine gruselige Erinnerung. Vielleicht stellen sie ein Marterl an den Baum, bei dem sich die braven Leut bekreuzigen dürfen, zum Schutz vor dem Bösen. Rochus, hilf und bewahre uns.

Wenn er nicht mehr wegkommt, reißt er dich halt mit. Weil's eh schon wurscht ist. Die letzte Genugtuung.

»Ich hab den Brief gelesen, von der Anni«, sagt der Sandner, weil etwas gesagt werden muss.

Der Gewehrlauf schiebt sich unter sein Kinn. Eine uralte Büchse. Museumsstück. Rostiger Doppelläufer. Wirkungsvoll, allemal. Der holt jeden unvorsichtigen Keiler von den Beinen. Der Grainer könnte ein Lied davon singen, wenn er bei Bewusstsein wäre. Für den läuft die Uhr ab. Der Boandlkramer wird schon die Sense wetzen. Die rostet nie.

»Des Haus hätt mir zugestanden«, bricht es aus dem Hambacher heraus, »mir und sonst keinem anderen!«

»Des hat Ihre Tante anders gesehen.«

»Des irre Weib hat sich von der Anni einwickeln lassen. Die war doch scho gaga. Schöngetan hat ihr das Flitscherl. Des hat mich fuchsteufelswild gemacht. Die erschleimt sich meinen Grund und Boden. Des war ned recht.«

»Warum hams ned die Alte umbracht, wenn kein Testament da war?«

Der Hambacher schüttelt den Kopf.

»Genug geredet. Dreh dich um.«

Die Sirene ist nicht mehr zu hören. Sandners Handschellen klicken. Er hat ja das ganze Brimborium am Gürtel gehabt – realistisch ausstaffiert. Hilfreich für Hambachers Pläne. Und die sehen für den Sandner eine tragende Rolle vor.

»Jetzt steigst auf das Kisterl.«

Verreckter Scheißdreck. Aufknüpfen will er ihn. Da hat er Erfahrung, Annis Henker.

Der Sandner versucht, die Lähmung abzuschütteln. Noch bist du nicht tot.

»Hambacher! Bist du deppert worden!«

»Steig nauf, sonst schieß i di zam.«

Keine Alternative. Wenn nix geschieht, wird der Sandner in einer Minute am Ast baumeln wie eine fleischerne Christbaumkugel. Wer die Flinte hat, besitzt die Macht. Sandners Pistole hat er dem Grainer in den Hosenbund geschoben. Der soll's also gewesen sein. Als durchgedreht will er ihn hinstellen. Zwei Tote im Wald. Für den Hergang brauchst du bloß a bisserl Phantasie.

Wenn die Murnauer so grandios ermitteln wie bei der Anni, kommt der Hambacher am Ende damit durch. Wundern würde den Sandner nix mehr.

Noch einen Schuss hat der Mörder, wenn er nicht nachgeladen hat. Aber den kann der Polizist nicht umgehen, was immer er anstellt. Das ist aussichtslos. Tarnkappe ist das Uniformmützerl ja keine. Seine Nackenmuskeln straffen sich alarmiert. Unwillkürlich zieht er den Kopf zwischen die Schultern. Klare Gedanken werden schwer zu greifen. Es muss doch etwas geben.

»Ich zähl bis drei«, poltert die Stimme des Bärtigen durch den Wald.

Der wird schießen. Der ist jenseits von Gut und Böse.

Mit äußerster Behutsamkeit besteigt der Sandner das windige Kisterl. Es knackt unter ihm. Das wird ihn keine dreißig Sekunden aushalten. Mit den Händen auf dem Rücken hat er keine Chance. Die Mütze wird ihm vom Kopf gehauen. Dann spürt er den Strick um seinen Hals. Der Hambacher macht Ernst. Nicht mal zum letzten Wunsch reicht es.

»Hör zu ...«, krächzt der Sandner.

»Leck mich«, bekommt er zur Antwort.

Der Mann zurrt das Seil fest.

Jetzt nicht bewegen – schwierig, wenn die Beine zu zittern anfangen, als wären sie eigenständige Wesen. Jede Erschütterung könnte das Kisterl kaputt machen. Da reicht ein Husten. Kleine Frage ans Schicksal: Könnte man nicht die Zeit eine halbe Stunde zurückdrehen, bittschön?

Den Sandner hat einen Moment die Aufmerksamkeit verlassen, und er wird mir nichts, dir nichts aufgeknüpft. Das wär ein bisserl arg bezüglich der Konsequenz. Weil das gemeine Schicksal aber auf Regeln scheißt, braucht es keine Bestätigung. Keine milde Ausnahme. So schaut's aus.

»Hambacher!«, würgt der Polizist hervor. Aus den Augenwinkeln nimmt er wahr, wie der das Gewehr abputzt und dem Grainer vor die Füße wirft. Das Gewicht verlagern sollte er besser nicht. Der Strick schmiegt sich eng um den Hals. Eine Boa ist ein Dreck dagegen. Den Hambacher sieht er nicht mehr. Aus dem Blickfeld verschwunden. Wo ist der Sauhund hin? Verreckter Scheißdreck noch amal! Unbändige Wut packt ihn. Darauf folgt die Furcht. Sie verstopft ihm die Kehle, das Schlucken geht schwer. Seine Pupillen wandern blitzartig umher, lassen sich gar nicht einfangen. Alles wollen die noch erfassen, festhalten. Verrecken soll er hier, im Bad Kohlgruber Wald, wie ein Viech! Der Sandner kennt sich aus mit der Materie. Seine Gedanken galoppieren durchs Hirn gleich einer Mustangstampede.

Der Aschenbrenner hat ihm mal launig geschildert, dass sich der Mediziner Nicolas Minovici immer wieder aufhängen ließ, um die Wirkung präzise zu erforschen. Zwölf Mal, um genau zu sein. Regelrecht trainiert bis zur Meisterschaft soll der Mann das haben. Als Besessenheit könntest du das abqualifizieren oder dich am wahren Forschergeist erfreuen. Der könnte sich gwies adäquat benehmen am Strick – bis zuletzt. Vielleicht hätte es genutzt, seine »Étude sur la pendaison« zu studieren. Vielleicht willst du aber gar nicht detailliert wissen, was dich erwartet. Wozu? Vorfreude löst das keine aus.

Während Aschenbrenners Schilderung hat der Sandner selbst auf einen Erhängten geschaut, vor einem halben Jahr. Im staubigen Speicher unterm Dach im Sendlinger Reihenhaus. Da ist es auch um Besitz gegangen. Suizid, weil er das Häuserl verloren hat. Zu großes Rad gedreht, und das hat ihn überrollt. Die Bank sagt Dankschön und Servus. Das Hirnstüberl hat sich festgekrallt an Hab und Gut, weil's das Einzige war, was dort gewachsen ist. Dass eine andere Frucht gedeihen könnte, hat er sich nicht vorstellen können. Geistige Monokultur halt – wie beim Hambacher. Nur umweltverträglicher angebaut.

Noch bist du nicht verreckt, Sandner. Wie viele Sekunden bleiben ihm? Höchstens zehn. Ein paarmal geblinzelt, und aus die Maus. Falls jemand den Schuss gehört hat und die richtigen

Schlüsse zieht, hat er eine Chance – und wenn er noch ein Weilchen stehen bleiben kann. Unwahrscheinlich auf den dürren Bretterln. Das weiß der Hambacher. Der Misthund! Es sollte … Mit einem letzten hölzernen Ächzer bricht das Kisterl weg. Seine Füße können nichts mehr ertasten, zappeln im leeren Raum. Das Seil schnürt sich um den Hals zusammen. Er reißt den Mund auf. Kein Ton, nicht einmal ein Röcheln will ihm gelingen. Eine gigantische Schmerzwelle überrollt ihn. Als wollte ihm wer den Schädel abschneiden mittels lumpigem Brotmesser. Sie verschwindet, wie sie gekommen ist. Er spürt plötzlich nichts mehr. Als wär der Kopf endlich ab – und nur noch ein hölzerner Torso verblieben. Irgendwie erleichternd.

Erstaunlich – der Sandner denkt nicht ans Sterben, auch wenn sich der Körper grad vergeblich abhackelt, das zu vermeiden. Es gibt diesen Gedanken nicht, kann ihn nicht geben. Als hätte er nichts damit zu tun. Das Sterben kannst du nicht ergreifen, nicht festhalten. Zu gewaltig. Aber Schubladen werden aufgerissen im Hirnkasterl.

»Seltsam, die Wünsche nicht weiter zu wünschen. Seltsam, alles, was sich bezog, so lose im Raume flattern zu sehen«, hat der Rilke gedichtet.

Er hat Zeit. Alle Zeit der Welt gehört ihm. Sie löst sich auf, kräuselt sich wie Rauch. Er ruht in sich. Kein Baum, kein Seil, kein Hambacher. Eine Melodie hat er im Kopf, die er grad auf der Gitarre spielt. Eine schöne, getragene Melodie. Die Sanne lächelt dazu. Ihre blauen Augen strahlen ihn an. Er lacht auf, ihm wird warm. Sein Hirn beginnt mitzusummen. Die Corina setzt sich zu ihm, die Aschera, immer mehr schlendern herbei. Alle sind nackert, bilden einen Kreis, umarmen und drücken sich. Aufregend. Er schwimmt im Bildermeer. Alles, was ihm je vor Augen gekommen ist. Zeitlupenhaft, schwebend. Als wär sein Hirn am Suchen. Aber es gibt nix Passendes zu finden. Nix, was den kommenden Tod erklären könnte. Die Einmaligkeit hat keine Lösung dabei. Nirgendwo muss er jetzt hin. Er kann rasten. Nichts drängt. Die Musik spielt weiter. Er spielt weiter. Ton um Ton. Dann ist es schwarz. Aus. Kein Gedanke mehr.

Dann fahren wir mit dem Bus.« Leichthin hat sie das gesagt, die Leistner. Beinahe, als wär das für sie ein besonderes Erlebnis. Hast du auch nicht alle Tage. In Filmen haben die Helden für jede Situation ein grandioses Nummerl parat. Auf dem Weg zur Bushaltestelle hat die Wiesner keines. Abgedrückt ist ruckzuck. Das hat sie oft genug sehen müssen – meistens das leblose Resultat. Und selbst falls der Schuss sie verfehlt, sind die Gehsteige nicht entseelt. Im Gegenteil, Menschen allüberall. Potenzielle Opfer. Kinder, Alte, Frauen mit Einkaufstaschen, Großfamilien, das ganze Programm. Bis zur Trappentreustraße führt sie ihr Weg. Nur ein paar Schritte. Mit dem 133er werden sie noch eine Viertelstunde fahren müssen. Unbewegte Miene bei ihrer Begleiterin. Als wär es eine Routineübung. Sie hält sich immer leicht hinter ihr.

Die Bushaltestelle ist bevölkert.

Neben der Wiesner stellt sich ein Mannsbild auf, das sie unverholen mustert. Nicht unflott – aber eher die geölte Variante. Hoffentlich hält er sich und sein Mundwerk im Zaum. Das würde ihr noch fehlen, dass der Stenz sie anschnulzte. Starr schaut sie geradeaus, die Lippen zusammengepresst. Zeichenlesen ist nicht jedermanns Hobby, aber das sollte er kapieren. Gesünder für ihn. Sie könnte ihn am Kragen nehmen und der Frau entgegenschmeißen. Vielleicht eine Idee – wenngleich keine ausgereifte.

Die Leistner fasst sie unter dem Arm. Wie eine gute Freundin. Zu lange gegrübelt hat sie.

Der Mann wendet sich ab.

Der Bus kommt. Die Türen öffnen sich. Ein gleichmütiger Fahrer hat den Blick geradeaus Richtung Frontscheibe gerichtet. Zusammengekniffene Augen, Kaugummi im Mund. Tour wie immer.

Von ihrer mörderischen Begleitung wird sie in eine Zweierbank geschoben. Die bleibt im Gang stehen.

Ein altes Weiberl setzt sich zu ihr. »Ich muss die Nächste scho wieder raus«, verkündet sie den Passagieren.

Der Wiesner bleibt nichts, als belämmert zu nicken.

»Früher hab ich no weiter hatschen können. Wasser hab ich in den Beinen. Es is a Kreuz.« Wieder bewegt die Polizistin den Kopf. Zum Thema Kreuz hätte sie auch einen konstruktiven Beitrag. Ihres steht mit Pistole nebst vollem Magazin im Gang. Eine einfache Rechnung. Acht Patronen ergeben schlimmstenfalls acht Leichen – oder eine bleigespickte Blonde.

Wenn die Alte doch still wäre! Doch die nuschelt unentwegt weiter. Vom vollen Bus und Medikamenten, dem Wetter und Pipapo.

Das Fahrzeug hält an und bremst damit ihren Redefluss.

»Einen schönen Abend noch«, wird der Polizistin gewünscht. Munter sieht die Greisin aus, es geht nichts über ein anregendes Gespräch.

Der Wiesner sitzt ein Kloß in der Kehle. Sie bringt kein Wort heraus, verzieht nur kurz den Mund. Ein angedeutetes Lächeln. Kommt zu spät – der Wille zählt.

Die Alte ist schon durch die Tür. Wenigstens steht ihrem schönen Abend nichts im Weg.

Die Straßen und Haltestellen rauschen vorbei. Ein Film. Sinnlos, sich damit zu beschäftigen, hier etwas zu unternehmen. Das könnte sich zum vogelwuiden Drama entwickeln. Der Bus ist voll besetzt. Vor ihr sitzen zwei Kinder in ihre Handydisplays vertieft.

Neben ihr hat sich ein Teenager samt Kapuzenpulli und Adidas-Tasche auf den Sitz geflätzt, der es nicht schafft, seine Füße still zu halten. Aus seinen Kopfhörern quellen hypnotisch-monotone Drums. Nicht die kleinste Variation. Wumm wumm wumm. Minutenlang. Dazu sein Getrippel. Air-Dance unter dem Sitz. Bursch, reiß dich zam! Wenn einer das Recht hat, nervös zu sein, dann sie.

Eine Viertelstunde Fahrt bis zum Rotkreuzplatz. Eine Viertelstunde Aufschub. Wozu? Was treibt die Leistner? Wieso will sie unbedingt zur Hopf? Die Frau bleibt ihr ein Rätsel. Sie pflanzt sich im Bus auf wie ein abgezockter Profi. Dabei müsste sie wissen, dass sie nicht davonkommen wird – nicht davonkommen kann. Will sie das überhaupt?

Die Wiesner fröstelt. Wenn der Jonny einen Funken Verstand hat, wird er ihr Fahrrad und das Bild entdecken und am besten gleich mit der Sturmhaubentruppe zur Hopf marschieren. Möglicherweise ist er sogar vor ihnen da. Und wenn nicht? So leicht wird sie es der Leistner nicht machen, und wenn die ihr Leben lang trainiert hätte.

Vor zwei Jahren hat die Wiesner in Berg am Laim ihren Nachbarn zamgeschossen.

Im Gedanken hat das bestimmt der eine oder andere bereits öfter nachvollzogen, wenn er wieder einmal mit Bassgedröhn oder Bayern 1 beschallt worden ist, bis die Nerven zerfleddert gewesen waren. Pumpgun – und das Schlagergeblök samt Verursacher sind Vergangenheit. Überzeugendes Motiv – annähernd Notwehr.

Seit die Polizistin in die Mündung ihrer eigenen Pistole geblickt hat, geht ihr die Geschichte wieder durch den Kopf. Nachts um drei ist sie damals hochgefahren. Orientierungslos, bedeppert, bis ihr die Ursache klar geworden ist. Geschrei und Gepolter, dazwischen immer wieder ein geplärrtes »Dich bring ich um, du Drecksau«. Offenbar ist der Ankündigung keine finale Tat gefolgt, weil das Remmidemmi immer weitergegangen ist. Zusätzlich hat eine Frau gequiekt wie ein frisch geworfenes Ferkel. Die Wiesner hat die Kollegen verständigt und ist samt Dienstwaffe in den Hausgang getappt. Geläutet hat sie gegenüber. Die Tür ist flugs aufgerissen worden und die Nachbarin im schweinchenrosa Negligé ihr mehr oder weniger in die Arme geflüchtet. Bevor sie das hysterische Wesen nach draußen zerren konnte, ist plötzlich ein Mann im Gang aufgetaucht, mit Pistole im Anschlag. Sie sind sich schon ein paarmal im Treppenhaus über den Weg gelaufen. Keine Begegnung, nach der du dich sehnst. Wandelndes Kleinganovenklischee samt Goldkette und Trainingshose.

»Geh weg von der Tür, Sigrid!«, hat er gedröhnt. Das war das Letzte, was er kundtun konnte. Sein Schießprügel ist eine russische Jarygin gewesen – achtzehn Schuss, funktionstüchtig, picobello – für die Nebenwirkung hat die Polizistin keinen Beipackzettel lesen müssen. Da schaust du ungern länger ins Rohr.

»Waffe weg, Polizei!«, hat die Wiesner ihn angeplärrt und dann, weil er unbeirrt gezielt hat auf sie, den Abzug durchgerissen. Dreimal. Einhändig, die Brust durchlöchert und den Hals aufgerissen. Der erste Schuss hat ihn taumeln lassen, der zweite von den Füßen gerissen.

Sigrid ist ausgetickt und hat ihr die Ohren vollgeschrien.

Sie hat die hysterische Miss Piggy von sich weggeschubst. Blut ist umhergespritzt. Fünf Sekunden hat das maximal gedauert. Gewundert hat sie sich über ihre kaltschnäuzige Reaktion. Kein Zittern, kein Zaudern, wie auf dem Schießstand – abgesehen von der Präzision. Die Wirklichkeit kommt halt selten daher wie ein Manschgerl auf der Scheibe. Der Schock ist ausgeblieben. Oder hat der so viel Raum eingenommen, dass dort kein Platz für Emotion gewesen ist? Fast hätt sie aufgelacht vor Erleichterung. Sie ist lebendig geblieben. Nur das hat gezählt.

Im Wohnzimmer, dem Tod wesentlich näher, ist der Nebenbuhler in einer Blutlache geflackt. Schädeltraumata, Milzriss und diverse andere Unpässlichkeiten. Um das dralle Weibchen haben sie sich gehakelt, die beiden. Da hat der Suff mitgetan, der jede Hemmung weggespült hat, bis zum blutigen Finale.

Sie hat gespürt, der hätte abgedrückt. Nix hätte ihn aufgehalten. Da kannst du Deeskalation rückwärts im Schlaf buchstabieren, die Realität schert sich einen Dreck drum, wenn dir nur fünf Sekunden zum Handeln bleiben.

Die Kollegen haben sie kurzzeitig in Watte gepackt, als hätte sie eine schwere Krankheit. Verständnis ist ihr nachgekrochen bis ins stille Örtchen. Mit der Situation hätte sie hadern sollen und von Selbstzweifeln und Albträumen befallen sein – das wär typisch. Manch ein gestandener Polizist hätte nach einer solchen Aktion das Handtuch geworfen. Sie hat in sich hineingehorcht, und da ist nix gewesen. Kein bitterer Geschmack, kein unruhiger Moment. Darüber ist sie ein bisserl erschrocken. Der Psychologin hat sie bei den drei Terminen ordentlich Gewissensmarmelade aufs Brot schmieren müssen. Du musst ja auch in eine Schublade passen, damit die Hypothesen sich nicht im Wald verirren. Sonst kriegst du ein falsches Etikett aufgepappt.

Natürlich ist ihr die Situation ab und an vor Augen gewesen, aber den Moment des Schießens nachzuempfinden hat in ihr eher ein Kribbeln ausgelöst. Nicht unangenehm. Es ist dieses Gefühl von Kontrolle gewesen. Sie wird kein Opferlamm sein, das angstvoll daherblökt und sich dem Schlächter fügt. Wenn's drauf ankommt, ist sie bereit zu allem. Eine schockierend wohltuende Erkenntnis. Zwischen dem zweiten und dem dritten Schuss hat es eine unmerkliche Zeitverzögerung gegeben. Zeit für einen dunklen, schrägen Gedanken. Der bleibt in ihr verschlossen.

Der Sandner hat nur zu ihr gemeint: »Wenn du drüber reden willst, reden wir drüber, egal wann. Wenn ned, lassen wir es bleiben.«

Vielleicht wird sie mal mit ihm drüber reden wollen. Wenn sie den heutigen Tag überlebt.

Kein Lamm. Sie braucht nur eine klitzekleine Chance.

Sie sind endlich ausgestiegen. Länger hätte es die Polizistin nicht ausgehalten, ohne zu randalieren. Automatisch setzen sich ihre Beine in Bewegung, laufen brav vom Rotkreuzplatz die wenigen Meter zur Hinterhofwohnung der Hopfs. Autopilot. Nichts kann sie wahrnehmen von der Umgebung. Die Normalität um sie herum bringt sie aus der Fassung. Von alltäglichen Dingen scheinen die Leut umgetrieben zu sein, die ihnen entgegenkommen. Ein Tag wie jeder andere.

Die Leistner bleibt immer dicht hinter ihr. Kein Spielraum für einen Geistesblitz. Und wenn sie einfach stehen bliebe? Würde die Frau sie niederschießen? Die gesündere Option wäre, auf den Jonny zu vertrauen. Der hat sicher den Sandner und den Hartinger aufgescheucht.

Für die Hopf ist es eine böse Überraschung.

Auf das Läuten öffnet sie die Tür und setzt gerade zu einem Begrüßungssatz an, da gibt die Leistner der Wiesner schweigend einen heftigen Stoß ins Kreuz. Darauf ist sie nicht gefasst gewesen. Sie prallt mit der Hopf zusammen. Die wird nach hinten in den Flur geworfen. Die Polizistin kann sich an den Kleiderständer retten. Hopfs Mantel gibt ihr Halt.

Gemächlich schließt die Leistner die Tür.

Kaum haben sich die beiden Frauen derrappelt, werden sie in die Wohnstube und auf die Couch dirigiert.

Tonis Mörderin baut sich mit herrischem Gestus vor ihnen auf.

»Wo is der Benny? Oben?«, will sie wissen.

»Bei der Oma – sag, was soll denn des, Susi?«, wispert die Hopf und starrt die Pistole an. »Bist du komplett verrückt? Du hast mir …« Ein Hustenanfall stoppt sie. Noch hat sie es nicht begriffen. Kann die Wiesner nachvollziehen. Für die Hopf hat sich Murphys Gesetz bewahrheitet. Die darf wirklich die Brühe bis zur Neige auslöffeln.

»Der Toni ist tot«, meint die Leistner zu ihr.

»Ich weiß es doch, aber …«

»Es ging nicht anders.«

Die Hopf schlägt die Hände vors Gesicht. Sie seziert den Satz im Hirn, jeden einzelnen Buchstaben, bis die Wahrheit vor ihr liegt. Die unfassbare Wahrheit.

»Warum du?«, bringt sie noch hervor, dann nur noch unverständliches Gebrabbel.

Die Wiesner hat ins Klo gegriffen. Reingefallen ist sie. Passiert ihr nicht oft. Dabei weiß sie, dass die Leut, mögens noch so liebenswert daherkommen, alle ihre kruden Gewächse züchten. Normalerweise bringt so etwas nicht jedem unvorsichtigen Entdecker den Tod, oft ist es bloß eine schräge Eigenart, ein dreckiges Geheimnis.

Die Kampfsportlerin hier ist eine exotische Nummer. Als hätte sie zwei Gesichter, die nix miteinander zu schaffen haben. Jekyll and Hyde, Tom und Jerry, Donald und Dagobert, whatever. Zum einen diese Aufmerksamkeit, diese Empathie – von der sie glaubt, dass sie wirklich existiert. So kann sie sich gar nicht verhauen haben. Und dann dieser grausame Mord, dieses völlige Loslösen von der Realität, was den Toni betrifft. Das passt zusammen wie die Himbeermarmelade zum Steckerlfisch. So was kann nur eine Psycho-Koryphäe hinunterwürgen. Die zaubert dir daraus sogar ein Feinschmeckermenü. Die könnte ihr gwies flockig erklären, warum das eine ohne das andere nicht funktioniert, beides harmoniert, sich stimuliert oder gleich kollabiert – geschenkt. Bloß, weil du weißt, woraus ein Beil fabriziert ist, liegt dein Kopf nicht sorgloser drunter. Im Gegenteil.

Momentan ist es kreuzwurscht. Momentan geht es ums Handeln. Wie auch immer die Leistner ticken mag, ein Schräuberl fehlt. Und statt dem Schraubenzieher hätte die Wiesner lieber eine durchgeladene P7 in den Griffeln. Sie muss dem Weibsbild nicht das Hirn durchwühlen. Es geht ums Hier und Jetzt. Ums Morden geht's und ums Überleben, hier in der gemütlichen Wohnstube mit van Goghs Sonnenblumendruck und der tunesischen Kamellederlampe.

Sie lurt auf jede Bewegung der Schwarzhaarigen. Wie die Katz auf das Mäuslein. Irgendwann wird der Biss kommen. Hoffentlich. Neben ihr schluchzt und rotzt sich die Frau Hopf die Seele aus dem Leib. Dass überhaupt noch Flüssigkeit in ihr ist? Sie hat die Knie angezogen und die Hände auf den Magen gepresst. Ihr Albtraum schwallt daher wie ein aufgedrehter Fratz. Vielleicht ist sie das augenblicklich – wieder im Kinderzimmer angekommen. Ein kleines Madl – und vor sich hat es das Spielzeug ausgebreitet.

»Stell dich nicht so an«, sagt die Leistner, »hör endlich auf zu flennen, dumme Kuh.«

Zartgliedrige, unberingte Finger, rot lackierte Nägel, sieht nach professioneller Nagelpflege aus. Die Wiesner beobachtet, wie sie die Faust ballt. Die andere Hand umfasst die Waffe. Finger am Abzug. Aufmerksam wirkt sie – kein bisserl müde. Unter der Trainingsjacke das olivgrüne Tanktop – dressed to kill.

»Was nun?«, fragt die Polizistin, um sie von der trenzenden Hopf abzulenken.

»Ja, was willst du denn noch!«, schreit die, völlig außer Rand und Band.

»Hat der Toni von mir gesprochen?«, fragt die Leistner munter.

Kopfschütteln.

»Ja, so war er. Er hat gewusst, wie weh er dir tun würde.«

»Du hast ihn umgebracht!«, brüllt die Angesprochene ihr entgegen. Die Stimme überschlägt sich. Speichelfetzen fliegen.

Die Wiesner legt ihr den Arm um die Schultern.

Die Hopf schlottert am ganzen Leib.

»Wenn der Toni von mir gesprochen hätte, wüsstest du, wie wir uns geliebt haben«, sagt die Leistner ungerührt.

Gedankenfäden sortieren. Wie beim Teppichknüpfen. Erzählen will die Leistner. Also gut. Irgendwann wird der Jonny wohl auftauchen. Soll sie ihren Schmarrn loswerden.

Aber die kommt nicht mehr dazu fortzufahren. Es läutet an der Tür. Dezentes Ding-dong.

»Wer ist das?«, wird die Hopf gefragt.

Die zuckt mit den Achseln, ihren Blick vom Kaninchen in Todesangst geborgt.

»Bleibt da sitzen, alle beide, sonst erschieß ich den da draußen, egal, wer es ist.« Die Schwarzhaarige verschwindet im Flur.

Sofort springt die Polizistin auf und sieht sich hektisch im Zimmer um. Babuschka oder lieber Holzkamel? Sie nimmt einen metallenen faustgroßen Ganesha vom Tisch.

»Eine Waffe?«, fragt sie die Hopf, »irgendwas?«

Die schüttelt den Kopf. »Nein, nein.« Heult weiter vor sich hin.

Zu nix zu gebrauchen, das Trutscherl. Dann muss es der Elefantengott richten. Draußen hört sie die Leistner ein fröhliches »Grüß Gott« von sich geben. Dann offenbar Kampfgeräusche. Etwas zerbricht. Ein Schrei, ein Fluch. Sie kennt die Stimme. Scherben klirren, das war der Spiegel.

In den Flur muss sie! Sie kommt gerade bis zur Tür, da fliegt ihr jemand entgegen und reißt sie zu Boden.

Der Jonny. Erstklassig! Sie rappelt sich hoch. Ihre Hüfte tut sakrisch weh. Er scheint am Leben. Der Kopf ist zum Glück dran, wie er sollte. Stöhnend stützt er sich auf. Blut tropft von seiner Lippe.

Die Leistner steht im Türrahmen.

»Ist das Ihrer?«, will sie von der Wiesner wissen. Hauptsache, sie hat Spaß. Ja, ihrer – und er hat ihr wahrscheinlich die Rippen angeknackst, der damische Hirsch! Den Ganesha hinter ihrem Rücken verborgen, schafft sie es, zurück auf die Couch zu krabbeln.

»Ich hab keinen verloren«, keucht sie.

Der Jonny zieht sich langsam hoch.

»Hinsetzen«, wird ihm befohlen. Jetzt wird's kuschelig auf dem Sofa. Eigentlich ein Zweisitzer. Wenigstens muss keiner frieren auf der Schlachtbank.

Wie der Kommissar sich hochrappelt, macht er ein Zeichen. Nur ganz kurz. Er legt einen Zeigefinger über zwei Finger der anderen Hand. Was will er denn, der Kasperl? Gebärdensprache ist es nicht. Durchgestrichenes Irgendwas? Ein Buchstabe? Ein A oder ein H. Wahrscheinlich A wie armselige Aktion. Oder H wie Hilfe? Freilich. H wie Hartinger! Vielleicht. Da hätte er sich nicht vollkommen armselig angestellt.

»Derf i?«, fragt er, bevor er sich setzt.

Die Wiesner schüttelt das schmerzende Haupt. Nicht zu fassen. Lässt der sich von dem Weib als Boxsack hernehmen!

Aktuell hat die zwei Dienstwaffen eingesackelt. Eine hat sie sich vorn in den Bund ihrer Jogginghose geschoben. Hoffentlich läutet der Hartinger nicht auch noch an wie ein treudoofer Bibelverkäufer. Auf dem Sofa geht sonst der Platz aus.

»Du hast einen Anruf«, meldet sich plötzlich eine rauchige weibliche Stimme aus Jonnys Hosentasche. Die Wiesner fährt zusammen. Wenn sie keine Kugel bekommt, wird ein Herzinfarkt sie wegraffen.

Der Jonny rührt sich nicht. Wahrscheinlich vibriert das Mobilteil in seiner engen Jeans vor sich hin. »Du hast einen Anruf.« Soll wohl sinnlich klingen. Stimme aus der Außenwelt. Könnte der Hartinger sein. You never walk alone.

Die Leistner starrt den Mann nur an, verzieht die Mundwinkel. »Du hast einen Anruf.« Der Jonny kann froh sein, nicht wegen seinem Handy abgeknallt zu werden. Es sind schon Leut wegen billigeren Anlässen ums Leben gekommen. »Du hast ...« Aus.

Alle atmen auf. Als könnte es jetzt endlich weitergehen im Programm nach der Werbeeinblendung – womit auch immer.

Die Leistner scheint zu wissen, was sie will.

»Okay«, zischt sie, »Marlies, steh auf und komm her.«

Die Hopf schaut verwirrt zu ihr hoch.

»Ich sag dir, was du tun wirst. Du wirst die Pistole nehmen und schießen. Wenn nicht, musst du sterben – verstehst du mich?«

»Nein«, quiekt die Hopf, »du bist ja wahnsinnig. Das mach ich nicht. Nein!«

Die Leistner macht einen Schritt nach vorn und zerrt die Hopf am Arm von der Couch. Jetzt steht die vor ihr. Ein Häuflein Elend. Kann sich kaum aufrecht halten. Sie wird umgedreht und bekommt die Waffe an den Kopf gehalten.

»Verstehst du mich?«, faucht Tonis Mörderin.

»Des nützt doch nix«, begehrt die Wiesner auf. »Wollens alle Welt erschießen?«

Und wenn ja? – Keine Antwort. Die hört nur die eigene Stimme. Nur sich. Die Stimme der Vernunft wird in die Tonne gekloppt.

Sie drückt der Hopf die Pistolenmündung hart gegen die Schläfe. Die andere Waffe hält sie ihr gegen die schlaffe Hand. »Los, nimm sie und mach keine Dummheiten. Ist gleich vorbei.«

Die Hopf schlottert am ganzen Leib. Man hört die Zähne klappern.

»Tu es.«

Auch die Leistner atmet jetzt schwer. Gepackt ist die vom Augenblick. Die Augen weit aufgerissen. Sie genießt es. Carpe diem.

Der Jonny wirft seiner Kollegin einen flehenden Blick zu. Wepsig ist er. Nicht in jungen Jahren auf einem Cordsofa durchlöchert werden will er. Dein Platzerl kannst du dir selten aussuchen. Die Arbeit bei der Mordkommission hat er sich anders vorgestellt. Man hockt sich nicht einfach auf die Couch und lässt sich niederschießen. Das wäre arg endgültig. Aber so weit ist es noch nicht. Eineinhalb Meter Abstand. Sie würden sich im Aufrumpeln eine Kugel einfangen. Einer von beiden. Erst wenn sie in die Mündung glotzen dürften, müssten sie an den Roulettetisch. Die Polizistin schüttelt unmerklich den Kopf. Ihr Körper vibriert, wie im Fieber. Herzrasen. Alles wird gut, Sandra – hoffentlich in diesem Leben.

Die Hopf streckt die Finger aus. Sie tastet mit geschlossenen Augen nach der Waffe.

»Los«, fordert die Leistner leise. Sie schnurrt katzengleich. »Ja – so ist's gut.«

Eins! Warum hat die Leistner ihr nicht einfach mit dem Schwert den Schädel abgenommen, sondern schleppt sie den ganzen Weg mit zur Hopf? Da geht sie ein Risiko ein.

»Deine letzte Chance«, züngelt die Frau der Hopf ins Ohr. Die hat den Griff umfasst. Ihre Augen sind leer, wie ausgetrunken, unter Hypnose. Sie hat den Motor abgeschaltet – ist willenlos. Zu viel für ihren Verstand – der hat die Koffer gepackt und sich auf die Reise gemacht. Nur mehr eine Puppe ist die. Leistners Echthaarpuppe, mit der sie schön spielen kann. Die packt deren Handgelenk und hebt den Arm nach oben. Der Lauf wackelt hin und her.

Die Wiesner fühlt den Ganesha in ihrer Hand. Auf geht's, Glücksbringer, jetzt darfst du zeigen, was du draufhast.

Zwei! Es ist eine Inszenierung! Sie will die Hopf in die Güllegrube tauchen. Bis über die Ohren. Da käme die nimmer raus. Einen Mord soll sie begehen. Einen Mord, der die Leistner von den lästigen Ermittlern befreit. Damit würde die Hopf nie fertig werden. Schießen soll sie.

»Los, drück ab«, befiehlt die Frau, »los!«

Drei! Die Wiesner steht abrupt auf und macht einen Schritt nach rechts.

»Nein!«

»Sitzen bleiben!«, schreit die Leistner und richtet ihre Waffe auf sie.

»Marlies – schauns mich an.«

Die Hopf öffnet die Augen. Immerhin hat sie jetzt kein Metall mehr an der Schläfe. Die Hand mit der Waffe zittert, als hätte sie einen Anfall. Der Lauf weist grob Richtung Wiesner.

Die Leistner zielt hektisch mal auf den Jonny, mal auf die Kollegin. Keine Lämmer. Jetzt wirkt sie nervös. So hat sie sich das nicht vorgestellt. Kleines Intermezzo.

Der Jonny erhebt sich langsam, wie ein ferngesteuerter Roboter. Er wundert sich wohl gerade, was seine Beine da anstellen.

»Des wollen Sie ned, Marlies«, bringt er stockend heraus.

»Drück ab!«, befiehlt die Leistner. Ihr Theaterstückerl fliegt ihr grad um die Ohren. Die Darsteller werfen das Handtuch noch vor der Premiere. Gschissene Dialoge, fade Handlung. Kein Vorhang. Die Hopf ist bloß ein zerfleddertes Blatt im Wind. Den letzten Rest Verstand und Willen kratzt ihr die Wiesner aus einem dunklen Winkel. Aufwachen soll sie. Hinschauen.

»Des macht die ned, die Marlies, die bringt niemanden um, die is ned wie Sie«, sagt die Polizistin, »des müssens scho selber erledigen.«

Eine Melodie! »Aiaiai wa wa waah!« Im Gang spielt die Musi. Ein Handy. Die Leistner wendet reflexartig den Kopf Richtung Geräusch.

»Was soll ...«

Die Wiesner schleudert den Elefantengott. Knapp neben dem Kopf der Frau zertrümmert er ein trautes Familienbild vom Nordseestrand. Sein Bauch prallt gegen den Hopf in knapper Badehose. Holt den Augenschmerz von der Wand.

Verreck, nicht gscheit gezielt! Aber die Leistner reagiert, wie sie soll. Sie fährt herum. Die Frauen starren sich in die Augen. Einen Wimpernschlag lang, bevor die Wiesner sich zur Seite fallen lässt. Keine depperte Kugel kassieren!

Eine große rothaarige Gestalt springt mit einem vogelwuiden Satz in den Raum. Sie fällt von hinten über die Frau her. Ein spitzer Schrei! Der Stab der gemeinen Zerstörung drischt ihr die Pistole aus der Hand. Der Schuss reißt zwischen Jonnys Füßen ein Loch ins Parkett. Ein zweiter derber Hieb fegt sie von den Beinen. Dann ist der Mann über ihr, wirft sich auf sie. Keine Gnade.

Die Wiesner hilft dem Hartinger, die Frau am Boden zu halten. Weggetreten scheint sie.

»Uns kann man auch ned gleichzeitig sehen«, ächzt die Wiesner, während sie der Schwarzhaarigen den Schädel aufs Parkett drückt, »da kannst du stehen, wo du magst, du dumme Trutschn.«

Der Hartinger wirft ihr einen fragenden Blick zu und fixiert die Frau mit Plastikbändern.

Die verirrte Kugel hat dem Jonny das Blut aus dem Gesicht getrieben. Hätte durchaus ins Auge gehen können respektive etwas zentraler und tiefer. Wie man beim Fußball so schön sagt – Millimeterentscheidung. Der ewige Schiedsrichter ist diesmal auf seiner Seite gestanden – oder Ganesha wollte das Happy End nicht verpatzen. Der beißende Geruch der Treibladung zieht in die Nasen.

Unter lautem Aufstöhnen bemüht der Hartinger seine Kampfkrücke, um sich hochzuhieven.

»Wo war dein Problem?«, will er vom Jonny wissen. Der hat nur Augen für die Frau Hopf.

Die hält immer noch die Waffe in Händen. Sie zielt auf die Liegende. Der Lauf ist jetzt erstaunlich ruhig.

»Achtung – bleibts draußen!«, zischt der Hartinger Richtung Tür.

»Des is sie ned wert«, sagt die Wiesner. Langsam erhebt sie sich. Zeitlupe. Die Knie schmerzen, als würden gleich die Knochen nachgeben. Und nicht nur die.

»Marlies, tuns die Waffe weg!« Sie macht einen Schritt auf die Hopf zu. Dabei streckt sie die Hand aus. Sie könnte sie berühren. Mein Gott, Madl, mach keinen Schmarrn. Sie hat die Schnauze voll. Endgültig. Ihre Hand fängt an zu zittern, macht sich selbstständig. Die Kontrolle geht ihr auf und davon. Nur ein paar Sekunden noch. Jetzt kein Blödsinn! Alles ist gut.

Die Hopf schüttelt stumm den Kopf. Tränen laufen ihr beständig über die Wangen.

»Was soll mit Ihrem Sohn werden. Marlies? Soll der seine Mutter im Gefängnis besuchen? Zehn Jahre lang? Wie alt ist der dann? Zwanzig? Alles wegen der da?«

Die Hopf presst die Lippen aufeinander, bis sie weiß werden. Der Hartinger geht ein paar Schritte zurück, macht Platz – baut sich im Türrahmen auf – holt alles raus, was seine magere Gestalt hergibt. Links und rechts neben ihm tauchen die gespannt-fiebrigen Gesichter zweier uniformierter Kollegen auf. Blutjung die beiden. Als hätte der Kriminaler sie auf dem Spielplatz aufgesammelt und Mützen auf den Schädel gedrückt. Lässt Hoffnung für die Zukunft.

Der Rotschopf steht unbeweglich, überlässt der Wiesner die

Bühne. Keine schnellen Bewegungen. Dem Jonny deutet er an, ruhig zu bleiben. Nicht leicht in der engen, aufgeladenen Stube. Nur die Waffe im Blick hat der Kripo-Neuling. Ist ja auch seine. Die Luft knistert.

»Soll des Miststück auch in Zukunft Ihr Leben verpfuschen? Soll die so eine Macht haben? Ihr Leben lang? Was hätt der Toni dazu gsagt?«

Das Stichwort. Die Hopf lässt die Pistole sinken. Sie poltert auf den Holzboden. Nie hat die Wiesner ein schöneres Geräusch gehört. Himmelsharfe.

Immer weiter schüttelt die Hopf den Kopf. Kann gar nicht mehr aufhören. Headbanging der verzweifelten Art.

Die beiden uniformierten Jungspunde stürzen sich in den Raum. Die Waffen brav im Halfter verräumt. Endlich dürfen sie gscheit zupacken, zeigen, was sie gelernt haben.

Der Hartinger ist halt akribisch. Da gibt's keine Alleingänge. Gewieft von ihm, seine Eingreiftruppe vor dem Wohnzimmer in Bereitschaft zu halten. Zwei bewaffnete Manschgerl mehr im Raum hätten auf jeden Fall die Mortalitätschance vervielfacht. Nicht nur für die Mörderin. Zu der bahnt sich jetzt eine Ärztin in Weiß samt Koffer den Weg.

»Hey – was is mit mir?«, quengelt der Jonny und deutet auf seine zerschlagene Lippe. Nicht die einzige Kampfspur. In seinem Gesicht hat die Leistner ihre Handschrift hinterlassen. Die wird man noch eine Weile lesen können, mitsamt den angeschwollenen Ausrufezeichen.

Der Hartinger und die Wiesner lassen sich auf die Couch fallen. Er deutet mit der Krücke auf den Frischling.

»Er hat mich glei angerufen. Das Bild und dein Radl gesehen. Sauberne Aktion übrigens. Wie genial war das denn? Du tätst ihm gwies den Kopf abreißen, hat er gewoiselt. Ich hab gesagt, er soll gefälligst warten. Muss! Aber der Sturkopf wollt des gleich regeln. Ich war scho auf dem Weg nach Hause. Der Jonny hat gesagt, du hättst die persönlichen Sachen vom Hopf. Ich hab natürlich erst bei dir im Büro seinen Schlüssel suchen müssen, damit ich reinkomm. Sandra, du bist a Messie. Schwein hast gehabt, dass ich den in der depperten Tüte neben dem Papierkorb gfunden hab. Den Rest weißt eh.«

»Ja, Schwein oder nicht Schwein. Seit wann hast du – ›The Good, the Bad, and the Ugly‹?«

»Den Klingelton hab ich sonst bloß, wenn mei Mutter anruft. Ich bin the Ugly.«

»Des war geil – spiel's noch mal, Sam.«

Hartingers Lippen ziehen sich in die Breite.

Die Wiesner gibt ihm einen Schmatz auf die Backe.

»Für den tapferen Ritter.«

»Des hätt ich gern schriftlich.«

Der Jonny gesellt sich zu ihnen. Plumpst auf das Sofa wie ein Sack Kartoffeln.

»Leckomio, so a Mannweib. Erzählts des bloß keinem. Du bist ja drauf, Sandra.«

»Na«, seufzt die Wiesner, »von Frauen hast du kan blassen Schimmer. Darüber red ma noch mal, wenn du groß bist.«

Sie bleiben einfach hocken, warten darauf, dass die Leistner nach draußen bugsiert wird, und hören dazu Ennio Morricones Westernhymne. Es fehlt das Popcorn.

Die Ninja-Lady hängt bös in den Seilen.

Ordentlich hingelangt hat er, der Krücken-Meister. Sonst nicht sein Metier, das Frauenverdreschen. Für jeden kommt das erste Mal. Dabei ist der Altusrieder kampfsporterfahren. Neben der polizeilichen Selbstverteidigung hat er sich als Kind, mit Protektion der Mutter, drei Jahre lang in einen Judokurs geschleppt. Er hätte in der Schule die Klassenkameraden aufs Kreuz schmeißen sollen, die ihn allerweil gehänselt haben: »Deine Mama ist eine greisliche alte Hex.« Von Spiritualität waren die völlig unbeleckt.

»Hat wer a Kippe?«, fragt die Wiesner in die Runde. Ein eilfertiger Trachtengruppler hält ihr eine Schachtel Luckys entgegen. Sie schaut das Packerl lange an, dann der Leistner hinterher.

»Dankschön.«

Sie greift nicht zu. Der Bursch zuckt die Schultern und wendet sich wieder seinem Handwerk zu. Verhaftete Mörderinnen einsackeln. Hat er auch nicht jeden Tag. Kann er Mama und Papa was erzählen von den abgebrühten Profis der Mordkommission.

»Ned amal des schaffst du«, murmelt die Wiesner Richtung Leistner, »du ned.«

In diesem Leben mag sie gar nicht mehr aufstehen. Es geht nimmer. Sie schließt die Augen. Nur a bisserl ausruhn, bittschön. Und der Sandner? Im Bett wird er herumflacken.

Hängst du dereinst am Galgen droben, weißt du, wie schwer dein Arsch gewogen«, hat der Villon einmal sinngemäß gereimt. Der ist nie weit entfernt davon gewesen – lebenstechnisch betrachtet. Davon könnte der Sandner aktuell auch ein Lied trällern, wenn er einen Ton zustandebrächte. Im Moment starrt er nur eine weiße Fläche an.

Im Krankenwagen ist er gelegen. Dem Tod von der Schippe gesprungen, wie man so dahersagt. Mit Hochgeschwindigkeit und Sirene ist das Fahrzeug dahingejagt. Die Augen geschlossen, hat er alles über sich ergehen lassen. Dann hat der Wagen gehalten. Mit der Trage hat ihn wer aus dem Auto geholt, gerollt, im Aufzug gefahren, wieder getragen, und irgendwann durfte er bleiben, wo er war. Gedöst hat er, oder er ist einfach in den Schlaf gefallen.

Dass es die Murnauer Unfallklinik sein wird, geht ihm jetzt durch den Kopf. Er ist lebend aus dem Wald gekommen. Ausruhen. Die Halsschmerzen sind grausam, das Schlucken Tortur. Es macht ihn glücklich. Tränen laufen ihm über die Wangen. Verreckt wird ein anderes Mal. Nicht jetzt. Noch nicht. Das genügt ihm. Stimmen dröhnen, als wär er mit einer Bärenfamilie in der Höhle eingesperrt. Gebrumm, mal hoch, mal tief – die Wörter sind nicht zu begreifen. Wer braucht Wörter? Das, was ihm einschießt, könnte er nicht ausdrücken. Dafür müsste man erst

Wörter zamnageln in der Werkstatt. Die gibt es in keiner Sprache. Hat sich das der Minovici zwölf Mal gegeben? Respekt.

Offenbar hat sein Leib die Ärzte befriedigt. Niemand zupft und zerrt aktuell an ihm herum, als gäb er in der Polsterei das zerschlissene Kanapee. Probehalber schlägt er die Augen auf. Die Murnauer Schupos stehen schweigend herum, die Hände obligatorisch in den Hosentaschen. Als sie seinen Blick bemerken, werden sie hektisch. Wieder ein Schwall an Sätzen. Es rauscht nur in Sandners Ohr. Ist das der Sauerstoffmangel im Hirn gewesen, und er ist deppert geworden? Oder bekommst du beim Erhängen einen Tinnitus?

»Herr Sandner«, hört er schließlich heraus. Ja, das ist definitiv sein Name. Den kennt er.

»Hambacher«, versucht er zu sagen, aber es schlüpft tonlos heraus, wie beim Happy-Birthday-Gesang der Marilyn Monroe. Nur mit den Lippen geformt und gehaucht. Die Stimme hat sich in die Büsche geschlagen oder hängt noch am Baum. Mit den Händen versucht er, ein H zu zeigen. Zwei Finger, einen dritten quer.

Sie verstehen nicht, was er will. »Brauchens was, sollen wir was holen?«, fragt der Spargel.

»Sie dürfen nix sprechen«, mengt sich eine Frau in weißer Tracht ein, »nicht jetzt. Ruhen Sie sich aus.«

Klarer Befehl. Der Sandner salutiert. Sie ist annähernd quadratisch und versperrt ihm das Sichtfeld. Die kennt nur folgsame Patienten. Schwestern-Oger. Er sieht weißen Baumwollstoff, genug Leinwand für einen Beamer im Kinoformat. Im Bett stützt er sich auf, linst an ihr vorbei.

»Ha...«, diesmal hat er das H leise röcheln können. Ein Fortschritt. Die Frau drückt ihn ins Kissen zurück. Beide Hände an seinen Schultern.

»Ausruhen hab ich gesagt!« Die Ammertaler sind ein tatkräftiger Menschenschlag und reden nicht lang drumrum.

»Hambacher?«, hört er den Dicken fisteln. »Der ist auf der

Flucht, aber den haben wir ruckizucki. Sein Auto haben wir sichergestellt. Leider ist er davongekommen – vorerst. Aber Hubschrauber, Hundestaffel – das volle Programm wird durchgezogen. Mordversuch an einem Beamten – das hätt er besser gelassen.« Was den Sandner angeht, teilt der dessen Meinung bezüglich »lassen«.

»Wenn wir ned den Umweg über den Grainerhof hätten nehmen müssen, wären wir noch gschwinder vor Ort gewesen. Wieso hams uns ned glei zum Weiher beordert?«, will der Spargel vorwurfsvoll wissen.

Der Sandner deutet sich mit dem Finger auf die Brust. »Depperter Gschaftlhuber«, flüstert er, »hab gmeint, des regel ich. Keine langen Erklärungen. Annis Brief – damit ihr Bescheid wusstet.« Er schüttelt ächzend den Kopf. »Saubled.«

Der Aschenbrenner muss mindestens geflogen sein, weil er jetzt zur Tür hereintrampelt wie der Bärenvater himself und die Schwester mühelos beiseiteräumt. Die Aura ärztlicher Autorität lässt sie willenlos erschlaffen. Klassischer Pawlow'scher Reflex im Krankenhaus. Als hätte wer ihr die Batterie abgeklemmt.

Schweigend schaut der Gerichtsmediziner den Sandner an. Dann stößt er die Luft aus. »Blöder Hund – du saublöder Hund! Fällt dir nix Besseres ein, als dich aufhängen zu lassen? Des is, professionell gesehen, unterirdisches Niveau.«

Der Sandner wackelt mit dem Kopf.

Sein Freund greift sich an selbigen. »Also dafür hast du Schwein gehabt. Alles so weit in Ordnung. Da wird dir nix bleiben außer einer wertvollen Strangulations-Erfahrung. Rechtzeitig runtergeschnitten. An deim Kragen sieht man ja fast nix, a bisserl arg blass bist halt. Keine Einblutungen. Schwellungen und Quetschungen hast du minimal, da wird dir der Hals a bisserl Mucken machen – geht vorbei. Morgen bist schon wieder halbwegs fit, das versprech ich dir.«

Fast hört er sich ein wenig enttäuscht an. Der Sandner hätt sich gern entschuldigt, dass seine Symptome so fad daherkommen.

Als Studienobjekt ist er entschieden zu vital. Wenigstens das gepflegte Röcheln sollt er sich bewahren. Nicht, dass die Leut argwöhnen, das wär der neue Trendsport, am Strick am Baum zu zappeln.

»Kannst dich bei dem bedanken, der da im Wald umhergegeistert ist«, meint der Doktor, »warum auch immer.«

Der Polizist weiß genau, was sein Freund hinter seinen wurschtigen Sprüchen versteckt. Der macht ihm nach zwanzig gemeinsamen Jahren nix mehr vor. Die Sorge hat ihn in Höchstgeschwindigkeit hergepeitscht, und er hat sich über Sandners Zustand exakt informiert. Diagnostisch up to date.

»Krähenfangen war der. Für ein gekrageltes Vogerl gibt's a paar Münzen von den Bauern. Weil's schon eine arge Plag ist, das Viechzeug. Natürlich Wilderei, aber wir drücken diesmal ein Auge zu beim Ferdl. Nennen wir es: letale Vergrämung«, ergänzt der Lange. »Jedenfalls hat der einen Schuss gehört, ist neugierig hin und hat zuschauen müssen bei der ganzen Schweinerei. Weil er Angst vor dem Hambacher und dem Drumm Gewehr hatte, musst er versteckt warten, bis der ums Eck war. Dann hat er Sie runterpflückt vom Baum. Wir sind dann, äh ... auch gleich vor Ort gewesen. So hat der Hambacher sei Auto stehen lassen müssen. An uns wär er ned vorbeikommen. Er muss irgendwo in Wald nei sein. Wir haben Erste Hilfe geleistet und die Rettung verständigt. Hams Glück gehabt.«

Der Sandner ist nicht sicher, ob das als Glück durchgeht.

Er mag sich mit der Frage nicht beschäftigen, ob es einer der beiden Murnauer mit Mund-zu-Mund-Beatmung probiert hat. Besser nicht erkundigen. Das willst du nicht wissen. Das wäre, als hätte dem Schneewittchen ein Zwerg die Zunge bis zu den Mandeln in den Schlund geschoben. Immerhin ist er hier und »still alive«, und dafür muss er ihnen dankbar sein. Ein Schmunzeln kommt ihm aus. Taktisch einwandfrei vom Ferdl. Ein Schlauer. Da wird er ihm mehr als ein Bier ausgeben – vielleicht einen gescheiten Schnaps dazu. Bierschnaps.

Apropos Bierschnaps.

»Du blöder Hund!«

Die Anrede hat sich etabliert. Eigentlich ist ihm »Sandner« lieber. Jeder so, wie er's verdient. Bestimmt haben sie alle recht. Er hat sich deppert angestellt im Wald, wahrscheinlich weil er beim Trapper-Lehrgang gefehlt hat. Der ordentliche Waldläufer hätte gwies erlauscht, falls ein Käfer gewinselt hätte unter Hambachers unvorsichtigem Tritt. Und dann umdrehen und dem Sauhund die Faust dermaßen aufs Kinn zimmern, dass ihm die Sterne stundenlang um den Schädel kreiseln. Das wär die Phantasie vom Sandner, falls der Mistbock ihm noch einmal in Reichweite kommt. Das wär ein Glücksgefühl. Da wären zwei Fäuste zu wenig, am besten wärst du ein Oktopus.

Von der offenen Tür her hat ihm die hündische Begrüßungsformel seiner Aschera entgegengeschallt. Sie wiederum kostet es keine Mühe, den Aschenbrenner aus der ersten Reihe zu verdrängen. Er ist halt gut erzogen. Nur nicht rangeln um die besten Plätze. Der Kriminaler kommt sich vor wie das Schlussverkaufsschnäppchen – und fühlt sich genau so. Statt am Kleiderständer ist er halt am Baum gehangen.

Die Frau schaut ihm nur in die Augen und drückt seine Hand. Intensiv und lange. Da liegt alles drin. Das reicht ihm für ein warmes Gefühl, als würde er gerade aus Eiswasser auftauchen und sich in die Herbstsonne legen. Keiner spricht ein Wort. Die Verlegenheit hat sich nicht lang breitmachen können am Krankenbett. Husch-husch!

»Jetzt ist aber Schluss«, protestiert die Schwester, zu neuer Lebendigkeit erwacht, »wissts ihr, wie spat des is? Mitten in der Nacht! Himmel noch amal, der Mann muss schlafen – lassts ihm sei Ruh!«

Das könnte er sich als persönliches Mantra auf die Stirn tätowieren lassen. Damit jeder gleich Bescheid weiß, jetzt und in Ewigkeit.

Fehlt noch, dass sie aufstampft und qualmt. In Rage will die

Krankenhauswalküre niemand erleben. Widerwillig ziehen sich seine Anhänger respektive Schaulustigen zurück.

»Eh ich's vergess«, sagt der Aschenbrenner, schon halb durch die Tür. »Der Miran lässt dich herzlich grüßen, gute Besserung wünscht er dir. Das mit Ömers Mercedes wär halb so schlimm. Er ist ja okay, oder? Du sollst dir keinen Kopf machen. Und er hätt mit dem Ömer die Frage diskutiert, ob du eine …«, er wirft einen belustigten Blick auf die Frauen, »ob du eine Erektion hattest.«

Erwartungsvoll mustern ihn sechs Augenpaare. Und? Sanders Blick wirkt als definitiver Rausschmeißer. Sonst noch Fragen?

»Gut Nacht, Herr Sandner«, bekräftigt seine Pflegekraft und macht das Licht aus. Weißer Schutzengel.

Die Tür schließt sich. Kurz betrachtet er die Geräte, deren Tentakeln nach ihm ausgestreckt sind. All die Saugnäpfe auf seiner Haut. Beruhigende Normalität. Die Technik hat alles im Griff, da fehlt sich nix.

In der Dönerbude haben sie gwies angeregt debattiert, ob er mit einem Ständer am Baum gehangen ist und wie der Ömer seinen Hundertzehner wiederbekäme. Sauber. Da fehlt auch nix. Wahrscheinlich laufen Wetten. Zehn Euro auf Ejakulation. Dabei könnte er ihnen die Frage gar nicht beantworten. Höchstens die Uniformhose. Grinsen muss er jetzt. Besser kann man den Begriff »das Leben geht weiter« nicht umschreiben. Er schließt die Augen. Schlafen.

Der nächste Morgen reibt sich verwundert die Augen. Der Sandner ist auf den Beinen. Als hätte er die Nacht über durchgesoffen und im alten Leichenwagen genächtigt, fühlt sich sein Körper an – aber immerhin fühlt er sich an. Das kann nicht jeder von sich behaupten. Die Visite hat er noch ruhig über sich ergehen lassen, aber jetzt treibt es ihn um. Er musst nicht mehr ans Bett gefesselt bleiben und sich die depperten Monitore beglotzen. Unter der

Dusche kommt er zu sich. Minutenlang lässt er das Wasser auf die Haut prasseln. Als könnte er sich die ganze Geschichte abwaschen und sie würde im Abfluss verschwinden. Da hätte ein jedes Klärwerk seine Mühe, mit dieser Art Scheißdreck. Die schmeckst du immer heraus. Im Schrank hat er nix außer der depperten Uniform – alternativ das rückenfreie Krankenhausleiberl. Da fällt die Entscheidung schwer. Zumindest scheint er nicht so lange gebaumelt zu haben, dass die Hose unbrauchbar wäre – womit er die Frage vom Miran halbwegs geklärt hätte. Nicht einmal vollgebieselt hat er sie. In verhauter Polizeitracht sieht er aus wie eine böswillige Karikatur. Das kommt Astrid Lindgrens Beschreibung mehr als nahe.

Er darf allein frühstücken. Spaß ist das keiner. Lustlos schlürft er den Kamillentee. Essen lässt er bleiben. Schlucken verursacht Schmerzen. Es ist sieben Uhr. Unschlüssig betrachtet er sein Handy. Dass du im Krankenhaus nicht telefonieren solltest, ist das kleinere Problem. Schlimmer ist, dass potenzielle Gesprächspartner wahrscheinlich glaubten, ein sprechender Rabe würde sie veralbern wollen. Er muss sich in Geduld üben. Die Murnauer haben versprochen, wieder vorbeizuschauen. Er will Informationen haben. Wenn sie bis Mittag nicht aufgeschlagen wären, würde er die Initiative ergreifen. Mittels Leichenwagen gen München reiten. Die Wiesner ist sicher informiert worden. Die könnte ruhig durchläuten. Ist die Katz aus dem Haus, tanzen die Mäuse Cha-Cha-Cha – oder legen die Füße auf den Tisch. Selbst der Wenzel, obschon nicht vom Kummer gebeutelt, wenn der Sandner gescheit etwas auslöffeln muss, wird sich seine Gedanken machen.

Hier in Murnau schmort der Hauptkommissar im eigenen Saft. Kruzifix, er weiß noch nicht einmal, ob sie den Hambacher schon eingetütet haben. Da möchte er schon mitkarteln bei der Vernehmung. Seinem Henker möchte er gegenüberstehen. Und vor allem möchte er ihm mindestens einen Mord nachweisen.

Er schlappt zum Schwesternzimmer und lässt sich ein Blatt

samt Kugelschreiber geben. Wie der Grainer beieinander ist, will er wissen. Der ist garantiert auch hier deponiert. Letzten Endes fahrlässig, so aufzuturnen. Das hätte ins Auge gehen können. Grober Fall von Selbstüberschätzung. Der Hambacher ist kein tramhapperter Karnickelbock – die Intelligenz außer Acht gelassen.

Eine Schwesternschülerin, Typ rassiger Feger, nimmt sich seinem Geschreibsel an. Der Sandner gibt sich der Illusion hin, es wär seiner männlich-markanten Ausstrahlung geschuldet. Der Giesinger 007 rettet im Ammertal den Weltfrieden. Pfeiferdeckel. Sie wird halt gut erzogen sein. Sei zuvorkommend zu älteren Leuten, biet ihnen ein Platzerl an und weiche Kekse.

Wichtig ist, was hinten rauskommt: Sie telefoniert prompt. Offensichtlich ist der Grainer über den Berg. Sie haben ihm den Tank wieder vollgemacht, inklusive Rundumservice. Er wird noch eine Weile bleiben müssen zur Regeneration. Schwein gehabt hat er, der alte Bauer.

Wieder in seinem Zimmer, schickt er seiner Maria ein SMS, damit sie Grainers Hund füttert und ihn später abholen kommt. Sie dürfte den Mercedes fahren. Er wird sich mittags entlassen. Aufs Lamento kann er verzichten. Keine Schäden, hat der Aschenbrenner gesagt. Das genügt ihm. Dass er in Uniform samt Leichenwagen im Wald gestanden respektive herumgehangen ist, wirft für die Kollegenmeute viele Fragen auf. Das ganze Berichtsbrimborium und Aussage und Trallala. Da wünschst du dir eine gescheite Amnesie bezüglich Annis illegaler Exhumierung und unprofessionellen Alleingängen. Er müsste den Aschenbrenner mal befragen, ob das eine glaubwürdige Nachwirkung abgeben könnte.

Es klopft an der Zimmertür. Gespannt ist er, wer ihm jetzt die Ehre erweist.

Die Wiesner streckt ihren Kopf herein. Alle sind sie mitgekommen. Der Jonny, der Hartinger und sogar der Bischoff Kare ist dabei. Falls jetzt jemand den »blöden Hund« hervorkramt, wird der Sandner mit dem Zahnputzglas werfen. Aber nichts dergleichen.

»Wie bist denn du rausputzt – kriegst du an Orden?«, will die Wiesner wissen. Pragmatisch halt. Sie sehen ja, dass er quicklebendig ist.

Der Sandner schaut in die Runde. Der Hartinger mit Krücke, die Wiesner mit Nasenschiene, und im Gesicht vom Jonny Winter schaut's aus, als wäre jemand mit dem Radl durchgefahren und hätte noch mal umgedreht. Sauber.

»Deine drei Gladiatoren hab ich dir mitbracht. Die können dir gleich erzählen, wie sie es ham krachen lassen ohne dich«, sagt der Kare. »Da brauchst du ned angeben, mit deim bisserl Aufhängenlassen. Des is wie Wellness dagegen.«

Unverschämt gesund schaut er aus. Als Einziger. Als hätte er den Urlaub im Kurort hinter sich. Aber hinter seinem Grinsen könnte man etwas anderes finden, falls man suchen mag.

Der Sandner nickt ihnen zu. »Servus«, krächzt er.

»Du musst allerweil das letzte Wort haben«, zetert die Wiesner. »Sogar deinen eigenen Mörder brauchst du. Des langt ned, wenn ich einen derwisch. Des kannst du ned auf dir sitzen lassen, oder? Die Leut nennen so was einen Egomanen.«

»Was hast du derwischt, Sandra?« Überraschung ist ein minderer Ausdruck für das, was im Sandner vorgeht.

Die Wiesner grinst breit. »Deine Arbeit ham wir gemacht in München. Hast du doch so gewollt.«

»Die Todeskralle der Shaolin ham wir eingesackelt«, prahlt der Jonny.

Der Hartinger sagt nichts. Zieht sich nur einen Stuhl heran und lässt sich ächzend darauf nieder.

Mit einer Kinnbewegung fordert der Sandner das Trio auf, ihre Geschichte zum Besten zu geben. Der Bischoff Kare lehnt sich als unbeteiligter Zuhörer mit verschränkten Armen an die Wand. Und die Wiesner erzählt. Von Anfang an.

Schweigend hören alle zu. Keiner hat einen fetzigen Spruch

auf der Lippe oder will dazwischengazen. Es ist, wie wenn jedes ausgesprochene Wort genau so herausmüsste, damit die Geschichte ein Ende findet – bis die Köpfe leer sind. Und es ist für den Sandner wie Märchenstunde. Eine böse Hex kommt drin vor, Hänsel und Gretel in Gefahr, ein unglücklicher Prinz samt naiver Prinzessin und last, not least ein tapferer Ritter. Es hat so gar nix zu tun mit dem, was er erwartet, mit was er zu hadern hatte.

Sie haben es gerissen – seine drei. Natürlich könnte man über die eine oder andere Situation diskutieren. Nicht ganz einleuchtend erscheint es dem Hauptkommissar, warum sich der Jonny unbedingt das Gesicht hat verbiegen lassen wollen. Die Solidarität auf die Spitze getrieben. Aber dazu sagt er nix. Sie haben es schließlich ohne ihn gestemmt. Sein Beitrag ist es, der Wiesner zuzuflüstern, dass der Hambacher ihr die Nase geplättet hat, wohl auf der Suche nach dem Brief von der Anni. Jetzt wird er aufgeschlitzt, der pralle Rätselsack.

Der Brandl Toni hätte der Hopf am Freitag aufgetragen, Annis Brief dem Grainer zu geben, sollte ihm etwas passieren. Sie hätte ihn ungelesen im Kuvert aufbewahrt und ihn schließlich dem Bauern am Montag persönlich in die Hand gedrückt, hatte sie der Wiesner gebeichtet. Gleich nach der Hausdurchsuchung wär sie losgejagt.

Der Sandner muss grinsen. Selbst wenn sie beim Grainer am Tisch gehockt wär mit einem Haferl Kaffee, er hätte sich nix dabei gedacht. Die Hopf war ihm ja unbekannt. Herrschaftszeiten! Kuriose Gschicht.

Die vier Kriminaler klauben jetzt die Fetzen zusammen und kleben sich das Album voll. Sie lassen den Jonny resümieren:

»Unterbrechts mi, wenn was ned passt.

Vom Grainer hat der Brandl erfahren, dass die Anni sich umgebracht haben soll. Und dann hat er losgelegt, der Burschi. Der Hopfnerin hat er am Freitag des Brieferl geben. Den Hambacher hatte er mutmaßlich am Samstag mit selbigem konfrontiert. Ob er gescheit Geld rauspressen wollt oder herausfinden, wie der

Haderlump darauf reagiert – die Frage ist quasi obsolet. Habts des Fremdwort überhaupt im Repertoire?«

»Obsolet bedeutet anachronistisch und überflüssig. Zweiteres ist im Moment Ihre Anwesenheit«, unterbricht ihn der Stationsarzt, der mit schwesterlichem Anhang gerade ins Zimmer platzt. Gut im Futter und gleichmäßig gebräunt schaut er aus, vitales Vorbild für die Bettlägrigen.

»Soweit ich weiß, ist der Herr Sandner gestern von einem Baum geschnitten worden – in lebensbedrohlichem Zustand. Und heut feierns hier Party? Also bittschön.« Seine Handbewegung ist unzweideutig. Die weißgewandeten Groupies an seiner Seite greifen seinen Gesichtsausdruck auf und nicken bekräftigend in die Runde.

Der Jonny lässt sich nicht irritieren, alles hat seine Zeit: »Oiso, der Hambacher ist auf jeden Fall drauf angesprungen wie der Deifi auf die arme Seele. Er muss ihn zamghaut ham, in der Hoffnung, dass der Brandl den verreckten Brief endlich rausrückt. Hat der aber nicht wollen und können. Wahrscheinlich durfte der Hambacher nur an einer Kopie schmecken.«

»Hab ich mich nicht deutlich ausgedrückt?« Indiginiert ist der Arzt, wie wenig die Versammlung sich um seinen autoritären Habitus schert. Insubordination! Hätte er die Hintergründe geahnt, wäre er davon nicht so betroffen. Als gäbe er im Raum nur die lästige Stubenfliege ab. Aber wenn der Boandlkramer dich schon mit der Sense gekitzelt hat, bist du nicht mehr empfänglich fürs herrische Genöle. Eigentlich schad, dass man dafür erst ein außergewöhnliches Erlebnis respektive einen lebensbedrohlichen Zustand braucht. Es würde das Dasein allemal erleichtern, wenn sich die eingebildeten Machtmenschen ihre Befehle und Wünsche per se in die Haare schmieren könnten, mangels Beachtung aus irrealer Zwergenperspektive.

Der Jonny offeriert dem Arzt zumindest einen kurzen Blick – Balsam für die geschundene Doktorenseele –, bevor er ungerührt fortfährt.

»Der Brandl hat wahrscheinlich eher mit einem Unfall oder Ähnlichem gerechnet, als er der Hopf den Brief zur Aufbewahrung gegeben hat. Vielleicht hat er dem Grainer nur die Wahrheit über Annis Tod aufs Brot schmieren wollen, damit der nimmer an den Selbstmord glaubt und ihn sein Gewissen nimmer gar so druckt. Oder aber er hat gehofft, der schlägt dem Hambacher gleich amtlich das Hirn ein. Das kann man in diesem Leben nimmer von Brandl erfahren. War's des – seids endlich zufrieden?«

Das wünscht sich der Arzt nebst seinem Gefolge wohl auch gerade. Immerhin hat er schweigend zugehört. Die Rolle, die ihm gerade zufällt, angenommen. Alibimäßig ist er dem Sandner nähergetreten und hat dessen Hals forschend beäugt. Sein Anhang ist währenddessen nahe der Tür verblieben, jede seiner Bewegungen wachsam im Blick. Bereit, seinen Willen bedingungslos zu erfüllen. Sag nur ein Wort.

»Wär vom Karma her interessant, die Frage mit der Selbstjustiz. Es zählt ja, was du anstrebst, nicht, was draus wird«, lässt sich die Wiesner vernehmen.

Jetzt verzieht der Weißkittel das Gesicht. Verständlich. Für seine Tätigkeit im Haus mag er diese Regel nicht angewendet wissen. Das ärztliche Streben allein wäre für die Klientel nicht befriedigend ohne gesundendes Resultat, Karma hin oder her. Schön, wenn man auf felsenfesten Überzeugungen bauen kann – wer die Zweifel liebt, studiert ungern Medizin.

»Da hast sogar du die Chance, ein Heiliger zu werden, Jonny«, meint der Hartinger, »wenn's eh ned drauf ankommt, ob was Gscheits rauskommt.«

»Pass auf, des sag ich dem Wenzel, wenn er mich wieder fragt, ob ich auf seim Schoß sitzen mag.«

»Oide Petzmusch.«

Der Herr Doktor schaut beunruhigt von einem zum anderen. Hilft nix. Angemessenen Respekt kann er nicht herbeizaubern. Das lässt ihn mit den Hufen scharren – er ist halt zur Party nicht eingeladen und erntet bitterschmeckende Ignoranz. Hier hat niemand einen Arzt bestellt – vielleicht hat er nebenan mehr Glück.

»Übrigens«, der Jonny kramt in einer Plastiktüte und fördert einen zerrupften Tulpenstrauß zutage, welchen er dem Sandner hinhält.

»Ganz vergessen – vom Staatsanwalt, mit besten Wünschen zur baldigen Genesung.«

Der Hauptkommissar starrt entgeistert die Blumen an und greift sich ans Hirn.

»Ned dei Ernst, Kasperl. Ich zähl bis drei«, flüstert er.

Bei »zwei« hat der Jonny sich an der Pflegerschaft vorbeigedrängelt, um den Strauß draußen auf dem Gang einer blonden, zierlichen Physiotherapeutin in die Hand zu drücken. Geschwind ist er. Seinem inbrünstigen »Für Sie« fehlt allerdings die Überzeugungskraft. Ihre verbale Dankesintervention hat ihn wohl trösten sollen.

Der Sandner kann natürlich nicht so losbrüllen beim Lachen wie seine Kollegen, aber er gibt sich redlich Mühe.

»Fünf Minuten«, ergreift eine ältere Schwester mahnend die Initiative. Sie schreitet auf den Sandner zu und hält ihm beschwörend fünf Finger vors Gesicht. »Dann ist aber Schluss hierherin!«

Das Krankenhauspersonal hat kapituliert und schleicht sich von dannen. Die Frist hat die Frau den Polizisten gesetzt, um ihrem sprachlosen Stationsarzt die Amtsinsignien zu retten. Der kann nur mit den Kiefern mahlen und zum Abgang die klassische ernste Miene aufsetzen, welche die Leut immer zum Rätselraten animieren soll.

Fünf Minuten später, als die Wiesner grad das Grande Finale mit der Frau Leistner gestenreich zum Besten gibt, inklusive Hartingers Kung-Fu-Einlage, schrillt dessen Handy. Ganz banales Telefonklingeln. Die Mama ist es also nicht. Er lauscht einen Moment.

»Dankschön«, sagt er, und zum Auditorium gewandt: »Die

Kriminaltechniker ham mehrere DNA-Treffer. Sie ham sich beeilt, sagen sie.«

»Treffer, versenkt«, kommt es vom Sandner.

»Ich hab die ganze Zeit gedacht, der Hopf hat den Brandl umbracht«, gibt der Hartinger zu.

»Für mich kam der Hambacher infrage«, krächzt der Sandner.

»Und ich hab es der Frau Hopf zutraut. Wenn er kein Alibi hat, hat sie ja auch keines«, meint der Jonny.

»Sag amal, Sandra, wie machst du des? Du schaust dir die Frau fünf Minuten an, und dann weißt du alles«, wundert sich der Altusrieder. »Des is doch Voodoo.«

Die Wiesner sagt nichts, zuckt nur mit den Schultern.

»Ein Hauptkommissar schafft des in zweieinhalb Minuten«, lässt sich der Bischoff Kare vernehmen. Zum ersten Mal.

Ein hintergründiges Lächeln schenkt ihm die Wiesner. »Zeit, dass ich befördert werd.«

Bevor sie sich wieder auf den Weg machen, schiebt der Sandner die Wiesner noch in ein ruhiges Eckerl auf dem Gang. Die anderen schlendern weiter.

»Weißt«, wispert er stimmlos und verzieht das Gesicht, »ich glaub es zwar ned, aber der Corina hätt ich auch ein bisserl übersinnlichen Sex gewünscht.«

»Du hast ihren Namen in den Unterlagen gelesen?«

»Wenn ich blind werd, erfährst du es als Erste.«

»Wir ham nix gsagt, weil's ned wichtig war für den Fall.«

»Ja, Dankschön – ich bin gwies kein Hirsch in der Schonzeit.«

»Weißt, Sandner – des is doch kein Wunder, dass sie nach dir so a Seminar gebraucht hat.«

»Stimmt, weil sie das Übersinnliche vermisst hat – und zumindest Sinn braucht hat.«

»Freilich – wenn du des dem Wenzel derzählst, hast du einen Freund fürs Leben.«

»So a kleiner Wenzel ist erste Wahl, wenn ich mir ein Haustier zulegen will. Ich wollt es nur erwähnt haben – ned, dass ihr glaubts, ihr könnts den Sandner verscheißern, grad so, wie ihr es brauchts.«

Die Wiesner steht stramm und salutiert.

»Dein Sessel hab ich kaum abgesessen. Auch wenige Flecken. Der hält scho no a Weile.«

Einen strengen Blick bekommt sie plötzlich. Domina-like.

»Sandner, des drückst du dem Wenzel ned nei. Kein Sterbenswort davon. Deine Ex hältst du raus. Er hat es gwies gelesen. Lass gut sein.«

»Wenn du meinst.«

»Sandner?«

»Ich versprech's – beim heiligen Rochus.«

Dass er jetzt den Arm um ihre Schultern legt, wie er mit ihr zu den anderen hatscht, müsste man sich als außergewöhnlichen Moment rot im Kalender anstreichen. Beide haben Grund, heute Geburtstag zu feiern – fast a bisserl wie die Kinder.

Kurz nachdem seine Truppe sich vom Acker gemacht hat, ist der Sandner entlassen worden. Eigentlich hat er sich selbst entlassen. »Entweder ich darf gehen, oder ich geh ohne Dürfen.«

Die Rhetorik hat den Stationsarzt überzeugt. Der Sandner hat noch fünfzehn Minuten die Kiefer aufreißen müssen wie beim Schlangenmelken, dann durfte er auschecken.

Die Maria hat ihn abgeholt. Auf der Fahrt haben sie nichts gesprochen. Der Sandner mangels adäquatem Artikulationsvermögen. Manchmal weißt du, dass die Wörter, die du raushauen würdest, so gar nicht beschreiben können, was du grad im Kopf hast. So geht's wohl beiden. Verstanden haben sie sich.

Erst mal hat sich der Münchner auf der Couch im Wohnzimmer niedergelassen, die Maria wollte sich einen Tee aufbrühen. In einer Stunde würden ihn der Bürgermeister und einige honorige Leut aus dem Ort noch im Rathaus erwarten. Die Maria hat ihm die Einladung übermittelt. Schnell sind sie – wahrscheinlich, damit der unberechenbare Münchner genauso schnell wieder verschwindet. Er schließt die Augen. Kris Kristofferson singt sein »Sunday Morning Coming Down«. »Cause there's something in a Sunday, that makes a body feel alone.« Nichts, was er täglich hören könnte, aber aktuell die passende Nummer.

Die Türklingel schellt. Seine beiden Murnauer Kollegen werden es sein. An die hat der Bürgermeister auch gedacht. Vielleicht potenzielle Wählerschaft oder die Besetzung bei der nächsten Radarfalle. Mit denen bist du gern persönlich bekannt. Sie sind viel zu früh dran, die bescheidenen Hüter des Gesetzes.

Der Sandner schaut an sich herunter. Er trägt einen moosgrünen Hausanzug aus undefinierbarem Kuschelstoff, mit weißen Seitenstreifen. Von der Maria entliehen. Würde sie nicht mehr anziehen. Enges Bein. Knapp im Schritt. Das Oberteil mit praktischem Reißverschluss. Eine Mischung aus Frosch, Robin Hood und Elfenkostüm.

So sollten ihn die Murnauer nicht zwingend begaffen. Führt nur zu falschen Schlussfolgerungen. Keiner hat es für nötig erachtet, ihm etwas Vernünftiges mitzubringen – gedankenlose Kollegenbagage halt. Er muss sich wieder in die grindige, muffelnde Uniform schmeißen, hilft ja nix. Das Zeugl wird zum Trauma.

Er hört die Maria zur Tür gehen. Keine Eile.

Dass sie gleich drauf ins Wohnzimmer platzt und hinter ihr ein verhautes Mannsbild, lässt den Sandner auffahren. Insbesondere, weil er der Maria ein Laguiole-Messer an die Kehle drückt.

Verreck, der Hambacher!

Das darf es doch nicht geben. Ein Fall für den Traumfänger.

Aber er ist es – aus Fleisch und Blut.

Der Misthund muss die Nacht in einem Loch im Wald verbracht haben, so wie er daherkommt. Abgerissen, dreckig, mit tellergroßen Augenringen und struppigem, verfilztem Bart. Wie der Beelzebub selbst. Wo hätte er auch hinsollen, ohne Auto und mit Hundertschaften am Hals, die jeden Stein umgedreht haben – fast jeden.

»Du bist ned totzumkriegen, du verreckter Deifi«, schnaubt er.

Selbst die Stimme kommt dreckig daher. Wie aus der Güllegrube herausgezogen.

»Du scho, Hambacher, wart's ab. Was willst hier?«, flüstert der Sandner. Er steht ganz nahe. Seine Hände wollen zupacken. Der Drang wird größer und größer. Halt dich zurück, Sandner.

Die Maria schnauft heftig. Ihr ganzer Leib zittert.

Das Messer bewegt sich nicht. Ganz ruhig hält er es, der Grattler. Die Schneide leicht schräg über der Gurgel. Zwölf tödlichscharfe Zentimeter.

Sein säuerlicher Schweißgeruch ist übermächtig.

»Heut is Zahltag«, keucht er. »Alle Rechnungen werden bedient – verstehst?«

»Wenn du dich stellst ...«

»An Dreck werd ich – deinen Autoschlüssel her! Und zwar fix, sonst lass ich des Weibsbuild ausbluten wie a Sau – hast mi?«

Der Sandner nimmt den Schlüssel des Oldtimers vom Tisch und hält ihn dem Goliath vor die Nase. Er braucht eine Chance. Die Maria darf mit ihm nicht weg. Er muss es verhindern – irgendwie.

»Da – und jetzt lass die Frau los und verschwind.«

»Des tät dir so passen. Du befiehlst mir nix. Alle Rechnungen, hab ich gsagt. ALLE!«

Der Bärtige grapscht sich den Schlüssel und zerrt die Maria rückwärts nach draußen durch die Tür. Ihre angstgeweiteten Augen saugen sich an Sandners Blick fest.

Tu etwas! Irgendetwas!

»Herrgott, Hambacher, lass sie da. Nimm mich mit – des willst doch eh!«, röchelt er. Die Machtlosigkeit lässt ihm die Knie weich werden. In Reichweite hat er ihn. Nur ein Schritt. Die geschmiedete Klinge an Marias Kehle lähmt ihn. Ein kräftiger Schnitt würde genügen. Keine Bewegung scheint möglich. Jessasmaria! Der Hambacher haut ihm vor der Nase die Tür zu. Wie er sich derrappelt und sie wieder aufreißt, muss er zuschauen, wie der Mann die Maria zum Leichenwagen schubst. Sie muss ihm das Gefährt gezeigt haben. Er stutzt kurz und flucht auf. Jetzt hast du den Dreck im Schachterl! An der Beifahrerseite lässt er die Frau einsteigen. Sie muss sich ans Steuer setzen. Er rutscht daneben.

»Hambacher, bleib da! Du Hund, du verreckter!«, kräht der Sandner. Sein Hals brennt, als hätte er eine Fackel gefressen. Schon setzt sich der Wagen ruckelnd in Bewegung. Aufpassen mit der Lenkradschaltung – ned zu brutal! Aufheulend macht der Mercedes einen Satz. Sein Auspuff entlässt eine schwarze Qualmwolke – dann schießt er los.

Wo ist das verdammte Handy? Die Ereignisse überschlagen sich nicht einfach, die rasseln erst gescheit zam, wie bei einer Karambolage. Der Sandner schnappt sich seine Schuhe. Das Handy findet sich in der Uniformhose. Barfuß rennt er wieder ins Freie.

Ein Streifenwagen kommt ums Eck gerollt. Doch da, wenn man sie braucht, die Gendarmerie. Er könnte sie abbusseln.

Die beiden Schupos wollen zum Empfang beim Bürgermeister extra pünktlich sein. Seine Eskorte. Ein bisserl Ehre und Dank wird auf sie abfärben. Nicht zu Unrecht. Aber vorher wartet Arbeit am Straßenrand. Die Plackerei findet sich allerweil unvermittelt ein in dem Gewerbe, wenn du dich nicht rechtzeitig versteckst. Dafür ist es zu spät.

Der Ochsenfrosch am Steuer bremst das Gefährt ab, von Sandners gefuchtelter Zeichensprache alarmiert.

Marias Sohn kommt aus dem Haus gejagt.

»Was ist los?«

»Der Hambacher hat deine Mutter.«

Der Sandner spurtet auf den Streifenwagen zu und reißt die hintere Tür auf. »Fahr los! Da vorn is der Hambacher. Er hat eine Geisel.«

»Ich muss mit, ich will helfen«, ruft ihm der Maxi zu.

Der Hauptkommissar dreht sich zu ihm.

»Du?«, krächzt er. »Du kannst deiner Mutter ned helfen. Du bist für niemanden a Hilfe. Schau dich doch an. Friss dich lieber weiter mit Pilzen zam, du lahmes Würschterl.«

»Scheiße ey«, hört er noch, dann knallt er die Tür zu.

»Wohin?«, fragen beide Murnauer unisono und mustern ihn kritisch.

Schon klar – jetzt gibt der Sandner den Frosch. Breitmaulfrosch. Zumindest könnte er sich im Wald tarnen.

»Die Straße lang, zefix, dann seng mas scho! Wird's jetzt, oder muss ich schieben?« Seine Flüsterstimme steht im Gegensatz zu den Gefühlen, die ihn beuteln. Vielleicht gut so. Mit Blaulicht jagen sie los.

Der Hambacher ist längst außer Sicht.

Vom Spargel wird die Murnauer Dienststelle auf den neuesten Stand gebracht. Gerade in die Hauptstraße abgebogen, überholen sie den radelnden Ferdl.

»Halt an!«, befiehlt der Sandner seinem Fahrer. Um sich verständlich zu machen, muss er ihm praktisch ins Ohr flüstern. Den Kopf zwischen den beiden Nackenstützen.

»Ferdl, steig ein, hopp-hopp.«

Umständlich lehnt der Angerufene sein Radl an eine Hauswand.

»Was is?«

»Erzähl ich gleich – komm jetzt!«

»Was sagst du? Ich hab kein Schloss dran.«

»Wenn's wegkommt, kauf ich dir ein neues. Los!«

»Ich komm ja.«

Neben dem Sandner auf dem Rücksitz schaut er sich erst gründlich im Auto um. »Wieso sand da so viele Gummibärltüten unterm Sitz? Verhaftets ihr auch die Kloana? Ich fahr zum ersten Mal im Polizeiauto. Ich brauch kein neues Radl, ein gebrauchtes tut's au. Des wär recht, sogda.« Vor Aufregung schlüpfen ihm die Sätze aus wie dem schleimgeduschten Talkmaster – zum Glück ohne dessen geiferndes Pathos. »Da schoaßt die Amsel, jetzt geht's dahin, sogda.«

»Der Hambacher hat die Mayer Maria entführt. Wo fährt der hin?«, stoppt der Sandner seinen Redefluss.

Der Beifahrer dreht sich überrascht um. »Woher soll der denn das wissen?«

»Vielleicht fährt er heim«, sagt der Ferdl nach reiflicher Überlegung.

Von vorn kommt das erwartete Aufschnauben. »Freilich.«

»Na«, erklärt der Sandner, »der darf nie mehr heim. Du hast doch gesehen, was er machen wollt.«

»Er muss ganz weg? Dann nach Laibach. Da war er scho a paar Mal drunt. Bei den Verwandten vom Matej. Der für ihn arbeitet. Der soll in der Nähe ein Haus gebaut haben. Des könnt sein, sogda.«

»Daher soll er das wissen«, bescheidet der Sandner dem simgscheiten Dünnen. »Oiso Richtung Ljubljana.«

»Is des Ihr Ernst? Der kommt doch nie über die Grenze. Dann no mit dem Leichenkisterl.«

»Bestimmt ned, wenn du a weng Gas gibst. Dann haben wir ihn in a paar Kilometern kassiert. Der Hambacher funktioniert ned logisch, verstehst, dem sind die Birndl durchbrannt. Wer weiß, was der mit der Maria anstellen will. Der kann überall in den gschissenen Wald nei.«

»Ich bin kein Rennfahrer. Entschuldigung. Die Großfahndung läuft eh. Wo bittschön geht's nach Ljubljana? Wo is denn des überhaupt?«

»Da gibt's keine Entschuldigung! Hörst sofort auf zum Rumtrenzen, sonst schmeiß ich dich eigenhändig naus!«, plärrt der Sandner. Erstaunlich, wie die Wut mit den lädierten Stimmbändern umspringen kann. Rücksicht kennt die keine. Der Hals ist ihm zum Köhlerofen geworden. Nur mehr Glut.

Schweigen macht sich breit. Mühsam versucht der Hauptkommissar, sich seine Schuhe anzuziehen. Jetzt wären Yogakenntnisse nicht schlecht.

Ihr Chauffeur hat den Kopf eingezogen.

»Da fährst erst amal die Murnauer Straße lang. Laibach liegt in Slowenien«, traut sich sein Spezl aus der Deckung. Natürlich hat der Sandner den Ferdl eingeladen, weil der sich im Umland auskennt wie der Fuchs im Hühnerstall. Sollte es in den Wald gehen, wär er ihr Mann. Slowenien ist keine realistische Option. Aber zumindest die Richtung würde stimmen.

»Du bist grantig, Polizisten-Josef, oder?«, will der Ferdl wissen.

»Fuchsteufelswild bin i«, knurrt der Sandner, »fuchs-teufelswild.«

Er mag sich nicht ausmalen, was der Hambacher mit der Maria vorhat. Rechnungen? Das muss die Geschichte sein, die sie ihm erzählt hat. Wie der gamsige Haderlump sauber abgeblitzt ist. Und ein Auto hat er gebraucht. Da wird er sich gedacht haben, fang ich zwei Fliegen mit einer Klappe. Falls das Viech noch etwas denkt. Außer Hass wird sich nix abspielen bei ihm. Vielleicht hat der Sandner die Maria erst mit reingezogen – den Hambacher angestachelt und in der Wunde gebohrt. Gratuliere, Herr Hauptkommissar.

Ob sie sich wehren wird? Ein Lamm ist sie nicht, die Aschera. Abstechen wär für den Hambacher kein Hindernis. Zumindest keines, welches seine Kalamitäten vermehren würde. Für ihn wär es bedeutungslos.

Die Wiesner läutet bei ihm an. Sie ist informiert worden.

»Sandner? Sollen wir wo hinfahren? Gibt's was, was du brauchst? Sag?«

»Der Hambacher will vielleicht Richtung österreichische Grenze. Nur eine Idee. Is ned wichtig – wenn er auf der Hauptstraße bleibt, gehört er eh der Katz.«

Kurzes, heftiges Aufschnaufen.

»Geht des immer so weiter? Ich schau mir die Strecke mal an, wegen der Fahndung, und geb es weiter. Wird eh von Murnau koordiniert. Die werden euch sowieso entgegenkommen. LKA is im Bilde. Kavallerie is unterwegs.«

»Ich wünscht, der Ferdl hätt recht, dann haut er ned ab, in Wald nei, der gschinkate Grattler.«

»Wer is der Ferdl?«

»Ein kluger Mensch – der mich runtergepflückt hat vom Baum.«

»Ach der – pass auf dich auf, Sandner.«

»Wichtig is was anderes«, bekommt sie zur Antwort. Das Gespräch ist unterbrochen.

»Was machma, wenn wir ihn sehen?«, will der Fahrer zögerlich wissen.

»Des überlegen wir uns, wenn wir ihn sehen«, sagt der Sandner. Ausgefuchste Pläne hat er keine einstecken. Solang die Maria mit ihm im Auto hockt, mit dem Messer an der Kehle, ist die Theorie nutzlos.

Ein Scharfschütze könnte ihm das Licht ausblasen. Finaler Rettungsschuss vom Fachpersonal. Hat der Kriminaler in all seinen Dienstjahren noch nie real erlebt. Nicht, dass die polizeiliche Schützengilde so dilettantisch wär, letzten Endes hast du meist noch Rauchbomben, Blender, jede Menge pyrotechnische Gaudi, um einem Spitzbuben den Spaß zu versauen. Wenn geschossen wird, dann meistens in gerechtfertigter Notwehr. Da darfst du das ganze Magazin neiholzen ins lebensbedrohende Manschgerl, bevor der Piep sagen kann. Und falls er dann noch piept, kommt der eilfertige Kollege dahergeeilt und pulvert anstandslos mit.

Den Sandner treibt die Sorge um, dass er das Falsche tun wird. Da geht's ja nicht ums polizeiliche Herumtandeln, da sitzt die Maria im Mercedes, Kruzifix, und ihm klopft das Herz bis unter die Schädeldecke. Vor zwanzig Minuten hat er sie noch im Arm gehabt. Ascheras Lächeln hat sich ihm eingebrannt in die Pupillen. »Rationales Handeln« wird zum Begriff aus der Fabelwelt.

»Gibst mir deine Dienstpistole?«, fragt er den Spargel.

»Muss des unbedingt sein?«

»Was habts eigentlich mit meiner gemacht, wo is die hin verschwunden?«

»KTU.«

»Respekt.«

Widerwillig rückt der Dürre sein Schießeisen heraus. Es glänzt zum Augenblenden.

»Schmatzt du die jede Stund ab?«

»Die ist nagelneu.«

»Aha.«

Der Murnauer schüttelt den Kopf, versinkt in Gedanken. Wahrscheinlich fällt ihm grad der Grainer ein, den er um ein Haar ins Jenseits geschickt hätte. Auch der Kriminaler hat die Schüsse im Stadl nicht verdrängt. Sicher ist sicher. Den Kameraden willst du nicht hochgerüstet hinter dir wissen, wenn du am Leben hängst. Der Ferdl starrt die Waffe an. Ehrfurchtsvoll.

»Musst du den Hambacher jetzt erschießen?«

»Müssen is des eine – wollen des andere. Und – macht jetzt bittschön die Sirene aus«, wendet er sich an die Kollegen, »hilft ja nix und macht mich verruckt.«

Sie jagen entlang der Hauptstraße aus dem Ort hinaus. Der Mann am Steuer wird hektisch. »Da vorn is er, was soll ich jetzt machen?«

Zwei Wagen vor ihnen rast der Leichenwagen dahin.

»Bleib dran, aber mach kein Schmarrn. Gebt's durch, wo er ist.«

Der schwarze Wagen beschleunigt. Zu schnell. Keine Illusionen mehr.

Der Hambacher hat seine Verfolger gesehen. Kein Wunder, leichte Übung. Zwischen ihm und dem Streifenwagen ist nur noch ein keines japanisches Kisterl. Das zweite Fahrzeug ist abgebogen. Der Polizeiobermeister schaltet zurück, tritt das Gaspedal voll durch. Aufheulend macht der Wagen einen Sprung, als hätte er Schluckauf. Er zieht nach links. Muss wieder einscheren und tappt hektisch auf die Bremse. Er hat sich verschätzt. Ein Kombi kommt ihnen entgegen. Der Sandner bläst die Backen auf.

»Der Hambacher hätt bei dir in die Lehre gehen sollen, dann wär ich gwies verreckt.«

Plötzlich steigt der Beamte noch einmal derb in die Eisen. Alle werden nach vorn geworfen. Fast hätte der Münchner in die Nackenstütze gebissen. Sie sehen den Mercedes vor ihnen abbiegen. Fast ohne die Geschwindigkeit zu vermindern, schießt er in eine Linkskurve. Zu schnell. Das Heck bricht aus. Das Vehikel schleudert über die Straße. Die Maria kann es abfangen.

Den tollwütigen Hambacher an ihrer Seite kann sich der Sandner vorstellen. Mit dem Messer wird er sie antreiben.

»Da geht's nicht nach Slowenien, sondern zum Jagerhaus«, glaubt der Dicke kundtun zu müssen, wie er das Lenkrad herumreißt. Deutlich langsamer verlässt er die Hauptstraße.

»Da lauf ich ja schneller!«, tobt der Sandner los.

»Sie schicken einen Hubschrauber«, vermeldet sein Kumpan, der die ganze Zeit mit der Dienststelle palavert. Plötzlich stoppt der Wagen wieder.

»Was is? Hast kein Benzin mehr?« Der Sandner ist dem Wahnsinn nahe.

»Des Andreaskreuz. Da vorn müssma über die Bahngleise. Da muss ma schauen. I bin ned lebensmüde.«

Der Hambacher hatte keine Sicherheitsbedenken.

Seinem Verfolger treten bald die Augen aus den Höhlen. Er beherrscht sich, schluckt den Schrei hinunter.

Die Fahrbahn windet sich schlangengleich zwischen ausladenden Bäumen in die Höhe. Gerade ausreichende Breite für ein Auto. Sie erreichen ein Anwesen. Offenbar das Jägerhaus. Ohne die Geschwindigkeit zu vermindern, jagt der Leichenwagen rechts um die Ecke an altem Gemäuer vorbei auf einen engen Fahrweg.

»Des is ned für Autos. Da kommt ma zum Staffelsee.« Der Ochsenfrosch glänzt mit Geografie.

»Freilich – der will gwies zum Baden, hoffentlich hat er ein Handtuch dabei«, kommentiert der Hauptkommissar, »fahr bittschön einfach zu!«

Zwischen Pferdekoppeln geht es auf einem Schotterweg dahin.

Zu ihrem Glück sind keine Wanderer oder Reiter unterwegs. Die müssten in den Graben, Raben hin oder her. Der Streifenwagen bockt und springt. Durchgerüttelt werden die Insassen, dass keiner mehr einen vernünftigen Satz herausbringt. Besser, es nicht zu versuchen, man könnte sich die Zunge dabei abbeißen. Der Mercedes vor ihnen schlingert hin und her. Fast hätte er eine Ruhebank gerammt.

»Hundsverreck!«, flucht der Sandner.

Die Maria kann den Crash vermeiden, verreißt dabei das Steuer. Das Heck bricht aus. Der Kombi schießt rechts von der Straße und prallt in einen stabilen Drahtzaun. Mitgerissen wird der, Pfosten für Pfosten. Auf hügeliger Wiese tanzt der Leichentransporter dahin wie auf einer Buckelpiste.

»Ned in die Bäum!«, fleht der Sandner.

Als wär seine Beschwörung erhört worden, kommt der Mercedes abrupt zum Stehen.

Offenbar hat das Seil sich verhakt, hält ihn wie einen Senkrechtstarter auf dem Flugzeugträger.

»Los«, der Sandner reißt am Türgriff, »vielleicht kömmer ihn überrumpeln.«

Ihr Chauffeur hält an. Sie springen aus dem Wagen. »Balls to the wall.« Es sind vielleicht zwanzig Meter. Der Sandner vorneweg, spurten die drei über die Wiese. Die Beifahrertür vom Mercedes wird aufgeschlagen. Nur noch ein paar Schritte.

Der Hambacher kommt zum Vorschein, dann die Maria. Am Arm zerrt er sie aus dem Gefährt.

»Bleibts stehen«, raunzt er die Polizisten an. Der Sandner sieht das Messer aufblitzen. Herrgott, zu spät! Schon wieder. Nicht zu fassen! Kruzifix! Er könnte sich zerreißen wie das Rumpelstilzchen. Er muss das Brodeln in den Griff bekommen, sonst kann er nix tun.

Langsam, wie auf Eiern, gehen sie auf den Mann zu. Der steht jetzt breitbeinig hinter der Maria, sein Messer an ihrem Hals. Der Ausdruck ihrer Augen wird den Kriminaler noch im Schlaf verfolgen. Furcht und Ungläubigkeit spiegeln sich darin und dieses Flehen. Hilf mir, Sandner!

Beide haben sie blutige Schrammen an der Stirn, wohl vom wilden Ritt durch die Pampa.

»Nix is mit Ljubljana«, triumphiert der Dicke.

Der Hambacher schaut ihn nur verständnislos an. »Ljubljana? Was redst du da daher, Schweinsgsicht?«

So stellt sich der Sandner einen Berserker vor. Die Haare zu verklebten Büscheln, die Augen weit aufgerissen, der Schädel knallrot. Sein Hemd ist ein feuchter, dreckstarrender Lumpen, am Hals treten Adern und Stränge hervor, als müssten rote Taue ihn halten. Nicht von dieser Welt.

»Schmeißts eure Schießprügel weg – auf der Stell!«

Der Sandner nickt den Kollegen zu. Erfahrung hat er mit solchen Geschichten.

Der Hambacher wird nicht davonkommen. Sie haben ihn in die Enge getrieben. Von Uniformträgern wird es nur so wimmeln. Großkopferte Einsatzleiter werden in Megafone brüllen. Drum herum geschart die diversen Kommandos und Spezialisten jedweder Couleur. Ein nervöser Haufen, alle die Finger am Abzug. Jagdfieber. Dafür haben sie schließlich trainiert. Ernstfall. Doch das wird dauern. Zu lange.

Sie sitzen hier am Waldrand von Weißnichtwo. Da braucht der Fuchs eine gute Witterung, um den Hasen zu treffen, zwecks »Gute Nacht«. Sie werden zehn Minuten Zeit haben, schätzt der Sandner. Zehn elendig lange, verreckte Minuten. Zeit wofür? Der Bär sitzt in der Falle. Der darf seinen Pelz nicht mehr lange in der Sonne wärmen. Er weiß es – will es nicht wahrhaben. Für die Maria muss es gut ausgehen. Himmelherrgott! Es muss! Der darf nix passieren.

In Zeitlupe greift er nach der Pistole und schleudert sie im hohen Bogen ins Buschwerk. Hauptsache, weit weg. Der Polizeiobermeister folgt seinem Beispiel zur anderen Wegseite. Sein Weggefährte zuckt die Achseln.

Dem Hambacher stellt sich eine Rechenaufgabe. Er runzelt die Stirn. Bis drei wird er zählen können. So weit reicht es im Oberstübchen.

»Des waren erst zwei, ihr seid aber drei Leut. Wird's jetzt?«

Vom Lehrer Sandner bekommt er die Lösung präsentiert. Der deutet auf den Langen neben sich.

»Ich hab seine ghabt. Sonst hamma nix.«

»Reiß dein Gwand auf, Froschkönig!«

Der Münchner zieht den Reißverschluss herunter, lüftet brav das Jäckchen und dreht sich einmal um die Achse. Im engen Höschen könnte er nicht einmal einen Kaugummi ungesehen verstecken.

»Zufrieden? Was machma jetzt?«, fragt er. »Das ist ein Dilemma. Du kommst hier nimmer weg.«

»Ihr rufts mir einen Wagen.«

»Aufgetankte Fluchtkarosse? Träum weiter, des is doch kein depperter Krimi.«

»Dann bring ich halt die Hur um.«

Die Maria schüttelt wild den Kopf und macht eine Bewegung von ihm weg. Er packt sie fest um den Leib. Die Frau ächzt auf und flucht. Seine feuchten Lippen presst er kurz auf ihre Wange. Dann verzieht er den Mund zum fetten Grinsen.

»Is gut, Hambacher«, ruft ihm der Spargel zu, »wir verstehn scho.«

»Niemanden bringst du mehr um«, murmelt der Sandner. Frommer Wunsch.

Der Grobian wischt sich das Blut aus der Stirn. Verreibt es nur. Wie eine bizarre Kriegsbemalung schaut es aus. Seine Pupillen sind rastlos gleich Motten unter der Lampe.

»Her mit dem Autoschlüssel!«, herrscht er die Polizisten an.

»Der steckt«, fiept der Ochsenfrosch.

»Ihr zwei rennts den Weg zurück«, werden er und sein Kumpan angewiesen.

Die Murnauer rühren sich nicht von der Stelle.

»Laufts, bis ich euch nimmer seh, oder wollts Blut!«, brüllt der Hambacher.

Der Sandner nickt ihnen zu. Befehlender Blick.

Zögernd machen die beiden ein paar Schritte. Am Streifenwagen vorbei, immer weiter. Schauen sich ständig um.

»Ihr sollts rennen, ihr Dotschen!«

Sie versuchen sich in schnellerer Gangart. Wenn man Sinn für makaberen Humor hat, käme man auf seine Kosten. Der Dicke trippelt daher, als gäb er beim Dressurreiten den Hengst ab. Sein Kumpan ist eher ein Traber.

»Geht doch.«

Der Sandner hat seinen Humor am Seil beim Rantscher Weiher hängen lassen. Wenn wer ihn brauchen kann – der wär »for free«. Er schaut den Murnauern mit zusammengekniffenen Augen hinterher.

Es dauert eine Weile, bis sie aus dem Blickfeld verschwinden. Drei Minuten sind rum. Die Kollegen sollten mit großer Zeckenzange anrücken. Herausdrehen und zerquetschen.

Der Hambacher hat sich die Maria unter den Arm geklemmt wie ein Strohbündel und zerrt sie den Hang wieder hinauf auf den Streifenwagen zu. Die Kraft geht dem nicht aus. Der ist besessen. Ihre Füße bewegen sich langsam. Mehr ein Hüpfen, weil der Mann sie immer wieder hochreißt. Sie hat keine Chance wegzukommen. Nicht, solang er ihr die Klinge an die Kehle drückt.

Vom Ferdl ist nichts zu sehen. Den hat der Sandner ganz vergessen. Scheißdreck! Das darf doch nicht wahr sein! Sandner, du bist ein Riesenrindvieh! Alles läuft aus dem Ruder. Der Mann muss wohl versteckt auf dem Rücksitz liegen. Wenn dem was passiert, ist es Sandners Schuld. Was denn noch? Schlägt gleich noch ein Blitz ein, oder wie wär's mit einem verschlingenden Erdrutsch?

Wie versteinert schaut der Münchner dem Geschehen zu. Der Puls schlägt ihm wie die Trommel auf der Galeere vor der Seeschlacht. Sein Hirn beginnt zu bröckeln. Wieder einmal kommt der Mann in seine Reichweite. Wie oft noch? Nahe am Sandner vorbei. Riechen kann er ihn. Seinen Schweiß. Sein Bartöl. Seine Erregung. Und Marias Todesangst. Ein Déjà-vu.

Warum hat er nicht weglaufen sollen mit den beiden Trachtlern? Was treibt die Drecksau um? Er will, dass der Sandner ohnmächtiger Zuschauer ist. Seine Überlegenheit will er auskosten. Das letzte Mal – triumphieren. Hinschauen soll er. Das wird er ihm austreiben. Oh Maria, es muss ein Mittel geben.

Der Hambacher reißt die Fahrertür des Streifenwagens auf. Die Maria zwingt er auf den Sitz. Das Messer nahe bei ihr. Zu nahe. Es wär nur eine rasche Bewegung. Der Sandner ist zu weit entfernt. Ohne hinzusehen, öffnet der Hambacher mit der linken Hand die hintere Tür und will sich ins Fahrzeug schwingen. Die Messerhand zuerst. Dem Sandner wirft er noch einen Blick zu, lässt die Zähne blitzen.

Da schaut der Wahnsinn ins Stüberl.

Alles geht so gschwind, dass der Kriminaler erst nicht begreift, was passiert.

»Bluatseuch!«, plärrt der Hambacher schmerzgepeinigt. Er hat plötzlich kein Messer mehr in der Hand, und die Tür schlägt wieder zu. Rums.

Unbewaffnet steht der Mann draußen. Die Überraschung pur. Ja verreck! Ungläubig starrt er zum Wagen. Was soll er machen? Dann ruckt sein Schädel herum.

Ihre Blicke kreuzen sich. Der Sandner hechtet los. Der Hambacher auch. Die gschissenen Pistolen! Wo ist das Gelump hin? Hektisch durchwühlt er das Gesträuch. Wie der Sandner sich schließlich die Waffe auffischt, sieht er sich dem Bärtigen gegenüber. Auch der ist gerade fündig geworden. Höchstens zehn Meter trennen die beiden. Sie zielen aufeinander, belauern sich.

»Des kann ich besser wie du«, röchelt der Kriminaler. Er versucht, seiner Stimme einen ruhigen Klang zu geben. Ohne Räuspern nicht zu machen. Noch immer kommt er heiser daher. »Du triffst mich irgendwo, wenn du Schwein hast. Ich schieß dir a Loch ins Hirn. Jetzt samma fertig mitanand, du Drecksau.«

Der Hambacher zittert am ganzen Leib. Zweihändig hält er das Schießgerät. Der Lauf vibriert.

Der Sandner könnte ihn wegschießen. Unwahrscheinlich, dass der Hambacher einen gezielten Schuss abgeben kann. Weißt du letztendlich nie. Vielleicht ist er der Schützenkönig vom Ammertal. Dass der Polizist nicht abdrückt, ist Dummheit oder Poker. Die Waffe des Dünnen hat er in Händen. Ölig und glitschig fühlt sie sich an. Muss an seiner Hand liegen.

Schweißnass sind beide Männer, ihre Blicke von den Pistolenmündungen angezogen. Augen zusammengekniffen. Die Sekunden rinnen durch den Kopf, als wär der eine Sanduhr. Keiner wagt es, sich den tropfenden Schweiß von der Stirn zu streifen.

Dem Sandner verwischt die Gestalt des Gegenübers, als wär's eine Fata Morgana. Seine Augen brennen. Die Waffe wird zentnerschwer. Sein Arm fängt zu zittern an. Noch schöner, wenn er einen Krampf bekäme. Da bist du ausgeschmiert. Warum die Maria nicht einfach wegfährt, Kruzifix!

»Von mir aus stehen wir deppert herum, bis das SEK dich so vollpumpt, dass du als Bleimanderl daherkommst. Brauchst bloß drauf warten.« Seine Worte klingen fremd. Als hätte er sie grad im Wald gefunden. Es kann bloß noch eine Minute dauern, das Warten. Höchstens. Dann wär Schluss. Eine verreckte Minute.

Immer heftiger schnauft der Hambacher. Der Brustkorb pumpt sich auf. Vielleicht will der sich als lebender Fesselballon vom Acker machen. Besser wär's, er würde einfach platzen wie eine aufgepumpte Kröte. Er scheint es nicht mehr auszuhalten. Gleich geht es los. Eruption.

Schieß!, ruft eine hysterische Stimme im Sandner. Worauf wartest du? Schieß ihn zam! Der Überlebenstrieb will die Macht an sich reißen. Kann ihm keiner verdenken, der ist ein Fachmann. Den hat der Münchner überstrapaziert.

Urplötzlich brüllt der Hotelier los wie ein angestochener Stier, schleudert die Pistole wutentbrannt in Richtung des Ermittlers. Der muss sich ducken, damit er sie nicht ans Hirn bekommt.

Der Bärtige dreht sich um und hetzt zwischen die Bäume. Eine Sekunde zögert der Sandner. Er drückt nicht ab auf den Unbewaffneten. Er rennt los. Hinterher. Die hinderliche Knarre fliegt in die Büsche. Die Unvernunft feiert ein zünftiges Fest mit Blaskapelle, Starkbier und Ochs am Spieß. Als hätten sie sich abgesprochen. Der Weg des Kriegers. Zögere nicht! Mann gegen Mann. Es kann nur einen geben.

Ein kurzer Sprint – der Hambacher hat den Waldrand erreicht.

Ein wieselflinker Läufer ist er nicht. Wie ein angetrunkener Grizzly bricht er durchs Gehölz.

Nach den ersten Metern holt ihn der Sandner von den Beinen. Er hechtet sich auf ihn wie ein Footballspieler. Das entpuppt sich als Fehlentscheidung der ersten Kategorie. Genauso gut hätt er eine Eiche anspringen können. Ein schmächtiges Bürscherl ist er gegen seinen Widersacher, der bringt das Doppelte auf die Waage.

Sie wälzen sich über den Waldboden.

Bald hat der Hambacher seinen Gegner am Schlafittchen gepackt. Kein Auskommen gibt's zwischen den tellergroßen Pranken.

»Ferdl, tu das Messer weg!«, ächzt der Sandner, als der Bär ihn unter sich hat und es sich auf seinem Brustkorb gemütlich einrichten will. Grad hat der noch die Fäuste gehoben, jetzt wendet er verdattert den Blick. Vom Ferdl will er nicht hinterrücks notgeschlachtet werden.

Das genügt dem Sandner. Sein Bluff hat sich ausgezahlt. Nur diese eine Sekunde der Unaufmerksamkeit. Flatsch! Mit flachen Händen patscht er dem Hambacher heftig auf die Ohrwaschln. Orientierungslosigkeit setzt bei ihm ein. Schlagartig – im reinsten Wortsinn.

Der Polizist kann seine Last zur Seite abwerfen. Einen Fairnesspokal wollte er sich noch nie ins Regal stellen. Den Ellbogen rammt er dem Liegenden dermaßen ins Sackerl, dass der fiept wie ein getrieztes Mäuserl. Es rüttelt ihn durch, und er wälzt sich herum, die Bratzen auf den Unterleib gepresst.

Deftig und wahllos verschenkt der Sandner Fäuste, wo immer sich ein schmerzempfindliches Fleckerl andienert. Eindreschen will er auf ihn, einfach eindreschen auf diesen dreckigen Misthund, bis sich nix mehr muckt. Sakrische Wut schlägt wie eine Welle über ihm zusammen, reißt ihn weg und färbt die Umgebung blutrot.

Der Hambacher nimmt schnaufend die Pranken über den Kopf, versucht sich zu schützen. Wehrt sich nicht mehr. Embryohaltung.

Kniend auf ihm, bearbeitet ihn der Sandner. Das dumpfe Patschen der Schläge nebst Ächzen und Stöhnen hallt durch den Wald, bis die Erschöpfung ihm die Luft abschnürt. Mit einem Quantum an Blasphemie formuliert: Das hat sich für ihn wie ein adäquates Mantra angehört, das nach beständigem Rezitat lechzt.

Er steht auf und atmet durch. Sieht herunter auf die schwammige Masse an Mensch. Einen hundsgemeinen Tritt verpasst er ihm noch, bevor er von ihm ablässt. Zurückgerissen und gepackt vom letzten Aufgebot an Verstand. Notbremsung.

Viel hat nicht gefehlt, und der zamgerichtete Hambacher hätte keine Handschellen mehr gebraucht.

Auf dem Obstkisterl unter dem Baum hat der Sandner sich harren sehen, und der Hambacher legt ihm den Strick um. Alternativ kratzt er mit dem Messer an Marias Kragen oder knüpft die Anni auf. Horror-Galerie als Motivation, um fast jeden Guru zum Tobsüchtigen zu transformieren. Nicht unbedingt die erstrebenswerte Entwicklungsstufe. Wenn du in dieser Situation die andere Wange hinhalten könntest – nicht auszumalen. Aber selbst mit Verständnis und Weisheit über das Wesen der Dinge gemästet, bis zur Adipositas, könnte ein veritabler Zorn in dir auflodern.

Ob du den gnadenlos alles niederbrennen lässt, ist die andere Frage. Darin unterscheiden sich die beiden Kontrahenten denn doch. Beim Sandner geht das Totschlagen halt nicht so flockig wie das Brezlbacken dahin (vielleicht in diesem Casus mangels Kondition – immerhin ist der Hambacher nicht aus Zucker).

Jetzt erst kommt der Ferdl herbeigelaufen und überreicht ihm ehrfurchtsvoll das Messer. Beinahe mit einer Verbeugung. Er hat es ordnungsgemäß eingeklappt. Französische Wertarbeit.

Der Sandner schnappt nach Luft und reibt sich die aufgescheuerten Fingerknöchel. Sein Handgelenk pocht. Die ganze Zeit über hatte er den Schmerz ignorieren können. Um ihn daran zu hindern, seine Aschera aus den Klauen vom Hambacher zu reißen, hätte man ihm die Hände abhacken und die Stümpfe an eine Fichte nageln müssen.

»Die Maria?«, keucht er.

»Der geht's gut. Des passt scho, sogda.«

»Du bist scho a Hund, Ferdl.«

»Des war leicht. Ich hab ihm halt einfach in die Hand neibissen. Gschmeckt hat des ned, pfui Deifi! Aber des is kein Spielzeug, so a Messer. Des is scharf, sogda.«

Der Sandner hastet zum Wagen und schaut nach der Frau. Sie hat die Augen geöffnet, sieht verwirrt um sich. Aus dem Kratzer an der Stirn läuft Blut. Nix Dramatisches. Jetzt nimmt sie ihn wahr.

»Sandner«, sagt sie, »fahr ma heim.«

»Ja, des derfst glaubn.«

Der Sandner hat einen Schwächeanfall simuliert. Nur so hat er es geschafft, mit der Maria zu ihrem Häusl zu kommen.

Ein Schlepper samt hilfsbereitem Bauernpersonal hat ihm den Hundertzehner vorsichtig wieder auf befahrbaren Untergrund gezogen. Gefehlt hat sich nix außer Dellen und Kratzern im Kotflügel. Massive Wertarbeit halt – der Oldtimer dürfte das gleiche Baujahr haben wie der Sandner. Da verstehen sich zwei. Dem Rochus müsste er endlich das Kerzerl anzünden oder zwei.

Schwein hat er gehabt, weil ihm die Murnauer qua Amtsautorität zugetraut haben, das Richtige zu entscheiden – trotz geplatzter Nähte an seinem Froschgwand.

Eigentlich hätte das Leichenmobil kriminaltechnisch untersucht gehört. Aber lieber hinterher das polizeiliche Lamento und Gezeter als derbe Scherereien mit dem Ömer. Für den wird sich sowieso jeder Kratzer wie ein Schnitt mit scharfer Handschar-Klinge mitten durchs Herz anfühlen. Am End wird er nicht mehr bedient bei ihm. Das wäre tragisch, auf all die fußläufig erreichbaren Leckereien will er nicht verzichten.

Außerdem will er das exorbitante Gefährt endlich aus der Schusslinie haben, bevor intelligente Fragen auftauchen.

Die uniformierte Phalanx ist über dem Gelände ausgeschwärmt, um Grashalme zu zählen, die Riechkolben in Reifenspuren und Pferdeäpfel zu stecken oder weiß der Kuckuck. Geschäftig ist es zugegangen. Über ihnen hat ein Hubschrauber schnatternd gekreiselt. Sie hätten es zwar gern gesehen, ihren Kollegen griffbereit im Murnauer Krankenhaus zu verstauen – aber da ist er stur geblieben. Krankenhäuser hat er genug von innen erfahren. Keine Chance. Natürlich verspricht er, Aussagen zu machen, Berichte zu schreiben, zu informieren und jeden Fitzel brühwarm weiterzugeben. Anzapfen werden sie ihn, bis ihm die Finger schmerzen und die Stimme sich endgültig ins Nirwana verzupft. Nachdem er gestern allerdings frisch aufgehängt worden ist, wird ihm Verständnis für eine kurze Rast entgegengebracht.

Während der Fahrt hat er sein Handy ausgeschaltet. Nur eine SMS hat er vorher an die Wiesner gesendet.

»Alles okay und zu Ende.« Natürlich ist nix zu Ende. Es ist nie zu Ende. Die Arbeit fängt erst an.

Vor dem Haus sitzt der Maxi auf den Stufen. Sobald er seine Mutter erkennt, spurtet er los. Die beiden umarmen sich innig. Dann schaut er zum Sandner. Seine Augen sind tränennass. Er sagt nichts, zuckt nur mit den Schultern und schüttelt den Kopf.

Der Polizist tut's ihm gleich. Was immer es bedeuten mag, zumindest ein Anfang an vernünftiger Kommunikation. Saudumme Sprüche klopfen könnte ja aktuell ein jeder.

Der Sandner hat sich überwunden. Zuerst hat er unter der Dusche stehen müssen. Lange. Eine grobe Bürste hätte er benötigt. Den Geruch vom Hambacher hat er sich abschrubben wollen. Angeheftet ist der gewesen, als wär es eine zweite Haut. Wie du es erlebst, wenn du in der Fischfabrik alle Tag Gedärme aus den Leibern reißen darfst oder du deinem Tagwerk an der Güllegrube nachgehst. In jeder Pore hat er sich eingenistet – sogar auf der Zunge hat er ihn geschmeckt. Ranzig-schweißige Mischung, getränkt mit Arganöl. Vielleicht ist es eine symbolische Waschung gewesen, die Psychologie könnte da bestimmt ihre hypothetische Kernseife dazu reichen.

Gleich drauf ist er in frisch erworbenen Jeans und schwarzem Sweatshirt nach Murnau ins Krankenhaus gepilgert. Als Besucher. Zum Grainer hat er sich gesellt. Physisch ist der bestens beieinander gewesen. Konstitution vom Ochsen. Sein Hax wird ein paar Wochen Ruhe brauchen. Letzten Endes ist es ihm wurscht gewesen. Hier liegen oder anderswo. Die Geschichte mit dem Hambacher hat ihn aufgewühlt.

Dass er seine Tochter nicht hat schützen können, hat ihm Tränen in die Augen getrieben. Die Zeit heilt die Wunden nicht immer. Manchmal überschminkt sie die, damit du sie nicht mehr vor Augen hast.

Wie er den Brief von der Anni an den Brandl gelesen hat, war ihm klar, was passiert sein musste. Der Hambacher sollte dafür büßen. Herausgepresst hat er es aus ihm, wie es hergegangen ist mit der Anni. Seine Flinte am Schädel hat den Beichtstuhl ersetzt. Effektiv.

Ums Häusl ist es gegangen, ums Erbe. Dem Nietzsche ist klar gewesen, dass nur drei Dinge den Menschen umtreiben: Geld, Geld und Geld.

Verbindlichkeiten hat er gehabt, der Hambacher, wegen Umbau und Renovierung und Firlefanz. Das Wasser ist ihm bis zum Hals gestanden. Fest eingeplant war die Immobilie der Tante. Und dann kommt einfach die Anni daher und würde ihm seinen sicher geglaubten Besitz wegnehmen. Wegen der sollte er in Sorgen ersaufen? Nein. Von wegen – die Alte hätte es ihr vererben wollen! Bestehlen wollte die Anni ihn! Häuslschleicherin, windige. Nicht mit ihm! Seine Wut auf die Anni hat ihn nicht mehr zur Ruhe kommen lassen. So hat er ihr und der Tante ein starkes Sedativum in den Tee gemischt. Vom Doktor Strauß hat er sich das besorgt, weil er nicht mehr schlafen hat können. Keine Lüge. Oben in einem Zimmerl hat er sie eingesperrt, als sie weggetreten waren, weil's noch ein bisserl hell gewesen wäre. Die Anni hat er bei Anbruch der Dunkelheit wegholen wollen. Aber sie wäre wohl noch einmal aufgewacht und in Panik runtergehupft vom Balkon im ersten Stock. Er hat sie bewusstlos gefunden, ins Auto geworfen, ihr Radl dazu und sie in den Wald beim Weiher geschafft. Niemand hat mitbekommen, wie er sie aufgehängt hat.

Jetzt hat der Sandner sich zusammenreimen können, wie das mit Annis gebrochenem Fersenbein zugegangen ist.

Den Grainer hatte die Schilderung im Wald überwältigt. Es ist für den Hambacher nicht schwer gewesen, ihm das Gewehr zu entreißen. Gerangelt haben sie, ein Schuss hat sich gelöst. Den Rest hat der Sandner am eigenen Leib erfahren.

Lange haben sie sich noch unterhalten, die beiden Väter. Ganz vorsichtig sind sie von der Vergangenheit in die Zukunft geschlichen, wie Diebe, die niemand entdecken darf. Weil's dem Grainer wohl vorgekommen ist, als würde er stehlen, was ihm nicht mehr zusteht. Schätze sind das eh keine gewesen. Ein dünner Faden vom Hoffnungsdeckerl.

Der Maxi sitzt auf dem Balkon und raucht, als der Sandner zurückkommt. Er lässt sich neben ihm auf das Holzbankerl plumpsen.

»Des war richtig Scheiße«, sagt der Bursch zu ihm.

Der Sandner nickt.

»Richtig Scheiße, mich stehen zu lassen, das war ein Drecksgefühl.«

Noch immer schweigt der Münchner.

»Ich hätt ...«

»Nix hättst du auf die Reih bracht, red ned daher.«

»Wer sagt des?«

»Ich.«

Der Junge zieht heftig an der Zigarette und zerquetscht sie im Aschenbecher.

»Dreck«, sagt er.

»Warum hockst hier eigentlich bloß umanand? Träumst du von nix?«

»Hier is es doch cool, die Landschaft und alles. Passt scho. Ich will ned weg oder so – nicht in die Stadt. Mir gefällt es hier – aber hier kannst halt nix machen. Is halt so.«

»Blablabla von vorn bis hint. Des is keine Entschuldigung.«

»Ich brauch mich ned entschuldigen – vor wem denn?«

»Vor dir selber – weil du bloß ein Windei bist, des nix hinkriegt. Ned amal, wenn's drauf ankommt.«

»So ein Schwachsinn – ich werd scho noch was hinkriegen.«

»Du? Beweis es – ach – hast du ja scho zur Genüge.«

»Klar – noch so'n dummer Spruch. Kaufst du die in der Großpackung? Soll ich a depperte Lehre anfangen? Mir dauernd von irgendeinem Schwollschädel Befehle erteilen lassen – kein Bedarf.«

»Ja – Hochwohlgeboren ist zu Besserem berufen. Auf dich wartet keiner. Ned hier und ned anderswo.«

»Ah – die alte Leier. Auf die hab ich scho gewartet. Ihr redets alle immer dasselbe. Die CD hat an Kratzer. Was geht's dich an, was ich mach? Kann dir am Oasch vorbeigehen.«

Der Sandner holt einen alten Schlüssel aus der Tasche und wirft ihn neben den Aschenbecher.

»Was soll des?«, fragt ihn der Maxi verständnislos.

»Der gehört zum Grainerhof. Des könnt dein Schlüssel sein. Der Hof gehört aufgeräumt, die Viecher versorgt. Und man könnt aus dem was machen, wenn ma an Traum oder a Idee hätt. Ich hab mit ihm gesprochen. Du könntest dort arbeiten.«

Der Bursch lacht auf.

»Als Knecht? Wie bescheuert ist das denn?«

»Na, ned als Knecht – als Kompagnon oder Teilhaber, wie auch immer du des nennst, mit Handschlag und allem Pipapo.«

Beide stieren den Schlüssel an.

»Man könnt da ...«

»Ja, da könnt man vieles machen. Der Grainer hat gesagt: Bedingung ist – keine Drogenräusch. Mit dem Kiffen tät er das ned so eng sehen, weil ihm ja auch ab und an der Schnaps gut neiläuft. Plantage ist aber kein Geschäftsmodell – verstanden?«

Der Junge sagt nichts. Es arbeitet in ihm. Seine Stirn wirft Falten.

»Vielleicht geht was zam«, sagt der Sandner, »vielleicht is es aber auch für die Katz, und ihr hockts da draußen nur deppert umanand und versandelts. Dann wär's, wie es allerweil war. Was weiß ich. Aber vielleicht könntest du amal zeigen, dass du wem helfen kannst.«

Der Bursch greift nach dem Schlüssel und betrachtet ihn.

Der Kriminaler steht auf. »Ich muss jetzt los. Der Grainer ist noch a Woch im Krankenhaus – du müsstest heut amal nausschauen, zwecks den Viechern. Er verlässt sich drauf. Wirst dich scho zurechtfinden.«

Bei der Balkontür dreht er sich noch mal um. »Meine Murnauer Kollegen, die sind ehrgeizig. Spitz wie die Radis. Die täten dich früher oder später von der Straße pflücken – also überleg dir des.«

Der Maxi starrt auf seine Hand, in der er den Schlüssel verborgen hat.

»Bist halt doch ein mieser Bulle!«, sagt er grinsend.

»Ja – vergiss des ned«, bestätigt der Sandner und grinst zurück.

Der Bursch wirft den Schlüssel nicht weg, behält ihn in der aktuell geballten Faust. Zumindest schmeißt er ihn nicht vom Balkon. Bloß ein Symbol. Das reicht dem Sandner. Mehr kannst du nicht erwarten. Er gibt ja nicht den Heilsbringer, dem die Gestrandeten zujubeln. Nur Gelegenheiten kann er pflücken, ab und an am staubigen Straßenrand.

Hoffentlich werden die Murnauer den Ball flach halten. Am End wird Marias Sohn noch erschossen, prophylaktisch, damit er nichts anstellen kann. Aber dass seine Mutter im Stadl den Grainer zamgflickt hat, ist auf jeden Fall ein Pfund aufseiten der Mayers.

Die Maria hat sich hingelegt. Das musst du erst derpacken, vom messerschwingenden Mordbuben durch den Ort gehetzt und drangsaliert zu werden bis aufs Blut. Da wird sie zu beißen haben. Einen Tee hat sie sich aufgebrüht, besänftigende Kräutermischung. Der Schlaf ist allerweil ein probates Mittel, sortiert dir den Leib und das Hirnstüberl.

Der Sandner macht sich auf den Weg zum »Ochsen«. Verabredet ist er mit dem Ferdl. Es wird nicht bei einem Bier bleiben, hat er der Frau prophezeit. Falls es die malträtierte Kehle gut hinunterläuft – aber die wird sich freuen, ums Vergessen. Könnte sein, dass es spät wird, aber kommen wird er.

Morgen früh will es der Bürgermeister noch mal versuchen. Nicht zu früh. Schließlich hat er für seine Dankesworte das Hirn gemartert und seine Frau. Das würde ihn arg grämen, wenn der originelle, humorvolle Text nicht angemessen gewürdigt werden könnte. Bis jetzt kennt den nur die Gemahlin, und der ist an den richtigen Stellen ein Lachen ausgekommen – im Namen des Ehefriedens.

Der Kriminaler weiß, dass die Leut im Ort froh sind, dass die Geschichte aufgekommen ist. So was spricht sich herum. Nicht einen hat es gegeben, der gemurrt oder getuschelt hat. Sie haben dem Sandner respektvoll zugenickt. Natürlich wären einige erleichtert gewesen, er hätte sich jetzt wieder spurlos davongemacht. Schließlich ist er das wandelnde Votivtaferl für einen feigen Mord. Den lauernden Fuchs hat er gegeben, der zuschnappt und einen aus der Mitte reißt, den niemand auf dem Zetterl hatte. Letztendlich will das keiner genau wissen, welche Knochen es noch auszuscharren gäb hier im Ort. Das ist die einfache Logik. Wo ein Hauptkommissar herumgeistert, findet der immer auch seine Beute. Über Ursache und Wirkung brauchst du dir nicht das Hirn zermartern. Die wären diesbezüglich psychologischer respektive physischer Firlefanz. Dankbar wären die Leut für Frieden, wenn der nicht allerweil eine Illusion ist.

Er wird noch bleiben, bei der Maria. Was draus wird, darüber musst du nicht nachdenken. Das lohnt nicht. Heut is heut. Grad fühlt er sich winzigklein und leicht. Als könnte ihn ein Wind fortpusten, wohin es dem gerade einfällt. Besser, du stellst dich unter und krallst dich ein.

Nachspiel

Wie sein Handy klingelt, fährt der Mann hoch. Die Ziffern des Radioweckers zeigen halb acht. Nackt geht er quer durchs Zimmer. Sie beobachtet seine Bewegungen. Geschmeidig.

»Ja?«, hört sie ihn fragen und dann ein erstauntes: »Jetzt gleich?«

Wie er wieder zurückkommt und sich auf die Bettkante setzt, ist seine Miene nachdenklich.

»Es war dein Chef – aus Bad Kohlgrub hat er angerufen. Ich soll gleich hinfahren, zu den Brandls, und ihnen von Tonis Leben erzählen. Wie er so war und was er gemacht hat. Ich wär der Richtige, meint er. Sie erwarten mich.«

Der Stangassinger bläst die Backen auf, reibt sich den Schlaf aus den Augen. »Soll wohl so sein«, murmelt er und schlüpft gähnend in seine Hose.

»Sandner, ich bring dich eigenhändig um«, knurrt die Wiesner.

Dass er bestimmt die Reinkarnation vom Rochus wär, merkt sie noch an, bevor sie sich die Decke über den Kopf zieht.

In Verbindung mit Heiligen würde die Sandra Wiesner keiner bringen. Besonders aktuell nicht, weil sie den Stangassinger gelöchert hatte – Verhör mit härtesten Bandagen – bezüglich der Sandner Corina und ob es eine nähere Verbindung zum Brandl Toni gegeben hätte – vielleicht einen Sonderkurs. Seine eindeutige Antwort wird ihr Geheimnis bleiben – jedenfalls hat sie dem Wenzel und dem Sandner etwas Entscheidendes voraus, nämlich Gewissheit. Die nackerte Wahrheit schwimmt immer obenauf, besonders, wenn die brunftigen Zwölfender aus der Hansastraße das Röhren nicht lassen können.

Ob der Sandner von früheren Leben ein pralles Sackerl mitzuschleppen hat, ist nix, was zu beweisen wäre. Aber weil er allerweil mit dem Schicksal tandeln muss, zieht er gern die eigenen Würfel aus dem Tascherl. Dass du damit leichter gewinnst, ist eine Mär, aber sie liegen gut in der Hand. Und das genügt manchmal für einen zufriedenen Tag.

Schlussbemerkung

Die Handlung und alle vorkommenden Personen sind der blühenden Phantasie entsprungen.

Den »Vogelwirt« und den »Ochsen« wird man in Bad Kohlgrub vergebens suchen. Leider hat der Autor auch die Adresse der lebenskundigen »Aschera« nicht parat.

Aber kommode Plätze zum Wohlfühlen und sympathische Leut kann man im Ort und drum herum ohne Mühe finden – wobei der Sandner und sein Autor auch weiterhin im umtriebigen München ihrem Tagwerk nachgehen werden.

Ob Chili oder Wiesenkräuter – jeder nach seinem Gusto.

Kleine bayrische Wörterkunde

abfretten sich plagen, schinden
abhackeln mühsames Arbeiten
abkrageln den Hals umdrehen
Adabei Auch dabei. Klassischer Wichtigtuer
aufbrezlter Scherbn Spezies: Frau. Besondere Merkmale: Das Gewand ist in Kleinkindgröße, das Gesicht lüftlbemalt.
aufgstellter Mausdreck nicht sehr eindrucksvolle Gestalt
aufhaxn fertigmachen, besiegen, kaputtmachen
aufrucken aufstehen
Bachratz Bachratte, mittelmäßige Beleidigung
Bazlaugen Glubschaugen, Marke gebackene Forelle
Boandlkramer Gevatter Tod
Bockfotzn amtliche Watschen
Bratzen Hände, die sich nicht zum Klavierspielen eignen. Gebratzt werden ist ein meist schmerzhafter Vorgang.
damisch verrückt, deppert, überdreht
dantschig lieb und nett anzuschauen
Deifi Teufel, Satan, Höllenfürst
Derndl Madl, junge Frau
Dotschen Steckrüben oder plumpe, unbeholfene Menschen
Eahm schaug o Schau ihn dir an!
Fünferl-Fanny Ausdruck fürs billige Freudenmädchen (Früher war allerdings das Fünferl noch mehr wert.)
gamprige Lusch Schimpfwort bezüglich vermuteter nymphomaner Veranlagung
gfotzert die Kunst, einen Wörterschwall zu erbrechen
Gläznsepp einfältiges, antriebsarmes Geschöpf

Glust Appetit, Gelüste

Goasl Peitsche. Die traditionellen Goaslschnalzer beherrschen ihr Werkzeug in Perfektion. Hörens- und sehenswert

Grattler schäbiger Zeitgenosse

greinen weinen, trenzen

greislicher Pfuideifi In diesem Fall zahlt jede Krankenkasse anstandslos die Schönheits-OP.

Grischberl Magentratzer für den Kannibalen

Gschaftlhuber Herr Wichtig

Gscheidhaferl Besserwisser, Wissensexhibitionist

Gspusi Lebensabschnittsgefährte/in, Schatz

gwampert trägt sein voluminöses Hendlgrab mit Stolz vor sich her

Haberer vom Geliebten bis zum Zuhälter – dehnbarer Begriff (in früherer Zeit der Haberfeldtreiber)

Hadern/Haderlump Weil der Hadern einen Lumpen bezeichnet, ist der Haderlump quasi ein doppelter solcher.

Haferl große Tasse, Gefäß

Hundshäuterner hinterlistige, bösartige Kreatur

Hundspritschn sehr frauenfeindlicher Ausdruck!

Körndlgfutterter naturgeformter Bodybuilder

Langzotterter jemand, der modischen Kurzhaarschnitt verschmäht, dubioser aufrührerischer Charakter

Lüftlmalerei Fassadenmalerei. Das Repertoire reicht von Sinnsprüchen bis zur Bibelszene. Bunt und zeitüberdauernd

Magentratzer Kulinarische Winzigkeit. Reicht, um den Magen aufrespektive anzuregen.

Ochsenfiesel Ochsenziemer, Peitsche aus getrocknetem Stierpenis – wirkungsvolles Naturprodukt

Quetschn Akkordeon – unverzichtbarer Bestandteil bayrischer Musik – es wird natürlich auch gezogen.

Ratschkathl Universalgelehrte, weiß alles von jedem und erzählt jedem alles

Reiberdatschi Kartoffelpuffer (zur bayrischen Variante gehören Zwiebeln)

Schnallentreiber Zuhälter, Casanova, Superstar-Sucher
Schrazen sind immer die Kinder der anderen
soachwarm ist das Wasser meist im windelfreien Babyschwimmbecken
sogda sagt er; hier: Eine sprachliche Eigenheit vom Ferdl
Spezl Freund/in
stad still
strawanzen herumtreiben
tramhappert verträumt, schlaftrunken
Trutschn frauenfeindlicher Ausdruck!
vogelwuid wild, stürmisch, extravagant
Weiberer der mit dem Weibe tanzt, Frauenflüsterer
Zamperl Kleinsthund, ersetzt das Meerschweinchen als Haustier
zuzeln saugen (Staubzuzeln ist allerdings kein gängiger Begriff)
Zwiederwurzn grantige, unangenehme Person